U0815356

一 个 人 ， 遇 见 一 本 书

TopBook
饕书客

Egypt mythology

埃及神话

《木乃伊》《蝎子王》《埃及艳后》《印第安纳琼斯》
中的古埃及神话世界

龚 琛○著

TopBook 鉴书客
陕西新华出版传媒集团
陕 西 人 民 出 版 社

图书在版编目（CIP）数据

埃及神话 / 龚琛著 . -- 西安：陕西人民出版社，2019
ISBN 978-7-224-13235-9

Ⅰ . ①埃… Ⅱ . ①龚… Ⅲ . ①神话—作品集—埃及
Ⅳ . ① I411.73

中国版本图书馆 CIP 数据核字（2019）第 104080 号

出 品 人：宋亚萍
总 策 划：刘景巍
出版统筹：韩　琳　关　宁
策划编辑：王　倩　王　凌
责任编辑：张启阳　晏　藜
整体设计：哲　峰　开朗文化

埃及神话

作　　者　龚　琛
出版发行　陕西新华出版传媒集团　陕西人民出版社
（西安北大街 147 号　邮编：710003）
印　　刷　陕西隆昌印刷有限公司
开　　本　787 毫米 × 1092 毫米　1/16
印　　张　21.5
插　　页　2
字　　数　330 千字
版　　次　2020 年 5 月第 1 版
印　　次　2023 年 9 月第 7 次印刷
书　　号　ISBN 978-7-224-13235-9
定　　价　59.90 元

前言

preface

埃及文明是古代世界中最具规模的文明体系，当他们创造出气势恢宏辉煌灿烂的金字塔、神庙和文字的时候，同时代的其他民族大多还处在茹毛饮血刀耕火种的状态。甚至当胡夫在尼罗河边建造大金字塔之后的数百年，我们中华民族传说中的夏文化都还没有开始……

往事溯千年，古代埃及人以充满了夸张想象力和淳朴生命力的神话故事来反映自己的生活，阐述自己的价值观。

埃及的神不仅活在埃及的神话世界里，也活在古代埃及人的生活中。

那是一个真正的神话时代，神话故事和宗教传统指导约束了埃及人从生到死的全部过程。宗教思想渗透到埃及社会的方方面面，人们的一举一动都具有浓厚的宗教色彩。

时光流转斗转星移，在时代洪流的冲击下，金字塔坍塌、神庙废弃、象形文字无人可识，古埃及文明消失殆尽，古埃及的种族血脉也不复存在。

埃及文明的兴起衰亡，与埃及神话和宗教的发展历程紧密交织在一起，要揭开埃及文明的神秘面纱，就必须了解埃及神话的点点滴滴。

这一切正如威尔·杜兰说过的那句话：“你不了解埃及的神，便休想了解埃及的人。”

目录

contents

第一章 尼罗河的赠礼

第二章
两土地的生活

第三章
远去的诸神

第一章 尼罗河的赠礼

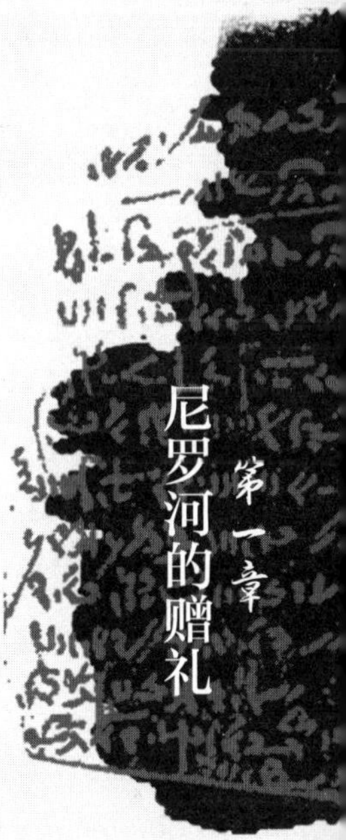

两千五百年前，古希腊人希罗多德乘船环游地中海世界。

希罗多德出生于小亚细亚西南海滨的古城哈利卡纳苏，他生在一个名门望族之家，自幼受到良好教育。自从因为卷入城邦政治旋涡被放逐之后，希罗多德开始了一段跨越欧亚的漫长游历。他一边经商一边旅行，并将自己的所见所闻一一记录下来。

希罗多德写下的这部著作名叫《历史》，书中生动地叙述了西亚、北非以及希腊等不同文明区二十余国度的山川河流、奇风异俗。

这部著作宛如古代地中海世界的“百科全书”，希罗多德记录下自己游历过程中见识到的各民族生活图景，书中提及的地理环境、民族分布、经济生活、政治制度、历史往事、风土人情、宗教信仰和名胜古迹等内容，成为后世了解过去的一面魔镜。

正是在这部书中，他曾提及一个奇妙的梦幻国度：“我们今日乘船旅行的埃及是……尼罗河的赠礼。”

写下这段话的时候，希罗多德正坐在首尾两头上翘的横帆船上自北向南游历尼罗河，一种方位感上的上下颠倒令他产生了奇妙的错觉。

与世界上其他地区地理方位的上北下南不同，希罗多德来到的这个地方却是上南下北，他脚下的尼罗河正是从南向北流淌，令希腊旅行者感觉自己如梦幻般脱离了现实。

埃及是一个位于非洲东北部的伟大古国。

它占有亚洲西南角的西奈半岛，东隔红海与阿拉伯半岛相望，西接利比亚，南连努比亚，虽然埃及的疆域广阔，但大部分国土都是不毛的沙漠地带，只有希罗多德游历的尼罗河河谷才算是真正的埃及。

早在希腊人抵达之前四千五百年，埃及的文明就在蜿蜒狭窄的尼罗河河谷中兴起。当希罗多德游历埃及时，那些壮丽的神庙、雕像、方尖碑和金字塔已经傲然屹立了很长时间。

与今天旅游者见到的残破古迹不同，希罗多德目睹了一个“活着的”埃及。

当他抵达埃及时，祭司僧侣们每日郑重清洗神庙里的神像，贵妇们化好浓妆戴上假发优哉出门，书吏盘腿坐在码头上飞快地记录货物数据，防腐作坊里的工匠们念着咒语制作将踏上永生之路的木乃伊……

正是通过希罗多德等古希腊学者之笔，埃及的一切才在西方世界如此闻名。

但我们所熟悉的关于埃及的一切，大都是希腊人等外来者的称呼：尼罗河的名字来源于希腊神话中的河神内罗斯，埃及人对自己母亲河的质朴称呼是“伊特鲁”，含义就是河流。

同样，埃及这个名字来自希腊名词“埃及普托司”，埃及人将自己的国家称为“凯麦”，意思是黑土地。

埃及人眼中的世界分成两部分，尼罗河谷低地中那块狭窄肥沃的黑土地部分是“凯麦特”，而上游铺满淡红色沙砾的沙漠高原被称为“戴什瑞特”，意思是红土地。埃及人认为自己是住在低地中的居民，所以将外来者泛称为高地居民。对他们来说上行意味着离开尼罗河谷，而下去则表示返回亲爱的故乡。

悠悠尼罗河万古奔流，现在让我们沿着河水一路“下去”，触摸这片美丽神秘的黑土地吧。

第一节

扑朔迷离——三十四个王朝

不同概念中的埃及

就地理概念而言，埃及是由一些因尼罗河而生的沙漠绿洲组合而成的。

这个国家总体而言嵌在一条长长的峡谷之中，尼罗河以及外围的沙漠构成了一个抵御异族入侵的天然屏障：尼罗河西岸是广袤无垠的撒哈拉大沙漠，尼罗河东岸是干燥荒芜的连绵山地，尼罗河南段在努比亚形成连续六个让人无法通行的大瀑布，尼罗河北面便是地中海的一片汪洋。

这是一个在地理环境上无比安全的文明摇篮，当埃及的先民开始在这里定居的时候，尼罗河流经的狭窄河谷以及河口三角洲构成了埃及的两土地："上埃及"和"下埃及"。

上埃及又称为"塔一舒穆"，意思是狭窄的土地，这是一处宽度在十六至四十八公里不等的石灰石峡谷。

尼罗河水泛滥时会淹没上埃及十一万平方公里的土地，当洪水退去后就留下了干燥肥沃的泛滥平原，这里是埃及的粮仓。

下埃及是尼罗河三角洲那绵延两万两千平方公里的扇形沼泽区域，它被称为

尼罗河两岸的沙丘

埃及阿斯旺的尼罗河风光

“塔—麦胡”，意思是充满水的土地。

古代的下埃及被尼罗河的五条大支流和十六条小支流分割得支离破碎，其中最有名的地区是开满莲花、遍布纸莎草的法尤姆，这里是埃及的湿地天堂。

就年代概念而言，埃及是一堆以数字表示的王朝序列。

我们中国人只要受过初等教育，一般都能够把上下五千年中的朝代顺序张嘴就背出来：

夏商与西周，东周分两段。

春秋和战国，一统秦两汉。

三分魏蜀吴，二晋前后延。

南北朝并立，隋唐五代传。

宋元明清后，王朝自此完。

而轮到介绍埃及，那简直只需要受学龄前教育就足够了：第一王朝、第二王朝……一直到第三十四王朝，再加一个早王朝和古、中、新三个王国——基本上只要智商保证能数到五十，就可以说出埃及的朝代顺序。

如此的朝代分法并非是因为埃及人特别爱好数学，而要怪这个国家的历史实在太悠久，以至于它的朝代划分或年代纪元从来没被后人彻底搞清楚过！

而这种“一二三四”的王朝排列方式，根本就是古代历史学家为了理清埃及历史而进行的简单粗暴但有效的划分方法。

这位古代历史学家并不是篇首提到的希罗多德，事实上他的《历史》自从创作出来以后，便一直在历史事件的可靠性上饱受诟病，以至于在古希腊“历史之父”的头衔后面又被追加了一个“谎言之父”，因为希罗多德不加考证地将很多传说和荒诞奇闻都记载下来，真的让后人搞不清楚他写的是历史还是聊斋……

距希罗多德到访埃及之后两百年，统治埃及的托勒密一世指示埃及高等祭司和书吏马涅托用希腊文写成三十卷的埃及史，其中附有诸王年表。

马涅托坚持批评希罗多德的《历史》中充满了为了取悦读者而进行的杜撰，

他还专门写了一本小册子怒喷那位古希腊前辈是个历史大忽悠。

可惜马涅托这部被称为《马涅托编年史》的莎草纸原著已毁于亚历山大里亚的大火，流传下来的只是一部分古代史学家抄录引述的片段。

马涅托将埃及史划分为三十一个王朝，自大约公元前 3100 年时上、下埃及第一次统一开始，至公元前 332 年亚历山大大帝入侵埃及为止，他整理出了一份完整的王名表，记载了每个王朝的发祥地名。

虽然《马涅托编年史》的一些细节后来被质疑和修正，但马涅托的伟大贡献在于制定了埃及朝代的排列标准。我们认为他对诸王朝的划分基本上是正确的——因为一直到现在也没有更科学的划分方法能够取而代之。

马涅托虽然也算是埃及人，但他所处的时代距离真正的埃及盛世王朝已经过去了差不多一千五百年，距离埃及文明的起源更是相差了近三千年。

在这漫长的岁月中，埃及并没有留下关于历史事件发生时间的准确记录，马涅托及其助手们通过旁征博引才完成了整理（当时的）三十一个王朝的伟大学术工程，他的断代方式是将埃及诸国王分成一系列保持统治很多代的统治家族，基本上一个家族就是一个王朝。

实话实说，在公元前 664 年这一时间节点之前的所有埃及历史年代都是估计出来的。

至于为何公元前 664 年开始可以不算估计，也全赖有了希罗多德的那本“历史聊斋”中的记载可做参考……

正如埃及学家劳埃德所评价的那样:“希罗多德是公元前 664 年至公元前 525 年的埃及历史的唯一连续记载者,尽管记述有误,但仍是现代研究这一历史时期的基础。”

埃及学的一切成果，自始至终都充满了梦幻色彩。

三十四个王朝

那么马涅托等人是如何推断埃及所发生的一切呢?

当然并不只是坐在神殿里拍脑袋，但需要他们拍脑袋的次数也不会太少。

在历史上有一些古代埃及人留下的不同时代以及不完整的王名表，但这些数据并不能直接参照使用，因为古代埃及的国王们有个更改铭文清除自己之前统治者记录的坏习惯，有些时候是出于政治原因进行抹杀，有些时候是出于虚荣要霸占前人成就，所以看着这些历史记录的残片，并不能确信埃及历史上都有谁进行过统治，以及他们在位时究竟做了些什么。

事实上今天的埃及学家与两千多年前的马涅托所用的手段差不多，都是依靠其他古代民族的记载或通过考古挖掘、天文学记录来旁证古代上下埃及所发生的一切。

例如第一王朝的杰特，他的统治时期可能接近十年。其证据来自“杰特统治了五年”，“杰特第一次远征努比亚之后的第二年”这样记录重要事件的只言片语，以此为基础进行计数。此外第六王朝时期国家对牛的统计大概每两年进行一次，那么关于珀辟一世的统治时间便参考“珀辟国王第六次统计牛之后的那年”这样的文字记录来进行了。

以上是早期年代的王名表编制方法，从中王国时代开始，经常出现几位不同的国王偏偏使用同一名字的现象，这样就非常容易造成判断出错。

到了新王国时代，史料逐渐增加，但内容冲突也越发多了。不同来源的史料对同一国王的重大历史事件描述可能相差二十至五十年之多，所以埃及学对于历史年代的修正非常频繁，随着新信息新证据的出现，埃及的王朝和年代被多次修改。

现代的埃及学家将埃及划分为三十四个朝代，主要是在马涅托的基础上增加了马其顿王朝、托勒密王朝和罗马王朝，此外还创造出零王朝这个概念，用以囊括几位早期的国王。

但无论如何，三十四个王朝这个数目也太过夸张，为了降低人们对埃及历史的认知门槛，现代学者又将埃及的王朝按照共同的政治、经济和社会因素等条件，进一步将这些王朝归纳为数个时代。

前王朝时代，包括了上下埃及统一之前的一千八百五十年的历史。这是埃及农耕技术和文化体系快速发展的启蒙期，象形文字就在这一时期出现，时间跨度大约在公元前 5000 年至公元前 3150 年。

早王朝时代，埃及的首都孟斐斯被建立起来，治理国家的庞大政府体系和分类细致的管理部门得到快速发展。

古王国是一个大金字塔时代，生活在大约公元前 2625 年至公元前 2130 年的埃及国王们只关心永恒的来世，他们动用举国之力兴建金字塔。

第一中间期大约发生在公元前 2130 年至公元前 1980 年，这是一个被天灾人祸持续打击一个半世纪之久的战乱年代。

中王国是一个稳定繁荣的复兴时期，它持续的时间大约在公元前 1980 年至公元前 1630 年，在这一时期的埃及统治者们小心翼翼地维持了长达三百五十年的富强稳定。

第二中间期大约发生在公元前 1630 年至公元前 1539 年，埃及遭遇到饥荒战乱的摧残，并且在历史上第一次亡国——带有闪米特血统的希克索斯人夺取埃及王位达一个世纪之久。

新王国将埃及带入了帝国时代，它大约发生在公元前 1539 年至公元前 1075 年，这段历史是埃及最辉煌灿烂的阶段，埃及成为世界史上第一个超级大国。而“法老”这个诞生于古王国时代的古老词汇，也自新王国第十八王朝图特摩斯三世起成为埃及国王的尊称。

第三中间期大约发生在公元前 1075 年前至公元前 664 年，埃及帝国崩溃了，混乱中来自殖民地的努比亚人控制了埃及政权达百余年之久。

从公元前 664 年开始，埃及终于有了相对可靠准确的纪年。但从这一时期开始，它也彻底陷入了可悲的长期衰弱之中。

在经历了两次波斯入侵和马其顿征服之后，公元前 30 年，罗马的军队兵临城下。托勒密王朝的末代女王克娄巴特拉七世自杀，从某些方面来说她的死亡基本上也为整个古埃及的历史画上了句号……

第二节 前王朝——史前埃及

史前埃及

远古时代，尼罗河谷是一整片沼泽地带。这里是野生动物的天堂：鱼群在水面下游荡，鸟类在密集的纸莎草丛中歌唱，羚羊、角马、牛羚、瞪羚、野牛和河马在峭壁附近的草甸上摄食。

大量的猎物自然也吸引了猎手前来：尼罗河道中有大量凶残的尼罗鳄巡游，这种鳄鱼最大可以长到六米长；岸上的土地被非洲狮、猎豹和豺狼等猛兽瓜分。

不过此时的尼罗河谷还不是一个宜居之地，这里全年气温湿冷，夏季时汹涌的尼罗河水沿着狭窄的下游河谷奔腾入海，洪水吞没了峡谷中的一切。

但气候一直向着更干更热的方向变化，尼罗河谷中的温度越来越高，逐渐出现了全年干燥的区域：农业生产的条件出现了。

在九千年前，人们已经开始在尼罗河谷中定居。

从古代埃及留下来的大量雕刻和绘画可以看出，埃及人的体貌特征是：黑色皮肤，黑头发，宽肩膀，身材高挑魁梧，宽阔的脸盘上有着直挺挺的鼻子和黑眼珠，低低的额头下是浓密的睫毛。这种体型外貌与古利比亚人和努比亚人大不相同，也与古亚细亚人不一样，显然具有埃及人自己的特征。

一般来说，埃及人被认为是由北非土著和西亚移民融合而成的。至于他们何时开始融合，至今尚无定论，不过这种融合显然开始得很早且经历了很长一个历史过程。

尼罗河谷中的艾尔卡布和卡伦遗址表明当时的居民以采集和狩猎维生，以艾尔卡布先民为例，他们在干旱季节进入尼罗河谷捕鱼狩猎，当尼罗河泛滥时转移到附近沙漠中的干河谷采集狩猎。

到了七千年前开始的法尤姆文化时期，储存粮食的坑穴遗址成群出现，这一现象可以判断这些先民实行集体耕作，农作物有大麦和小麦。学者们推测其耕作技术可能来自日出之地黎凡特，大致上包括今天的叙利亚、黎巴嫩、约旦、以色列、巴勒斯坦等区域的东地中海地区文明带。

另一个史前遗址梅里姆达位于尼罗河西岸，时代在六千八百年前。这里的居民种植大麦和小麦，放牧牛、羊、猪等家畜，同时也维持着渔猎的传统。

在遥远的过去，埃及先民们将家安置在河岸附近干燥的高地上，他们组成小规模自给自足的村落。这些居民建立起自己的捕鱼场、狩猎场，他们驯养动物，用纸莎草和芦苇编织篮子、筐子、席子，这些芦苇席子的一个重要用途是充当地穴谷仓的围墙。

每年当洪水退去以后，先民们走下山岗开垦田地种植大麦和小麦。他们用磨石和碾石把谷物加工成面粉，还懂得了酿造啤酒解渴的妙处。

人生不能只是劳作和吃喝，这些先民们有原始信仰和物质与精神的追求。

他们中有些人崇拜动物，为狗、豺狼、绵羊和母牛修建坟墓，将动物尸体用亚麻或芦苇席子包裹后细心埋葬。

他们从蓖麻中压榨出植物油，在石板上混合矿物制成眼部按摩油，并相信这种浓厚的黑色眼影可以帮助他们抵御强烈的阳光并且使他们免受疾病的困扰。虽然后世的科学家证明这种含铅的化妆品实际上毒性不小，但这并不妨碍埃及人继承并发展了这种“烟熏妆”的化妆概念。

能够保持泪腺发达的按摩油后来成为工人的劳动福利之一，甚至在拉美西斯三世时期因为拖欠按摩油和谷物报酬，发生了有史以来第一次罢工事件。

荒芜的山丘、河边的绿洲和河水构成尼罗河谷中的经典地形

那尔迈调色板（正面）

那尔迈调色板（反面）

埃及人在石板上调制化妆品，这种石板一般被称为调色板，其中最著名的一块用于仪式的大型调色板——那尔迈调色板——就是埃及统一的证明。

最重要的一点是，这些先民相信有来世。

他们把死者的遗体摆放成面向西方向左侧蜷缩躺卧的姿势，使其膝盖接触到下颌，用芦苇或兽皮包裹后埋葬在椭圆形的沙坑墓穴中。正是在灼热阳光的作用下，很多尸体变成了天然不腐的木乃伊，并给予先民们很多联想和启示。

尽管史前文化的居民没留下文字记录，但他们的存在有很多考古挖掘的成果证实——虽然埃及的母亲河每年都要用泛滥的洪水清洗大地上的生存痕迹，但先民们不是榆木脑袋，他们知道把死者埋葬在洪水无法威胁到的高处。

数千年后，考古学者们在尼罗河谷峭壁附近的高地上找到了很多史前墓穴，里面的陶器、武器、工具和首饰等随葬品证明了埃及文明并不是忽然从石头里蹦出来的，它有着正常的发展途径。

事实上，在尼罗河谷中发掘史前文化遗址并不容易。几千年来尼罗河逐渐改道，淹没了很多可能存在的文化痕迹，一年又一年泛滥带来的泥沙又将较低处的遗址深埋地下。

再加上先民们的建筑大多用泥砖建造，当一个聚居点被放弃后，它的建筑物很快就被风雨侵蚀成了有机物残骸“赛巴克”——这可是埃及农夫眼中的“金坷垃”！

埃及人对赛巴克的态度可以套用今天的洗脑广告词来形容：埃及农业不发达，赛巴克来支援它；拆掉遗址当肥料，小麦亩产一千八……

虽然前人的遗址很容易被后人拆了肥田，但尼罗河谷中的人间烟火长存不熄。随着时间推移，尼罗河谷中的人们逐渐聚集在一起。

前王朝时期的文化在不断发展，社会结构在逐步分化。

从酋邦到国家

在七千年前的巴达里文化时代，尼罗河谷中生活着大约十万居民。

从这个新石器时代文化遗址的不同墓室出土随葬品来看，百分之八的墓穴中的随葬品的数量等同于其余百分之九十二的墓穴，可见贫与富的悬殊差异程度。

在六千年前的阿姆拉文化时期，尼罗河的子民数量超过了二十五万。更多的人口意味着更多的粮食需求，而尼罗河始终有着洪水水位高低变化的老大难问题，随之而来的洪涝或干旱灾害始终是埃及人面临的严峻挑战。

想要发展自己对抗自然，就需要产生行为规则和社会组织来领导先民，帮助他们进行农业生产和食物分配。于是零散的村庄逐渐聚集起来，形成了被称为诺姆的区域聚落。这些诺姆逐渐发展成为埃及的常设行政区，而它们的领导者被称为诺马尔赫。

在同一时期奥马里文化的一个男子墓穴中，考古人员在墓主骸骨边发现了一根棍棒。这根棍棒是首领用的权杖，它充分表明了当时存在社会地位差别，也标志着不同社会阶层已经形成。

阶层差异还表现在坟墓的位置上，在涅迦达文化三期就出现了权贵专用墓地——即使是在五千年前，官老爷也已经不屑于和泥腿子并肩长眠了。诺马尔赫这类权贵被埋葬在由泥砖砌成的越来越大越来越复杂的长方形墓室内，而普通人依旧躺在浅浅的沙坑里。

正是在这一时期，埃及历史上的零王朝时代开启了。

以诺马尔赫为核心的史前居住区域被称为酋邦，不同酋邦之间的相互联系和竞争为建立统一国家开辟了道路。

终于在约公元前 3400 年，尼罗河谷中出现了上埃及和下埃及这两个国家。

上埃及的首都是涅亨，它的国王戴着被称为“海洁特”的圆锥体形状的白冠，它的守护神是秃鹫女神穆特，它以莎草与荷花为国徽。

下埃及的首都是培，它的国王戴着被称为“戴什瑞特”的红冠，它的守护神是眼镜蛇女神埃德佐，它以莎草与蜜蜂为国徽。

上、下埃及之间，以及它们内部的诺姆之间始终处于争战不休的状态。

总体而言，上埃及拥有农业技术和商品贸易的优势，以阿比多斯和希拉康波里为代表的上埃及城市发展起来，在这两处遗址中发现了非常专业化的陶器工坊，

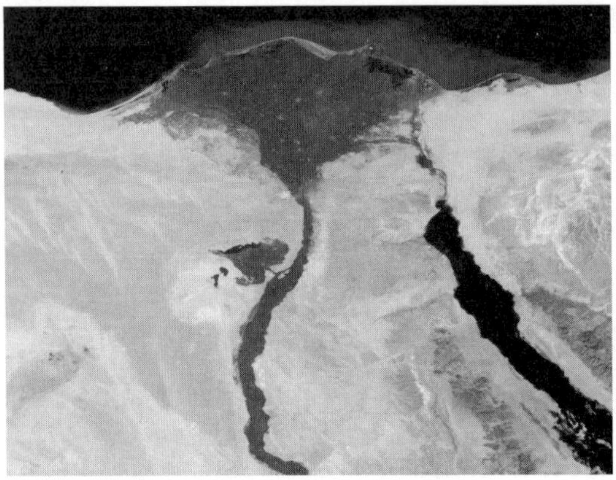

卫星图下的上、下埃及

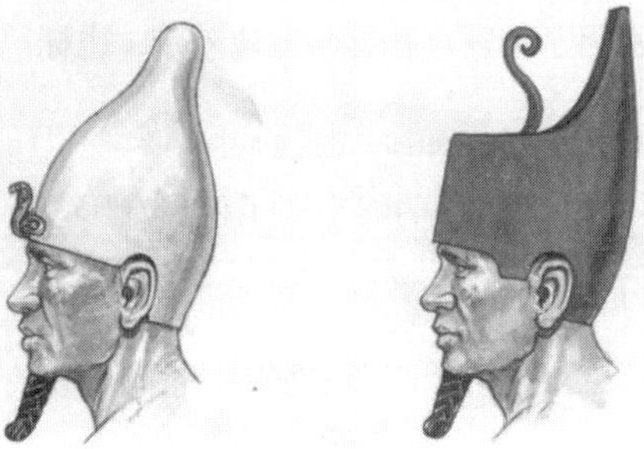

上埃及和下埃及的王冠

浮雕上头戴上、下埃及两冠合一的国王形象

显露出精湛的技术能力和发展优势。

考古学家在阿比多斯等地发现了来自南黎凡特的铜矿石、铜、松木、松脂和装运葡萄酒的陶罐，与此同时产自阿富汗的天青石和安纳托利亚出产的黑曜岩进入上埃及，努比亚和努比亚以南的非洲内陆则为上埃及提供了香料、珍稀兽皮、象牙、乌木。

在文化发展方向，上埃及也表现出强势之处。它境内出现了诸如希拉康波里、阿比多斯和涅迦达这样的政治和宗教中心，尤其是在阿比多斯和涅迦达都发现了大型建筑物的遗址和痕迹，而且从中出土了大量印章——这就是官僚机构和政府部门成形的标志之一。

中国古代印章上一般刻着官职或机构名称，在零王朝时代的埃及印章上虽然还没有真正意义上的文字，但是刻在上面的图画和几何图案被认定是象形文字的雏形。随后不久，在公元前 3250 年前阿比多斯的一处坟墓中便出现了古代埃及最早的象形文字。

埃及象形文字被希腊人称为“神碑体”，这些文字通常书写在莎草纸上。

埃及人认为他们的文字是月神、计算与学问之神图特所创造的，这一点和我们中国人的“仓颉造字”传说很相似。

埃及象形文字有二十五个单音字、一百三十七个双音字和七十二个三音字，也有少数同时表示意义和声音的图形字符，多数是借数个表形文字的读音来表示其他的概念。

埃及象形文字可以横写也可以竖写，可以向右写也可以向左写，写的时候全凭书写者心情，可谓随心所欲尽情泼墨，到底是什么方向全凭文字中的动物字符头部指向来判断。

一般意义上的埃及象形文字是指圣书体，主要用于比较庄重的场合，多见于神庙、纪念碑和金字塔的铭文的雕刻；僧侣体多书写于纸草上，相当于汉字的行书或草书，而世俗体则是对僧侣体的简化，二者基本就是简体字和繁体字的关系。

一般认为在两河流域是经济和管理的需求使得文字应运而生，而在埃及是宗教祭祀催生出象形文字。虽然神碑体的直接意思是“神的语言”，不过有趣的是，目前发现最早的象形文字却是被刻在容器标签上，用来标明产品的名称、产地、生产日期等信息——这哪里是神的语言，分明是商人的语言……

当然，宗教在古代埃及文明的形成和国家的产生过程中的确发挥了不容忽视的作用。

早在涅迦达文化三期之初，上埃及几个城市都把荷鲁斯作为重要的神祇加以敬奉：希拉康波里的统治者首先把荷鲁斯奉为保护神，权贵们借助于对该神崇拜范围的扩大来强化自己的世俗权力。希拉康波里统治者的名字被刻写在象征王宫横切面的图案上，而君主名字上面则是表现荷鲁斯的隼，意指荷鲁斯神保护君主，这充分表明了王权与神权之间的密切关系。

上、下埃及信仰不同的神灵，它们彼此贸易也彼此攻伐，就在这种带刺痛的融合之中，前王朝的时代逐渐落幕。

一位野心勃勃能力出众的上埃及地方权贵逐渐统一了整个上埃及，接着他挥军北下征服了下埃及。这位统治者就是刚才提到的那尔迈调色板上所歌颂的主角——统一上、下埃及的雄主那尔迈。

那尔迈调色板的一面是由两个动物的脖颈交织而形成的可供调色的浅坑，通常被视为正面。正面从上到下分成三部分，上方是那尔迈视察战场，他面前的敌人尸横遍野；中间是两头怪兽被驯服的场面；下方则表示国王如公牛般捣毁敌人的城池。在调色板的反面，高大神勇的那尔迈一手握住一个屈膝敌人的头发，另一只手举起权杖准备敲碎他的头盖骨。在那尔迈的对面，希拉康波里的保护神荷鲁斯呈现隼的形象，用绳子牵着敌人的鼻子。敌人的后背上长着类似莎草的植物，不少学者认为它在此象征下埃及。

在调色板的正面，那尔迈戴着代表下埃及的红色王冠；在调色板的背面，那尔迈戴着代表上埃及的白色王冠。一般认为那尔迈调色板表现的是一场决定埃及南北统一的战役，那尔迈通过血腥战争武力统一了埃及全境。

自那尔迈之后的埃及国王经常戴着被称为“塞凯姆提”的红白双王冠，并采用一些名字和头衔来表示他们是上下埃及两土地的统治者。

埃及的统一象征着新时代的来临，早王朝的时代开始了。

第三节 〈 早王朝——埃及的黎明

武统与和统

上一节讲述了传统的那尔迈武统埃及说，目前还有些学者提出了和统说。

他们认为埃及全境在文化上的融合和政治上的统一在那尔迈登基之前已经基本完成，那尔迈调色板描述的内容很可能是这位国王率部驱逐游牧部落特海努人的战役，其理由之一是那位正被那尔迈揪着痛殴的俘虏——这倒霉孩子的衣着打扮并不是下埃及人的典型模样；其二是在上埃及尼罗河以西的艾尔—卡什干河谷中发现了刻写在岩石上的那尔迈的名字，他们认为能促使这位国王来到这片不毛之地的唯一理由就是特海努人自西部沙漠的入侵威胁，那么调色板所记载的很可能是击退入侵者的功绩，而不是内战的胜利。

这就是历史研究的有趣之处，在很多时候大家认为“千真万确”的某一论断，很可能随着忽然出现的决定性文物证据被颠覆。像那尔迈统一埃及这样众说纷纭却又缺乏决定性直接证据的例子，我们只能暂且选择一个最有说服力最易于被人接受的结论来相信，反正没有白纸黑字的文字记录，谁也无法乘坐时光机返回过去让那尔迈先生立个字据不是？

无论如何，上、下埃及统一了，埃及进入了短暂的早王朝时期。

那尔迈的征服并没有带来和平，上下埃及之间仍然时常爆发冲突，南方与北方依旧没有彼此认同为一体，要对他们提出“埃及人不打埃及人”的口号实在太难。

面对这种局面，那尔迈开创了政治婚姻这项伟大的发明，他迎娶了一位下埃及的公主为妻，以此确保下埃及的权贵接受他的统治。

在埃及的历史上，国王的婚姻在很多情况下并不是出于个人情感的选择，而是为了加强王室家族的联系、确认政治交易或外交关系等等，总之王室成员的生活必然是为政治服务的。

目前已知除了那尔迈之外，早王朝时代至少还有第二王朝的国王哈谢海姆威也娶了下埃及的公主。

我们目前获得的早王朝时代的信息主要来自阿拜多斯的国王墓穴和萨卡拉的贵族墓地，在这些泥砖砌成的坟墓中，要想在几千年来反复光临的盗墓者指头缝里找到些有价值的珍宝实在不容易。至少我们可以确认的是早王朝的埃及已经拥有了精湛的手工艺技术，精美的那尔迈调色板并不是那个时代唯一的特例。

早王朝被划分为从零王朝到第三王朝，一共跨过了三百七十五年的时间。

在这个时代中，国王们已经相信自己可以享有来世的生命，为了确保自己的来世有家人陪伴和侍从伺候，他们会在家人和仆役中挑选殉葬者，随自己一同踏上死亡之旅。

目前已知第一王朝的杰尔国王有超过三百个殉葬者，这些人被杀死后跟随国王前往他的来世。永生的资格是属于国王的，只有他能在来生登上太阳船巡视天空，陪葬者只能在自己的坟墓中等候。

殉葬是一种野蛮愚昧的做法，这种大屠杀不仅血腥残忍而且浪费。那些不幸被国王选中的殉葬者一定非常同意这一点，遗憾的是他们没有拒绝的权利。

所幸早王朝的统治者很快意识到这一问题，在第一王朝末期殉葬的风气逐渐消失了。

孟斐斯的公务员

埃及的人口在快速增长，到了第二王朝末期已达到百万规模。

人口增长的前提是粮食的充足供应，这要归功于早王朝的国王对水利系统的规划管理。埃及国王同时也是最高祭司，他的首要使命是控制尼罗河的泛滥以保证风调雨顺五谷丰登。

每年6月，青尼罗河和阿特巴拉河裹挟着埃塞俄比亚高原的火山淤泥和腐殖质浩浩荡荡汇入尼罗河，滚滚浊流富含矿物质和有机物，这是滋养大地的大洪水。尼罗河谷中的水位持续上升，到9月中旬达到顶点后逐渐退去，在10月会短暂上升并再度退去，然后就是留给埃及人的肥沃干燥的土地了——老少爷们抄家伙上，赶紧种地吧！

埃及人自然对尼罗河的重要性心知肚明，在一份撰写于公元前2100年前的《尼罗河颂》中这样歌颂尼罗河：

向您致敬，尼罗河！

您在这块土地的每个地方都给埃及带来生命！

在庆祝节日的时日，你神秘地从黑暗中出现！

您浇灌拉神创造的果园，让所有的牛能够生存，令大地畅饮您的河水，永不枯竭！

您来自天空，喜爱塞伯的面包和内派拉的第一批水果，您使普塔的作坊兴旺！

……

他游遍埃及，填充谷仓，更新市场，照看不幸者的货物……

一切皆因泛滥而变，它是所有人的康复香脂。

这首颂诗提到了很多埃及神灵的名字，而最具体的泛滥也有个具体的神灵形

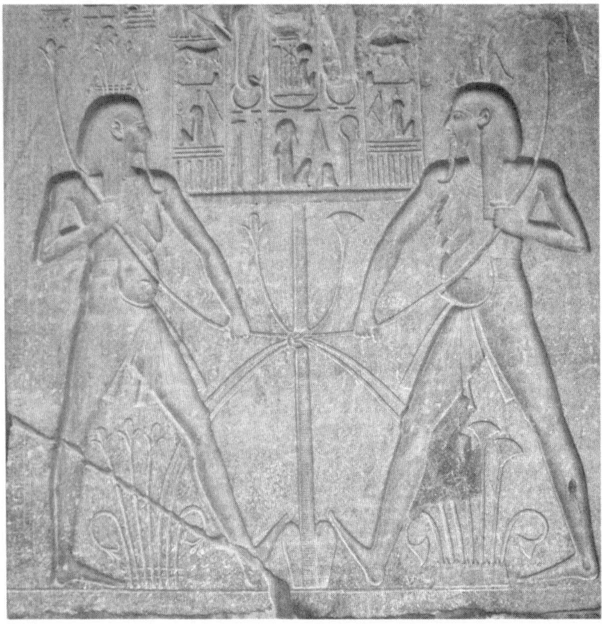

快乐的胖子哈比神。注意他夸张隆起下坠的肚子，那是哈比神的特征

象：胖乎乎的哈比神，头上长着纸莎草。埃及人相信每年哈比神会从凯拜尔·埃尔—希尔希拉（现代埃及的埃勒凡塔附近）开始泛滥，所以每年都要在泛滥时向尼罗河唱致哈比的颂歌：当他出现以后，土地欢呼，每个人都欢欣鼓舞！

作为荷鲁斯神的人间化身，埃及的国王有责任控制尼罗河的泛滥。

每年6月前大家欢呼是欢呼了，歌颂也歌颂了，但哈比神的脾气实在难料，这胖子总有耍小性子的时候。尼罗河的泛滥一旦出现计划外的过高过低，都会给埃及带来灾难。过低的时候会导致田地缺水无法耕种，埃及人会苦于粮食短缺造成的饥荒；过高的时候洪水漫卷而来，把大地上的城镇村庄全部吞没。

所以从第一王朝时代开始，国王们便开始指示人民挖掘水渠引水灌溉，排干沼泽制造农田和城镇，并在重要区域建立堤坝阻挡洪水。

这样的大规模基础建设必然需要一个大规模有组织的行政机构来执行，于是高度集权的王国政府和官僚体系随即出现。

第一王朝的国王美尼斯在人工排干的沼泽土地上建立起首都孟斐斯城，孟斐斯的意思是“白色的城墙”。这座位于尼罗河三角洲南端的城市逐渐发展成古代世界最大的城市之一。

孟斐斯城里聚集了大量的专业人才，他们是被王国政府雇用的书吏、征税员、会计、工程师和建筑师，这些各领域的专家们负责掌管国家贸易、灌溉和排水系统、食物的分配和储存等工作。

书吏首先是个记录员，他们使用速记性质的“僧侣体”象形文字，整日盘坐在地，用芦苇管笔在薄木板或莎草纸张上奋笔疾书。每当政府有公务事项要进行处理时，他们做的第一件事情就是召来书吏把整个过程实时记下。

数千年后，那些记载着啤酒罐进出货数量、工人对食物分配的抱怨投诉、祭司的祈祷用词等浩如烟海的埃及日常记录碎片被当成珍宝陈列在各大学府和博物馆中，成为研究埃及历史的第一手资料。

会计和工程师掌握了古代数学史上所有的基础数学计算和测量技术，这要归功于哈比这个“神胖子”，每年他掌管的泛滥结束之后，整个国家都必须重新丈量土地。如果不总结出几何学和加减乘除的知识，从国王到诺马尔赫都得因为无

今天静卧在沼泽芦苇丛中的孟斐斯城遗址

法确定地产边界和粮食产量而抓瞎。

在他们的努力下，早王朝统一了度量衡体系以简化贸易和税收流程，还推行了一年三百六十五天的历法——直到今天，我们仍受惠于此。

至于建筑师，他们最伟大的成就正是埃及的标志性建筑——金字塔。

第三王朝的左塞国王将自己的国界推进到阿斯旺第一瀑布，确保南方贸易路线畅通无阻。由此带来的滚滚财富，使他可以考虑为自己的永生之地提供一些创新举措，好让自己有别于那些躺在泥砖坟墓中的前辈。

于是，左塞的维西尔（类似首相的首席政府官员）伊蒙霍特普设计了位于萨卡拉的世界上第一座金字塔：阶梯金字塔。

阶梯金字塔是埃及历史上开天辟地的壮举，也是世界建筑史上的第一个全石质建筑。它由几个长方形的马斯塔巴坟墓连续堆积起来，小的摞在大的上头，一层层叠放上去，最后建成一个全高六十二米，底部东西长约一百二十一米、南北约一百零九米的六级阶梯形金字塔——左塞国王死后，心满意足地躺在这座金字塔下面。

埃及的官僚体系是高效运转的一个复杂机器，官僚中并不是每一个人都掌握权力，但其中大部分的职业官员的确拥有专业知识。在专业有效并且庞大的公务员队伍运作之下，医术、文化、宗教和政治传统在早王朝时期建立起来，并在整个埃及历史中延续传承。

你的名字

前面说到埃及第一批公务员诞生于孟斐斯城中，而建立孟斐斯的是美尼斯，他一般被认为就是那位征服了下埃及的那尔迈。

那么出现了一个问题，为何美尼斯就是那尔迈呢？答案很简单，这是历史学家猜的……

在马涅托的王名表里本来没有那尔迈这一位，不管是他还是希罗多德，甚至是更早的埃及时代的王名表中都把美尼斯列为第一位国王。马涅托还详尽记载了美尼斯统治了上下埃及六十二年之久，最后不幸在狩猎时遭遇河马袭击而驾崩——死于河马之口者很多都是“一口两断”的结局，想必美尼斯陛下的死状也比较凄惨……

大家把美尼斯当成第一国王几千年，结果在 1898 年出土的那尔迈调色板上又非常强烈地表示出这位爷才是统一埃及的国父。

于是在尴尬之余，学者们赶紧提出几个假设往回找补：

一个是美尼斯是那尔迈的儿子，排名王名表第二位的霍尔—阿拉；还有一个是美尼斯和那尔迈根本就同为一人。之所以会产生这些假设，还是因为埃及人的名字实在有点儿坑爹……

在埃及神话当中，经常出现一个神灵拥有不同名字的现象。例如那位没能成功守住下埃及的眼镜蛇女神埃德佐，她还有个名字叫瓦杰特。

埃及象形文字没有元音字母，所以我们无法知道那些莎草纸和方尖碑上的字符该如何准确地发音，而且埃及人的名字构成非常独特复杂，这就造成了很多种并存的翻译解读。

更复杂的是在埃及人中有每个人取两个名字的传统，其中一个让别人用来称呼自己，另一个只有自己知道的才是真实名字，以此来保护自己的名字不受伤害。

埃及人还存在“避讳”神灵的做法，例如第十九王朝塞提一世的名字中含有赛特的名字，当他为奥西里斯大神建立歌功颂德的方尖碑时，就只好用“伊西丝结”（可能发音与赛特相同）这个化名来避免触犯神灵——毕竟杀死奥西里斯的凶手就是赛特嘛。

新王国时期曾有一个因为试图谋杀国王而被处决的权贵，这个千古逆贼的名字本义是“拉神是他的造物主”，在被审判和判决的档案中，书吏大笔一挥给改成了“拉神是他的仇敌”。不过这样做与其说是避讳拉神，不如说是为了诅咒叛国者，毕竟埃及历史上还没有出现过因为名字有神灵做靠山就可以不被砍头的牛人……

此外，也有一些历史造成的一人多名问题，例如拉美西斯二世的石像被发现时，没人知道他是谁，于是希腊人将他称之为奥西曼提斯，这个希腊名字又被雪莱写进诗文里，并随之名扬四海……

名字对于埃及人来说拥有非同一般的意义，在埃及创世神话中，科荷普拉看着虚无的四周无处落脚，于是他喊了一声自己的名字，他自己便由此诞生了。他想有个落脚的地方，便喊了一声这地方的名字，这地方也随之出现了。

基于这种神话，埃及人相信人和名字相互依存，名字也有自己的灵魂或精灵“伦”，它不是一个思维中的抽象概念，而是具备创造与毁灭魔力的实体。

名字可以代表一个人的形体和实质，名存人存，名亡人毁，所以在埃及人的坟墓中专门有保护墓主名字的咒语铭文，而埃及历史上很多当权者从石碑、神像上抹去前朝统治者名字的举动也就更好理解了。

与此同时，埃及人特别重视名留青史。因为他们心里也清楚木乃伊永世长存的概率不高，更何况还有些穷人根本做不起木乃伊，而死后的灵魂如果失去木乃伊这个形体也会无法存在，于是便产生了各种弥补挽救的措施，其中就有借助名字让灵魂不朽的方式。

历史上在别人的墓碑上刻字搭车蹭个留名机会的例子有不少，更有甚者干脆把别人墓碑上的名字彻底抹去刻上自己的，这样就完成了鸠占鹊巢的步骤。

当然，权贵们不必采取如此不堪的手法。官员可以在给自己建立雕像或立碑时，将老婆孩子乃至三大姑七大姨之类的名字一并刻在自己名字后面共享不朽——毕竟一家人最重要的就是齐齐整整。

埃及人的名字以词语和短句的形式存在，通常情况下名字中含有神的名字和对神灵能力的描述，例如著名法老图坦卡蒙之父阿蒙霍特普四世名字的意思是“阿蒙所满意的”。还有些名字的含义是表达某神灵的孩子或某神灵所爱之人，不过埃及人的名字含义中没有表达某人爱某神的范例，这种爱是自上而下由神传达给人的。

在埃及传统中，只有国王及其王室成员的名字能够以某神或某神的孩子而自称，普通人可以退而求其次，取名为某某国王的儿子或女儿——这要在中国古代，接下来一定是狸猫换太子的大案了。不过随着王权的衰落，在早王朝之后连普通人也堂而皇之地自称为拉神的儿子或伊西丝的女儿了。还有一种取巧的办法是将对神灵的赞美直接当成名字，比如“阿蒙神是万神之王”“图特神力大无穷”，这样一来别人称呼自己时还顺便高呼口号赞美了诸神，当然很容易取悦神灵好让好运临头了不是？

当然，除了那些动辄与神灵权贵连接的取名方式之外，埃及普通民众还是有更多接地气的命名方式的，比如叫“娜芙瑞特”的女子，她的名字含义就是“美丽”；叫“耐赫特”的男子，他的名字含义就是“强壮”——这样的名字看起来和中式的“张美丽”“李强”之类很像吧？

老百姓的朴素追求，放之四海而皆准。

好了，让我们回到国王的名字吧。

早王朝之后，自第五王朝开始，埃及国王开始有五个王名。这五个王名分别是：荷鲁斯名、两女神名、金荷鲁斯名、登基名和出生名。

埃及王权的神圣地位首先通过荷鲁斯得到确认，国王就是人间的荷鲁斯。早期的王名都以荷鲁斯名出现，例如那尔迈调色板上出现的王名“那尔迈”就是荷鲁斯名。

两女神为秃鹫和眼镜蛇，分别为上、下埃及的保护神，法老通过这个名字展现其与两女神的特殊联系，同时也是埃及统一的象征。

金荷鲁斯名可能象征国王是王权保护神荷鲁斯在人间的化身，也可能象征荷鲁斯神对赛特神的胜利，其准确含义还待定。

登基名是国王继承王位时的王名，象征国王统治上下埃及。

国王的出生名，也就是拉神之子名，它常与登基名同时出现，拉神之子名体现了国王与太阳神的血脉联系。为了保护国王的登基名和出生名，它们都被写进有魔力的王名圈中。

对于埃及人而言，国王与神基本画上了等号。

不过在第三王朝的早期，连续几位国王都面临着地方大贵族的威胁，以至于他们的神灵化身位置都开始摇摇欲坠。为了稳固统治，国王们甚至被迫向诺马尔赫们行贿——他们把大量地产、成群的牲畜和丰富的礼品赠送给大贵族以换取忠诚，因为这些地方实力派已经变得过于富有和独立。

随着早王朝的结束，埃及终于进入一个王权稳固国家安定的新时代，那是一段属于古王国和神王们的安静时光……

第四节

古王国
——神王的天国

大房子里的神王

埃及的神话认为诸神、国王和普通人都在遥远的过去被一体创造出来，国王既然是荷鲁斯活着的化身，那么他便是神灵与凡人交流的中介，肩负维持世间万物秩序的职责。

在埃及，国王代表诸神与宇宙中的邪恶力量作战，他支持玛阿特精神，对抗邪恶的伊斯菲特。国王不会真死，他在人世间的死亡不过是从凡间返回到天上，从一个神的化身转化成另一个神的化身。

在上下埃及境内，国王所说的每一句话都是法律，正义意味着国王喜欢这样，罪恶意味着国王厌恶那样。

国王是埃及最高祭司，他负责土地繁荣、粮食丰收、尼罗河适度合理地泛滥和太阳的东升西降。他的加冕仪式在每年尼罗河泛滥之处进行，以象征他对河流的控制能力。

国王是最高统帅，他保卫国境安全，驱逐一切入侵者，维护上下埃及的统一。

国王在法律意义上拥有上下埃及的一切财产，包括人民、土地、动植物乃至于建筑物上的每一块砖，而国王触摸过的每一样东西，从王冠权杖到啤酒杯凉鞋都被赋予了魔法力量，这些物品因为被国王使用而受到埃及人的尊崇。

国王的宫殿被称为“派尔—阿阿”，意思很直白，就是大房子——国王自然不能住在小窝棚里嘛。当这个词语被希伯来文和希腊语辗转音译之后，就变成了流传至今带有许多梦幻色彩的名词“法老”。

法老后来成为埃及国王尊称的时候，已经是帝国时代的埃及了。在此之前的三千多年里，它只是对宫殿的称呼罢了。

既然普天之下莫非王土，率土之滨莫非王臣，那么住在大房子里的国王每天过着怎样的生活，是勤政爱民事必躬亲还是酒池肉林荒淫无道呢?

从埃及的历史来看，国王们最擅长的或者说是埃及人最重视的，还是首席祭司这项有前途的工作。

埃及是个活在神话里的国度，国王每天把大量时间用在执行魔法程序和完成宗教仪式上面。因为他是神灵化身，如果他懈怠这项工作的话，那么无论上下埃及的其他祭司们如何努力都是无效的。从正面角度来讲，国王的百姓会将神灵保佑的风调雨顺归功于他；从负面角度而言，出了天灾人祸之后国王也要承担维持宇宙秩序不善的责任。

为了保证国王在执行宗教仪式时不出岔子，无论他身处上下埃及何处的派尔—阿阿当中，都随时有大群的职业官僚、祭司顾问、王室成员在那些奢侈壮丽的宫殿中围绕着他。

在很多情况下，国王的亲信、宫廷官员连同他们的家属和下属职员都居住在大房子里。所有人的生活开销都由国王负担，他们拥有普通人难以期望的奢侈生活待遇，并且可以在死后埋葬在国王坟墓附近，并享有亚麻、香脂、棺木材料、石碑等陪葬品供应。这一点是非常令人羡慕的，因为按照古王国时期的神学理论，这些人将作为国王的伙伴一同享受永生。

这些亲信享有身为国王朋友的至高荣誉，其中包括如下一些国家最高领导班子成员：王冠首饰的保管者（负责保管王室机密信息）和国王出席活动的邀请信签发者（负责管理国王言论机密）等等；此外还有国王服装主管，他负责监督手艺人及芳香油和软膏洗液的主管、国王假发的保管者和侍寝官等高级官员。每一级的官员都监督着自己的下属，以此保障神圣国王的舒适生活。

与国王一同生活在大房子里的国王母亲被称为“伟大的国王母亲”，国王正妻被称为“伟大的国王妻子”，她们在神学理论上被认为与哈托尔女神关系密切，基本上也被视为女神的化身。

除了正妻之外，国王还拥有庞大后宫。到了帝国时期，后宫成员甚至多达数百人。虽然国王的正妻一般带有政治联姻属性，但国王可以按照自己的心意选择爱人成为国王最喜欢的妻子。如果国王的伟大妻子不能生育儿子，那么国王会在后宫中选择一个妻子的儿子立为王储，这时这位幸运的母亲不论出身如何会立刻升级为王后，成为伟大的国王妻子。

当国王年纪太小无法统治国家时，他的母亲或相当于母亲的女性长辈会以共治者身份辅佐国王。不过在通常情况下，国王还是会立自己的儿子为王储，有些时候还会进一步将王储提升为共治王，父子两人一同治理国家。

埃及的王子们在理论上都有机会继承王位，在他们的父亲选择王储之前，他们被安排参加狩猎远征、军事比赛和运动竞技活动，从而令他们有机会表现出自己的特殊才能。不过就算自己的兄弟被立为王储也不要紧，身为王子总是不用为出路发愁的，他们从小受到神学、军事、天文、数学、工程和建筑等方面的教育，可以在高级官员或祭司岗位上找到出路。至于王储，为了保证王室血统纯正，他会被安排与自己的姐妹或堂姐妹结婚，这种婚姻也是为了纪念伟大的奥西里斯神与妹妹伊西丝女神的神圣关系。万一国王竟然没有儿子，那就只好找个赘婿上门了——埃及传统上会在高级官员中寻找王位继承者，并且他必须与国王的公主结婚。

从理论上而言，国王可以将治理国家的行政工作交给他的维西尔。

事实上在古王国时代，国王们也大致上都是这么做的。他们被视为神，而神王的统治不容置疑。

在那个国王权威备受尊崇，国内政治稳定的安宁岁月中，作为上下埃及唯一有权享受永生的人间神灵，他们只考虑一件事情——建造自己的坟墓。

大金字塔时代

古王国的时间跨度持续了约四百九十五年，它包括了第四王朝到第八王朝的历史时代。

在古王国的大部分时间范畴内，王权和神权的结合牢固稳定，贸易为国王带来滚滚财富。既然天下太平江山永固又不差钱，那么作为世间唯一有资格享有永生权利的神王，自然只有一件事情值得他们心无旁骛地投入一切资源和注意力，那就是建造自己的“百万年之屋”。

古王国时期的上下埃及没人不知道百万年之屋的含义——那是对国王永恒坟墓的尊称。这不是一座简单的坟墓，而是以坟墓为核心而建筑的整整一座死者之城。古王国时代最有才华的祭司、建筑师、天文学家、教育学者们都集中起来，他们指导大批石匠、雕塑师、画师和书吏，将古王国最灿烂的建筑和艺术成就都表现在国王的坟墓当中。

每一座国王的坟墓，都是一个规划完善的王陵城市，其中不仅仅包括国王的坟墓，还有周围作为他的朋友一同搭便车享受永生的权贵的坟墓，这无疑是神王赐予臣下的巨大恩典和无上荣耀。

为了实现这一宏伟计划，在古王国最鼎盛的时期，国王投入他所能控制的全部人力物力，从每一块石头到每一个农夫，整个王国所有的资源都用来建造国王的永生之所。

自从早王朝的左塞王荣耀地安眠在阶梯金字塔中之后，这种体面的安葬方式深深打动了后代君王们的心。当他们拥有的财富和国力比左塞更强大时，已经没有什么能够阻止国王们开始一场金字塔竞赛了。

一开始的时候，国王们对于究竟采取哪种建筑方式举棋不定。例如有钱任性的第四王朝国王斯尼夫鲁就花了近四十年时间一口气建造出两座金字塔来一比高下。

壮丽的百万年之屋

凝视你的正是胡夫

这两座金字塔都位于开罗附近的达赫舒尔地区，其中一座被称为弯曲金字塔，它的底部为边长约一百八十九米的正方形，是埃及建造光面金字塔的一次尝试。

弯曲金字塔其实本来是不弯的，在原始设计中打算建得很高。可是在建造过程中建筑师们发现金字塔会因为无法承受自己的体重而坍塌，大家赶紧把高度降低到约一百零五米。当高度降下来的时候，底层部分已经完成了，于是预定的角度也被迫修改，最后变成了在塔身超过一半高度的时候角度突然出现变化，由五十二度倾角变为四十三点五度倾角的弯曲构造。

弯曲金字塔旁边的红色金字塔是斯尼夫鲁为自己建造的另一座陵墓，这个表面光滑的金字塔虽然体型较小，却是埃及历史上第一座真正的锥形金字塔。红色金字塔因为所用的建筑材料会在光线作用下泛出淡淡粉红色而得名，外形非常优美典雅。

红色金字塔的内部结构比较简单，从墓口通道下去之后进入第一个墓室，接着走过一条低矮走廊进入开阔的第二墓室，再沿着陡峭的石阶爬上去之后就是主墓室了。

在寂静的金字塔中发出的任何一点声音都会因为回声效应变成轰鸣巨响，令闯入者有随时随地会坍塌的错觉。在墓室走廊上空的锥形天花板高且狭窄，压迫感极强烈，代表斯尼夫鲁复活升天的楼梯。

弯曲金字塔内部空间要大很多，穿过一条长约八十米的狭窄地道，可以进入弯曲金字塔宽阔的拱形内殿。从拱形内殿出发，有通往其他内室的过道，在金字塔内部有一上一下距离约十八米的两个墓穴，分别有独立墓道通往不同出口。

斯尼夫鲁最后究竟埋葬在弯曲金字塔还是红色金字塔中依旧是个不解之谜，不过他的儿子胡夫并没有像父亲一样搞出一堆试验性金字塔来陷入选择困难症中。这位继任的国王花了二十五年的时间为自己的来生做准备，他的成果就是至今仍蕴藏了无数秘密，并且将金字塔建筑艺术和科学技术推到前无古人后无来者地步的伟大作品——大金字塔。

在开罗西南吉萨高地的西北角方位，临近沙漠边缘的位置上耸立着胡夫大金字塔及其配套的大墓地。

在胡夫之前，从未有人在此地建筑任何建筑物。当他的大金字塔完全建立起来之后，高一百四十六点五九米，相当于四十层楼（由于几千年的风化剥蚀，目前高为一百三十八米）；四周底边各长二百三十米（目前长二百二十米），它将地球上最高建筑物的纪录保持了数千年之久。

大金字塔本身用排成二百一十行的二百三十万块磨光的石灰岩石砌成，平均每块岩石重量约两吨半，最大的石块重约十五吨。石块接合得非常严密，连张纸也插不进去。周围还有约两米五高的围墙和一座用来为胡夫举办葬礼的巨大神庙，整个建筑群周长长约六千五百米。

从这里开始有一条八百余米长的甬道通往尼罗河岸边的河谷庙，附近沙漠中还有至少五个大沙坑中埋藏着胡夫的精灵巡游天空时需要的太阳船。

大金字塔内部是一个复杂的迷宫结构，由布局复杂的埋葬间、通道、竖井和走廊组成。但是与父亲斯尼夫鲁一样，人们也没能在大金字塔中找到胡夫的木乃伊。有一种推测是在漫长的时间中，历代盗墓者早就潜入大金字塔，将其中的木乃伊和随葬珍宝洗劫破坏殆尽了。

胡夫并不是一个人孤单地躺在金字塔中，在宏阔的死者之城中有几百个权贵的坟墓“马斯塔巴”，这些人中有王室成员、贵族、高级祭司和高级官员，他们作为国王邀请的朋友同享永生。死者之城中并非只有死者，在附近村庄中居住着建筑工人和祭司，建筑工人继续完成附近为王后建造的三座小金字塔，祭司则在国王去世以后充当他个人偶像的崇拜者，保证四时香火不绝。

除此以外，还有一个微型的祭祀用金字塔，这是胡夫死后用来举行宗教和魔法仪式的场所。

埃及人将胡夫的百万年之屋称之为“库特胡夫”，意思是胡夫的地平线。即使是这些见多识广的人们，也惊叹于国王突破天际的想象力和大手笔：在胡夫金字塔最辉煌的时代，远远地从地平线上就能看到大金字塔顶部的闪耀金光——那是它九米多高覆盖着黄金的锥形顶石在反射日光。

埃及人确信这是一个真正的太阳神王的陵墓，即使是在今天，进入大金字塔者都会体会到异常闷热带来的窒息感。

关于大金字塔的神话和鬼话经久不息，甚至到了金字塔由外星人建造的地步，这种拍脑袋式的民科推测是对埃及人智慧和汗水的亵渎。

希罗多德宣称自己曾亲自抵达吉萨高地探访大金字塔，并向当地人请教这项奇迹工程的建筑过程。他在《历史》中如此记载：“胡夫国王听从祭司们的建议，使得国民陷于水深火热中。他为了实现自己的私欲强制全埃及的人民工作，更常以十万人每隔三个月交替一次的方式服役。仅仅建设为拖拉石头的道路，就使人民的劳役持续了十年……建造一座金字塔须花费二十年。”

除此之外，他还记载了有关大金字塔建造的方法：“建设金字塔采取了阶梯式建筑方法：先造好阶梯后，再用木制的起重机举起剩余的石头。或许是用与阶梯数量一样的起重机，或许只用一台易于移动的起重机，总之使石块一一往上移动到预定位置。”

希罗多德的记载距离大金字塔建成之日已过去两千多年，所以他也只能道听途说留下无法考证的记录。事实上至今我们仍然不知道金字塔建筑的细节，所以对建筑时间和人力要求一直众说纷纭，就连建筑工人数量都从希罗多德的十万人到现代埃及学家的一万五千人不等。

但唯一可以确认的是，埃及人只拥有简陋的测量和施工工具，但他们凭借着无限的人力和无尽的宗教热情，依靠极严密的组织领导体系和充裕的时间来完成这项使命。

根据当时的记载，直接指挥建造大金字塔的是胡夫的维西尔海莫。埃及人深信太阳西沉的尼罗河西岸是死者之国，为避免过于接近尼罗河会遭洪水淹没，以及避免尼罗河过远不便于搬运石头，海莫选择在吉萨高地建造大金字塔。

从目前的考古发现来看，埃及人用来测量的工具是绳子、木棍、铅锤、水平杆和三角板。但他们会充分利用其他辅助手段解决问题：工程师在高地岩盘上凿出网格状水渠后灌水，利用水平方式测定大金字塔的正确平准度。接着再利用星座定位将金字塔的四角指向东西南北四个方位。

建造金字塔所用的石灰岩大都是从尼罗河东岸的图拉采石场采掘而来，内部长廊和房间中所使用的花岗岩采自尼罗河上游的亚斯文等地，国王埋葬间和外层石棺用的是埃勒凡塔附近采来的粉红色花岗岩。

开采石材的时候，默念挖掘机技术哪家强是没用的，毕竟蓝翔再强也没法穿越时空来帮忙……能帮助埃及工人的只有燧石刀、铜锤子、铜凿子、木楔子和水。

凿石工首先观察寻找石块间的缝隙，然后用凿子加工之后打进木楔子并灌水，之后等待太阳光的热量使木楔子膨胀将岩石崩裂。至于花岗岩就只好用更坚硬的闪长岩石球或石板硬生生砍下来了，所有的石块都需要经过石英石沙子打磨成合适的大小再进行运输。

论起推石头，埃及遍地都是老司机：等待运输的石块先放在木橇上，再推到并排的圆木上以人力加驴子和牛一起用绳子拉到河岸边，一路上泼油进行润滑，一直推到尼罗河上使用兽皮浮袋增加浮力处理的大木筏上。经水路运到工地后，还是用老办法逐步推到吉萨高地。

至于希罗多德提到的所谓起重机，经过现代考古学家的验证，埃及人只会制造简易的木制卸货机，要举起平均两吨半重的石材实在是“臣妾做不到啊”……

按照现代主流的推论设想，埃及人应该是先在金字塔的侧面建造斜坡道，并在斜坡道上埋入圆木以减少阻力，巨石就沿着斜坡道推上基座安放。随着石阶升高斜坡道也相应升高，等到建造至金字塔顶时，再逐渐拆卸斜坡道并填入打磨好的上等白色石灰岩板材装饰金字塔外表面。

与很多人的想象不同，虽然埃及是奴隶制国家，但大金字塔却主要是由自由人建造的。

每当尼罗河进入泛滥季节，农民们由于农田被洪水淹没而无所事事。这个时候，国王会出钱征募他们到各地施工现场做劳工。这些庄稼汉虽然不专业，但是领导他们的是由建筑师、工程师、职业工头、石匠、工匠和书吏组成的专业管理队伍，他们工作整整一个季节，有些人可能会在工地遭遇不幸的死伤（即使是现在的土工作业场所也无法做到绝对避免这一点），但绝大部分人都能领到报酬返回家乡，为即将到来的播种季节做好准备。

胡夫的儿子哈夫拉在他父亲的金字塔附近建立了一个稍小些的金字塔，这座被称为哈夫拉金字塔的建筑只比大金字塔矮了三百二十厘米。

虽然个头稍低一筹，但哈夫拉金字塔是金字塔与雕像复合体，在金字塔面前有一座哈夫拉独特的装饰物：大斯芬克斯，也就是著名的狮身人面像。

狮身人面像是狮子身躯和哈夫拉头部的复合体，它静卧在大墓的入口处，以高二十米、长五十七米的巨大身躯镇守着国王们的百万年之屋。

哈夫拉金字塔是大型金字塔时代最后的辉煌，到胡夫孙子孟考拉的金字塔建立起来时，高度只有爷爷的一半了……

古王国时代的大金塔之风只是昙花一现，因为神王们发现一味追求巨大金字塔的辉煌并不是长久之道，当国力民力陷入枯竭状态时，他们所建的究竟是百万年之屋还是百十年之屋就成为一个值得思考的问题了……

天国坠落

在神王的统治下，埃及为百万年之屋耗尽力量，不过也因此而推动了天文学和建筑学的飞速发展。

埃及人是第一个将白昼和夜晚细分成较小时间单位的民族，他们使用阴影时钟来计量时间，例如方尖碑。

早在五千五百余年前，方尖碑就已出现，它们在阳光下移动的影子成为时钟的指针，在方尖碑附近的地面上是根据一年四季白昼长度变化而做的各种标志，当石碑阴影掠过这些标志时，祭司们就能够进行准确的报时。

在三千五百余年前，埃及还诞生了最原始的手表：他们在一根三十五厘米长的木板中心竖立起一根木棍，木板上的刻度将一个太阳日分成十部分，外加黎明和黄昏各两小时来表示早晨和傍晚。使用这种计时器的时候，上午要面东而立，下午则面西而立。通过观察木棍阴影在木板刻度上的指向就可以读出时间。

后来，埃及人又发明了夜间计时器“麦尔凯特”。这是一种观测恒星移动穿越子午线的天文仪器，通过它可以准确区分夜晚的时间。

当然，方尖碑和麦尔凯特并不仅仅是计时工具。在埃及，它们的诞生首先是为沟通神与人，象征着人类与天堂之间的联系。

方尖碑一般以整块的花岗岩雕成四面体细长柱造型，重达几百吨，成对安放在神庙门口。方尖碑的四面均刻有象形文字，国王以此奉献给太阳神拉或阿蒙，并用以纪念法老在位若干年或其他丰功伟绩。

从第四王朝时期开始就有建造方尖碑的记录，但它们并没能像大金字塔那般保留至今。埃及的方尖碑先后在古罗马时代被征服者陆续运往欧洲，其中首开先河者就是恺撒。后来方尖碑作为来自埃及的体面礼物被大量运往西方，罗马、巴黎、伦敦等地的广场上都有它们的身影。

埃及现存最古老完整并且真正由埃及人制造的方尖碑是第十二王朝国王辛努塞尔特一世为庆祝自己加冕而建的，它耸立在开罗东北郊原希利奥坡里太阳城神庙遗址前。

除了方尖碑之外，祭司们也为国王与太阳神之间的交流尽心尽力。

埃及人坚信天空是宗教和魔法的舞台，这些祭司中的天文学家在观察太阳和其他天体在天空中的轨迹时，初步掌握了恒星和星座升降的规律，埃及的时钟正是由祭司们发明的。与此同时，测量角度的几何学知识也发展起来，它们很快被运用在土地丈量之上。

哈夫拉之后的国王们注意到拉神的祭司垄断了如此之多的知识，他们终于意识到有效利用这些知识能给自己带来富有和强大的回报，而一味沉溺于建造大金字塔并不是明智之举。于是国王们的金字塔逐渐变小，他们逐渐将注意力转移到建造神庙方面。

第五王朝的乌塞尔卡夫国王率先为太阳神建造了第一座专属神庙，从此拉近了自己和太阳神的崇拜者之间的距离。此后的国王继续建筑太阳神庙，与之对应的是他们的金字塔简直称得上粗制滥造了：第五王朝时期的金字塔内部由泥砖和碎石填充，仅仅在外层覆盖装饰石板。当石板被偷走用于其他建筑之后，那些金字塔也随之崩塌了。

盗走以前王朝金字塔建筑材料的有时候正是时任国王自己，自第五王朝开始，国王们对金字塔并不能保护自己的永生已经心知肚明。既然金字塔注定不是百万年之屋，那么就只有靠魔法力量来保护自己了。于是在第五王朝最后一位国王乌那斯的坟墓中，金字塔铭文出现了。它包含了上百条咒语，保护国王顺利穿越冥界的危险区域，安全抵达来世。

在第五王朝，大大缩水的不仅仅是国王的金字塔，连神王的天赋王权也逐渐动摇。诺马尔赫和各省贵族已经变得尾大不掉，很多地方官成为父子世袭的职位，父亲不受干预地将权力和地产传给儿子，而这地产还是免税的，国王的钱袋子逐渐枯竭。

这种情况在上埃及尤其严重，以至于各省逐渐变成了变相独立的国中之国。但只要国内保持和平，只要税收还继续流进国王的金库，孟斐斯城中的国王就选择默认。

古王国后期，全国人口已经超过两百万，其中绝大多数是被劳役和税收逼迫到难以呼吸的赤贫农民。这些极端贫困的人对国王无休止的建筑工程开支愤恨不已，而早王朝末期困扰王权的地方贵族的独立分裂倾向再度抬头，最后埃及被分成很多独立的省份，地方权贵逐渐不把伟大的神王当成一回事了。

终于，努比亚开始动乱，利比亚人则反复袭击王国的贸易线。第五王朝在混乱中结束，第六王朝的第一位国王泰悌竭力平息了混乱，但国王的权威已经扫地，地方上的诸侯们已经不屑于接受国王的邀请，埋葬在他的金字塔附近同享永生。他们纷纷在自己的地盘上为自己和家人修建坟墓——这是很不妙的苗头，意味着他们认为自己也有永生（国王）的资格。

古王国最后一位著名的国王是珀辟二世，他父亲珀辟一世的荷鲁斯名“麦利托威”意思是“他是被两地所爱戴的人”，这表明了国王在政治上维护国家稳定和统一的强烈愿望。珀辟一世对外积极推行对努比亚和利比亚的军事远征，对内通过政治联姻连续娶了地方贵族的女儿为妻，终于大致稳定住局势。

当珀辟二世以幼年继位时，没人料到埃及迎来了最长寿的一位国王——据说他活了一百岁，统治时期长达九十四年之久！

长寿的珀辟二世统治时期，他的子嗣繁多，同时国王权威和中央政府的控制能力保持稳步下降，各地统治者的权力相应得到进一步增强。

当长寿的国王终于归天之后，内乱爆发了。

泰悌开创的第六王朝最终在一位女王尼托克丽丝手中结束。

尼托克丽丝是个希腊语名字，她真正的埃及语名字是尼托凯尔悌。她是目前可知的第一位埃及女王，在都灵王名表上，她的名字被直接写在麦然拉二世之后，并写为“上下埃及之王”。

马涅托以崇敬并充满浪漫主义的笔调形容尼托克丽丝是上下埃及的所有历史中最高贵、最美丽，白肤色的女子，除此之外她还是个坚贞的妻子和坚定的复仇者。她的丈夫和哥哥麦然拉二世仅仅在位一年便被谋杀，因此她才被历史性地推上了王位。

尼托克丽丝在自己的两年统治时期内精心筹备了复仇计划，她借口庆祝新的地下宫殿落成，宴请参与暗害麦然拉二世的全部参与者。当宾客到齐之后，她打开水闸引进尼罗河水将仇人全部淹死。

尼托克丽丝的结局不可考证，据推测她得手后可能逃走并自杀以避免可怕的报复。对于这位奇女子的其他的事迹，也一样无从考证。

古王国时代结束于第八王朝，但现在的史料没法描述那两个王朝的具体情况。

《马涅托编年史》中含含糊糊说了句“第七王朝由孟斐斯的七十个王组成，他们统治了七十天”，没有任何一个王名被记录下来。

总之，尼托克丽丝完成了第六王朝的谢幕，同时辉煌的古王国时代也彻底崩溃。

虽然这一时期所创造出的伟大艺术与建筑成就此后从未被超越过，但不可否认的，正是这些令后人惊叹的奇迹加速了它的毁灭。

此后埃及进入了第一中间期，尽管名义上保持着统一，但是上下埃及已进入四分五裂的割据混战时期。

第五节 < 第一中间期——灾难年代

干旱岁月

在缺乏史料记载的情况下，古王国的结束显得无比突然，仿佛一夜之间这个神王的国度就在魔法作用下彻底崩溃。

当然，我们已经知道诺马尔赫和地方权贵组成的蛀虫早已将古王国这棵大树内部侵蚀得千疮百孔，但有些现代学者仍然不认为是普遍性的社会混乱和地方实力派独立瞬间终结了古王国。事情总有一个起因，这些怀疑派人士将目光凝聚到非洲和近东地区的气候变化上面。

通过对沉积岩的分析，我们已经确定在古王国崩溃的时候，非洲正遭遇严重的旱灾袭击，尼罗河年度洪水水平面不同寻常的低——这表明泛滥没有如期而来，农夫们无地可耕。

埃及地方历史记录和艺术品为那场与古王国崩溃同时发生的大旱灾提供了旁证。古代文献中记载从南方吹来的热风连续刮了几周时间，沙尘暴让人们数日见不到太阳的光辉，农田彻底干燥化为尘埃，尼罗河浅到人们可以赤足蹚过……

不光是埃及在遭难，整个近东地区的历史记录都留下了可怕的旱灾和大饥荒

来自亚洲的难民入侵埃及，并搅乱了一切秩序

尼罗河干涸河道中的鳄鱼枯骨，对于埃及来说，缺水就等于死亡

的回忆，外国饥民不顾一切地越过边境，这些疯狂而绝望的入侵者消耗了埃及本来就匮乏的粮食和水供给。

虽然中国用“天要下雨娘要嫁人”来表示无可奈何，可偏偏埃及人相信天要下雨河要泛滥都是归国王管的。

一连串的灾难事件让埃及的老少爷们纷纷对信仰神王产生了动摇，控制河流和农业丰收这些事不是他该做的事情吗，为什么住在大房子里的国王不使用他的魔法解决这些问题？是他懈怠渎职，还是他根本不是真正的拉神之子？

在这场浩劫之中，只有地方统治者能够保护自己的一亩三分地。他们率军残酷地驱逐难民，用武力保护水资源，从而获得了自己辖区人民的信任和拥护。

从这一时期留下的一份记录中可以看到一位诺马尔赫的自我标榜，这位安克提斐大人是上埃及希拉康波里和埃德富的诺姆长官，在他坟墓中的铭文中这样写着：“空前的灾难到来了！孟斐斯的统治已经崩溃，社会大乱，到处在打仗！大干旱也来了……

“整个国家变成了饥饿的蝗虫，人民四处寻找谷物。全部上埃及都陷入垂死的饥饿状态，以致人们开始吃他的孩子！

“但是，在这个诺姆中，聪明的我没让任何一个人死于饥饿！

“我还把谷子借给上埃及的其他诺姆，在这些年间，我满足了希斐特和霍迈尔的城镇需要，还使厄勒藩汀的人们活着……”

安克提斐的潜台词非常明确：大家评评理，在这兵荒马乱之中，还有谁能比我做得好——上下埃及的老少爷们，你们的掌声在哪里？

在每个地方的百姓眼中，能保护水和粮食不被夺走，能够保护他们活下去的人，就是他们的国王。于是古王国就这样彻底解体了，上下埃及分裂成由很多强有力的首领控制的小王国。除了抵御入侵者和确保地盘安全之外，金字塔、艺术……一切与生存无关的事情全部被停下来，哪怕是对神灵如此虔诚的埃及人，此刻唯一祈求的也只有生存。

乱世之中人不如狗，所有的史料都是模糊的，后世的研究者甚至不能明确这个中间期到底有多长。目前的估计从一百四十年到二百年不等，没人知道上下埃及经历过多少次城头变幻大王旗的王位更迭，这些所谓的国王数量是一个谜，在一些古代留下的只言片语中我们可以窥见一个又一个人闪电般称王又覆灭，有时候几个人同时宣称自己控制了整个埃及，但所有这些人的影响力都没能超出孟斐斯的城门一步。

我们已经知道的是在珀辟二世去世二十年之后，下埃及所在的尼罗河三角洲受到近东涌来的难民冲击。这些难民成分复杂，有埃及东北部国境附近的异族人，也有来自巴勒斯坦的逃难者，甚至还有沿着底格里斯河—幼发拉底河地区的游牧民族入侵者，犹如一支史前“联合国部队”。

在亚洲人和利比亚人的入侵洪流面前，埃及的政府机构土崩瓦解，他们抛弃自己的土地和人民一路向南逃去。被遗弃的埃及人茫然无措，他们在传统上不愿离开自己的国度，甚至不愿离开自己的家乡。但在大灾变之前，很多埃及人也离开了尼罗河的怀抱，不久之后具有强烈埃及文化风格的克里特文明诞生了，人们一直猜测这是第一中间期逃离故土的埃及移民抵达克里特造成的结果。

就这样，在混乱中经历了从第九王朝到第十一王朝的过渡。

在此期间希波拉康波里兴起的地方统治者控制了北方尼罗河三角洲和中埃及的一些地区，从而建立起第九王朝。

希波拉康波里据说是那尔迈的龙兴之地，第九王朝的国王们由于这个出身而得到了大部分诺姆的认可，不过这种认可也仅仅停留在口头上，诺马尔赫仍然是自己地盘上的真正主宰者。

南与北

第九王朝的国王们颇有中兴气势，但南方上埃及一座名叫瓦塞的城市也开始崛起，它就是希腊人口中的“百门之城底比斯”。

作为重要的商业枢纽地区成为诸多独立王国中的后起之秀，年轻城市底比斯的快速崛起打破了上埃及地方贵族之间的势力平衡。一位名叫安克提斐的诺马尔赫老贵族出面组成了修理不懂规矩小弟的联军，第九王朝也积极参与进来，其结果却是底比斯大获全胜。

这场战争改变了历史的天平，底比斯的统治家族建立起独立的政权，并很快成为一个南方的第十一王朝。

与此同时，第九王朝被第十王朝取代，新王朝的统治者依旧来自希波拉康波里。

第十王朝在军事上是强大的，第三位国王阿赫托伊三世驱逐了亚洲入侵者，沿着东部边境修筑城堡防守边境。国王们改进灌溉系统恢复农业生产，孟斐斯也得以重新恢复成首都，但他们的根基依旧在希波拉康波里。

但是北方王朝对外的军事胜利也意味着他们的力量被入侵者消耗，付出的代价便是无力与南方争霸。

既然北方第十王朝承受着来自亚洲的入侵，那么南方底比斯的第十一王朝自然可以在相对安全的情况下快速发展。

几乎在第十王朝建立的同时，底比斯的贵族孟图霍特普正式宣布独立。

虽然孟图霍特普比较低调没有正式称王，但这道手续很快就被他的儿子办好了——安太夫一世正式称王，并且开始统一上埃及。

此后几代第十一王朝的国王都持续用惨烈的争霸战争进行扩张，安太夫二世时代的战争被埃及书吏叹息着做出如下描述："埃及正在墓地上战斗。"

南方与北方的争霸战争持续了一段时间，在此期间双方也保持着时断时续的贸易往来。总的来说北方人总是处于内外两线作战的倒霉局面中，而且王室内部也不断上演政变和内讧的闹剧。相比之下南方佬就显得靠谱许多，他们保持着团结和进取精神，终于由第十一王朝的国王孟图霍特普二世打赢了这场漫长的南北之战，结束了上下埃及的分裂状态。

随着埃及再度统一，它的历史进程随即进入中王国时代。

第六节 中王国——真正的统一

三易其名

今天的网民可能会在社交网络上更改昵称，以此向关注自己的人们暗示心情表达情绪；在埃及历史上，国王们则通过更改自己的名字显示君威炫耀功绩。

在这些改名字的国王里面，孟图霍特普二世可谓是改名改上瘾的一位了。通过他的荷鲁斯名，后人可以品味出这位傲娇君主的细微心情：当年轻的孟图霍特普二世由王子变国王时，他给自己选择的荷鲁斯名是“珊克伊布托威”，含义是“他是把心给予两土地的人”——上下埃及的人们，我是爱你们的啊。当他当了十四年底比斯之王后，在竭力抵御下埃及的反复进攻骚扰的情况下，终于成功镇压了阿拜多斯的大叛乱，巩固了对上埃及的控制权。于是孟图霍特普二世怀着一颗饱经世故的现实主义者心态，给自己改了个新荷鲁斯名“尼切利赫杰特”，含义是“白冠的领主”——虽然我只是南方的主人，但我守住了自己的地盘啊；时间又过去了十五年，孟图霍特普二世继续指挥着南北战争，并通过一次漂亮的防守反击一举消灭了下埃及。在这个时候，步入晚年的国王再度将自己的荷鲁斯名改为“斯玛托威”， 含义是“两土地的统一者”——这句轻描淡写不动声色的描述，却带

孟图霍特普二世是中王国的真正建立者

着整理两土地、收拾旧山河、重建国家的雄主气魄。

孟图霍特普二世是中王国的真正建立者，他在底比斯统治着属于自己的两土地。

创建第十一王朝的底比斯家族逐渐建立起一个强大的中央政权，并以此为依托使得饱受战乱摧残的埃及恢复了和平繁荣。历经五代传承到了孟图霍特普二世的时候，他在进行统一战争的同时对积弊已久的埃及政治制度进行了大刀阔斧的改革。

古王国崩溃的一大原因是地方实力派的坐大，上下埃及分为四十二个诺姆（州），其中二十二个在上埃及，二十个在下埃及。在前王朝时代，每个诺姆都有自己的名称、徽章和崇拜的神以及一定的领土范围。诺姆的边界是古代就已确定下来的，管理诺姆的诺马尔赫（州长）就是古代一个个城市王国的酋长后裔，所以他们天然带有某种独立倾向。

按照埃及的传统，子女可以从父系和母系继承到财产和家族身份、职务头衔。也就是说诺马尔赫是理直气壮代代家传的铁饭碗，虽然中央政府在理论上有权指派诺姆的管理者，但实际上很少有国王会这么公然与地方实力派翻脸。

但是国王不与诺马尔赫翻脸不代表诺马尔赫不会与国王翻脸，因为诺姆在行政机构上也设有国库、法庭、管理土地和水利设施的部门以及地方武装力量，所以一旦王权动摇，轻则诺姆会心怀二志拥兵自重，重则冲着国王来一句“咱俩的感情破裂了”然后便自立为王了。

甚至就连第十一王朝自己的发家史，也是这种地方权贵势力膨胀后起兵夺天下的模板，所以孟图霍特普二世决心不让那些野心勃勃的大贵族们重演这套老戏码。

为了从诺马尔赫手中夺回权力，孟图霍特普二世广泛宣传自己的权威和神性，用各种手段使中央权力集中，分散地方贵族特权。诺马尔赫们对此满怀怨恨——你说你这人咋一上台就坏了老规矩呢？但国王统一国家带来的威望让这些地头蛇们不敢轻举妄动。

为了对上下埃及进行更严格的管理和控制，他设立了两个维西尔分管上、下埃及。

维西尔也叫作提阿提，这个职位一般被视为首相，他们的职位也像诺马尔赫那样可以父子相传世袭下去。

维西尔在埃及是几乎管理一切的人，他是名副其实的国王政府最高官员。维西尔每天与国王讨论国家大事并协助国王做出决定，他规划国王的日程，雇用和解雇王室雇员，监督国王的卫士，管理所有的文件档案，审查批准和签署政府文件和财政收据，向国内外派出宫廷信使和外交使者，审判关于土地的诉讼，监督全国对牛的统计，等等。

每隔几个月维西尔就要离开首都巡视全国，他审查各地水利建设，尤其是水渠、水库和堤坝；他监管伐木工作和造船工业；他确保边境堡垒的后勤补给和安全；他组织针对入侵者的驱逐行动……

因为这个职位实在太过重要，所以在早期王朝中维西尔一般是国王的亲属。但这个工作真的需要日理万机，并不是每位维西尔都能胜任。

所以那些表现杰出的维西尔获得了不亚于国王的声望和尊重，例如那位设计了阶梯金字塔的伊蒙霍特普后来被埃及人信仰为智慧之神，人们将金字塔、木乃伊制作、医术、历法和祭祀礼仪等埃及文化成果都归功于他，他的声望远远超越了他的君王左塞王。

当然，有时候维西尔权力过大时会觊觎国王宝座。那么孟图霍特普二世的安排可以让维西尔之间形成彼此制约，这样当他心爱的大臣远离国王视线履行职责时，可以保证他们的忠诚。

在孟图霍特普二世统治时期基本上由戴吉和贝比轮流担任维西尔之职。其他的重要官员还包括财务主管梅克特拉和印章监工梅鲁等人。这两位维西尔率领底比斯军队重新征服了在第一中间期获得独立的努比亚，并在南方边境线修建军事堡垒确保王国边境安定。

由此开始，重新统一的埃及王国恢复了军事远征的传统，从而奠定了以后埃及帝国的版图基础。

孟图霍特普二世统一之后，有证据显示他对亚洲地区如巴勒斯坦等地也采取了军事行动，力图用武力巩固所有的边境地区。为了解决埃及人不愿出国作战的问题，他开创性地将利比亚人和努比亚人充实到王国军队当中。

孟图霍特普二世的统一在埃及历史上具有重大意义，他也被埃及人推到了极为崇高的地位，被视为一位半神半人的领袖。

在底比斯的拉美修姆祭祀庙中，后世的埃及人把他的名字和第一王朝的美尼斯、第十八王朝的雅赫摩斯放在一起，表示埃及人承认他们是早王朝、中王国和新王国的建立者，统一时代的开创人。

孟图霍特普二世的统一武功和政治改革以及由此带来的经济繁荣国家安定，使上下埃及从一盘散沙恢复到了统一王国。正是从他的时代开始，埃及人的信念中深深烙下了“埃及”这个重要的概念，在此之前埃及只是个地理概念，而从此之后它成为绵延数千年的国家认同。就此意义而言，孟图霍特普二世做出了类似秦始皇一般的历史贡献。

孟图霍特普二世在戴尔·埃尔—巴哈尔的西部建立起一座神庙与金字塔的综合体建筑作为自己的长眠永生之所。这座建筑从建筑形式和整体规模来说是独一无二的，它打破了古王国时期传统的金字塔建筑模式，成为新王国时期帝陵的灵感来源。

数千年之后，盗墓贼几乎将这座坍塌坟墓中的一切都席卷而去。但在一个瞒过入侵者眼睛的密室之中，考古学家们发现了二十五组制作精良的模型：宫殿和花园为主人提供舒适的住所；家畜、牧人、村长和税务官聚在一起进行国家对牛的统计；面包师、酿酒师、纺织工人和木匠正在各自的工坊中忙碌；一些挑水的女孩沿着河流行走；船只为起航做好一切准备；一队御林军时刻警惕地保卫着这个小小的微缩世界。

这是伟大的国王预料到自己的木乃伊可能会遭遇不幸，好让自己永生的精灵在陵墓被破坏后，至少可以在魔法的保护下依靠这些模型活下去。

孟图霍特普二世陵墓中的铭文这样描述这位伟大的国王的永生之路：现在他沦为一个依赖神的善意的人类统治者，他的不朽不再是与生俱来的，它必须通过神的授予……

中间阶层

正是在孟图霍特普二世最后一次改名这一年，埃及正式进入了中王国时期。

中王国是一个政治改革经济繁荣的新时代，埃及的文化传统得以恢复，金字塔、神庙纷纷被建立起来。但在经历过第一中间期乱世折磨的埃及人心目中，古王国时代的那种神圣不可侵犯的神王已经一去不复返了。

通过观察中王国国王雕像的表情可以看出，他们中的很多人都带着面对现实问题时的凝重表情，而不再是古王国神王那种平静淡漠不食人间烟火的神态了。

中王国的国王们依旧统治着强大富有的国家，但他们知道混乱和内战的可怕，并且绝对不希望在自己治下重现这种可怕的灾难。所以他们大都是辛勤的统治者，殚精竭虑管理着一个不断膨胀的庞大复杂的政府。

中王国的国王们普遍注重集中资源修复公共建筑，排干沼泽，兴建农田水利设备和港口设施。整个中王国时期都保持了全国繁荣的经济和和平的局面，贸易和农业成为国王们心头的头等大事。为了保证这一点，中王国牢牢控制着边境局势，坚定迅速地对利比亚人和贝都因人的袭击做出反应。

中王国时期的埃及是个国际贸易大国，国王的使者和商团一直旅行到腓尼基人拜布洛斯城以及近东的其他城市，他们还出现在努比亚和蓬特，将那些几乎被遗忘了的友邦关系和贸易伙伴一一恢复。

这一时期埃及的首都是底比斯，于是原本属于底比斯地方信仰的阿蒙神地位飙升，他与赫利奥波利斯神学体系中的拉结合起来，变成了太阳神阿蒙—拉。底比斯出身的国王大力支持这一信仰，他们为阿蒙—拉神的祭司集团和神庙提供中央财政支持和丰富的礼物。

基于古王国的教训，中王国的国王们再也不去做耗尽国力兴建金字塔的蠢事。但这并不是说他们放弃了金字塔，而是他们理智地控制了金字塔的大小和复杂程度。与此同时，对奥西里斯神的崇拜迅速发展，新的神学理论允许包括国王在内

壁画上的拉神

的所有埃及人都享有永生的权利，甚至包括那些赤贫的农民。

正是在这种现实主义的统治思想指引下，中王国的人民经历了从第十一王朝晚期到第十四王朝的统治，享有了大约三百五十年之久的和平繁荣。

在这一时期，埃及的贸易和科技水准继续攀升，人口增长到两百五十万以上，并且第一次出现了古代的中间阶层。

中间阶层是中王国时代新出现的社会现象，他们的成员包括独立的工匠、商人、书吏和职业军人。这些人不是掌握土地的贵族，但他们生活相对富裕，拥有奴隶和仆役，财产远超过赤贫的农民阶层。中间阶层的成员一般居住在城镇里面，他们往往采取同领域成员聚居的方式，在城市里形成一个个小规模的“工匠区”或“商人区”。

中间阶层以行会的形式组织起来，他们的收入来源于富有的客户消费者或雇用主顾，从而使得他们可以脱离土地对农民的束缚独立出来。

中间阶层的出现与国王的政治改革、经济策略，以及神学领域里对奥西里斯神的崇拜直接相关。

商人和职业军人的地位因国策扶持而提升，中王国对繁荣贸易的渴望，以及对边境安全和对外远征的需要让这两个阶层很容易便脱颖而出。

专业工匠随着奥西里斯神以及普世性的永生资格大行天下，王室专属的《金字塔铭文》得到了版本迭代升级，它变成适合社会各阶层成员死后的精灵，以保证大家同享令人愉悦的来世。

这些改编之后的咒语被称为《石棺铭文》，因为它们被绘制或刻写在木质棺材上。人们需要确保永生的来世生活质量，那么就产生了对陪葬品的强劲需求，这催生了专门从事制作业的工匠阶层，而他们制作的陪葬品中给人留下最深刻印象的就是雕像。

埃及艺术从一开始就特别强调表现宗教观念，塑像被视为人的精灵可以寄居的躯体，壁画中的生活场面、动物和菜肴等内容都被认为可以在死后的世界中由象征变成真实。

在这种宗教观念的影响下，埃及的雕像大都采用“正面雕像法则”，即以人的鼻尖与肚脐连成之线作左右对称构图。不论人像是坐是立，人像的上部、头部、肩部和腰都处于同一垂直的平面，不允许倾斜。头型和面部表情有模式化倾向，具体到每个时代都各有特点。

墓穴中的雕像有等高仿真和微型雕像等不同类型，男性塑像躯体敷以红色颜料，而女性躯体则敷以黄色颜料。这些雕像最重要的使命是在木乃伊损毁的情况下，令死者精灵能借助自己的雕像在来世继续活下去，它将通过享用墓穴内壁上刻画的食物和模型来维持体面的生活。

除了雕像以外，这些工匠还生产其他随葬品，这些货物都是顾客在来世希望拥有的财产。从目前的考古发现来看，这些所谓的坟墓物品主要包括陶器、夏博悌雕像、塞尔达巴微型雕像、家具，以及类似孟图霍特普二世坟墓中的那些模型等等。

当然，工匠是个很宽泛的概念，埃及传统上的工匠除了从事制造业之外，还包括画家、木匠、石匠等艺术家和专业人才。绝大部分的工匠是文盲，他们的创作很大程度是在复制书吏或祭司提供的图案和草图。

在古王国及之前的时代，工匠的作品主要为死去的国王和诸神服务，他们无权通过作品表达个人的艺术观念，更无权在作品上签名。他们的作品被用在各种宗教和魔法仪式上，虽然美丽壮观但与活着的人关系不大。

随着中王国时期的埃及越来越富裕，这些在工坊里劳作的高效率生产者开始为活人效劳，这也因此提升了他们自己的社会地位。工匠们有了大量机会展示自己的卓越技术和高超技艺，他们那充满了才智、技术、耐心和经验的劳动成果满足了国王贵族和祭司们的需要，也为自己带来了丰厚的报酬。

埃及的艺术品创作遵循严格的惯例和传统，他们很少有石破天惊的越轨之作，总是优美而文雅的。

创造出这一切的工匠需要在首席工匠的作坊里熬过很多年的学徒生涯，在学艺过程中他们逐渐掌握了自己行当所需要的高深技巧。

在中王国时期，出现了非宗教性质的世俗文学作品。埃及人用诗歌、故事、谚语和以长者口吻教育年轻人的所谓智慧文学流行起来，其中最主流的是回忆第一中间期内战灾难的作品，它们被称为“悲观文学”。

将这些文学作品记录下来的人，就是埃及的知识分子——书吏。

和其他古国一样，埃及历史上的人民基本上都是文盲，在总人口中只有百分之二至百分之五的人能够读写，这批人就是书吏。

在没有摄影器材的遥远的过去，书吏作为档案记录人员是埃及农工商业生产和官僚行政机构不可或缺的人员。尤其是当政府官员检查谷仓、核税征税、司法审判、开放新建神庙、监督水利工程、检查公共建筑的时候，总有一个书吏团队如影随形，事无巨细地将一切过程全部记录下来。

书吏的芦苇笔是铁的证据，有他们在场，显然绝无可能出现市井无赖撒泼打滚高呼警察打人啦之类的闹剧。

一般情况下，合格的书吏不必为了求职这件凡尘俗事而烦恼。正常情况下一个书吏每天都处于忙不过来的情况下才对，毕竟世间万物几乎都需要他们去记录书写：他可能会在维西尔的手下跟随专业人员一起工作；他可能会在诺马尔赫的田间地头记录收成；他可能会在采石场记录下每个工人的工作进度；他可能在神庙里抄写歌颂神灵的文献；他可能书写象形文字草稿提供给装饰坟墓和神殿的雕刻家画家；等等。

书吏是整个知识分子体系的基石，所有的高级专业人士都来自他们，不管是工程师、建筑师、医生、天文学家还是数学家，首先都得接受书吏的基本培训——毕竟你在做学问之前得先识字。

以现在的眼光来看，一个书吏如果肯刻苦学习理科的话，他可以变成市政工程师、港口调度、水利工程师、道路规划者等等；如果他特别擅长文科的话，可以变成祭司、外交官、国王的行政官员等等；就算他什么都不擅长，只能做读写的话，那么他也能得以跟随商队或者采矿队前往努比亚、黎巴嫩和西奈半岛，或是作为使团的成员拜访遥远的异国，详尽记下外交谈判的每一次交锋和秘密条约贸易协定的一切内容。

对于人生选择不多的埃及人来说，成为书吏就意味着人生道路上出现了无数条分岔路口，并且条条大路通罗马……更重要的是虽然书吏这个职业一般是父子相传，但如果一个农民的儿子的确聪明伶俐的话，也有可能被送到神庙学校中读书，一举改变自己乃至整个家庭的命运。

这也让我们知道这个今天看起来不过是速记员的职位，为何能在埃及受到如此崇高的待遇了。作为一个书吏你不必纳税，你的吃穿住行全由雇用你的政府或神庙负担，你可以作为公证人监督重要事项进程，从诺马尔赫到普通农夫都对你彬彬有礼，这一切的前提只是你能流利读写象形文字罢了！

年轻人，你还犹豫什么？学费大优惠，现在报名只要九九八……

当然，书吏在埃及社会既然是贤良的代名词，那么也承担了许多无形的道义责任。人们希望书吏个个都是诚实君子，以强力的自律来维护自己的职业声誉。他们是如此的受尊重，以至于那些不是书吏的富人们经常吩咐工匠按照书吏的模样为自己制作雕像以满足虚荣心。

我们要感谢书吏，正是由于他们数千年持之以恒的奋笔疾书，才为后世留下了有关埃及的点滴记录。

国王的故事

第十一王朝持续时间不长，末代国王孟图霍特普四世的维西尔在国王去世后篡夺了王位，摇身一变成为第十二王朝的开国君主阿蒙尼姆赫特一世。

虽然阿蒙尼姆赫特一世无疑是位辜负了君主信赖的野心家，但他历时二十九年的统治却为中王国带来了超过两个多世纪的稳定和安全。

比起孟斐斯来，第十一王朝时期的国王们更喜欢故乡底比斯，但底比斯还不足以取代传统古都，所以他们经常要在两地之间跋涉奔波。

阿蒙尼姆赫特一世依然属于底比斯统治集团，他不认为在孟斐斯和底比斯之间的折返跑是个好主意，于是他在位于孟斐斯以南三十二公里处建立了一个新首都，并毫不掩饰地起名为伊提—塔威，意思是“两地的夺取者”，公然炫耀自己篡位上台的成功人生。

从第十二王朝开始，埃及的权力中心向北转移，显示出强有力的中央集权政府逐渐恢复。

我们之前提到过孟图霍特普二世改革政治体制加强国王权威的举措，但是这位雄主没能从根本上动摇地方贵族的权力基础。

毕竟在孟图霍特普二世的时代古王国的君权神授理论破产，中王国的王权理论又尚未产生，因此地方贵族问题依旧严重威胁着国王。在整个第十一王朝期间，王权并不处于强势，诺马尔赫们依旧把持着自己的地方小王国。

现在阿蒙尼姆赫特一世上台了，先看看他的辉煌的职业履历：这位先生是世袭的诺马尔赫、诺姆的长官、法官长、六法官之长、南部大门之守卫者、上下埃及的大富豪、国王的维西尔。从这份简历我们能看出阿蒙尼姆赫特一世篡位成功的原因所在，国王陛下自己心里自然也门清，并且打算绝对不让其他的诺马尔赫也有类似的念头产生。

从此开始，中王国开始了漫长的“改土归流”过程。

改土归流的含义是以中央指派的流动性官员，取代地方上的土著世袭官员，也就是说把上下埃及的诺姆都变成国王直辖的土地。

为了实现这个目的，需要建立国王的绝对威望。于是，这只老奸巨猾的老狐狸首先想到的就是恢复国王与神灵之间的亲密关系。上一节我们提到阿蒙与拉神合并的事情，这件事就是在手段老辣的阿蒙尼姆赫特一世的推动下完成的。

阿蒙尼姆赫特一世宣布底比斯的地方神阿蒙就是太阳神拉，在他的操纵之下阿蒙和古王国的太阳神拉合体变成阿蒙—拉神。本来阿蒙是头上有两根羽毛的形象，当他变成阿蒙—拉之后，两根羽毛下面又出现了一个表示太阳的圆盘。这象征着底比斯的本地神统治了埃及的神界，对全埃及的宗教信仰进行了控制。

再到后来，阿蒙—拉神中的“拉”字就不太被人提了，阿蒙神彻底替换了老太阳神拉，变成了正式的太阳神。

接下来阿蒙尼姆赫特一世开始限制维西尔的权力——有鉴于他本人的上位经历，他对这件事的敏感也是非常可以理解的。

阿蒙尼姆赫特一世并没有取消维西尔这一职位，但他采取了“共治王”的做法，让自己的儿子分享权力，加强王位继承的安全性。

正所谓上阵父子兵，国王让儿子森沃斯瑞特一世成为共同在位者。

阿蒙神铜像

森沃斯瑞特一世作为王国的最高军事长官驻守边境，当父亲去世或是被谋杀时可以立即率军返回首都登上王位，消除那种经常尾随国王去世而至的动荡局面。

阿蒙尼姆赫特一世执政期间，埃及频繁用兵于利比亚和西亚方向，并在那里筑起了有些类似长城的防御体系，以这个防御性体系来保障东部地区的安全。继而在南方的第二和第三瀑布之处也建立起一些堡垒防御努比亚方向，这下外来威胁也不构成问题了。

当这一切准备停当之后，阿蒙尼姆赫特一世开始严厉打击贵族，他通过重新划定边界、整顿赋税和秩序等手段，逐步限制诺姆的世袭权力。

一开始诺马尔赫们还以为这不过是国王在效仿孟图霍特普二世的故技，后来大家发现不对了——这个篡位者比孟图霍特普二世狠得多！

阿蒙尼姆赫特一世开始废除诺马尔赫们世袭的特权，还将诺姆的财政收入直接收归中央，并且不断派遣非贵族出身的所谓“涅杰斯”平民官员到各个诺姆接管权力，这下诺马尔赫们没钱没粮还不能传位给儿子，大伙都急眼了！

诺马尔赫肯定会做出反扑，阿蒙尼姆赫特一世自己也有所察觉和准备，以至于他留下了一份著名的《国王阿蒙尼姆赫特一世的教谕》。

阿蒙尼姆赫特一世的这份教谕是对后代的“帝王术”的培训教材，目前存世的只有第二、六、七、十二和十三节的一部分内容：

相信自己，而不要相信仆人，他们不能给你任何东西。任何人都有恐惧心理，不要将任何人视为兄弟，不要交朋友，不要有亲密之人——对于国王来说这些都是不值得的……

晚饭过后，夜幕降临。我躺在我的床上休息了一个小时，当我感到困倦，当我的心开始睡去，忽然有武器对准了我，而我就像沙漠里的一条蛇……

我呼唤我的卫士，但他已成一具尸体，他被一个士兵杀死了。如果我迅速拿起武器，那我可能已经使反叛的恶棍陷入混乱。但没有夜晚的守护者，没有任何人能够单独战斗，没有护卫就没有成功……

我诱捕狮子，赶走鳄鱼。我征服努比亚人，赶走麦德查人。我令亚洲人像狗一样逃窜……

我用黄金装饰自己的房屋，用蓝宝石做屋顶，用银子做墙壁，用硬石做地板，用铜做门，用青铜做门闩——这一切都是为了永恒，为永恒的生命置办装备。我了解这些，因为我才是这一切的主人。

按照埃及人的说法，阿蒙尼姆赫特一世的秘传心法就是不要信任任何人，用利益诱饵来驱使臣下为自己工作。在中王国时期有很多国王曾写过这类心得，但阿蒙尼姆赫特一世的这篇最为出名，因为他真的遭遇了政变和刺杀。

有些学者认为这位国王是在挫败一场袭击之后，怀着惊吓和被背叛的心态写下了这份文件，并且因此才任命王储为共治王。还有一批学者认为阿蒙尼姆赫特一世根本没能逃脱命运的陷阱，这份文件是他儿子以父亲的口吻写下来警示后代的。

无论怎么说，主流的看法是阿蒙尼姆赫特一世最终还是死于政敌的刺杀，这时候他的共治王方法发挥了作用——森沃斯瑞特一世率军从努比亚赶回杀死了政变者，顺利继承了王位。

森沃斯瑞特一世是个武功显赫的国王，他在做共治王时便领兵在外攻打利比亚人，登上王位后又将矛头对准努比亚、叙利亚和西部沙漠绿洲，在埃及军队的武力威慑保护下，武装采矿队伍趾高气扬地踏上异族的土地，从阿拉伯沙漠中的矿山带回滚滚黄金、铜和铁。

有了钱撑腰，森沃斯瑞特一世在赫利奥波利斯修建了宏伟的太阳神庙以获取祭司阶层的欢心，又为自己建造了金字塔群和大群的方尖碑。

除此以外，森沃斯瑞特一世还大力鼓励世俗文学创作，大约就在他统治期间，中王国出现了专业的政治宣传作品——“国王的故事”。

“国王的故事”分为三种，第一种侧重于对国王个人特点的描述，例如贤明的斯尼弗鲁、残暴的胡夫、勇于认错的阿蒙尼姆赫特一世等等。虽然在故事中国王不一定是主角，但其个性特征却能在寥寥几笔中凸显出来，这里的国王个性鲜明，绝非方尖碑铭文上那种刻板的模样。

第二种侧重于对国王功绩的叙述，它体现国王作为一个英雄出现在某一历史过程中，在危难之时力挽狂澜，使局势转危为安。例如，一个异邦公主身患重病，幸而有国王送去一尊神像使她脱离危险；又如，在战争中埃及军队遭遇危险，是国王的出现才扭转了战局。这一类的故事文献几乎都是塑造国王智慧勇敢的英雄形象，它们都描绘了国王个人行为的结果。

第三类强调国王的宗教作用，通过阐述国王的超自然能力，反映了埃及人对神权与王权之间关系的看法，神权与王权之间的平衡确定了神的意旨与人类环境之间的关系，在这个意义上，“国王的故事”是在强调国王在这个关系中的作用。

在森沃斯瑞特一世治下出现了“国王的故事”中最受欢迎的一个：《辛努海的故事》。

它是埃及文学中最受欢迎的故事之一，这个故事的背景可能正是《国王阿蒙尼姆赫特一世的教谕》中提及的那场既遂或未遂的宫廷谋杀阴谋。

这个故事内容大意如下：

巴勒斯坦的地方长官辛努海大人回忆录：

当初，兄弟我在埃及王国的时候，也算是中央级别的高级干部——我专门服侍森沃斯瑞特王的妃子、阿蒙尼姆赫特王的女儿诺弗如陛下。

就在阿蒙尼姆赫特王统治的第三十年，在埃及历三月七日那一天，正是尼罗河泛滥洪水的日子里，天神飞向了他的归宿，阿蒙尼姆赫特王升入了天空与太阳融合——其实陛下本来是拒绝的，可是刺客的刀子并不答应……

当时我随森沃斯瑞特王出征在外——好歹也算是将军之一，王宫卫士急忙赶到西方前线告知凶讯的时候我就在场，当时我心里极为恐慌——在这里呢，我作为一个老人家要给你们传授一点人生的经验：王储在外时国王遇刺，必然导致政变者上台，然后国家处于内战之中。俗话说，宁为太平犬，不做乱世人，所以我也立刻离开军营跑路了……

我不敢回到首都，就一路向北抵达西奈半岛，越过当初为抵御亚洲人而建立的君主之墙来到巴勒斯坦。

此后我在巴勒斯坦和叙利亚的部落中辗转流浪，后来叙利亚的一位酋长相中了我通晓多国语言的长处，他把我招为女婿，让我为他领兵打仗和通商贸易。

我的老丈人曾经问我埃及王国的事情，我告诉他虽然先王驾崩，但是王储森沃斯瑞特一定能即位。至于这伟大的森沃斯瑞特王啊，他实在是无比的神圣和高明！他是聪明睿智足智多谋的战神，当他挥军冲锋时无人可敌，他令所有的敌人心惊胆战溃不成军！当他征服异族的城邦时，被征服的男女百姓都在欢呼——不管你信不信，反正我是信了。

总之他生来命定为王，确实独一无二。当他登上王位之后，上下埃及都在欢乐。他开疆扩土，南北无敌。他生来就是巴勒斯坦的克星，是游牧民族的噩运。老丈人啊，你快快送信给他，让他知道你的名字。你不要冒犯他，伟大的森沃斯瑞特王会给顺服于他的国家恩赐和好处！

听完我这慷慨激昂无比政治正确的讲述后，我那酋长老丈人大为折服。

后来我击败了不服我这个外国人的叙利亚本地勇士，更是兼并了他的土地牲畜，从此开始在叙利亚的幸福美满生活……

只是，我现在年龄大了，每时每刻都想返回故乡，回到尼罗河边，回到神圣的诺弗如陛下那里，因为王后陛下会邀请我作为她的朋友抵达来世共享永生！

终于，我的祈祷和期盼传到了伟大的国王耳中，他回应了我这漂泊异乡多年的老人（并没有追究我当逃兵的黑历史）……

得到国王宽恕我欢迎我的诏书之后，我终于回到了亲爱的埃及！

我被恢复了荣誉和中央职位，得到了一套前任大臣的住宅。每天有三四次餐点由王宫中送来，让我享尽皇家美食。最重要的是——一个石质金字塔为我在王室金字塔之间而建，那是为我准备的永生之家！所有的陪葬物品都已经安排妥当，我的雕像有金质饰品和镶银衣着装饰，这些都是因国王陛下的命令而造。从来没有一个平民曾经得到如此的待遇。从此我生活在国王的恩赐之中，直到入土之日……

《辛努海的故事》反复强调国王的伟大以及主人公历经磨难考验仍然忠于国王，其目的还是为了强调森沃斯瑞特的父亲所创建的第十二王朝的合法性。

这一系列潜移默化的宣传手段取得了很好的社会效果，第十二王朝的统治稳固安定。

森沃斯瑞特一世的儿子阿蒙尼姆赫特二世大约统治了三十四年的时间，他在位期间国内经济建设取得巨大成就。国王疏浚拓宽了从尼罗河通往法尤姆的水渠，沿线的狩猎、渔业和农业生产受益匪浅。第十二王朝的陆地商队频繁来往于亚洲非洲之间，海上的商船频繁来往于尼罗河口与克里特岛。

阿蒙尼姆赫特二世的儿子是森沃斯瑞特二世，这位国王继承了爷爷的名字，却没有爷爷雷厉风行的做派。他一改第十二王朝打压地方当权派巩固王权的传统国策，转而用怀柔手段去赢得诺马尔赫们的欢心。他大手一挥将大批免税土地和丰富礼物赠送给地方豪族，与那些三心二意的诸侯建立起过于友好的关系，而这一切正是以往时代导致国家分裂的原因之一，真是崽卖爷田不心疼啊……

经过森沃斯瑞特二世的天真时代之后，第十二王朝迎来了一位铁腕的国王森沃斯瑞特三世。

森沃斯瑞特三世决定永远结束诺马尔赫这个历史老大难问题，他彻底改变了埃及的政治架构，将国土分为南、北和埃勒凡塔（努比亚）三部分，每个部分都有一位分管维西尔进行管理，维西尔直接向国王负责。而维西尔手下的以中间阶层出身居多的官员们直接控制各诺姆事务。

用中国典故来形容的话，这种激烈的改革就是埃及版本的“改土归流”：使用非大贵族出身的流动性官员取代土著贵族，将地方自治的诺姆转变为国王直辖地。

这下诺马尔赫们彻底傻眼了：他们的地方小朝廷，他们的统治特权乃至于他们的职务本身都成了历史……

套用现在形容女子的集智慧与美貌于一身这种形容语句来说，森沃斯瑞特三世是埃及历史上集内政和军事才华于一身的国王。

森沃斯瑞特三世在位期间发动了四场战争，在努比亚方向上他征服了直达尼罗河第二瀑布的下努比亚地区，将国家的南部边界确定于第二瀑布地区。为了保护他的领地免受苏丹人的侵袭，他在第二瀑布附近的尼罗河两岸建造了一个强大的防御体系，其中包括八座城堡。

底比斯阿蒙—拉神庙，羊头狮身像是“阿蒙—拉”神的化身之一

为了促进努比亚和埃及的交通，并使得船只能够避开第一瀑布的急流，森沃斯瑞特三世扩建了第一瀑布周围古王国时期的瑟赫尔运河。

在埃及北部，森沃斯瑞特三世夺取了巴勒斯坦的城邦赛塞克么姆，但没有将对巴勒斯坦地区的征服进行到底。

森沃斯瑞特三世统治了大约十八年，他重视与亚洲国度的和平与贸易，但他的军队也时常会进入巴勒斯坦等地，捏捏软柿子，帮邻居搬搬家……贸易和掠夺来的财富流入埃及，供养着底比斯的阿蒙—拉神庙。

接替森沃斯瑞特三世的统治者是阿蒙尼姆赫特三世，这位国王统治了接近半个世纪。

阿蒙尼姆赫特三世时代的埃及和平繁荣，经济持续增长并取得很多艺术成就。他大大拓展了对法尤姆地区的开发，使之被称为“埃及粮仓”。他不断派遣采矿队进入西奈半岛开采绿松石，当时的上下埃及已经对这种代表起死回生力量的昂贵青绿色宝石渴望至极。

阿蒙尼姆赫特三世为自己建造了两座金字塔，他选择其中一座在哈瓦拉的金字塔，放弃了另一座在达赫舒尔的黑色金字塔。

哈瓦拉的金字塔以众多的防盗设计而举世闻名，成为后世许多冒险题材文学作品的灵感来源，其中最为大手笔的是坟墓上一块四十五吨重的石板。但无论是这块巨型石板，还是墓穴中的迷宫、陷阱门和假通道，最终都没能阻止盗墓者的掠夺……

阿蒙尼姆赫特三世的平静岁月是中王国时期的盛世，但我们都知道一句古语：盛极而衰。

中王国最后的两位统治者是阿蒙尼姆赫特四世和索布克尼弗鲁女王，在他们统治期间埃及的气候又变得极其不稳定，尼罗河泛滥成灾，农业生产被摧毁，这直接导致了整个社会秩序的倾覆。

中王国的时代就此结束，埃及进入第二次长期混乱之中，这就是第二中间期。

第七节 第二中间期——异族的阴影

外来的统治者

荷兰莱顿博物馆有一份破破烂烂的镇馆之宝，名叫《伊浦味箴言》。这份埃及纸草文件被发掘于孟斐斯附近的萨卡拉墓地，作者是祭司伊浦味，首尾都已损毁，中间部分也有很多缺失。

《伊浦味箴言》中充斥着对大洪水后所谓暴民行为的指责，在伊浦味大人眼中，那些因为饥寒交迫揭竿而起的埃及贫民和奴隶实在是彻底的“暴徒”，他们在起义中采取的一切措施都是在毁灭埃及的文化和传统。

虽然按照这位祭司维持秩序的考虑，这些低贱的人们似乎应该静悄悄地饿死，不过这份充满负能量的文书倒是提供了第二中间期埃及社会现状的第一手资料。

大约在公元前 1630 年，第十二王朝在暴民和流寇蜂起中灭亡。

在伊浦味的芦苇笔下，他见证的状况是这样的：

国王被暴徒废除，金字塔所掩盖的已经变成空虚。国家领导逃亡，长官被驱散到各地，政府机关被打开，书吏都被杀掉了，他们的文件也被抢光了，连土地的文册也被毁掉了，埃及的所有谷物都被暴民充公了。法庭里面的纸卷也被暴民们抢到公共场所，随意践踏，被撕得稀巴烂……

根据伊浦味所说的内容，第二中间期期间上下埃及所有的金字塔都被抢光了。尤其是胡夫大金字塔目标过于明显，所以被抢得毛都没剩下一根……

所有的宝藏都没有了，胡夫棺材上面的盖子也没了，只有一个空空的棺材，他的木乃伊早就不知道被暴民弄到哪里去了。

埃及再度进入动荡年代，当中王国随着大洪水泡汤之后，第十二王朝的一个远方亲戚索布克霍特普一世建立了第十三王朝，并继续在伊提—塔威进行统治。

这一时期又走马灯一般出现很多没留下名字的国王，他们对上下埃及的控制力简直是对伊提—塔威“两地的夺取者”这个含义的嘲讽。

另一位王室远亲在西尼罗河三角洲建立第十四王朝与第十三王朝分庭抗礼，这个王朝的国王同样迅速更迭，但他们的军事实力逼迫第十三王朝放弃伊提—塔威迁都底比斯。这一举动意味着第十三王朝正式放弃下埃及，从此下埃及便成为第十四王朝短暂控制的地盘。

就在同一时期，努比亚也摆脱了埃及王国的控制。但很多埃及人留在那里，为努比亚的地方统治者效力。

就在乱成一锅粥的时候，来自西亚的闪米特族闪亮登场了！

他们在第十二王朝灭亡前后就已经入侵了下埃及，在下埃及东部建立了一个叫阿瓦里斯的城市。这些人有着不同于埃及人的白种人肤色，他们被称为希克索斯人，含义是“外来的统治者”。

马涅托将希克索斯人到达埃及的过程描述成外来野蛮人的武装侵略，据说希克索斯人带来了革命性的军事技术，其中包括战车和马匹、复合弓、两轮战车、更好的箭头、各种各样的剑和匕首、一种新式的盾、青铜鱼鳞甲和头盔等等。

这一切装备都对埃及的军队产生了压倒性优势，所以他们没有遇到多少抵抗就将整个下埃及征服了。

希克索斯人虽然是外来者，却迅速被埃及文化所同化。

至少有五六位希克索斯国王采用了埃及国王的头衔，他们穿着埃及式样的衣服，遵从埃及的风俗习惯。他们崇拜埃及神灵，尤其是长期作为反派角色存在的赛特，同时也将自己的宗教因素融入埃及神话之中。他们支持埃及的艺术、工艺和文学的发展，并且建立了很多神庙以取悦埃及的人民。

就这样，当他们一步步向孟斐斯进军的时候，下埃及并没觉得这有什么不应该。直到这些异族人先后消灭了第十四王朝和第十三王朝，埃及人才意识到发生了一件晴空霹雳般的大事：坐在王位上的国王竟然是个外国人！

希克索斯人建立了第十五王朝，依旧定都阿瓦里斯。

但埃及人憎恨这个为中埃及和下埃及带来和平稳定的外来王朝，后来这个纯正的外国王族又过渡成为由希克索斯人、其他亚洲闪族人和埃及当地人组成的混合王朝第十六王朝。

第十六王朝继续致力于将埃及从政治混乱和文化衰落中拯救出来，他们带来更高级的青铜时代科技、更先进的军事理论和技术，正是这些外来者为日后的埃及帝国奠定了基础——但是埃及人依旧不喜欢他们。

百年战争

在上埃及，等到大洪水和流民的大起义都消退之后，底比斯的王族重建了一个“纯正”的政权——第十七王朝，他们与北方的希克索斯人政权展开了长达百年的冲突和对峙。

第十七王朝的“纯正”血统是要打个问号的，后世的人们一直怀疑他们的王室成员来自彻底埃及化了的努比亚贵族，这可能是殖民地反客为主的一种黑色幽默了。

刚才提到过，希克索斯人的军事技术碾压埃及人，所以无论第十七王朝是不

具有讽刺意味的是，当埃及人掌握了强弓和战车制造技术之后，又用它们驱逐了希克索斯人

是个努比亚来的冒牌货，它在早期的对抗中一直不占优势，所以一直采取认㞞的低姿态，向希克索斯人称臣。

但希克索斯人对底比斯的政权并不放心，他们与努比亚人结成联盟，围困底比斯近百年。

随着这种南北朝局面的维持，南朝逐渐学会了北朝的军事技术，黑皮肤的第十七王朝士兵也一样身披铠甲驾着战车用强弓射击。

在第二中间期接近尾声时，第十七王朝有一个法老叫塞肯内拉·陶，他决定发动一场民族解放战争驱逐希克索斯人，于是激烈的战争席卷上下埃及。

有一个故事说塞肯内拉·陶在底比斯附近修了一个河马养殖园，希克索斯人的国王就说：你这些河马太吵了，吵得我没法睡觉。底比斯和孟斐斯距离遥远，显然第十六王朝就是在找碴儿。

从这个故事可以看出当时的南朝在一定程度上是向北朝称臣纳贡的，但塞肯内拉·陶咽不下这口气，他率军北伐——然后就被敌人给打死了……

在 19 世纪，塞肯内拉·陶的木乃伊被发现时上面找到十几处伤痕，可以说是牺牲壮烈或是死状凄惨。不过塞肯内拉的后代也都是硬骨头，他的儿子卡莫斯和孙子阿赫摩斯相继继位，坚持不断北伐。

最后在雅赫摩斯上台十三年之后，他经过艰苦战斗攻陷希克索斯人的两座核心城市阿瓦里斯和孟斐斯，这样第十六王朝终于覆灭，所有的希克索斯人统治者都离开埃及返回巴勒斯坦。

雅赫摩斯统一上下埃及之后，后世的历史学家在这里做了一次人为的王朝划分——第十七王朝变成了第十八王朝。其实这两个王朝之间没有发生权力变动，仍旧是同一个统治家族。

就这样，第二中间期结束了。

经过第二中间期的大洪水、大起义以及后续的百年战争，埃及的人口损失非常大。

随着西亚人迁徙进入下埃及，努比亚人渗透到上埃及，埃及的民族构成发生了巨大的变化，但这些陆续融入的新血液依旧遵从埃及的文化和传统，信仰着埃及的神灵。

第八节 < 新王国——帝国时代

法老和帝国

从第十八王朝到第十九王朝，在四百六十四年的时间里，埃及成为世界第一个大帝国。

在古王国时代仅指王宫的“法老”一词，自新王国第十八王朝的国王图特摩斯三世起，开始用于国王自身，并逐渐演变成对国王的一种尊称。到了第二十二王朝以后，成为国王的正式头衔，并导致后人在习惯上把埃及的国土通称为法老。

第十八王朝以中王国旧都底比斯为首都，宣布要恢复埃及的传统和光荣，阿蒙神信仰也在上下埃及被重新建立起来。古王国以来的官僚系统，包括国王、维西尔、各个中央部门和郡县化的诺姆也全都被重建。

在与希克索斯人的战争中，雅赫摩斯给予各地诺马尔赫和省贵族大量的权利，以此换取他们对底比斯政权的支持。他用土地授予和丰富的礼物保持大贵族们的忠心，同时在全国各地大规模兴建神庙。

第十八王朝早期王室有一个特点——非常尚武，在这个王朝和后来的第十九王朝留下的遗迹中，最常见的就是国王站在战车上打击各种敌人的壁画。

希克索斯人的入侵和统治深深刺痛了埃及人的心灵，在第十八王朝宣布希克索斯人的所有作为都是邪恶的，并摧毁了他们能摧毁的所有异族统治印记之后，埃及人依旧不得不承认自己的国家需要奉行强大的、攻击性的对外政策。只有扩张才能阻止地中海地区那些羽翼丰满野心勃勃的潜在入侵者，而这需要建立一支常备的职业化军队——从此埃及不再孤立于世界之外，它将控制这个世界。

雅赫摩斯的儿子阿蒙霍特普一世在底比斯兴建了卡纳克大神庙——太阳神阿蒙神的崇拜中心，埃及最大的神庙。这座神庙内有大小二十余座神殿、一百三十四根巨型石柱、狮身公羊石像等古迹，气势宏伟，令人震撼，它构成了首都底比斯的一部分。

在建筑神庙之余，阿蒙霍特普一世也没忘记继续在努比亚和叙利亚的军事扩张。接下来的两个国王是图特摩斯一世和图特摩斯二世，他们继续在努比亚和叙利亚方向的进攻和征服行动。

接下来的图特摩斯三世在即位时还是幼童，所以他的姑妈哈特舍普苏特作为摄政王代理统治。权力这玩意儿很容易让人拿起来就放不下，所以两年之后姑妈抢占了侄儿的王位，正式登基成为女王。

哈特舍普苏特是国王图特摩斯一世的女儿，据说貌美而聪慧。美貌的确不可考，但聪慧以及野心勃勃和过人才干这些特点，都在哈特舍普苏特的人生中充分表现了出来。

图特摩斯一世去世后，哈特舍普苏特按照埃及的传统嫁给哥哥图特摩斯二世。哥哥去世后，没有生出儿子的哈特舍普苏特先是收养侄子为继承人，后来又干脆宣布自己就是国王。

反正她大权在握，那些眼明手快的祭司们及时炮制出哈特舍普苏特是太阳神女儿的神话，堵住了反对者的嘴。

哈特舍普苏特与《圣经》故事紧密相关，因为有种说法认为她就是以色列先知摩西的养母。

哈特舍普苏特女王像

埃及的“拿破仑”图特摩斯三世

据传，以色列先知亚伯拉罕四千年前从伊拉克的两河流域长途跋涉到地中海边巴勒斯坦的迦南定居，部落因遭旱灾而去埃及避难，在埃及过了四百多年安定的农牧生活。

以色列人很善于生育，他们逐渐人多势众，使国王担心鸠占鹊巢。于是埃及官方视以色列人为敌，下令杀害以色列男婴。

一个以色列男婴出生后被母亲放在篮子里在尼罗河上漂流，后来被在河中洗澡的哈特舍普苏特救起。哈特舍普苏特给他起名为摩西，这个名字的意思就是“水中捞起的”。

据以色列人传说没有孩子的哈特舍普苏特深爱摩西，希望能传位于他，可惜因为他是以色列人而未能如愿。

哈特舍普苏特去世后，失去靠山的摩西用四十年的时间创立了犹太教，最终带部落踏上返回上帝应许的乐园迦南之旅。这就是《圣经·旧约·出埃及记》的故事。

作为一个女性统治者，哈特舍普苏特在位时并不太关心军事，以至于埃及在她统治的二十二年中逐步失去了对巴勒斯坦和叙利亚的控制。但她对贸易拥有浓厚兴趣，同时用商业税收带来的大笔金钱在埃及各地建筑神庙，在她的支持下阿蒙一拉神的祭司集团变得更加富裕，作为回报他们将在女王去世后精心照顾她的坟墓。

图特摩斯三世自年幼时代便在军中学习军事，他一边掌握军事力量一边谋划着对姑姑的反攻倒算。他的谋划似乎酝酿了过长的时间——等到哈特舍普苏特去世的时候，即位的图特摩斯三世都三十二岁了……

无论如何，图特摩斯三世还是登上了王位。

当了这么多年的窝心王储，一直生活在姑姑阴影之下的国王立刻动手开始报复，一时间上下埃及到处都是“暴力拆迁”的景象：他毁掉姑姑的方尖碑和雕像，刮去所有写着姑姑名字的铭文，干掉那些支持姑姑的祭司和官员……

图特摩斯三世直到确信王名表中不会出现哈特舍普苏特的名字才罢手——当然，我们知道这位开创了国王头衔的年轻人最终还是失算了。

埃及的“拿破仑”

图特摩斯三世从长期的郁郁不得志中解脱出来，享受到了掌握权柄的快感。但他面临的并不是一个平稳顺利的交接班过程，叙利亚南部有个卡迭石王国正在组织针对埃及的反帝大联盟，所有叙利亚和巴勒斯坦地区的城邦国家都一致响应，背叛了在名义上统治他们的埃及帝国。

这些小国组成联军，在卡迭石国王的指挥下先发制人占领了位于卡美尔山脉北坡的麦吉杜要塞，封锁了从埃及通往幼发拉底河流域的大路。

与此同时，图特摩斯三世通过“快速拆迁”等手段稳定了国内局势，紧接着大手一挥发动了新国王的登基第一仗——进军叙利亚和巴勒斯坦！

从军多年的他力排众议，在埃及历史上首次大规模使用船运输送军队，并冒险越过麦吉杜谷地深入敌境，进入麦吉杜要塞南面的麦吉杜平原。当卡迭石国王指挥的联军在麦吉杜要塞外宿营时，图特摩斯三世乘坐战车率军猛攻。猝不及防的联军仓皇逃入麦吉杜要塞，卡迭石国王弃军而逃，于是大伙一合计：还是降了吧……

初战的完美胜利大大刺激了图特摩斯三世的野心，他将对外扩张的矛头对准了叙利亚的诸城邦。在首战告捷之后，这位雄心勃勃的国王每年夏季都像某种候鸟一般发动讨伐叙利亚的军事行动，这种进攻持续了整整十八年之久。

图特摩斯三世的举动使得埃及帝国与叙利亚北部的米坦尼帝国陷入正面冲突，在数次大战中图特摩斯三世都取得了压倒性优势，最后米坦尼选择屈服并成为埃及的盟友。

埃及帝国控制叙利亚之后震动整个西亚，亚述和巴比伦经过讨论后都认为图特摩斯三世这小子太狠了，能从尼罗河边一路砍到幼发拉底河边。

大伙儿既然打不过他，那还是交个朋友吧……

于是两大国都同埃及修好，巴比伦还将一位公主嫁给图特摩斯三世为妃，这是两大文明古国间的第一次政治联姻。

1887 年发现的“阿玛尔纳书信”是阿蒙霍特普三世、埃赫那吞和图坦卡蒙三位国王与当时叙利亚、巴勒斯坦、美索不达米亚、小亚细亚各国国王之间的外交书信。

在这些信中有一份来自美索不达米亚的楔形文字泥版国书，是巴比伦国王卡达什曼·恩利尔一世写给阿蒙霍特普三世的奇葩求婚信——或者说是王室人口买卖文书：

我已经给您写过信了——我要娶您的女儿。

哦，我的兄弟，您也应该用这样的语气给我写信啊。

您告诉我说自古以来埃及国王的女儿就不外嫁，这怎么可能呢？您为什么要这样对我说呢？您是国王，您可以做您想做的任何事情，如果您决定把女儿嫁给我，难道谁还能说不吗？

关于我在之前的信件中提到的黄金，请赶在今年夏季就送给我。送给我黄金吧，有多少就给我多少。如果您能在今年夏季就送过来，我就把女儿嫁给您……

巴比伦人在索取利益方面表现得很直接，他们在信件中不停地要黄金、要女人、要工艺品，有时甚至到了令人不齿的地步。在“阿玛尔纳书信”中，有很多是埃及以及巴比伦之间以政治联姻相互交易的文件，这种王室人口买卖通常用来换取黄金、青金石、战车，乃至于镶嵌着名贵宝石的床榻等等。文书中还有关于使者和公主对所受待遇表示不满，并指责巴比伦的喀西特王送来的黄金品质低劣的抱怨。

除了自命不凡的巴比伦国王之外，其他巴勒斯坦地区的小国国王就显得谀辞如潮谄媚不已了。

基色国王约帕夫在信中这样说：

尊敬的王啊、我的主上、我的神明、天上的太阳啊！

我是基色总督约帕夫、您的仆从，愿意做您脚边的尘土、您的马夫，我有话要向您诉说。

您是我的主上、我的神明，如天上的太阳一般，我要向您的脚边整整膜拜七次。

您派来的传令兵已经把旨意带到。我的主上、我的神明、如天上太阳一般的王啊，请您赐予力量守护这片土地吧。阿帕尔人比我们强悍，我的王啊您是我们主上，请协助我们逃离阿帕尔人的魔爪，不要让阿帕尔人将我们击败。

当然，也有如米坦尼帝国送来的充满真挚祝愿的友好国书：“愿我主特什苏普和阿蒙让我们之间的爱永不衰竭，就像现在这样”，“愿沙乌什卡和阿蒙让她符合我的兄弟的心意”，“愿特什苏普和阿蒙允许我的兄弟向我表达他的爱”，“愿天空女神保佑我们一万年，愿我们的女神赐予我们欢乐”……

总的来说，在埃及的三十四个王朝中，第十八王朝是延续时间最长、版图最大、国力最鼎盛的一个朝代，而图特摩斯三世就是这个王朝的集大成者。正是以他为代表的几代国王持续发动一系列对外征服行动，成功地将埃及帝国的边境向南推进到努比亚的第四瀑布，往东抵达幼发拉底河。

通常认为，是图特摩斯三世使埃及完成了从一个区域性王国向洲际大帝国的质变。所以图特摩斯三世也被认为是埃及最伟大的国王之一，被称为“古代世界之拿破仑”。

图特摩斯三世的宫廷生活是埃及君主中最为奢侈的，在他统治帝国的五十余年中，整个王室成员和上层统治阶层都过着穷奢极欲的生活，他的几百个妻子和文武大臣们享尽世间一切荣华富贵，后世的盗墓者和考古学家在这一时代的每一座权贵坟墓中都能发掘出数量可观的珍宝。

图特摩斯三世死后，埃及帝国陷入空前的大动荡之中，埃及的人民还不习惯身处帝国时代，那些被征服的异族更是希望借助国王之死获得自由。但即位的阿蒙霍特普二世是个合格的继承者，从他迅速平定叛乱和血腥镇压的手腕来看，颇有乃父之风。

这位热爱运动精力充沛的国王先搞定了上下埃及的反贼们，接着一拳挥向努比亚，把跳得最欢的七个努比亚王子逮捕之后加以处决——埃及在传统上会将叛国者先割舌头再处决。最后他在巴勒斯坦境内进行了一系列残酷血腥的讨伐作战，就此打消了亚洲人脱离帝国的念头。

这短时的阵痛带来了数十年的长久安定与和平，在阿蒙霍特普二世接下来的统治时间内，他的帝国是和平繁荣的。

经过战争检验并稳定下来的埃及帝国不再局限于尼罗河谷之中，它占据了亚非两洲的广阔土地，统治着好几个主要民族。被征服的努比亚和叙利亚以及巴勒斯坦地区那些小国君主的儿子必须作为质子居住在帝国境内，他们在神庙中学习埃及的文化，接受埃及的宗教神话，习惯埃及的生活方式。等到外国王位空缺时，这些完成洗脑教育的质子就被送回去继承王位，做埃及帝国的傀儡。外国的公主们也加入国王的后宫之中，这些婚姻无疑是政治联姻的产物，但国王的这些异族妻子生活奢侈享乐无忧。

臣服于埃及帝国的民族和国度既然接受了质子的传统，那么不仅意味着向宗主国的贡金和礼物会源源不绝送入埃及，更保证了那些献出质子的海外首领们对帝国的忠诚不易动摇。

埃及帝国的财富不再来自战争，而是来自附属国的朝贡以及贸易所得。

这些海外小国必须向埃及帝国进贡，帝国再向他们开放贸易，这一点非常像中国古代的朝贡贸易方式。埃及人认为在四面八方有各种各样的蛮族：黑色的努比亚人、白色的利比亚人和西亚人，但他们全在我们的控制之下——显然棕色皮肤的埃及人是最文明的种族。

帝国时代的贸易网广阔繁荣，帝国最重要的城市都密集簇拥在尼罗河周围，城市工坊中熟练的工匠忙碌不停，他们生产出精致的武器、家具、上釉陶器、亚麻布和首饰，这些都是出口货物中的紧俏品。

埃及帝国渴望的各种原材料和其他货物也从国外涌入，从努比亚以及更南部的非洲地区输入了黄金、黑檀木、象牙、紫宝石、玛瑙、碧玉、闪长岩、各种兽皮、焚香、油脂、鸵鸟蛋和鸵鸟翎毛以及各种猿猴等土特产；从阿拉伯沙漠中运来了玛瑙、红宝石、碧玉、水晶、黑曜石、彩色长石、雪花石膏、祖母绿和铜矿石；西奈半岛源源不断产出铜锭和绿松石；近东以及更远的地方运来了白银和天青石等。

除了商品之外，后续的图特摩斯四世和阿蒙霍特普三世还引入了外国的神灵、服装、新技术——乃至新娘。图特摩斯四世娶了一位米坦尼公主，以此来巩固与自己岳父之间的盟友关系。而阿蒙霍特普三世除了拥有一千多个妻子陪伴他度过太平岁月之外，还是庞大神庙建设的爱好者与巨大雕像的塑造者。

1967 年，在苏美努遗址的一个鳄鱼池中挖掘出一座七吨重的特殊雕像。这个雕像表现了鳄鱼神苏美努王索贝克—拉搂着年轻的阿蒙霍特普三世，有趣的是这里的国王并没有显露出他的真实形象，而是按照当时的审美标准被塑造成一个神一般优雅的理想美少年，这是专属于国王陛下的专业石雕 PS 待遇。不过倒也方便了一个多世纪后的一位国王，他抹掉雕像上的阿蒙霍特普三世的名字然后刻上自己的，于是美少年改名为拉美西斯二世继续依偎在鳄鱼神的怀抱里……

索贝克—拉是鳄鱼神与太阳神这两位神灵的结合体，这个二元神类似于中王国时期的阿蒙—拉神。索贝克具有鳄鱼的力量、诡诈、长寿和制服母亲河——尼罗河的能力，在这个雕像中它与拉这个形象结合之后搂抱着年轻的阿蒙霍特普三世，寓意着代表人的国王与代表神的索贝克—拉之间的亲密友爱关系。

阿蒙霍特普三世的特殊爱好并非局限在雕像上面，他在埃及的宗教思想领域同样制造出很多另类的成就，最终造就轰动埃及帝国的宗教改革之滥觞。

埃赫那吞的宗教改革

在阿蒙霍特普三世时期，埃及帝国正值光辉灿烂的正午时期。

底比斯是古代文明世界的中心，繁华的城市里充斥着各国使节和质子，在宫殿里则是国王数不清的妻子。即使以埃及人的眼光来品评，阿蒙霍特普三世的生活也属于极端荒淫的。他与第十八王朝的先辈国王们的做派相反，除了一次罕见的远征努比亚之外，他平时总是躲在宫殿中享乐。

在他之前的帝国君主为了树立权威，也为了巩固疆域经常要打仗，每次战争结束后都要向神庙捐赠大批礼物，包括各种财物和免税土地，以此感谢阿蒙—拉神的庇护，所以越打仗，祭司的势力也就越膨胀，以至于形成了僧侣贵族集团，而且他们频繁干预政治。

阿蒙霍特普三世隐隐感受到神权对王权的威胁，于是开始打压传统的阿蒙—拉神祭司集团。他逃避出征一方面是政治上不再需要，另一方面就是避免向神庙捐赠。

此外，阿蒙霍特普三世推动将太阳的象征阿吞神格化。阿吞与一般动物或人形象的埃及神灵截然不同，它是旭日初升时的太阳神，外形为红色日盘，从圆盘上射出的光谱降到人的手上，代表着阿吞神无处不在，给万事万物带来生机。

阿蒙霍特普三世最宠爱一个叫提伊的出身下层的努比亚妃子，他在底比斯附近挖了一个人工湖，搞了一艘名为“阿吞的闪光”的船，整天和提伊在上面嬉戏玩乐。

阿蒙霍特普三世和提伊的儿子本来叫阿蒙霍特普四世，阿蒙霍特普的意思是“阿蒙所满意的”。但这位陛下一门心思地崇拜阿吞神，上位不久就给自己改名为埃赫那吞，意思变成了“阿吞的光辉”。

埃赫那吞执着地继承老爹遗志，在意识形态上另起炉灶压制旧祭司集团，在执政第五年颁布命令将阿吞作为埃及帝国唯一的官方神灵，并且禁止其他所有神的崇拜。

上下埃及所有做祭司这个行当的老少爷们大姑娘小媳妇们都傻了眼——纳尼？这是个什么情况……毕竟在埃及已经度过的三千多年历史中，还从未出现过一神教这件事。

要说陛下虔诚无比的话，恐怕也难以服众。因为在一开始埃赫那吞是想利用太阳神拉来对抗阿蒙神的，他提出阿蒙神不是最高的神，古王国的拉神才是最高的神，又在底比斯建造了拉的神庙，并宣布自己是拉神的最高祭司。

因为这一做法遭到阿蒙—拉祭司集团的强烈反对，所以碰壁之后的埃赫那吞索性创立了一个崇拜“阿吞”的一神教。

埃赫那吞一家沐浴在阿吞的神圣阳光之下

执意进行宗教改革的“异端”国王埃赫那吞

埃赫那吞美丽的王后涅菲尔提提

既然伟大的国王陛下禁止信仰阿蒙神和其他地方神，只允许信仰宇宙间唯一的太阳神阿吞，那么原来势力庞大的阿蒙系信仰自然成了邪教异端。

埃赫那吞关闭了阿蒙系神庙，没收了庙产——也就是抢走了祭司们的钱袋子，还抹掉了所有公共场所和神庙墙壁上的阿蒙字样，并按照传统做法刻上阿吞。

一时间埃及帝国内部鸡飞狗跳，后世的历史学家将这场激进的宗教改革称为阿玛尔纳时代。

阿玛尔纳是现代埃及的一个地区，位于底比斯以北三百公里处。这个地方，曾是宗教改革期间埃及帝国的首都埃赫塔吞，意为“阿吞的地平线”，在遗址出土的界碑铭文上刻着“神为他自己挑选了这块土地”。

从地形上看，此地是一片新月状平原，特别像象形文字中的“地平线”一字，这可能就是埃赫那吞选择它作为新都所在地的原因。

埃赫塔吞城长约十公里，东西约五公里，带状的城区沿尼罗河东岸延伸，中心部分集中在临近尼罗河之处。

这座城中有“大神庙”，即阿吞神庙；“大宫殿”，即政府所在地。埃赫那吞及王室成员的住所与大宫殿只有一桥之隔，在埃赫那吞居所附近有一所“文献室”。1887 年，就在这里发现了前面提到的“阿玛尔纳书信”。

在阿吞一神教的意识形态下，国王和神的关系产生了质变。以前的国王是有神性的拉之子，但现在不是了，国王跟阿吞神相比微不足道。

正是基于这种思想，埃赫塔吞城中的雕塑等艺术品表现手法与埃及其余年代的刻板形象截然不同，它强调艺术要真实地描写人及其周围的世界，被称为阿玛尔纳艺术形式，著名的《埃赫那吞像》和《涅菲尔提提王后像》便是其中的代表作。

埃赫那吞所鼓励的阿玛尔纳艺术还包括文学，他命人编写了《阿吞颂歌》，极力赞颂伟大的太阳神阿吞，这首感情真挚的赞美诗深刻影响了《圣经·旧约》中赞颂“耶和华”神的诗篇。

诗中写道：

黎明时，您从天边升起。

您，阿吞神！在白天照耀着。

您赶跑了黑暗，放出光芒，上下埃及每天都在欢乐。

人们苏醒了，站起来了，是您使他们站起来的。

他们洗了身子，穿了衣服，高举双臂来欢迎您。

在世界各地，人们劳动了，野兽吃饱了，树木花草盛开了，鸟从巢里飞了出来，展开了翅翼赞扬您！

黎明破晓，天边的地平线奇美无比。

噢！朝气蓬勃的阿吞，生命的初始。

当您从东方的地平线升起，

每一寸土地都洋溢着绮丽。

您很美，伟大，闪闪发光，高悬天空。

您的光芒笼罩大地，惠泽您创造的一切。

他们是瑞神，他们都被您征服，您用爱羁绊他们。

虽然您很遥远，但您的光芒遍洒大地；

虽然您高高在上，但您走过的地方永远是白天。

虽然埃赫塔吞城在艺术上有了突破，但它在政治上和宗教上都是一个自娱自乐的产物。埃赫那吞下令在其他地区也要建立阿吞神庙，并且帝国的上层阶级已经识相地皈依阿吞神。但在上下埃及的每个家庭中，人们还是默默地向自己信仰的传统神灵祈祷。

阿吞神根本就是埃赫那吞个人强推的一个偶像，除了王室家庭内部之外，它没有在大多数埃及人的信仰当中获得崇拜。

一开始被打蒙了的阿蒙祭司们很快醒过神来，他们利用传统宗教观念煽动底层人民起来反对宗教改革。最初支持埃赫那吞改革的军人和中小奴隶主贵族本来希望能趁机捞一票，没想到埃赫那吞像他爹一样无意对外扩张，不打仗这些人就失去了财富来源，于是也对国王怨声载道。

很快，叛乱和政变的阴谋在帝国内部酝酿。

埃赫那吞的维西尔阿伊奔走于埃赫塔吞和底比斯之间，试图斡旋国王和祭司们之间的关系。底比斯的阿蒙神祭司一步也不愿意离开这座圣城，也决不肯皈依阿吞神。下埃及的将军赫列姆赫布则驻扎在孟斐斯观望局势。

在埃赫那吞统治的第十二年，他的家庭内部也出现了变故。

王后涅菲尔提提名字的含义是“迎面而来的美女”，这位被誉为埃及最美王后的女子与自己的六个女儿一起住在王宫中。但就在这一年中，涅菲尔提提忽然消失了。后世推测王后可能死于那年发生的一场瘟疫，也可能是因为生不出儿子而失宠。

埃赫那吞后来至少娶了他的一个女儿，但始终没有关于他生出儿子的确凿记录。

在埃赫那吞统治的第十七年，这位顽固坚持宗教改革的国王去世了。

底比斯的祭司集团立刻开始反攻倒算，埃赫那吞的党徒有几千人被杀掉，剩下的人四散奔逃。有一种说法认为，《圣经》里《出埃及记》的故事，就是阿吞神信徒从埃及逃到以色列的故事。

埃赫塔吞城被彻底放弃，很快蜕变成为荒漠。

充满创造力和生命力的阿玛尔纳艺术被扼杀了，埃及帝国回到了循规蹈矩的正道上。

埃赫那吞的继承者是年幼的图坦卡吞，这位年仅八岁的小国王被认为可能是埃赫那吞的女婿或其侄子。不过依据最新的 DNA 鉴定结果，图坦卡吞是埃赫那吞与自己的亲姐妹所生的孩子。

图坦卡吞很快将自己的名字改为图坦卡蒙，并将首都迁回底比斯。很可能是旧祭司贵族借这个孩子的手拆毁了阿吞神庙，抹去了建筑物上埃赫那吞和涅菲尔提提的名字，阿蒙—拉神再度降临埃及帝国，宗教改革失败了。

埃赫那吞是埃及历史上最令人感兴趣的一位国王，他特立独行的一神教改革引起了许多研究者对这位国王精神状况和身体状态的强烈兴趣。阿吞信仰是已知的世界上第一种一神教，它与后来出现于中东的几种一神教之间的关系引人遐想。

后世最有脑洞的假设来自精神分析学派的创始人弗洛伊德，他根据摩西的名字与许多国王名字中“摩斯”音节相近这一点，认为摩西就是埃及人，而且与埃赫那吞存在某种关系。

摩斯在埃及语里有“儿子”之意，往往跟在某位神灵的名字后面构成人名。弗洛伊德据此推断《圣经·旧约》中的摩西名字是不完整的，其原始形式很可能是“阿吞摩斯”——他可能是忠于埃赫那吞新宗教的官员，甚至可能是国王的儿子。

帝王谷的盗墓贼

图坦卡蒙是一个毫无疑问的傀儡，他的权力被老官僚们幕后操纵控制，他在位的十年中崇拜阿蒙—拉神的卡纳克神庙和卢索克神庙得到大规模扩建，埃及帝国在努比亚和叙利亚挑起战火——原有的既得利益阶层全部得到了补偿，阿蒙霍特普三世和埃赫那吞父子毕生限制神权的努力付诸东流。

但并不能说埃及帝国的战争毫无意义，因为当时赫梯王国已经崛起。

赫梯人是世界历史上最早开始冶铁的民族，也是世界最早进入铁器时代的民族。在手持先进铁器的赫梯军队打击下，曾向埃及帝国深情表白的米坦尼帝国已被击溃，死乞白赖要钱要女人的巴比伦也被吞噬。

埃及帝国急需表现出自己的力量，并对陈旧的军事体制进行改革，但这一切并不是年幼缺乏经验的图坦卡蒙能够完成的。

事实上，图坦卡蒙闻名于后世的原因在于他是很罕见的主要墓室未被盗掘的国王，所以当他三千余年的长眠被英国人霍华德·卡特率领的考古队惊醒之后，墓中发掘出的大量珍宝震惊了世界；另外由于挖掘人员多遭横死，从而产生了流行近百年的图坦卡蒙国王诅咒传闻；最后关于这位少年国王的死亡原因，也引起谋杀、车祸、遗传疾病等多种猜测。

不过以最新的检测结果来看，图坦卡蒙很可能是死于腿部骨折之后的感染并发症。

图坦卡蒙长眠之地在帝王谷。

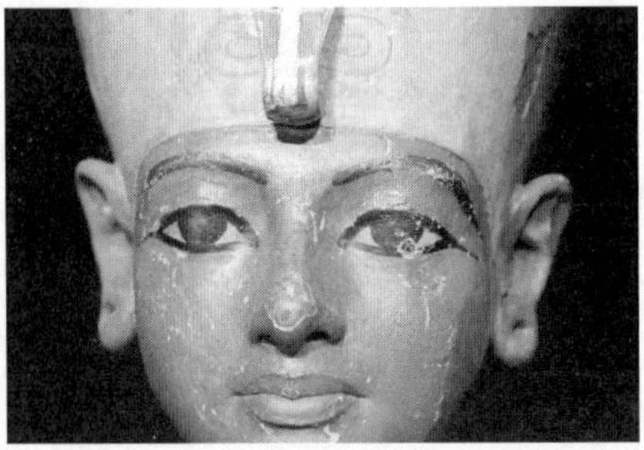

图坦卡蒙的塑像

图坦卡蒙的黄金面具

图坦卡蒙的王后安珂森阿蒙亲昵地为丈夫涂抹香脂

这是位于开罗以南七百公里处，离底比斯遗址不远处的一片石灰岩峡谷。几个世纪以来，新王国的国王们就在尼罗河西岸的这些峭壁上开凿墓室。

后世的学者倾向于认为是图特摩斯一世有感于所有躺在金字塔中的国王都被盗墓者洗劫一空的残酷事实，所以决定把自己的陵墓同殡葬礼堂分开，所以在底比斯山西麓隐蔽的断崖岩壁上开凿隧道作为墓穴。

从此以后的五百余年间，埃及的国王们就不断地在这个山谷里构筑自己的岩穴陵墓。后来古希腊人看到那通往墓室的长长的隧道，觉得很像牧童吹的长笛，就把这种岩穴陵墓叫作“笛穴”。

这里是一处雄伟的王室墓葬群，一共有六十多座帝王陵墓，埋葬着埃及第十七王朝到第二十王朝期间的六十四位国王，其中有图特摩斯三世、阿蒙霍特普二世、塞提一世、拉美西斯二世等最著名的国王。

帝王谷分为东谷和西谷，大多数重要的陵墓位于东谷。墓穴入口往往开在半山腰，有细小通道通向墓穴深处，通道两壁的图案和象形文字至今仍十分清晰。

按照古老的传统，帝王谷也有被宠幸的贵族和国王家人的陵墓，他们受邀请与神之子共享永生。

在帝王谷中的国王墓穴位置彼此靠近，目的是为了便于集中守护，这恰恰给盗墓贼提供了方便。

例如曾修缮吉萨的狮身人面像，并在巨像两个爪子之间留下记梦碑的图特摩斯四世。这位王子自称梦见荷鲁斯神托梦给他，预示他将取得王位。但有着荷鲁斯神眷顾的他，下葬后十年左右陵墓就被盗墓贼洗劫一空了。那些猖狂的盗墓贼还在墓室墙上写上得意的留言——你别说，还是知识分子干的……

事实上埃及人盗墓的历史与他们建造金字塔一样久远，甚至更为久远。埃及人代代口耳相传：神庙中藏有财宝，坟墓里有丰富的陪葬品。

拉美西斯九世时期的一份文献中记录了三千余年前的一次盗墓贼审判，整个事件的经过和侦破与现代的盗墓罪行侦破几乎一模一样。

底比斯城西岸发生了大规模盗墓活动，底比斯政府任命来自努比亚的沙漠巡逻队“麦德查”来彻查所有的王室陵墓，结果这些古代侦探们汇报如下：“太阳神之子塞贝克姆萨夫的金字塔陵墓被盗贼闯入！窃贼挖了一条隧道，从图特摩斯三世的谷仓视察员纳巴穆恩坟墓的外厅直挖过来。国王的墓室里不见了遗体，王后努布卡斯的墓室也一样。”

底比斯的官员指控了一批犯罪嫌疑人，其中包括一大群墓地管理处的工人和小职员。他们被逮捕并带上法庭，法官警告他们要发誓说实话，否则就会“被割掉鼻子和耳朵，或者处死”。

结果这帮犯罪嫌疑人中果然出现了厌货，他率先招认：

我们打开了棺材，揭去了覆盖，看到这位国王那庄严的木乃伊颈部戴着一串金制的护身符和许多饰物，头上戴着金面罩。这位国王庄严的木乃伊通身盖着黄金。覆盖物里外都是金银编制的，并且镶嵌着各种宝石。我们剥下这尊神圣庄严的木乃伊身上的金衣，取下他颈上的金护身符和饰物，揭走覆盖的金被。我们还找到了国王的妻子，并把她的木乃伊身上的东西照样剥光。我们还找到了殉葬的金瓶、银瓶和钢瓶，也统统偷走。我们把从这两位神圣木乃伊身上取到的护身符、饰物、覆盖和一切都分成了八份。

八个窃贼中有五个人的姓名存留至今，他们是石匠阿比、技工伊拉门、农民阿门农海布、运水工卡姆维斯和黑奴坦内菲尔。

上述八人的审判结果是“他们的案子和判决都正式记录下来呈送国王”，这预示着可怕的结局，因为只有国王能宣判死刑。

拉美西斯九世时期记载这类案件的莎草纸都长达数米，保存至今的只是一小部分而已，可见盗墓的行为有多普遍了。

在五百多年间，帝王谷中的绝大多数墓室都遭到了洗劫，逼得后来的国王们不得不一次又一次地将祖先改葬。到最后再也找不到合适地方，只好将老祖宗们像堆柴火一般堆在一处——1881年，仅在一个秘密洞穴中就发现了四十多具国王木乃伊。

埃及文明覆灭之后，在波斯帝国、罗马和拜占庭皇帝治下的盗墓行为更加光明正大地继续进行。这些皇帝劫走了许多纪念碑、方尖碑、斯芬克斯人面兽身像和各种雕像，拿来装饰首都和御花园。

后来，科普特人把神庙改成教堂，修道士占领了石墓，损毁了浮雕和绘画，拿走了其中的异教文物。

阿拉伯人征服埃及之后，埃及的盗墓者日渐增多。到 14 世纪时已被视作一种专业工匠，成为正当行业。在 16 世纪以前，埃及出现了一本以阿拉伯文撰写的巫术书《藏珠之书：藏宝挖掘指南》。此书详列了各个宝物埋藏的地点，细说各种瞒骗宝物守护神的巧妙巫术，以便把宝物据为己有。

开罗博物馆的馆长在 1900 年时说："战争和漫长的岁月所毁掉的文物，也比不上这一本书的罪过。"

此外，早在古罗马时代，帝王谷便已成为旅游景点。

公元前后年代，古希腊历史学家狄奥多罗斯和古罗马地理学家斯特拉波都曾到访埃及，他们记载了山谷中的底比斯王室墓葬。公元 2 世纪时，罗马帝国的地理学家帕萨尼亚斯旅行至此，并记录下帝王谷陵墓管状的通道。

除了这些大家学者之外，漫长历史时期中其他冒险家和旅行者也陆续来到帝王谷中猎奇。在 19 世纪之前，由埃及前往底比斯之旅交通困难，不仅费时而且费钱，所以凡是费尽辛苦抵达这里的游客总要大笔一挥雁过留声：某某某到此一游。

帝王谷那些已被盗掘的墓葬中，充斥着古代旅游者留下的涂鸦。其中来自古希腊和古罗马的大约有两千一百处，此外还有如腓尼基文、塞浦路斯文、吕基亚文、科普特语等，构成一个环地中海的古代各国游客不文明行为大展板，其中最早的涂鸦可追溯至公元前 278 年——它们本身也构成了古迹的一部分。

还有一些不怕花钱的游客会让向导找人来打开一座埃及贵族石墓，买上一具写满象形文字的硬木板棺材，不过其中很多已经是赝品了。

1799 年，跟随拿破仑远征埃及的维万・德农男爵勘探并绘制了帝王谷陵墓的地图及平面图。

到了 19 世纪初期，商博良对埃及象形文字的翻译，推动了欧洲人在当时对底比斯附近地区的研究。

1829 年法国远征塔斯卡尼的时候，商博良本人也抵达帝王谷进行了持续两个月的考古探索。

直到今天，帝王谷依旧向各国好奇的游客敞开怀抱。

拉美西斯大帝

图坦卡蒙去世之后，他的妻子安珂森阿蒙打破惯例给赫梯国王写信，请求他将一个儿子送到埃及帝国，自己将与这位王子结婚，而这位王子也将成为新任国王。

这件事情听起来简直太美好了，但赫梯国王作为一个理性的人显然不太相信天上掉馅饼的好事。他谨慎地派出一个使团去调查情况，最后得知安珂森阿蒙所说的竟然是真的！

赫梯国王一拍大腿：中，太中了！

他立刻派遣一个儿子去做安珂森阿蒙的新郎，但这位倒霉的上门女婿却在埃及帝国边境遭遇伏击身亡——埃及人痛恨来自异族的统治者，安珂森阿蒙的真诚提议并不代表整个埃及帝国，从此后埃及帝国与赫梯王国陷入长达三代人之久的战争中。

图坦卡蒙的继承者是先后为几任国王效力的阿伊，这位老干部总共只做了四年就归西了。人们一直认为是他娶了安珂森阿蒙，但在阿伊的坟墓中只有他的原配妻子泰伊陪伴他长眠，所以这个传说并不一定可靠。

在阿伊之后即位的是将军赫列姆赫布，他与王室毫无血统关系，所以一上台就赶紧娶了前王后涅菲尔提提的姐妹为妻，以此建立起与王室之间的关系。

作为一个战功显赫的将军，赫列姆赫布在位二十七年间，彻底重建开放了所有阿蒙神庙，重写历史，把埃赫那吞、图坦卡蒙和阿伊这三个国王从王名表里去掉，完全恢复了阿蒙神祭司的权威。总之，他集中精力恢复帝国的旧秩序，唯独没有发动大规模的对外战争。

虽然赫列姆赫布以慷慨的赠予和支持恢复了阿蒙—拉神祭司们的财富和威望，但这个军阀也巧妙地对神权加以控制——他任命自己属下的心腹军官出任首席祭司。

赫列姆赫布死后，他的维西尔变成了拉美西斯一世国王。第十八王朝就此结束，第十九王朝开始了。

拉美西斯一世除了开创第十九王朝之外几乎毫无建树——他在位时间只有两年，也没法做得更多了……

拉美西斯一世的儿子塞提一世倒是在任上干了十几年，塞提一世出生时的名字的意思是“他是赛特神的最爱”，充满了异端信仰的意味。所以当他继承王位以后，赶紧把自己的荷鲁斯名改为蒙玛亚特拉，意思是“拉神的正义是永恒的”。

为了调整埃赫那吞宗教改革时期带来的不稳定，塞提一世制定了积极的对内对外国策。这位将门子弟热衷于战争，刚一登基便远征叙利亚收复被赫梯王国占据的老地盘。他还屡次进攻巴勒斯坦，一直打到加沙海岸一带。在他上台后第八年，埃及帝国镇压了努比亚埃任地区的叛乱。

塞提一世在资助阿蒙—拉的神庙方面也是个慷慨大方的金主，卡纳克神庙中那些由高大石柱撑起的富丽堂皇的大厅便是由他所建。广泛开展的神庙建筑促进了埃及传统艺术和文化的复兴，同时塞提一世也拥有帝王谷中最大、最豪华的坟墓。

总的来说，塞提一世是位很有作为的统治者，但对于埃及而言，他最大的成就却是生出了拉美西斯大帝这个不世出的英雄。

拉美西斯二世是塞提一世和杜雅王后的儿子，从十岁开始从军，十五岁时随父出征，二十五岁成为埃及帝国的国王。

拉美西斯二世是一位文功武治的君主，他对每件事都力求做到极致。他被埃及人称为伟大的领袖、勇猛的士兵、杰出的建筑家和英雄父亲——他有二百多位妻子，生了九十六个儿子和六十个女儿。这位帝国顶峰时代的国王身高一米七六，头发是罕见的鲜红色，带有白种的西亚蛮族血统。

后世之所以知道得这么清楚，完全是由于他的木乃伊被保存在博物馆里的缘故。

这位活了九十六岁的国王绝不愿意有如此境遇——本来好好长眠于地下，却被刨出来作为展品，这可上哪说理去？不过全赖有他的木乃伊，现代人才解开了埃及木乃伊制作的秘密。

拉美西斯比埃及任何一位君主都勤于大兴土木，他下令修建的宫殿、庙宇、雕像和方尖碑的数量多到令人难以置信。即使经过了三千多年的时光，拉美西斯二世的雕像仍旧是埃及境内随处可见到的满大街的古迹，可见其数量有多么庞大。

这样做的主要原因是为了满足他个人的虚荣心，彰显他的无上权力和在世天神的地位。

拉美西斯二世在父亲的坟墓旁边建筑了神庙，在阿拜多斯为自己兴建了另一座神庙拉美修姆。

拉美西斯二世非常关心建筑工程的落实情况，他曾亲自到施工现场检查工程的进展情况，他甚至还前往石材的开采地去挑选最佳的材料。这位国王非常关心工人的生活质量，从不让他们缺少食物、衣服、鞋子以及新鲜的水，以便能让他们专心地做好自己的工作——这些伟大首领关爱基层群众的感人语录都被记录在石碑上流传后世。

拉美西斯二世为达到自己的目的，向来不惜“借用”一些更为古老的建筑——有些古代雕像和建筑被抹掉原主名字后刻上拉美西斯二世字样；有的被围在了以其名义修建的建筑群当中自然成为其一部分；还有的更惨，被当成了材料库拆毁，例如哈夫拉金字塔的整块花岗岩被拆下来用于修建位于孟斐斯的布塔大神庙。

由拉美西斯二世钦定的建筑风格也被他用于显示其伟大之处。比如，在神庙里布满了雄伟的雕像和装饰有象形文字及图案的石柱，刻满描绘宗教和战争场面的庙宇墙壁都在歌颂国王的神圣和伟绩。

拉美西斯二世不喜欢干燥的上埃及，于是他在潮湿宜居的下埃及东部修了一个陪都培—拉美西斯，意思是“拉美西斯的家”。

选择此地的主要原因是这里是国王的故乡；此外这座城市紧挨着受到赫梯王国入侵威胁的东部边境，可以起到天子守国门的作用；同时它还是连接埃及帝国和亚洲地区的重要航道和商业交会地。

培—拉美西斯占据了非常富饶的土地，这里的渔业农产丰富，食物供给充分；航道畅通，商业贸易繁荣。城中的居民来自埃及帝国的各个领地：北非的利比亚、努比亚、阿穆鲁和西亚的迦南。这些异族人有些是战俘奴隶，但在这座城市中都与埃及人一同享受着繁荣。

培—拉美西斯的奢华程度不亚于埃及古都孟斐斯和底比斯，这座城市的每个重要地点都有一座神庙：北面有供奉北方古老首都布托城守护神的乌托神庙，东面有亚洲女神阿斯塔尔特神庙，南面是赛特神庙，西面是阿蒙—拉神庙——无论是熙熙攘攘的巨大宫殿、色彩绚丽的房屋还是那十多座神庙，这一切都为了彰显国王本人的伟大之处。

这座城市是成功的，直到建造他的国王去世一百多年后，它才由于政治原因逐渐萧条没落。

拉美西斯二世大兴土木不光是为了虚荣，其核心目的是为了解决帝国最高层的权力结构矛盾，他按照自己的规划掀起了一场意识形态革命，把自己塑造成一个活着的神——就像古王国时代的那些神王。

几年之后，在埃及最南端的阿斯旺出现了一座宏伟的阿布·辛拜勒神庙。

神庙，顾名思义是拜神所用的场所。阿布·辛拜勒神庙在名义上献给了阿蒙—拉神、拉—哈拉凯悌神和普塔神，实际上却是朝拜国王自己的。

阿布·辛拜勒神庙属于一种在山崖中开凿出来的岩窟庙，它在峭壁斜坡上开凿出全长六十米的洞窟。在神庙高三十二米、长三十六米的塔门洞口两旁雕刻有高约二十一米的四座巨大坐像：分别是阿蒙—拉神、拉—哈拉凯悌神、普塔神，以及拉美西斯二世陛下本人。站在神庙门口仰望这些雕像之人，会感受到异乎寻常的压迫感。

神庙内部的洞窟终日幽暗昏黄，但到了每年二月二十一日拉美西斯二世生日，以及十月二十一日拉美西斯二世加冕日时，阳光可通过洞口穿越黑暗走廊直射进洞窟深处。阳光除了不会照到最左边的黑暗之神身上之外，会从黑暗之神的右边开始依次照在阿蒙—拉神像、拉美西斯二世像和拉—哈拉凯悌神像之上。当圣洁的金光照在拉美西斯二世雕像的脸上，拉美西斯二世旁边分别是拉和阿蒙的雕像，显得这位世间君王的地位已经超越了神灵。

埃及人传说拉美西斯二世在这人迹罕至之地修筑如此集天文、数学、地理、物理多学科之大成的奇迹建筑，是因为他宠爱的王后尼斐尔泰丽正是阿斯旺当地人的缘故。在阿布·辛拜勒神庙附近还有一座献给尼斐尔泰丽的较小岩窟庙，似乎也印证了这一说法。

但更有分析认为努比亚人沿尼罗河前往埃及帝国进贡，或埃及军队前往努比亚征税时，船队均会行经此处，而阿布·辛拜勒神庙就是宣示国威与提振士气的最佳象征——我是拉美西斯二世国王，我正与诸神一同俯视着你们……

拉美西斯二世在表面上尊奉神权系统，但他通过将自己塑造成最高之神的手段，在意识形态上以君权压倒了神权。

文治必定要配合武功，用大白话来说就是治理国家要有贡献，用兵打仗要有成绩。更何况埃及进入帝国时代之后，时刻都处于与西亚列强争锋的较量当中。一个领兵打仗不在行的国王是说不过去的，更别提拉美西斯二世这样的将门之后了。

大约在公元前 1275 年 4 月，为了争夺叙利亚的控制权，拉美西斯二世率军进攻赫梯国王穆瓦塔里什控制的古叙利亚重镇卡迭石。

拉美西斯二世率领着两万埃及士兵和二百辆战车，此外还有万余名西亚土著雇佣兵，穆瓦塔里什则有一万名士兵和三千五百多辆战车。

在埃及帝国内部充斥着赫梯间谍，拉美西斯二世的军队还没开拔，关于他的军队详情和进军路线便已传到穆瓦塔里什的耳朵里。

虽然手头的部队只有埃及的一半，但是赫梯国王已经为埃及国王安排下一个陷阱：在靠近奥龙特斯河的地方，埃及国王的军队遇到了两名贝都因牧民打扮的赫梯人，他们说有重要情报要通报给伟大的拉神之子。

于是这两人被带到了拉美西斯二世面前，献上了穆瓦塔里什的部队已经逃离卡迭石城，国王可以轻而易举地拿下城池的好消息。

拉美西斯二世大喜过望，他冒失地率领先头部队一万人来到靠近卡迭石城的平原地带宿营。

看着埃及军队中计前来，谨慎过头的穆瓦塔里什决定再派两名探子侦察一下。结果他的探子被埃及人抓个正着，在酷刑拷打之下，两个探子吐露了实情。

拉美西斯二世一咬牙一跺脚说赶紧撤，可为时已晚。

赫梯人突然从侧翼发起进攻，措手不及的埃及军队溃不成军，拉美西斯二世只剩下贴身侍卫和几十只狮子宠物守着他——但现在又不是要与赫梯国王比赛马戏，这些只会用来摆谱炫富的样子货是救不了伟大国王的。

眼看着拉美西斯二世就要在当俘虏和光荣阵亡之间二选一的时候，有两件出乎意料之事救了他：首先是赫梯大兵们基本上等于是土匪，他们在攻进埃及营地后不追歼敌军却忙着抢夺财物；其次是国王的后续部队腿脚快，这时候已经赶过来了。

这场卡迭石战役最后打成了对峙局面，由于国内发生叛乱，穆瓦塔里什被迫提出议和。

实际上埃及损失巨大，他们被消灭了五千人之多，而赫梯人只不过是损失了不少战车而已。可是了解舆论宣传阵地重要性的拉美西斯二世可不简单，他命令手下把这场战役鼓吹成一次伟大的胜利。

至于国王自己则非常谦虚地说：哎呀妈呀，你们是不知道，我可是老厉害了！当时我那些没用的兵全都跑了，我就一个人驾着战车开始对赫梯人进行大屠杀！我一个人杀了成百上千的人，我摧毁了他们无数的战车和部队！

于是埃及的每个神庙中都有歌颂卡迭石“大捷”的雕塑，在著名的阿布·辛拜勒神庙描绘卡迭石之战的浮雕中，拉美西斯二世伸出四只手臂驾车飞奔，他宣称其中两只是埃及主神阿蒙神的，这证明诸神永远站在伟大的国王这边。

卡迭石之战还有一个创纪录的副产品：六年后穆瓦塔里什去世，即位的阿图西里什与拉美西斯二世签订了人类历史上最早的国际条约。

条约规定：双方实现永久和平，“永远不再发生敌对”，永远保持“美好的和平和美好的兄弟关系”；双方实行军事互助，共同防御任何入侵之敌；双方承诺不得接纳对方的逃亡者，并有引渡逃亡者的义务。这就是世界历史上最早的和平条约和引渡条例。

条约签订后，阿图西里什还采取和亲政策，将自己的长女嫁给拉美西斯二世。后来发现于埃及卡纳克神庙墙上的一幅雕刻，就描绘了当时埃及国王迎娶赫梯公主的情景。

虽然终于实现了和平，但是埃及和赫梯的命运都附上了挥之不去的悲剧色彩。

埃及与赫梯的争霸战争，是古代中近东历史上的重要事件。

战车上的拉美西斯二世

拉美西斯二世是埃及最强有力的国王之一，当时的赫梯王国也处于其鼎盛时期。双方长达数十年的军事较量，使双方的实力都受到严重削弱。

拉美西斯二世之后的国王再也无法重振帝国雄风，曾经一度强盛的新王国逐步陷入瓦解之中。而赫梯在与埃及战争后，本来就不甚稳固的经济基础进一步动摇，不久即开始衰落。至公元前 8 世纪，最后的残余势力完全为亚述帝国所灭。

赫梯王国毁灭之后，大量的赫梯铁匠散落各地，遂将冶铁技术扩散开来，在公元前 8 世纪传至古印度，在公元前 6 世纪传至中国。

帝国的毁灭

新王国时期是埃及文明的顶峰，埃及帝国在加强王权、开疆拓土、宗教、建筑、艺术、国际影响力上都处于最高峰。

拉美西斯二世是这个伟大时代的最后一位伟大统治者，他在位时期，这个古老的文明焕发出了从未有过的璀璨，然而这种璀璨是最后的绽放，是埃及文明最后的光芒。

当时普通人的平均寿命是四十岁，但拉美西斯二世一直活到九十多岁。埃及人已经在国王的统治下度过几代人的时间，他们习惯了这位世间之神的统治，爱戴这位不会死的国工，但终有一天当拉美西斯大帝故去之后，整个帝国都为之恐惧颤抖，叛乱的烽火燃遍全国。

拉美西斯二世死后，即位的是他的第十三子麦尔涅普塔赫。这位新国王已经年逾七旬，好歹熬到了父亲走在自己前头。

麦尔涅普塔赫扑灭了帝国内部的叛乱，平定了努比亚地区，击退了利比亚人侵者，还赶走了越境的美索不达米亚难民——西亚正遭受极端干旱的折磨，国王为饥饿中的赫梯人送去了谷物。

对于第十九王朝的后续统治者而言，辉煌已成过去，荣耀永不再来。利比亚人持续入侵西部边境，地中海上新兴起的“海上民族”又不断骚扰东部。

海上民族指的是腓力斯丁人等居住在地中海东南沿岸的古代多种族大杂烩，他们在巴勒斯坦南部沿海一带建立加沙、阿什杜德等小城邦。

海上民族融入了希腊人的祖先亚该亚人，以及加里亚人、西里西亚人、条克里人等部落，由海路大肆入侵埃及帝国。

埃及书吏曾将侵犯国境的腓力斯丁人称作“北部丘陵诸国”的西亚蛮子，这些人拥有铁质长剑和铠甲，装备精良，战斗力凶悍。

在腓力斯丁人的各部落集团中，有些人可能来自西亚西北角的安纳托利亚、塞浦路斯和叙利亚北部，另一些人来自爱琴海的一些地区，诸如希腊半岛的美塞尼亚、克里特，还有一些则来自意大利南部和西西里岛。

海上民族是一个环地中海区域多民族融合过程的产物，他们一边抢掠一边迁徙，后来活跃于历史舞台上的雅典人、吕底亚人、腓尼基人、以色列人、阿拉美亚人、罗马人等都是海上民族因迁徙和融合后产生的新种族集团。

等到拉美西斯二世去世二十五年之后，第十九王朝在一片混乱中结束了。

给它带来致命一击的是三千二百余年前发生的一场奴隶大起义，一个叫伊尔苏的叙利亚奴隶起来造反，一呼百应的流寇队伍横扫帝国全境。

第十九王朝的最后一个国王是年幼的西普塔，在他母亲辅佐下执政。这一对孤儿寡母根本无法控制局势，王朝于顷刻间颠覆。

在古代莎草纸文献上留下了如此的记录：

埃及的国土，以及所有的人，又得听天由命了。

他们许多年没有首长，直到另一个时刻的到来。

埃及的土地落在诸大臣和各城市统治者手中。

一个杀戮一个，不论在贵族之间，或是在平民之间。

此后另一个时刻到来了。

这是贫困的年代，那时一个叙利亚名为伊尔苏的人成为首长。

他迫使全国只对他一个人纳贡。

他把自己的同谋者结合起来，进行劫掠。

他对待神也像对待人一样，神庙里的祭祀也中断了。

……

他恢复了叛乱之前的全国秩序。

伊尔苏的短命政权被大军阀赛特纳克特推翻，后者自立为王建立了第二十王朝，这是一个新王朝的开端，也是埃及帝国毁灭的开始。

第二十王朝除了开国君主赛特纳克特之外，后面的那些国王全部都叫拉美西斯，从拉美西斯三世一直排到十一世。

他们与拉美西斯大帝并无血缘关系，之所以叫这个名字纯粹是试图恢复拉美西斯二世时代的“盛世”，但是这绝对是痴心妄想了。

到这个时候，传统的王权已经威信扫地，不可能再建立起埃及帝国的秩序。而埃及人眼中的蛮族——那些西亚的文明已经在生产技术和科技水平上超越了埃及，他们早已不是蛮族，他们无论在航海、金属冶炼抑或军事技术方面都已经遥遥领先。

在赛特纳克特的儿子拉美西斯三世统治时期，似乎曾有一瞬间帝国复兴的征兆。拉美西斯三世的统治时期繁荣却不稳定，当时正值希腊世界爆发特洛伊战争，埃及帝国处于利比亚和海上民族联手入侵的艰难岁月中。

拉美西斯三世击退了来自陆地上的两拨大规模入侵，以及一次来自海上民族的武装大迁徙。

在拉美西斯三世的自述中，认为第三次抵抗海上入侵者的过程尤为惊心动魄——埃及帝国没有海战优势，他必须将敌人诱入尼罗河口进行伏击。可如果计划失败，下埃及一定会惨遭蹂躏。因为这是一拨绝望的举族入侵者，他们包括所有的男女老少、牲畜家具，他们急切地希望夺取尼罗河三角洲作为生存空间，而赫梯王国刚刚被他们摧毁。

战斗在拉美西斯三世在位的第十二年打响，埃及舰队成功地把敌人引入了尼罗河两岸陆地上的弓箭手射程之内，密集的箭雨大量杀伤了入侵者。紧接着，拉美西斯三世派出负责接舷战的特别舰队。经过残酷的肉搏战，入侵者被击败了。

击退了海上入侵者的拉美西斯三世浮雕

拉美西斯三世最后这样总结这次战役：

那些到我的边界的人，他们的种子没有到，他们的心和他们的灵魂完蛋了，直至永远。

那些聚集在海上的人，火焰当前到达海港，一堵金属之墙把他们包围了。

他们的船被拖住、翻倒，他们躺倒在海滩上，尸体从船头到船尾堆积如山，他们所有的物品漂浮在水中。

这次战役是古代防守战的一个成功范例，也是埃及历史上极为惨烈的一次战役。从第十八王朝开始，帝国的每一次大规模对外战争都是主动出击的。但在第二十王朝时期，埃及帝国总是处于被动防御之中。

连续三场大规模战争打完后，拉美西斯三世为埃及帝国赢得了一段时间的和平和安宁。但帝国人口损失巨大，国库也接近枯竭。

拉美西斯三世统治时间长达三十多年，在他的晚年，国家已经衰落不堪，盗墓劫掠事件经常发生。财政枯竭导致连修建王陵的工人都得不到足够的口粮，由此激起了前文提到过的世界上最早的罢工事件。

拉美西斯三世最后对自己的宫廷也失去了掌控，他突破埃及传统为自己立了两位正妻，这两个王后又都有儿子可以继承王位，他又很明显地表现出对一位儿子的偏爱。

特雅王后为了让儿子彭塔瓦尔王子继承王位而铤而走险，他们召集了大约四十名党羽策划行刺阴谋，他们使用了匕首、毒药以及诅咒用的巫术蜡像。

埃及留下的《都灵司法文献》中四次提及关于这起王室谋杀案的审理，列出对谋杀拉美西斯三世的叛国者如何量刑：特雅王后被处死，彭塔瓦尔王子赐自尽。后世学者一直怀疑拉美西斯三世时代著名的“尖叫的木乃伊”可能就是彭塔瓦尔，这具木乃伊死时大约四十岁，他的手脚呈现被捆绑的姿势，面部狰狞扭曲，似乎正因剧痛而尖叫。

当拉美西斯三世的木乃伊被发现后，在 2012 年进行的 CT 扫描显示其气管和大动脉遭人割断，这可能也是对《都灵司法文献》中记录的一个有力佐证。

拉美西斯三世遇害后，举报揭发这一阴谋的另一位正妻的儿子拉美西斯四世登上王位。

从他开始到王朝结束有八十一年的时间，在此期间内埃及帝国天灾人祸不断。

尼罗河连续多年低于正常年份的水量，造成了持续的干旱和农业歉收，严重的饥荒使这个国家的社会生产、政治制度被破坏，王朝内部各种势力明争暗斗，不断挑战国王的统治。

最可怕的是来自海外附属国的贡金和礼物已经断绝，埃及帝国的经济严重依赖这种收入，王室和上层社会的生活资金也仰仗于此。

在数百年间，这些权贵不需要工作也能维持奢华的奴隶主寄生虫生活，全是因为海外献上的贡金和礼物。但现在无论是黎巴嫩、叙利亚还是巴勒斯坦的邦国都不向埃及朝贡了，国王派去的使节，还遭到他们的羞辱。

事实上，失去附庸国之后的埃及帝国已经死亡了。

上下埃及再度陷入动荡冲突之中，各地的贵族抢在帝国总崩溃之前分一杯羹。社会动荡使得连帝国首都的大街上都盗贼蜂起，新王朝以来的几乎全部皇家陵墓都被盗掘。海外贸易也因为安全因素极度缩水，这带来财政收入锐减的恶性循环。西奈的绿松石矿被放弃了，东部边境退回到尼罗河三角洲，国内的建筑工程也全部停止。

尤其是在拉美西斯九世到拉美西斯十一世统治时期，国王的权力受到了底比斯大祭司的严重威胁，阿蒙一拉祭司们的神权压倒了王权——强大的祭祀贵族和军阀首领、南方维西尔和努比亚总督赫里霍尔自称国王，内战在底比斯爆发。

在末代国王拉美西斯十一世统治的最后六年，赫里霍尔与他分别统治上下埃及，拉美西斯十一世在束手无策之下无策接受了分治的事实。

到了大约公元前 1075 年，随着拉美西斯十一世去世，王位被斯门德斯篡夺，第二十王朝灭亡了。

新王国时期，也就是埃及帝国也随之永远结束了。

第九节 第三中间期——努比亚的统治

两个家族

第三中间期包括第二十一王朝到第二十五王朝，长达四百一十一年左右，即从约公元前 1075 年至有纪年可循的公元前 664 年。

在第二十一王朝时期，国王斯门德斯把首都从培—拉美西斯迁到尼罗河三角洲东部的塔尼斯，从此后这一系的国王被称为塔尼斯国王，他们只统治尼罗河三角洲，与底比斯的国王们保持着良好的关系。

上下埃及的国王都认可彼此的权力和势力范围，他们互相承认对方王位的法统继承，并通过通婚联姻来加强两个王室之间的关系——这一点并不令人意外，因为这两个统治家族拥有同一祖先。

在第二十一王朝内部，塔尼斯国王与底比斯身兼祭司军阀和国王之职者联系密切，有时候直接由两兄弟分别统治这两个国度。例如底比斯国王品涅杰姆娶了拉美西斯十一世的女儿，他的儿子普苏森尼斯一世变成了塔尼斯王朝的第三位国王，普苏森尼斯一世的另外两个兄弟先后作为大祭司国王统治底比斯王国。普苏森尼斯一世又把女儿嫁给阿蒙—拉神的高级祭司，进一步加强两个家族之间的亲密联系。

《圣经》故事中的大卫与歌利亚同时代，希阿蒙正在塔尼斯王国实行自己二十五年之久的统治。

塔尼斯和培—拉美西斯两地都兴建了很多神庙，其中塔尼斯大神庙被献给阿蒙—拉神、他的妻子秃鹫女神穆特和他们的儿子月神洪苏，这一家三口是底比斯三柱神，充分表现出塔尼斯和底比斯信仰的一致性。

在这一时期，埃及与国外的联系重新建立起来，政治联姻也再度复兴。只是从这一时期开始尼罗河送出自己的女儿了——埃及的公主开始外嫁给海外的王子或国王，这是对数千年传统的根本性颠覆。

在长达百余年的时间里，埃及内部保持着和平状态，但国家的分裂和人口的膨胀造成了很多社会问题，经历过强大帝国时代的埃及人感受到缺少强力中央政权统治的痛苦。

底比斯的大祭司国王们担忧帝王谷中木乃伊的安全，他们担心盗墓贼会破坏伟大法老的永生，于是他们组织祭司们将历代国王的木乃伊从墓穴中转移到安全隐秘的存放场所，并且顺手将帝陵中所有的陪葬品甚至包括棺材都全部掠夺一空，循环利用放在自己的神庙和坟墓中使用——这就是有品位的做派，保护先辈木乃伊和盗墓都一并完成了，还能落个好名声……

第二十一王朝的末代国王是普苏森尼斯二世，关于他的情况后世几乎啥都不清楚，他的儿子舍尚克一世建立了第二十二王朝。这是一个被称为利比亚王朝的统治家族，因为他们是来自利比亚美什维什地区一个移民家族的埃及化后裔，他们的祖先在拉美西斯三世的时代就已经抵达尼罗河东三角洲的布巴斯提斯定居了。

舍尚克一世倒是不避讳自己的出身，他给自己加了一个“美什维什利比亚人的大首领”的头衔，也正是从这个时代开始，埃及正式用“法老”来称呼国王。

舍尚克一世就是《圣经·旧约》中的埃及王“示撒”，他将盘踞上埃及的底比斯王国重新纳入掌中，埃及终于重归统一。

舍尚克一世之所以能在《圣经》中留名，主要在于他曾发兵攻打巴勒斯坦，将犹太王国揍得鼻青脸肿。《圣经》中说犹太王罗波安不信服上帝，敬拜异教偶像，所以上帝借示撒的手施行惩罚，“将我的怒气倒在耶路撒冷”。

在罗波安统治的第五年，示撒率军大举入侵巴勒斯坦，攻陷一百五十多个城邑，夺取了圣殿和王宫中的一切宝物，并带走所罗门制造的金盾牌。

这次成功的远征多少恢复了埃及帝国已降的国际威信，为埃及带来一百多年的稳定。

但舍尚克一世之后的第二十二王朝没能将统一维持多久，他的嫡系后裔舍尚克三世在位时，上下埃及都陷入混乱失控之中。

在第二十三王朝时期，上下埃及再度分裂成南北朝状态。九个王国同时存在，在这种四分五裂的状态之中，原来的埃及殖民地努比亚兴起了。

努比亚国王

早在几千年前史前埃及时，埃及人便把今天的苏丹一带称为努比亚。努比亚大体上北起尼罗河第一瀑布，东至红海之滨，南达喀土穆，西接利比亚沙漠。地处东北非地区，这里的土著居民是毫无疑义的黑人。

虽然努比亚被沙漠覆盖，但它是个地理位置四通八达的地方：向东可以抵达阿拉伯半岛；向北是埃及和地中海；往南则深入非洲热带内陆。

埃及人渴望的很多非洲特产都须经由努比亚才能运抵本土，因此在埃及兴起之初，努比亚商人便以中间商的身份，在埃及与非洲热带内陆之间繁荣活跃的贸易往来之中大获其利。

当上下埃及统一之后，埃及的统治者开始思索一个问题：我们能不能做到抛开中间商，不让努比亚人赚差价，非洲产品直达尼罗河谷一步到位呢?

答案显然是可以，不过条件就是征服努比亚。埃及对这里早已垂涎三尺：首先，努比亚盛产黄金和其他金属矿产；其次，这里能掠夺黑奴和耕牛；最后，埃及必须控制努比亚才有可能进一步染指非洲腹地，获取那里的乌木、象牙和香料。

所以从第一王朝时期开始，努比亚与埃及的往来便是伴随着战争和掠夺进行的。第四王朝的国王斯尼夫鲁大肆劫掠努比亚，把当地文化破坏无遗。第五和第六王朝时期，埃及阿斯旺的诺马尔赫们开始同努比亚进行远程贸易，但埃及人的贸易手法是打得过就掠夺，打不过才与努比亚人谈生意。

埃及文献中关于努比亚人的内容所占比重很大，他们通常被称为“库什人”，并常见于词组“可怜的库什人”中。在古代埃及的文学作品中，他们被描绘成野蛮人或懦夫之类的角色。

但在现实中的努比亚人可不是尿包软蛋，他们在尼罗河流域是埃及的唯一对手。几千年来，埃及和努比亚之间互相侵袭，埃及强盛时便远征努比亚，埃及衰落时黑人们就掀起分离主义的叛乱并反过来袭击埃及。

总的来说，努比亚留在埃及境内的时间较多，他们作为殖民地人民被迫在矿山中做苦力，像奴隶一样生活或干脆就被当作了奴隶。

依据努比亚和埃及的实力对比以及双方交往模式的变化，努比亚和努比亚人在埃及文献中呈现出多种不同称谓和名字。

古王国时期的埃及人笼统地称埃及南部的努比亚地区为“弓形的土地”，埃及人将埃及西北部、南部和东北部的外族统称为“九弓”，暗示这些民族处于游牧状态并好斗。其中“九”是一个泛指的虚词，表示觊觎埃及土地的野蛮人很多，努比亚人自然就是其中之一。

相应地，早期埃及绘画和雕刻作品中自然有很多关于征服努比亚九弓蛮子的画面：埃及人皮肤用棕红色以表现其勤劳，埃及的士兵们留着短发，穿着以白色亚麻短裙为标志的统一服饰，象征埃及人生活境况的安逸和生活方式的优雅。相反，努比亚人则瘦小枯干举止猥琐。他们或者是被埃及国王踩在脚下的俘虏，或者是被绑在船头的囚犯，更多的时候是倒在地上、漂在水中扮演着尸体的角色……

自中王国时期开始，埃及文献中以“库什”一词来称呼埃及南部的上努比亚地区。尤其是第十二王朝统治时期，出现在埃及的努比亚人越来越多，他们的职业从王室的卫兵到官吏的仆从等等，不一而足。

虽然埃及历代王朝竭力丑化努比亚人，但他们在利用努比亚人方面却毫无顾忌。早在古王国时期，派往努比亚的远征军中就有努比亚人的身影，这些努比亚人当时已经在埃及定居，他们随军充当埃及军队与努比亚部落的谈判者，他们也代表埃及与努比亚当地人进行贸易，他们甚至直接作为埃及的士兵对自己的同胞下家伙……

不可否认的是努比亚人的确善于使用弓箭，他们被收编进入埃及军队或者作为边境警察使用。这些为埃及效劳的努比亚士兵不光被派回自己的故乡作战，还屡屡出现在埃及进攻西亚的战争中。在下努比亚地区曾发现了一个名为提赫马乌的努比亚人的坟墓，这位埃及老兵在自己的墓室铭文中如此自我夸耀："国王穿过整个国土，决定去杀戮亚洲人。当亚洲人的军队逼近时，底比斯陷入逃散状态——正是我这个努比亚人提赫马乌，使得底比斯重整旗鼓！"

这些在埃及官方文献里被定格为"可怜的"努比亚人很早就开始与埃及人通婚，历代国王的后妃中不乏黑美人的身影，这其中就包括第十二王朝创建者阿蒙尼姆赫特一世的母亲。

到了新王国时期，在埃及宫廷的高官中频繁出现黑色的身影。

第十八王朝的女王哈特舍普苏特统治时期的努比亚管理者就是有努比亚血统的捷胡特霍特普，这位努比亚人得到女王的重用，同埃及人同僚一起负责帝国的努比亚行政工作。他的坟墓完全按照新王国时期贵族葬仪在山崖上开凿，墓室浮雕中展现了捷胡特霍特普在视察农业生产的情景，并以埃及人的方式接受奴隶的敬礼。这位努比亚大人驾驶埃及战车，在尼罗河上捕猎，从事的都是属于埃及贵族范儿的高雅活动。如果不是墓主人同时刻写了他的努比亚名字，根本无法辨别他的努比亚身份。

图坦卡蒙时期的努比亚官僚海卡奈福同样在年轻国王的宫廷中权威显赫，在他位于下努比亚地区图什卡的墓室墙壁上刻着埃及象形文字，他本身的雕像身着埃及人的华贵服饰，连他的名字都是埃及语中"美好的统治者"的意思。

随着时间推移，努比亚人在与埃及人漫长的接触中逐渐被同化，彻底接受了埃及文化和价值观，以至于他们在北非沙漠中建立起二百五十五座金字塔——比埃及人建造的还多。

努比亚金字塔的外观跟埃及金字塔大不相同：它们高约六至三十米，但底部宽度最多不超过八米，而同样高度的埃及金字塔底部至少比努比亚金字塔大五倍。又高又窄的努比亚金字塔坡度大概有七十度，埃及金字塔的坡度在四十至五十度之间。

以努比亚库施王国为主的金字塔底部通常连接着庙宇，形成了自己独特的风格。但这些金字塔的黑皮肤主人一样在死后被制成木乃伊，和珠宝一起被放进木棺中前往永恒的来世。他们在金字塔的壁画上绘制埃及的神灵和神话，他们已经接受了埃及的文化。

随着埃及帝国的崩溃，库施逐渐脱离埃及的控制。

到了公元前 8 世纪的时候，库施国王卡什塔已经反客为主地征服上埃及首府底比斯，其子皮安基继而占领孟斐斯，成为库施和上埃及的国王。

这时第二十四王朝的国王泰夫纳赫特正在自己的地盘舍易斯控制下埃及的局势，他努力说服了上下埃及大大小小的军阀国王们形成抵抗皮安基的统一战线。下埃及组成一支联军试图阻挡住努比亚人征服的步伐，但当这支埃及军队抵达上埃及的希拉康波里与努比亚军队正面交锋时却一举溃散，埃及的首领们被迫投降。

皮安基是个宽容的努比亚人，他允许这些埃及权贵返回自己的城市充当管理者。但他并不是毫无底线的征服者，当第二个舍易斯王朝的国王巴肯瑞奈夫试图发动叛乱时，努比亚人毫不留情地杀了他。

总的来说，努比亚人认为自己是埃及古老秩序的恢复者，而不是来自非洲的征服者——这些努比亚人没把自己当外人，他们觉得自己就是埃及人。

大约在两千七百五十年前，皮安基的弟弟沙巴科建立了第二十五王朝——努比亚人的朝廷。在他们统治的一百余年时间里，这些努比亚国王采用了“法老”这一延续了帝国传统的头衔，并将埃及的传统文化发扬光大。

努比亚国王们崇拜阿蒙—拉神，第二十五王朝重建修缮了那些早已在长期混乱中破败不堪的神庙和纪念建筑，并且额外建立了不少新的神庙。

就在努比亚的这些黑人法老在底比斯登基时，他们非常搞笑地延续了历代埃及国王的传统：撰写打击努比亚人的王室铭文，并组织征服努比亚人的盛大庆祝

经过修复后的努比亚金字塔

努比亚金字塔内部壁画

壁画中生活在埃及的努比亚贵族

活动。因为在埃及神话思想中国王代表了正义与真理，而努比亚人则代表了混沌与黑暗，所以讨伐邪恶的努比亚人统一尼罗河流域是历代埃及国王的传统施政观念，哪怕现在坐在龙椅上的正是如假包换的努比亚皇上也一样不能坏了规矩——所以这些努比亚国王纷纷在铭文中宣扬打击自己同胞的赫赫武功，以此显示他们在埃及统治的合法性以及第二十五王朝政权的传统性。

当然，这一时代的王室铭文的确发生了一些变化：古埃及的文字经历了象形文字、僧侣体文字这两个发展阶段后，正是在努比亚王朝的时代发展成世俗体文字。这种文字最初是第二十五王朝的政府官员用来书写契约、公文和法律文书所用的，后来逐渐扩展到平民生活和宗教文献中。

总的来说，努比亚人的统治对埃及来说是正能量的，古老的秩序被恢复了，人民有了安定的生活。然而当第二十五王朝试图将目光投向西亚的传统势力范围时，却为自己引来了国破家亡的厄运。

狮穴中来的征服者

亚述帝国是兴起于今天伊拉克北部的一个残酷帝国，当时是一个四周无强敌的真空期——埃及帝国崩溃了，赫梯王国解体了，古巴比伦奄奄一息，而波斯帝国尚未崛起。

从大约公元前 1000 年起，亚述经过两个多世纪连续不断的征战，最终建立起一个横跨西亚北非的帝国。

亚述的统治异常血腥残暴，亚述军队所到之处城镇都被焚烧破坏，财物被掠夺，居民被屠杀或掳走为奴，可以说是彻底的“三光”政策。由于亚述人的暴行，犹太人将亚述首都尼尼微称为“血腥的狮穴”。

亚述帝国征服叙利亚和巴勒斯坦的时候，埃及的努比亚法老们也试图重新进入这一传统势力范围内，于是在萨尔贡二世统治时期，亚述打败了以色列，镇压了埃及支持的叙利亚、腓尼基等地的起义。萨尔贡二世的长子辛那赫里布即位后又镇压了由埃及鼓动的犹太人及腓尼基人的起义……

第二十五王朝不断对西亚地区伸出触手，惹怒了亚述这个残暴的邻居。经过近半个世纪的明争暗斗之后，埃及终于碰上了自己的灾星——在《圣经》中被称为“以撒哈顿”的阿萨尔哈东。

阿萨尔哈东是辛那赫里布之子，他的血统很特殊：拥有亚述和巴比伦王族的共同血液。

亚述帝国击败古巴比伦的过程非常曲折，亚述军队对巴比伦城的占领达到四次之多，于是他老爹辛那赫里布一怒之下杀尽了城中男女老少，纵火将城池烧成灰烬。

辛那赫里布的名言是：“巴比伦的居民无论老幼一个都不留，我要用他们的尸体填平城市的街道。”

巴比伦的灰烬残骸被亚述人送到各个被征服地区，好让大家都知道反抗的下场。

高压过后，辛那赫里布又开始采取怀柔手段，他娶了一位巴比伦贵族女子那吉娅，那吉娅生下的儿子便是阿萨尔哈东。为了彻底让巴比伦人臣服，辛那赫里布宣布未来的国王将会是这个拥有巴比伦血统的孩子。

经过这么一番折腾之后，巴比伦人算是服气不敢反抗了。但是辛那赫里布的长子和次子却不服气了——本来我俩才是根正苗红的王位继承人，凭什么让给一个巴比伦野种？

于是这老哥俩一合计，老二说：大哥，我们动手吧！老大一时冲动之下也没说 No……

大约在公元前 681 年，亚述黄金时代的雄主辛那赫里布在祭神时被长子的刺客杀死。亚述随即进入一场短暂血腥的内战之中，最后还是由阿萨尔哈东登上了王位。

在阿萨尔哈东统治时期，他把注意力放在维持老爹留下的帝国疆域上面，重建了巴比伦城和马尔都克神庙，恢复被征服领地中祭司们的特权。等到内部稳定之后，阿萨尔哈东瞄准了自己的目标——埃及。

大约在公元前 675 年，时任法老塔哈尔卡的军队面前出现了一群可怕的亚洲

努比亚法老塔哈尔卡石像

人。以埃及人的眼光看去，这是一支无比复杂的铁器时代军队，他们由战车兵、骑兵、重装步兵、轻装步兵、攻城兵、辎重兵、工兵等诸兵种混合构成，其兵种复杂到连弓箭手都能细分为从最重装弓手到最轻装弓手四个档次！

面对亚述人的入侵，第二十五王朝只能拼凑出以埃及人、努比亚人和利比亚人，以及亚洲雇佣兵混编的步兵和战车部队进行抵抗。自从帝国崩溃以来，埃及人已经很久没有大规模对外战争的经验，但他们面对的亚述军队是横扫西亚的百战之师。

大约在公元前 671 年，亚述军队轻易夺取了孟斐斯。

阿萨尔哈东占据了整个下埃及，他自封为“上下埃及和努比亚之王”，看似颇有将埃及文化圈一扫而光的架势。但这个国王要面对广袤领土中被征服民族和王室叛逆此起彼伏的叛乱和起义，所以他只是虚晃一枪，根本没打算在尼罗河谷长期驻留。

阿萨尔哈东实施“以埃及治埃及”的政策，他委任一些对自己效忠的埃及贵族对当地实施统治，勒令埃及每年进贡约一百八十公斤黄金和九吨白银后撤走。

第二十五王朝的塔哈尔卡法老曾一度从亚述人留下的傀儡手中夺回了孟斐斯和下埃及，这下阿萨尔哈东被激怒了。

大约在公元前 668 年，阿萨尔哈东再度进攻埃及。

阿萨尔哈东是个非常迷信以及自信之人，或者说他是有着迷之自信之人。就在再度征服埃及之前，他召集两个儿子和各附属国王公大臣们开会，要求大家签署一份在他死后如何划分遗产的协议，这就是著名的泥板文件：《以撒哈顿王位继承誓约文书》。

阿萨尔哈东在这份文件中将亚述帝国分为两半，由幼子亚述巴尼拔继承亚述本土为亚述王，长子沙马舒姆金继承巴比伦王国为巴比伦王，巴比伦王要臣服于亚述王。

正是因为吸取了自己即位时坎坷动荡的教训，所以阿萨尔哈东才做出如此诡异的安排，看似对两个儿子都有照顾，却埋下了亚述分裂兄弟反目的祸根。

当然阿萨尔哈东永远看不到这一天的到来，因为他很快病死于进军埃及的路上。

不过对于埃及而言，该来的总会来。亚述新任国王亚述巴尼拔很快再度进攻埃及，这次恐怖的亚述军队占据下埃及后接着进攻上埃及。

到了约公元前 664 年，努比亚法老被迫退出埃及重回库施旧地，埃及成为亚述帝国疆域内的一个行省。

第二十五王朝谢幕了，第三中间期也就此结束。

第十节 后期埃及——古埃及的终结

舍易斯中兴

埃及人在传统上不喜欢异族征服者，所以就在亚述巴尼拔征服上埃及的时候，亚述帝国在下埃及的傀儡首领们互相串联，试图举起民族大义的旗帜起义来响应塔哈尔卡法老保卫上埃及的战斗。

其中有一位出身利比亚雇佣兵后裔的舍易斯总督尼科一世颇为积极，只可惜他寄予厚望的努比亚法老没能顶住亚述人跑路了，于是尼科一世被亚述人押回首都尼尼微审查处理。

有鉴于亚述人对敌人的贵族处置手段花样繁多，有割耳割鼻的，有断手断脚的，有五马分尸的，还有剥皮剐肉的……所以尼科一世上路时的心情可想而知——亚述巴尼拔陛下万岁！请问我现在靠拢政府还来得及吗？

多亏亚述巴尼拔面临着相当糟糕的国内局势——他的哥哥沙马舒姆金就在他彻底征服埃及的同时高举叛旗在背后捅来一刀。沙马舒姆金得到不少亚述和巴比伦贵族的支持，并联合了几乎所有周边国度和亚述附属国，可谓是一场规模空前的叛乱。

命大的尼科一世全须全尾活着返回埃及继续从事自己的傀儡工作，改造好的他果然积极靠拢政府，忠诚地效忠于亚述帝国，结果在与努比亚人的战争中被努比亚法老的军队打死了……

到了尼科一世的儿子普萨美提克一世继位的时候，这位颇有雄心的统治者趁着亚述陷入严重内乱之际，在希腊雇佣兵的帮助下，击败了其他臣服于亚述的埃及贵族傀儡，夺取王位创立了第二十六王朝。

后期埃及的时代开始了，这是关于古代埃及的一段漫长衰亡史……

普萨美提克一世是一位既有能力又有作为的君主，他充分利用军事和外交手段，重新统一了上下埃及。

普萨美提克一世建都舍易斯城之后，依靠来自希腊城邦的雇佣兵重建了陆军，并大力发展海军。有了稳定强大的军事力量之后，法老说的话才有人愿意听。舍易斯的军队不断驱逐亚述人，并逐步征服埃及境内的其他小王国。

为了确保对神权的传统大本营底比斯阿蒙—拉神祭司集团的控制力，普萨美提克一世派遣自己的长女尼托克丽斯前往底比斯做“阿蒙神的妻子”——这新王国时代的习惯做法，再度在埃及得以恢复并得到改良。

大公主居住在底比斯的神庙中，她像女神一样受到祭司们的崇拜。她拥有巨大的宗教和财政权力，她主持宗教仪式，她令所有的阿蒙—拉神祭司贵族服从。虽然从此她不能结婚——要向信徒们解释阿蒙神为何允许自己的老婆改嫁，这显然是个不可能的任务，但她可以收养继承人，让自己的地位和财富得以传承。

从尼托克丽斯之后，大公主们做祭司的首领成为习惯做法，第二十六王朝的政治权力得到了上埃及人的承认。古埃及的神权力量再度得以为王权效力。

第二十六王朝的统治者都沉浸在复古怀旧的情绪之中，他们恢复了古代埃及的宗教、文化和艺术传统，天真地希望从此可以复兴埃及。上下埃及的祭司们捡起了《金字塔铭文》和《石棺铭文》，国王们在吉萨和萨卡拉等古代埃及君王的金字塔附近修筑自己的陵墓。

在这种气氛之下，动物崇拜变得极为流行起来。

当然，埃及人并不是真的崇拜动物。当他们对着某个动物顶礼膜拜时，是为了取悦它这个形象所代表的神灵，也就是说他们崇拜的其实是以动物形态存在的神。

很多埃及神都呈现出动物形态，例如牛就是被广泛接受的一种动物崇拜。但同样都是牛，在埃及不同地方代表的神灵各不相同。

在孟斐斯，人们相信身上带有特殊花纹的阿庇斯公牛是伟大的创世神普塔的化身，他们崇拜圣牛，圣牛死去后要举行隆重葬礼，并选出同时诞生的带有同样花纹的小公牛作为继任者。

但在底比斯，公牛又可能是战神孟图化身的布奇斯公牛。到了赫利奥波利斯，它又变成了神圣的涅维斯公牛。

从第二十六王朝开始，埃及各地出现了巨大的动物木乃伊墓地。虽然古代埃及早已有制作动物木乃伊的先例，但自这一时期起，数以百万计的公牛、猫、鳄鱼等动物被制成木乃伊，并在祭司指导的宗教仪式中被埋葬。

也正是由第二十六王朝时期起，埃及人杀死一个受崇拜的动物会遭到严厉惩罚，很多时候是死刑。

第二十六王朝借助于希腊人的支持而兴起，所以这个王朝对希腊商人特别优待。在希罗多德的记载中，埃及当时有两万多个城镇，这些城镇允许外国人聚居在自己的民族社区之中。国王们欢迎海外客商，特别是下埃及的诺克拉底斯城被建设成希腊人的殖民城市，希腊来的商人在这里享有非常多的特权。

除此以外，国王们还在其他方向上大力推动贸易发展。尼科二世开凿了尼罗河通往红海的运河，埃及商船在地中海周围展开大规模的海外贸易。

滚滚财富涌入安定繁荣的埃及，带来长达一百三十九年的和平时光。

但时代改变了，曾与普萨美提克一世携手合作毁灭亚述的巴比伦帝国逐渐开始敌视埃及，这些曾经的盟友夺取了第二十六王朝在亚洲恢复的一些海外领地。正当舍易斯城的埃及君臣惊疑不定时，迅速崛起的西亚强权波斯帝国已经闪电般消灭了巴比伦帝国。

公元前 525 年，冈比西斯二世率领的波斯大军抵达埃及，刚即位不久的普萨美提克三世派琉修姆在东部边境迎战侵略者。年纪轻轻毫无指挥经验的埃及法老一败涂地，他逃回孟斐斯却依旧无法避免成为俘虏的耻辱，第二十六王朝在混乱中土崩瓦解。

冈比西斯二世自我加冕为埃及法老，开辟了埃及第二十七王朝，波斯时代开始了。

波斯王朝

冈比西斯二世是波斯帝国阿契美尼德王朝的第二任皇帝，其父是阿契美尼德王朝的缔造者居鲁士大帝。

居鲁士大帝以伊朗西南部的一个小首领起家，经过一生征战打败了米堤亚、吕底亚和巴比伦三个帝国，建立了从印度到地中海的庞大波斯帝国。

公元前530年，居鲁士大帝率军攻打里海东岸草原的马萨革泰人时战败而死，王储冈比西斯二世成了帝国的新主人。

当时的第二十六王朝法老是篡位上台的埃及将军雅赫摩斯二世，他的国防完全依靠贪婪无信而又矛盾重重的利比亚和希腊雇佣兵支撑，此时他已无力控制底比斯的神权，以至于国家财政被祭司贵族集团吞噬殆尽。

根据希罗多德的记载，冈比西斯二世首先向雅赫摩斯二世索要一名埃及最好的眼科医生，雅赫摩斯二世不敢得罪这个强邻，便从埃及挑选了一名眼科医生强行送到波斯。埃及人素来不愿离开故土，所以这位心怀不满的眼科医生随即挑唆冈比西斯二世向雅赫摩斯二世求娶公主，因为这样会使波斯皇帝获得埃及王位继承权。雅赫摩斯二世当然不愿送出女儿，于是他便让前任法老阿普里伊的女儿尼特缇丝顶替自己的女儿出嫁——问题是这位公主可是被他背叛而死的前法老的女儿。尼特缇丝在嫁到波斯之后将事情的经过告诉了冈比西斯二世，冈比西斯二世因此勃然大怒，决定出征埃及。正在此时，雅赫摩斯二世的希腊雇佣军首领法涅斯与自己的老板闹翻了，法涅斯不仅丢了工作还差点儿丢了性命，于是被一路追杀的希腊人决定不受竞业禁止协议的限制，携带大批埃及军事情报投奔前老板的

罗浮宫馆藏，创作于1854年的《冈比西斯二世和普萨美提克三世的会面》

友商冈比西斯二世。

这些情节看起来颇像一部喜剧电影的剧情，不过无论是否真的发生过这些，埃及都注定无法逃脱波斯帝国的进攻。因为当时的中东已被居鲁士大帝征服，冈比西斯二世决定向非洲继续扩张，那么倒霉的埃及无论怎么做都会成为波斯帝国进出非洲的鞋垫……

事实上冈比西斯二世并不是脑子一热就出兵的，他用了四年时间来准备这次征服行动。波斯帝国的所有属国都要承担这次军事行动的赋税与兵役，波斯帝国第一次建立起强大的海军。

反观埃及方面，篡位上台的雅赫摩斯二世及其儿子被埃及贵族集团敌视，在梵蒂冈博物馆中收藏有一座埃及贵族乌加霍列森尼的雕像，雕像上的铭文记载了这位赛斯城奈特女神神庙的祭司暨埃及海军统帅在波斯人入侵时如何勾结侵略者葬送自己祖国的行径——这是由乌加霍列森尼本人执笔的自传。

冈比西斯二世素有暴君之名，在希罗多德的笔下有这位波斯皇帝征服埃及后的种种倒行逆施，包括将埃及王室和贵族的女儿掠做奴隶，攻陷孟斐斯后一口气屠杀两千名埃及贵族等等，最出名的一个例子是说他蓄意要破除埃及人的封建迷信思想，所以下令杀死了阿庇斯圣牛，并牵来一头驴子勒令埃及人当作圣牛崇拜……

乌加霍列森尼的自传中承认了孟斐斯的大屠杀事件，但强调这是因为埃及人先杀死了两百名劝降使者，所以冈比西斯二世下令要埃及人十倍奉还，其中第一个被杀的就是末代法老普萨美提克三世的儿子。乌加霍列森尼为波斯人辩解说在出现了杀死并肢解使者的情况下，“任何以前的国王都会这样做”。

至于那头据说被杀死的圣牛，1853年在距离孟斐斯不远的塞加拉城发现了它的坟墓，铭文上记载了当这头牛死亡时冈比西斯二世正在远征埃塞俄比亚的途中。波斯皇帝下令，按照埃及的习俗为圣牛下葬，还在圣牛石棺上使用了埃及国王传统的头衔：“上下埃及之王、拉神的后裔冈比西斯”。

普萨美提克三世本来有望被赦免，甚至继续统治埃及。因为这是波斯帝国对付被征服土地的传统做法，但普萨美提克三世不肯屈服于异族统治，他在煽动埃及人叛乱时被抓住处死。

冈比西斯二世本人则在进攻埃塞俄比亚时大败而归，恰逢国内又发生叛乱，心慌意乱的他率军回国时失手划伤大腿，二十天后因为伤口感染死去，成为波斯历史上的笑柄。

公元前 522 年波斯本土发生叛乱，冈比西斯二世的宫廷禁卫军统帅大流士率军平定叛乱后即位，成为波斯皇帝大流士一世。

大流士是一位口碑很好的统治者。虽然他以镇压冈比西斯二世死后埃及大叛乱的方式再度征服了埃及，并将埃及与塞浦路斯、腓尼基一同划入波斯阿契美尼德王朝下的第六总督区，但他尊重甚至纵容埃及人的动物崇拜，为阿蒙—拉神修筑神庙，修缮了尼罗河与红海之间的运河。

大流士一世统治时期是波斯人或者说第二十七王朝统治最成功的阶段，在这个阶段中埃及人基本上没有大规模的造反。甚至当埃及祭司拒绝将大流士的石像放在阿布·辛拜勒神庙前面时，大流士一世也听取了埃及人的理由：您的成就是不能够和拉美西斯大帝相比的，因为他征服了比你更多的民族，其中有你未能征服的斯奇提亚人。不管大流士一世心里怎么想，他还是对祭司表示了谅解。

不过波斯人不会皈依埃及文化，他们始终是外来的统治者，就像大流士在埃及留下的那句碑文：“我是波斯人，我来自波斯，我夺取了埃及。”

大流士一世要求埃及每年向他献上大量谷物、莫伊利斯湖的渔产收入和十四吨左右的白银作为贡金，同时还要征发大批劳工前往苏萨和波斯波利斯修建王宫，这对于埃及人来说是不小的负担。

大流士一世于公元前 486 年去世，去世前，埃及人终于掀起了一次大起义，通常认为这次起义的导火索就是埃及人不堪忍受严苛沉重的税务和无休止的徭役。这次起义直到公元前 484 年初才被镇压下去，继任皇帝薛西斯一世经历了这次叛乱之后更严厉地对待埃及。

到了下一任皇帝阿尔塔薛西斯统治初期，也就是公元前 463 年至公元 462 年左右，埃及爆发了第二次大起义，这就是著名的伊纳罗斯起义。古希腊历史学家狄奥多罗斯记载了这次起义的直接诱因是波斯人对埃及宗教信仰的侮辱和践踏。

这场起义的领导者是三角洲的利比亚裔王子伊纳罗斯和阿米尔塔伊俄斯，伊纳罗斯以大约十四吨白银和三千二百吨小麦的条件拉来了波斯帝国的老对头雅典人助拳，埃及一希腊联军占据了整个尼罗河三角洲并一度围攻孟斐斯的波斯占领军，波斯帝国驻埃及总督阿赫美尼斯调集四十万军队镇压才将这场起义扑灭。伊纳罗斯兵败被俘后遭到处决，阿米尔塔伊俄斯继续率领起义军战斗，这场大起义大约到公元前 449 年才被彻底镇压下去。

按照希罗多德的说法，“没有人比伊纳罗斯和阿米尔塔伊俄斯给波斯人以更大的损害了”。

大约在公元前 414 年至公元前 413 年，埃及爆发了第三次大起义，直接诱因是波斯驻军摧毁埃及神庙而惹了众怒。这场大起义在公元前 404 年获得成功，身份不详的阿米尔塔伊俄斯二世建立了短命的第二十八王朝，其后出现的第二十九和第三十王朝都是由埃及本地人建立的，当然它们的寿命也都不算长。

第二十九王朝的创立者哈克尔并没有埃及旧王室血统，他在埃及称王了十余年，其间修复了很多神庙，并完成了一些建筑工程。在希腊雇佣军帮助下，他多次击退了波斯皇帝阿尔塔薛西斯二世的进攻。

第三十王朝的建立者是奈科坦尼布一世，他击退了波斯和希腊联军的进攻，为国内带来十九年的稳定统治，趁此机会他修复了全埃及的神庙。奈科坦尼布一世去世之后，即位的塔科斯被斯巴达国王扶持的奈科坦尼布二世驱逐，这位篡位者治理下的埃及向古代传统价值观、神灵崇拜和神话体系大举回归，但这位法老也是此后两千三百多年中唯一的一位埃及本土统治者。

公元前 343 年，波斯皇帝阿尔塔薛西斯三世的军队终于再度征服埃及。短命的也是最后的一个波斯王朝——第三十一王朝开始了。

比起亚述人来，波斯人的征服战争一般不那么残暴，他们希望被征服地的人民最低限度地感到征服者的存在。他们给附属国以行政自由，“波斯总督”只是监督而非取代地方政权的工作。最为重要的是，波斯人使大家感到他们尊重、保护其臣民的宗教信仰——这项开明的政策的确换来了对波斯人统治的承认。

但在古希腊学者的记录中，阿尔塔薛西斯三世征服埃及之后，波斯人的所有行为都是严厉惩罚和大肆报复。埃及的神庙被掠夺，普塔神的神庙被摧毁，埃及的雕刻家和工匠被送到波斯波利斯装饰宫殿。

在这个动荡的第三十一王朝存续期间，波斯帝国本身也处在风雨飘摇之中。阿尔塔薛西斯三世很快被刺杀，他的儿子阿勒西斯即位不久也被杀害，最后政权落到昏庸无为的末代君主大流士三世手里。

公元前 334 年，当马其顿的雄主亚历山大大帝进军波斯时，这个庞大的帝国顷刻间土崩瓦解。

公元前 332 年，波斯帝国驻埃及总督马扎乌斯大开城门拱手将埃及交给亚历山大三世，埃及人则把亚历山大大帝视作解放者和救星——虽然这个年轻的国王是个彻底的外国人。

马其顿人以解放者的姿态，推翻了波斯人在埃及建立的第三十一王朝，埃及的历史进入了马其顿希腊王朝—托勒密王朝的时代。

亚历山大大帝

当亚历山大大帝抵达埃及的时候，他只有二十四岁。

这位马其顿统治者到访埃及的第一站充分显示了他的睿智——造访阿蒙—拉神庙，与代表传统神权的祭司亲切交谈。

经过波斯人的长期统治之后，古埃及本土法老的式微已是路人皆知的情况，普通埃及人对法老神圣属性和强大力量的认同也逐渐瓦解。所以当埃及祭司毫不犹豫地传达神谕，宣布亚历山大大帝是阿蒙神的儿子和埃及的正统国王也就毫不奇怪了。

亚历山大大帝在孟斐斯被加冕为法老，荷鲁斯神的光辉照耀在他身上，第三十二王朝就此开始了。

在他征服埃及之前，这片古老的土地与新王国时期比较起来已经发生了巨大的变化——埃及的人口结构发生了质变，大量的异族人随着外来征服者涌入尼罗

来自马其顿的亚历山大大帝终结了波斯帝国的统治

河两岸，尤其是波斯的统治使得埃及变成了一个“小联合国”。

此时的埃及人口大约三百万，这里的居民除了传统上的埃及人、努比亚人和利比亚人以外，还有波斯人、爱奥尼亚人、卡里亚人、腓尼基人、埃兰人、西里西亚人、米底人、利西亚人、摩押人、阿拉伯人、雅典人和犹太人等等。

在波斯王朝时期，作为统治者的波斯人和作为雇佣兵的希腊人，以及埃及祭司贵族一起构成了社会上层，广大埃及本土农民和工匠等构成社会下层。各种文化的交融现象出现，波斯人和埃及人都出现了互相接受对方文化的倾向，希腊人和犹太人与埃及人的通婚也很普遍。

但无论如何，传统埃及文化的力量仍很强大，民间仍旧信仰古埃及神话中的神灵。

不过亚历山大喜欢对自己征服区域进行移风易俗的改变，他梦想建立希腊式的共同社会和经济秩序，将不同文化和宗教的人们统一起来。正是由希腊王朝开始，古埃及文明出现了较大程度的改变，这是一个埃及文化与希腊文化逐渐融合的过程。

亚历山大大帝在埃及短暂停留了六个月，他按照希腊模式改革了埃及的财政、税收和官僚体系，组建了新的埃及中央政府，派遣总督和六位希腊高官进行统治，并在孟斐斯和东部边境派琉修姆留下一些马其顿军队驻守。接着他便继续率军向东方进发，朝着自己征服世界的梦想前进，直到他在公元前 323 年病故于巴比伦。

亚历山大大帝病故之后，经过纷乱和两次内战，马其顿帝国被亚历山大大帝的将军们瓜分。

公元前 306 年，出身于马其顿拉古斯家族的希腊将领托勒密从埃及总督摇身一变成为埃及法老托勒密一世，他是托勒密王朝的开国君主，他的王朝也就是埃及的第三十三王朝。

托勒密一世上台后的第一件事就是劫持了亚历山大大帝的遗体，并将其运到亚历山大里亚城安葬。埃及人将这位大帝视为荷鲁斯神的人间化身，他被埋葬在托勒密一世的地盘，能够为托勒密王朝带来极大的宗教和政治利益，让埃及人认

托勒密一世希腊风格头像

托勒密一世埃及风格头像

为托勒密王朝是亚历山大王朝的“自然延续”。

为了进一步增强凭空而来的托勒密王朝的正统性，托勒密一世还娶了最后一位本土法老奈科坦尼布二世的女儿为妻。

亚历山大大帝为埃及留下的最伟大遗产，就是希腊化的亚历山大里亚城。亚历山大里亚就是今天埃及的亚历山大城，它扼尼罗河入海口，据交通要冲，按照亚历山大大帝的构想，这里将成为整个东地中海区域的政治和商业中心。

在托勒密王朝时期，亚历山大里亚作为托勒密王朝的首都迅速发展成为地中海区域国际贸易和文化交流中心，在罗马帝国治下也是整个西方世界仅次于罗马的一流大都会。

英国历史学家爱德华·吉本在其巨著《罗马帝国衰亡史》中如此描绘这座城市的繁荣和人烟稠密：

这座美丽而整齐的大城市仅次于罗马，绕城一周有十五哩，里面居住着三十万的自由人和数目相当的奴隶。亚历山大里亚港和阿拉伯及印度进行获利丰硕的贸易，再转运到帝国的首都和各行省。此地没有游手好闲的人员，人们不是被雇用吹玻璃，就是纺织亚麻布，再不就是制造莎草纸。不论男女老幼都从事生产工作，甚至盲人和手脚残废的人都可以找到适合的职业。

然而，这座繁荣的城市由于其多民族、多宗教混居格局而麻烦不断：“亚历山大里亚的人民是一个混杂的民族，把希腊人的虚荣和多变，跟埃及人的倔强和迷信结合在一起。一件不关痛痒的小事，像是一时买不到肉和扁豆、双方的礼貌不够周到、公共浴场弄错尊卑的次序，甚或宗教问题的争吵，由于广大的民众满怀无法消除的怨恨，在任何时候都可能引发一场叛乱。”

由上述描述可见，第三十三王朝作为一个由希腊人把持统治阶层的外来王朝，在埃及的统治一直是如履薄冰。

如果说亚历山大大帝的统治是征服者对被征服者模式的话，那么托勒密王朝则尽力把自己打造成一个真正的埃及王朝。这个希腊裔王室始终居住在埃及，将埃及作为自己的祖国进行治理。

亚历山大的王朝时间短暂，所以托勒密王室只能从波斯人的统治中汲取教训。他们认为波斯人失败的最重要原因就是没有处理好外来统治者与埃及本土人之间的关系，所以托勒密王朝竭力使希腊马其顿统治者与埃及本土权贵结合在一起。

当然，这种结合并不是希腊人无条件迎合埃及的文化。托勒密王朝延续了亚历山大未竟的事业，采取了令埃及希腊化的方式。但这种希腊化流于表面，只有马涅托这样的埃及上层阶级受到希腊文化的影响，埃及的底层民众依旧生存在自己古老的精神世界之中。

总督的神话

对于外部世界而言，托勒密王室是毋庸置疑的希腊人，历代国王的形象出现在钱币上时，他们穿着典型的希腊服饰。但在埃及内部的绘画和雕像上面，他们穿着古埃及法老的传统服饰。

这是一种堂而皇之的两面派手法，在托勒密一世还未戴上王冠的时候便开始了。不过，欲取先予的他首先迈出了希腊人埃及化的一步：

托勒密在就任埃及总督的时候，他总结了埃及文化的特点和埃及人的思维方式，认定至少要在名义上接受埃及的宗教信仰和风俗习惯，才能实现长治久安。

换而言之，像亚述或者波斯人那样立块石碑吹嘘自己是埃及之主是不够的，你要想做埃及人的王，就必须将自己打造成神——实际上这是成功统治埃及的一切君王都验证过的事情。

公元前 311 年的一块“总督碑”上记录了如此一段与历代法老宣示王权几乎毫无差异的铭文：

我托勒密，埃及总督，把自己交给荷鲁斯。

我把帕和泰坡两地的女神潘太努特的领地布陀交还给荷鲁斯；

从今天开始直到永远，我拥有埃及的所有村庄、城镇、居民和土地。

托勒密一世开启的造神运动一直持续到王朝结束，尤其是在彰显国王神性的王名头衔方面达到了登峰造极的地步。

我们在前面介绍过埃及国王有五个王名，这五个王名可以简称为：荷鲁斯名、两女神名、金荷鲁斯名、登基名和出生名。历代国王都在这个范畴内做点符合自己心意的小变化。

以浮夸的拉美西斯大帝而言，他的荷鲁斯名：被玛阿特女神宠爱的强壮公牛；两女神名：击退入侵者的埃及保护者；金荷鲁斯名：被公正强大的拉神选中之人；登基名：玛阿特女神是强大的；出生名：拉神所生的人。

在这一点上，亚历山大大帝和托勒密一世的头衔都比较中规中矩，托勒密二世则稍显长，从托勒密三世开始完全失控。例如托勒密五世的名字是这样的：在赞美声中出现在父亲王座上的年轻人；他是英勇的大人，他已经重建了两土地并使可爱的土地完整，他的心对诸神是虔诚的；他已经改善了埃及人的生活，他是像普塔神一样的喜庆节日的主人和像拉神一样的君主；爱其神父之神的继承者，普塔神所选择者，拉神的卡的力量拥有者，阿蒙神的活的形象表现者；永生者托勒密是被普塔神钟爱的，他如神一般，他是埃及仁慈的主人。

如此夸张的头衔说明托勒密王朝对人格神化的重视，但这种不符合常规的王名也表明了他们的心虚——俗话说缺什么吆喝什么，托勒密王朝头衔的潜台词无非就是：埃及的老乡们，快来信我吧！我真的是拉神的儿子，我真的是人间的荷鲁斯……

托勒密王朝的国王一方面将自己打造成为埃及的神，另一方面借助神化的形象来巩固王权。他们很清楚埃及历史上神权反复干扰王权的危害，许多颇有作为的埃及国王都不得不向阿蒙—拉神的祭司集团输送经济利益和政治特权，这也是激起埃赫那吞宗教改革的一大原因。

托勒密一世显然不打算延续埃及历史上王权向神权让步的惯例，同时也希望自己重蹈埃赫那吞的覆辙。他对这个问题给出的答案是法老不仅做名义上的最高祭司，还改革古埃及的宗教信仰，创造新的神灵体系，彻底控制传统的宗教势力。

托勒密一世仍然允许埃及传统的多神崇拜，毕竟他的王权神性直接源于对埃及神话的应用，所以保持传统埃及宗教是其根本性的宗教制度；同时，托勒密一世创立了全新的国教——萨拉匹斯神崇拜，在埃及固有的顽固迷信传统和官方政策大力扶持之下，这种新宗教获得了很大的发展。

男性人形的萨拉匹斯神是托勒密王朝的保护神，他是埃及传统神和希腊神的认同合一。其崇拜中心在亚历山大城和孟斐斯地区，两地都有这位神灵的大型神庙，与此同时其神庙也遍及上下埃及。

古罗马历史学家塔西陀认为萨拉匹斯神的原型是美索不达米亚七大神祇之一的水神恩基，这位神灵善良正直乐于助人，是美索不达米亚地区传统中的完美男性形象，也是最受欢迎的神祇之一。在最早开始崇拜他的苏美尔人语言中，恩基这个名字可以引申出“高级祭司和国王”的意思；在巴比伦语言中，这个名字带有“生命”的含义。

现代学者一般认为萨拉匹斯来自埃及的奥索拉匹斯神，是冥界之神奥西里斯神和孟斐斯地方保护神阿匹斯神相结合的产物——这一点与阿蒙—拉神的出现类似。萨拉匹斯神并不是托勒密一世的发明，他是早已存在于古代埃及的神灵。

萨拉匹斯神代表的复活重生、农业丰收等含义与希腊神话中几位主要神灵的功能对应，也能满足希腊人的宗教情感，并且又是埃及人自己的神灵，所以，托勒密王朝选择他作为国家的保护神进行崇拜，又不禁止埃及人对其他神灵的崇拜，令这个国度的上层和下层皆大欢喜。

托勒密王朝掌握了埃及祭司的任命权力，国王将自己变作了昔日的底比斯大祭司—国王，自己做宗教领袖直接控制祭司群体。通过对神庙祭司的任命、召开神庙会议、派官员对神庙进行行政管理，这些希腊统治者掌握了神庙和祭司集团的命运。

每一位国王登基时都要任命一个直属自己的大祭司，埃及每年召开一次国王主持的最高宗教会议，各地的祭司首领向国王汇报各地神庙和祭司的状况，一来彰显了希腊裔法老的宗教首领地位，二来也能切实解决一些宗教方面的现实性问题。

至少到托勒密第五时，祭司集团会议每年召开一次，国王任主席。召开会议的目的有两个，一是强化国王作为神庙或者宗教首领的事实，一是了解神庙和祭司的情况，解决一些现实问题。

托勒密王朝对各地神庙的控制非常严密，除了依靠自己在登基时任命的大祭司，地方神庙的各级祭司和各级地方官吏都有代替国王管理宗教事务的义务，每一个诺姆、每一个城市、每一个村庄中的大小官员们对辖区神庙和宗教状况严密监控，防止任何威胁到法老权威的现象发生。事实上托勒密王朝在宗教方面直接管理到老百姓头上，很多国王都曾以敕令形式规定埃及人的宗教仪式，细致到祭祀的场所，祭品的品种，祭坛的建筑方式，参加宗教仪式的时间、地点和授权形式，等等。

在托勒密时代，人们将祭司们称呼为兄妹神的祭司、仁慈者神的祭司，这些都是象征国王与王后的神灵，埃及的主流祭司已经是国王的祭司。与此同时阿蒙—拉神的祭司选择了低调，伊西丝的祭司则请愿国王救助他们免于地方官员的迫害，宗教领域内的势力版图已经出现了巨大的改变。

托勒密王朝的统治者对于埃及国王本来就有的首席祭司职责也做到尽职尽责。他们恢复了古老的传统，自己以身作则履行各种古老的宗教仪式，按照埃及传统试行魔法以作为全国各级祭司的表率，毕竟按照传统如果国王懈怠的话，其他祭司的努力也是无用功。

例如托勒密二世主持的纪念托勒密一世的宗教大游行中，这位国王走在队伍的中间，前面是由祭司们抬着神灵雕像，其中托勒密一世和王后的雕像被称为索塔尔，国王后面是众大臣、地方代表、地方神庙的祭司、米利都等附属国的代表以及这些大臣、代表、祭司们奉献的祭品。托勒密二世作为国王、神以及最高祭司主持仪式的整个过程，这种对宗教职责的坚持不懈一直持续到王朝结束。

经过如此的宗教改革之后，托勒密王朝的王权始终没有被神权左右过，祭司集团彻底失去了古代埃及传统上的独立性，它们沦为国王的统治工具。这是从中王国时期开始的历代国王所期望的理想局面：王权彻底压制了神权。

托勒密的法尤姆

在托勒密王朝的近三百年统治时期内，这些希腊统治者构筑起一个多级金字塔权力结构。

权力金字塔尖是国王，他或她是国家的象征，集最高军事外交内政和宗教权力于一身。

国王之下是托勒密王朝的宫廷和中央两个系统的官僚，虽然其中一些高官的权力很大，但绝对没有埃及传统中像维西尔那种威胁到王权的能同时插手军事、行政和司法的职位。

托勒密王朝的宫廷系统由廷臣、侍从官员、王室警卫、宦官和奴隶等组成，他们是王室“自己”的人，负责满足王室成员的生活享乐。他们的头衔有传达官、首席猎人、王家侍卫武官、首席司膳总管、首席司酒官、首席医师和普通医师、家庭教师和国王的教父、卧室侍者、护卫、助手或随从雕刻者、男管家和马车夫等等。这些宫廷官僚还拥有一些荣誉头衔，如王友、第一朋友们、贴身护卫长官、朋友们和继承者们，从公元前 2 世纪开始，这些头衔也授予诺姆一级的官员。

托勒密国王的中央官僚主要分布在行政、经济、司法、宗教、军事和外交等部门，其中首席大臣负责掌管埃及的国印或国王的私章，他领导着外交工作；王室秘书处理国王的信件；首席秘书处理百姓的请愿书和颁发王室命令；由多人构成的档案馆管理各种记录、书信和敕令；王室敕令起草者负责做国王陛下的代笔人；首席财政大臣直接管理国家的经济，任命所有与财政有关的官员，还负责所有的民事事务，各诺姆长及诺姆内的各级行政官员由他管理；首席司法大臣管理国内所有的司法事务，托勒密王朝允许希腊传统法律和埃及传统法律同时存在运行，并分别建立了适用两种法律的法庭，此外还设有巡回法庭直接处理希腊人与埃及人之间的纠纷；战争大臣负责征兵、军饷和军人土地分配问题；此外，还有上节提到的王家大祭司控制宗教领域。

中央官僚之下是空前复杂的地方官僚体系，埃及的行政区分为三部分：埃及境内司法独立的希腊殖民城市、埃及之外的占领地和埃及本土。

埃及境内主要有四大希腊城市：亚历山大里亚、托勒密斯、诺克拉底斯和帕雷托纽姆。这些城市的居民中以希腊移民居多，它们有自己的人民大会、市议会、行政官和城市法律，由国王任命的总督管理。

在前三位托勒密国王统治时期，埃及的国力处于黄金时期，它控制了埃及之外的很多地区：塞浦路斯、叙利亚和昔兰尼加、腓尼基、巴勒斯坦、克里特、利比亚、加勒比、伊奥尼亚岛屿与爱奥尼亚，甚至包括遥远的色雷斯。这些属地归属托勒密国王个人所有，由驻军总督负责当地的采矿、贸易以及税收等事务，其他事务由各地区人民按本民族习惯自决。不过从托勒密五世开始，埃及逐渐失去了这些海外属地。

埃及本土依旧按照古埃及悠久的传统分为上埃及和下埃及，以及划分成若干诺姆。

每个诺姆都有一名埃及人诺姆长管理农业事务，有一个希腊人总督负责当地军事事务。很快总督便压制了诺姆长成为统管军政的诺姆最高长官，而诺姆长则变成处理财政事务的小民事官。为了制止这种军阀化倾向，托勒密王朝在公元前 2 世纪初任命了两个分别节制上下埃及各诺姆的驻军长官的大总督。

诺姆之下分成若干称为“托坡斯”的地区，每一托坡斯设一名托坡斯长。埃及最小的行政单位是村，村长称为“考马克”。托坡斯长和考马克管理属地包括社会治安、农业生产和公共建设等事务，并且要负责管理辖区内的王室土地收益。

地方官僚中还有分散在各诺姆中的地方财政官，他们是首席财政大臣的地方代理人。在地方官僚中还有历史悠久的书吏，这些人被称为王室书吏。王室书吏由于有通晓埃及和希腊双语的优势，逐步取代了由希腊人担任的地方财政官。

王室书吏之下是区书吏和村书吏，村书吏不仅从事老本行的记录工作，还直接进入田地监督农夫劳动。区书吏则是村书吏和王室书吏之间上呈下达的中介。

虽然书吏们有很广泛的监督权，但税收这个职责并不属于他们，各地征税工作由各地驻军总督、托坡斯长、村长承担，具体执行者则是“谷物收集者”“半税农”和“税农”等基层官员。

托勒密王朝还出现了警察，埃及的村庄中设有警察站，埃及的警察们多才多艺，除了维持治安之外还肩负着协助尼罗河水位测定和土地耕种规划等使命……托勒密王朝为埃及带来了邮政人员，这些邮差将国王的命令从北方传递到南方，并把南方的各种书信、请愿书等传递到北方。

在权力金字塔之下，就是作为地基的埃及老百姓了。为了养活这个庞大的权力金字塔，托勒密王朝以各种名目征收赋税，当时埃及的税收种类多达两百多种，除土地税缴纳实物外，大部分缴纳货币税。

按照埃及的传统，国王是全国土地所有者，他把土地分成王田和授田两种，授田分为给权贵的赐田、给神庙的庙田、给军人的军田和私人土地四种类型，其中前两者一般都免税或缴纳轻税，后两种要按收成总数比例纳税，包括“什一税”和“六一税”不等。其中军田扣税后的收成就是该土地所属军人的军饷。

普通埃及人的纳税登记由村书吏负责，所在村庄的人口、土地、房屋、耕牛、牲畜的数量和财产多少都在国王的掌握之中。甚至到了即使一个人去打鱼，也要派一书吏监视记录，以保证百分之二十五的鱼作为税收转入国王手中的地步。

以上就是托勒密王朝的权力金字塔构成情况，庞大的官僚体系支撑着托勒密埃及运转近三个世纪。

在托勒密时代，中央官僚和将领由希腊人担任，地方官僚一般由土著埃及人担任。但这种以民族身份为条件的官僚制度，往往激起官僚内部的矛盾。

王朝的一切官僚都隶属于国王，一切地方官僚都隶属于国王和中央官僚，地方各级官僚又隶属其上级，每位官员奴隶般地服从上司并奴隶主般地驱使下属，于是整个权力金字塔处处弥漫着腐败的气息。

很快，职位垄断在富裕阶层手中，古老的父子世袭死灰复燃，同时雪片似的揭发请愿书则从埃及各地飞向托勒密王朝的中央机构。

虽然国王在铭文《对管理人的指示》中反复重申：“我认为最重要的是你办

事要细心、忠诚，并且用最好的方法来解决问题……不要参加腐败的团体，避开任何以不道德行为为基础的同盟，做一个忠诚的人，假如在这许多问题上你将无可指摘，那么你将被提升到更高的职位。”但我们能从更多的文献中看出各级官僚是如何办事的，一封上下级官僚之间的信中介绍了地方官对中央巡查领导的招待准备：“根据大人您的指示，我们已经为国王的护卫长克里斯普斯和首席财政大臣的来访做好了准备：礼物有十只白头鸟和五只家鹅，五十只野鹅，二百只野鸡，一百只野鸽子，我们还借了五头驴子作为坐骑，还有另外四十头驴子为大人们驮运行李……我们正准备去接他们，再会。”

从这封真实的信件中至少可以看出两位中央领导的胃口不错，他们所获得的这一切显然都是免费的。

波斯人对埃及的统治是掠夺性的，以至于经常堂而皇之地抢劫神庙。就算是被视为解放者的亚历山大大帝对埃及也没有起到太多建设性作用，他匆匆离开前任命的埃及总督克里奥美尼斯的统治不得人心，第三十二王朝时期埃及的经济遭受了严重摧残。

既然托勒密一世所开创的第三十三王朝继承了如此惨淡濒临破产的国度，那么他们又是如何能够建立起一个庞大的腐败官僚统治体系，从而维持了王室的无耻奢华生活呢?

这全赖从托勒密一世开始，连续几任国王都算是理智的统治者，所以他们首先保住了埃及不被其他马其顿军阀吞并，同时又将上下埃及的民生经济从疲敝已极中恢复过来。

对于托勒密一世而言，埃及是他“用长矛征服的土地”。他有长矛，亚历山大大帝的其他部将自然也有长矛，纵然托勒密一世通过卓越的政治和外交手段占有了埃及，但仍不能避免他的王朝自一开始便处于昔日同僚的进攻当中。

国家安全是托勒密王朝首先要解决的问题，然而我们从过往的历史中可以看出，长期衰弱的本土埃及军队可谓标准的“战五渣”……

和以往的埃及国王一样，托勒密一世从没幻想过依靠埃及人来保卫埃及——托勒密王朝的战斗力由职业军和雇佣兵来保证。

职业军是托勒密一世在将军时代率领的马其顿士兵，这些嫡系老兵的战斗力毋庸置疑——他们曾跟随亚历山大大帝征服了大半个已知的文明世界。不过忠诚可靠的职业军数量不多，他们充当了世代为兵享有特权的王室卫队。

雇佣兵的来源五花八门，主要来自希腊各城邦、马其顿和小亚细亚地区，他们在托勒密王朝诞生之前就在埃及长期存在了。希腊雇佣兵在古代地中海世界拥有堪比瑞士卫队的口碑，他们从公元前 1000 年前便已出现，这些只认钱不认人的亡命徒尽忠职守，他们曾在希腊城邦争霸中彼此厮杀，他们曾跟随波斯大军入侵故乡希腊，他们曾与埃及起义者一起围攻波斯驻军，他们曾在波斯总督指挥下残酷镇压埃及起义者——希腊人自己都将希腊雇佣兵称之为“蝗虫”，因为他们不怕报应，连供奉希腊神灵的神庙都能下手屠杀抢劫，就更别提埃及人的遭遇了……甚至在亚历山大大帝与波斯帝国决战时，大流士三世手下依旧有四万余人的希腊雇佣兵毫不留情地“和东方的敌人一起打自己人”。

在托勒密王朝创立初期，以希腊裔为主的雇佣兵构成了埃及军队的核心力量，本土埃及人只占军队的很少比例。但随着时间推移，埃及军队中的埃及人和利比亚人逐渐增加到占三分之一比例。

要保证这样一支军队的军心和忠诚，显然一靠丰厚的军饷，二靠退役后的待遇——还是要花钱。托勒密一世显然变不出这么多钱来，他想出了一个延期付款的好主意：分地。

古埃及经济以农业为核心，土地是埃及的经济基础，是埃及人的生存之本。土地意味着收成，意味着稳定的收入，意味着退役后的生活，意味着家庭的生存，意味着士兵的利益与埃及的安全牢牢捆绑在一起。

但从哪里获取如此多的土地来分配给士兵呢？虽然埃及的全部土地在传统观念上都属于国王，但贸然将其从原有控制者手中剥夺必定会激起大规模反抗。

更为棘手的是，从亚历山大时代开始，大批希腊移民涌入埃及，这些人中有来自雅典等希腊城邦的公民，也有很多马其顿王国的子民。虽然希腊人留给后世的印象大多集中在睿智的学者和无畏的英雄上面，但希腊移民毫无疑问是为了寻找生存机会才会来到埃及，他们中的绝大部分成员一无所有，指望能在埃及获取土地改变命运。埃及人自己当然也不是将手中土地拱手让出的洋雷锋，如何解决土地资源分配就成为一件头等大事。

于是从托勒密一世开始，第三十三王朝持续对埃及进行农业开发，开发重点是传统的埃及鱼米之乡法尤姆。法尤姆地区有得天独厚的自然条件和开发潜力，埃及的统治者自第十二王朝的阿蒙尼姆赫特一世开始，便持续在此地进行大规模的土地疏浚和产业开发。

在 20 世纪，英国埃及学家皮特里在埃及古罗布和卡宏等地发现了大批纸草文献。其中记载了托勒密王朝对法尤姆的农业开发事业始于托勒密一世在塔布突尼斯重建了第十二王朝的一个神庙，终于法尤姆的一个希腊人代替克娄巴特拉七世向地方保护神鳄鱼神奉献了一块石碑。

托勒密王朝在法尤姆的农业开发是一项长期而坚定的事业，首席财政大臣直接负责法尤姆的农业开发事宜，他负责调派专业工程师对滨湖洼地的农田水利进行建设和管理。历任国王也多次亲临法尤姆督察开发进度，文献中记载了托勒密二世在他统治的第三十二年视察法尤姆时，严词训斥渎职的工程师克里昂。

在托勒密王朝举国之力打造下，法尤姆地区建立起埃及版的“都江堰”灌溉网络：劳工们在湖泊绿洲之间修建了四十公里长的水渠，并在尼罗河与法尤姆相交处修建复杂的防洪水道，根据尼罗河水位高低调节流入法尤姆的水量。托勒密王朝还在中王国水渠的基础上进行扩建，以便将泛滥季节过后法尤姆地区过多的洪水排入尼罗河。法尤姆内部的莫伊利斯湖被一条条辐射状水渠引入农田，保证在干旱季节也有充足水源进行灌溉。这种内外结合的复合型灌溉系统，使得法尤姆克服了几千年来的尼罗河泛滥魔咒，从此不管尼罗河水位高低如何，这里都是埃及的粮仓。

在保障了灌溉的同时，托勒密王朝在哈瓦拉修建水闸限制尼罗河洪水流入法尤姆的莫伊利斯湖。在干旱的沙漠气候条件下，莫伊利斯湖的湖水从中王国时期的十七点五米深迅速蒸发到公元前 200 年左右的二至四米深。围湖造田创造出大片肥沃的土地，解决了人多地少的困境。

万事俱备，只欠种田——那么士兵们，发工资的时候到了！

向士兵分配土地并不是托勒密的独创招数，早在第二十六王朝时期，舍易斯国王们就开始把土地分给埃及本土士兵，这些士兵无论是否正在服役都有权得到份地，但这些土地要交替着耕种，并不是长久属于某一个人的。

托勒密一世的分配模式更类似中国古代的屯田制度，这是一套结合农业开拓、老兵安置和武装殖民的三合一处理系统。

首先，国王分给士兵的土地基本上都是待开垦的荒地，士兵要想获利就必须自己或雇人开荒。没人愿意让自己的土地撂荒，所以开发出来的土地就得到了开垦的保障，国家也会产生持续的税收。

此外，职业军和雇佣兵的土地都被安排在特定区域。分配时按军衔高低分给份额不等的土地。根据纸草文献的记载，最受优待的马其顿职业军可以得到约合二百亩到四百亩的土地，而待遇最低的埃及本土士兵则有八十到一百六十亩土地。

上述的份地数目是官方颁布的理想数字，实际上普通大头兵得到的并没有这么多。根据纸草文献中的记载，在法尤姆的齐尔克奥西里斯村，每个职业军骑兵占有土地在八十亩到三百二十亩之间，而埃及本土士兵占有土地在二十四亩到六十亩之间。

不过即使是以齐尔克奥西里斯村最低的份地面积来衡量，其产出也足够维持士兵的生活开销。随着军衔提升，军人的土地能为自己和家人带来一份体面的生活，以至于历代国王都收到不少为亲人争取入伍机会的请愿书……

希腊士兵一般会雇用埃及人耕种自己的份地，扣除劳务报酬和税务之后的收入就是他们的军饷。这块土地一直属于他们直到去世为止，之后是否可以由儿子继承要由国王决定。公元前 239 年左右的一份文献上写道："下面列出的骑兵已经死了，因此国王收回他们的份地。"不过这种不近人情的例子似乎并不多见，因为这些士兵的儿子通常也是士兵，所以一般情况下这类土地都世袭继承了。

除了作为军饷之外，职业军人和雇佣兵到达一定年龄退伍后，也能按照上面的原则分得一定量的份地作为国王提供的养老金。托勒密二世曾在给区军事秘书的一封信件中命令后者妥善安置老兵，要保护好他们的人身安全，解决吃饭和住房等实际生活问题。

当然，作为埃及古老传统的延续，托勒密国王也将这些土地赏赐给自己的权贵大臣。与对待大头兵时的锱铢必较截然相反，国王在对待自己的亲信时出手很大方，托勒密二世在分给首席财政大臣阿波罗尼乌斯土地时，一挥手就是三万余亩！

法尤姆的土地大开发大大缓解了尼罗河谷的人口压力，解决了王朝创立初期的财政开支和军费支出。这片新土地成为希腊人和埃及人的混合居住点，托勒密一世时期，法尤姆的移民主要是六千五百名马其顿职业军士兵，随后雇佣兵也迅速移民至此。到公元前3世纪末，此地的军事移民的数量就达到了五万人。

托勒密王朝还在法尤姆地区建造了大量的沙杜夫提水器和扬水车，通过这些设施将水源提取到法尤姆附近干旱的高地上，进一步创造出新的田地。沙杜夫提水器是古埃及传统农业器械，扬水车则是希腊人带来的洋玩意儿。除了这些以外，国王们大力推广新的耕犁等农具提高了耕作效率，脱粒机也出现在埃及乡村的晒谷场上。包括棉花、硬质小麦、橄榄树以及葡萄树等各地优良品种被大规模引进法尤姆，终于打造出一个梦幻般的鱼米之乡。

在托勒密二世时代，法尤姆的可耕地面积就达到了一千两百平方公里至一千六百平方公里，比中王国时期扩大了两三倍。也正是在这位国王的时代中，法尤姆第一次变成了诺姆，以王后阿尔茜诺的名字命名为阿尔茜诺诺姆。在这片生机盎然的地区中分布着一百四十五个村庄，生活着十余万人口。

罗马时期的地理学家斯特拉伯这样描述法尤姆："法尤姆是埃及最突出的地区，不仅自然环境优美，土壤肥沃，产品丰富……橄榄油随处可见。酒、谷物和其他产品也是如此。"

随着托勒密王朝的统治日趋牢固，整个埃及社会呈现稳定状态，法尤姆的希腊老兵娶了埃及妻子形成希—埃家庭，开始真正意义上的血统融合。在托勒密时期的纸草文献上，埃及的家庭中经常出现希腊名字和埃及名字共存的现象，而且两种名字出现的频率几乎一样。

这种底层民众之间的通婚并不是托勒密王朝希腊化的方向，因为这种婚姻的后果是希腊人的血统不再纯正，而混血后裔受到母系文化的影响更大。这种希—埃家庭的第一代子女可以说希腊语，接受希腊式的教育，同时懂得遵行埃及文化的行为规范。但在几代以后，这些后裔反而“埃及化”了。

亚历山大里亚城里的希腊权贵们竭力保护自己的血统纯正性，他们自认为是优等的民族，想方设法使希腊的文化传统不因社会环境的改变而改变。希腊人努力在陌生的土地上营造家乡的氛围，他们建立的城市和村庄都是希腊式的。他们相互通婚，用希腊语交谈和书写，他们观看希腊戏剧，欣赏希腊音乐，只要是希腊人较多的地方就有体育馆，无论是城市还是乡村。

但这一切的挣扎注定是徒劳的，公元前 3 世纪的托勒密王朝由希腊人留下的纸草文献基本上是用希腊语写成的，而此后的文献资料则兼有希腊语和埃及语。即使是在“希腊化”程度最高的亚历山大里亚城，当古希腊历史学家波里比阿于托勒密四世时期到访时，不禁对这些同族大摇其头：“源自希腊人的那部分人口已变成混合的种族，不再是真正的希腊公民，不再拥有希腊公民的美德！”

也正是从托勒密四世开始，他迫于埃及国内外形势的急转直下，被迫大大提高埃及人的地位，从这一时期开始埃及人可以充任军队和地方的高级官员，资深的埃及老兵可以得到与希腊军人在理论上同样多的土地——当然从齐尔克奥西里斯村的例子来看还是打了很大折扣的。

这种结果其实并不意外，毕竟当时希腊移民与埃及本土人的人口比例为一比八。尽管希腊文化在权力上占据绝对优势，但埃及人在数量上占绝对优势。希腊人并不是住在完全封闭，与埃及人隔绝的独立区域，当他们分散居住在埃及人周围时，就像洒进水里的砂糖一样被溶化了。

居住在埃及的希腊人接受了埃及的文化，他们也在死后制成木乃伊埋葬。希腊文化也融入埃及的古老传统之中，为传统的木乃伊面具带来全新的制作手法。古代埃及的木乃伊面具表现人物正面，较少个性化表现；而希腊时期的木乃伊面具人物通常是四分之三侧面，更多地表现人物个性，非常逼真生动。到了罗马时期，法尤姆附近发现的木乃伊已经开始用绘制在木板上的希腊式人物肖像取代传统的木乃伊面具。埃及墓葬装饰图案既有奥西里斯、伊西丝和阿努比斯，也有希腊人钟爱的橄榄桂冠、玫瑰花饰，以及作为罗马社会上等人标志的紫色元素，非常明显是不同文化融合的结果。

埃及学家们认为托勒密王朝前期黄金时代的出现主要依靠的就是法尤姆的成功开发。出生于埃及的古罗马历史学家阿庇安曾有过如下记载："托勒密二世统治时，税收是充足的，可以支持规模巨大的军事建设，埃及的军队包括二十四万名步兵和骑兵、三百头战象和三千五百艘战船。"

到托勒密三世统治时期，埃及已经完善了自己的陆军和海军。

陆军一般由王室卫队、重装步兵、轻装步兵、骑兵和战象中队等组成。马其顿人组成的王室卫队驻扎在首都亚历山大里亚城附近；重装步兵分为三个军团，每个军团约一千人，按马其顿方阵的模式训练；轻装步兵由轻盾兵和特种持盾兵组成；雇佣兵中的克里特人、色雷斯人和卡里提亚人按照各自族群的武器装备和战术组织起来。

骑兵也分为数目不等的重装骑兵和轻装骑兵，骑兵军团的名字往往以雇佣兵的来源地命名，如色雷斯骑兵、帖萨利亚骑兵、美狄亚骑兵和波斯骑兵，等等。

托勒密一世时使用印度战象组成了战象中队，但很快塞琉古国王截断了埃及与印度之间的路线，埃及不得不转向努比亚猎取战象。此后托勒密王朝的战象来自非洲，尤其是托勒密二世留下了大规模猎取和训练大象的记录。

海军由一支国王舰队作为核心，以来自地中海区域的雇佣兵舰队作为辅助。国王舰队顾名思义是由托勒密国王亲自出钱建造的，水手都是埃及人，划桨奴隶也来自埃及。这支舰队的维持费用由亚历山大里亚城、希腊和腓尼基城市的富人供给，他们还有义务为舰队提供海员、水手和桨手。

经过前三位国王的励精图治，托勒密三世时埃及的国力达到鼎盛期，几乎恢复了地中海区域的帝国雄风，并维持了四十年之久。

即使在托勒密王朝的衰退期，法尤姆也依旧支撑着这个已达到七百万人口的国度不至崩溃。有趣的是托勒密王朝的国力衰退与因为过度开发导致的法尤姆土地沙漠化几乎同步出现，王朝末年时期的法尤姆灌溉系统已经失去作用，周围沙漠不断袭击村庄和农田，人口流失，城镇废弃。到罗马时期，法尤姆地区已经严重沙漠化，时至今日的埃及仍未能完全恢复托勒密王朝时期开发的可耕地面积。

权力的游戏

托勒密王朝有个令人哭笑不得的传统，他们所有的国王都叫托勒密，绝大多数王室女子都叫克娄巴特拉、贝雷尼西或阿尔茜诺。

为了表明自己的埃及化，托勒密王朝的国王与自己的姐妹结婚。但原因并不是因为他们信仰古埃及的宗教，事实上绝大部分的托勒密王室成员都不懂埃及语，他们是为了做给被统治的人民看——法老果然延续了几千年来的传统，这洋和尚念的也是真经啊……

托勒密王朝兄妹婚的始作俑者是托勒密二世，他娶了姐姐阿尔茜诺二世为妻，并立她为王后，也因而获得了“菲拉戴尔夫斯”（意为“爱他姊妹的人”）这个神圣的称号。

此后托勒密王朝基本放弃了马其顿人的婚俗，转向埃及传统的王室婚姻传统：托勒密四世娶了姐姐阿尔茜诺三世；托勒密六世娶了妹妹克娄巴特拉二世；托勒密九世娶了妹妹克娄巴特拉四世；托勒密十二世娶了妹妹克娄巴特拉六世；托勒密十三世娶了妹妹克娄巴特拉七世。另外，还有父女婚和母子婚等形式。例如，托勒密八世与其侄女克娄巴特拉三世结婚，等等。

托勒密王朝的近亲婚姻巩固了统治，获得了统治埃及的合法地位。托勒密二世把在世的王后阿尔茜诺二世变成了女神，在埃及所有神庙中受到崇拜。由此将托勒密王后的地位大大提高，掀起日后家族内乱的滥觞。

托勒密三世与昔兰尼公主伯伦尼斯二世结婚，并没有效仿父亲娶自己的亲姐妹。伯伦尼斯二世原本嫁给马其顿的帅哥王子德米特里，没想到这位上门女婿来到昔兰尼之后竟然勾引了丈母娘阿帕玛。刚烈的公主二话不说领兵杀进老妈卧室，当场宰了德米特里，然后收拾行李再嫁给托勒密三世。

埃及艳后克娄巴特拉七世希腊风格头像

埃及艳后克娄巴特拉七世埃及风格石像

再婚之后的伯伦尼斯二世生下四个孩子，并因为祈祷出征叙利亚的丈夫平安归来献祭头发给女神阿佛罗狄忒的神庙。第二天头发在神坛上失踪，希腊天文学家萨摩斯的科农安慰她说：陛下的头发被女神放到了天上，留在星空中，他随手一指留下了后发星座的浪漫传说。

被称为菲洛帕托尔（意思是“爱他父亲之人”）的托勒密四世是个荒淫无度的暴君，他与姐姐阿尔茜诺三世结婚，还在宠臣的谗言下把自己的叔叔利西马科斯、兄弟马格斯、母亲贝勒尼基二世都杀了。他之所以被称为菲洛帕托尔，可能是因为托勒密四世还没来得及弑父篡权的缘故。

托勒密四世除了是个暴君之外还是个无能的昏君，塞琉古帝国在他手上夺走了叙利亚，埃及内部的土著起义暴动也是此起彼伏。他的宠臣索西比乌斯和阿加托克利斯在主子死亡之后秘不发丧，并除掉了王后以免她按照埃及传统以共治者身份担任摄政王，从而将年幼的托勒密五世控制在股掌之中。

托勒密五世与塞琉古帝国缔结合约并娶了安条克三世的女儿克娄巴特拉一世，随着这位外来王后进入埃及宫廷，王室女性的政治嗅觉苏醒了……

虽然做了塞琉古帝国的女婿，但托勒密五世更倾向于靠拢罗马这个新兴霸主。他制定了进攻叙利亚的计划，但没来得及实施便英年早逝，埃及一直有传言认为他死于被人下毒。

托勒密五世去世前，便已授予王后克娄巴特拉一世维西尔这个古老的称号。在他去世之后，克娄巴特拉一世趁着托勒密六世年幼当上摄政王，统治国家直到去世为止。

克娄巴特拉一世去世后，托勒密六世与自己的妹妹克娄巴特拉二世结婚，这对兄妹夫妻作为共治王共同统治埃及，同时他们的弟弟托勒密八世也瓜分了一部分权力。

公元前 164 年，托勒密八世赶走哥哥托勒密六世企图独自统治，但后者在罗马援助之下很快又夺回了政权。

这个先例一开，托勒密家族的无休止内讧便上演了。在追逐王位的过程中，托勒密家族上演了一出循环播放的兄弟姐妹手足夫妻骨肉相残肥皂剧。事实证明，权力的诱惑无论对男对女都一样是致命的。

托勒密八世在夺权失败后被发配到海外属地昔兰尼加，等到托勒密六世死于征讨叙利亚的战争的时候，托勒密八世大摇大摆地回到埃及，娶了自己的姐姐，也就是托勒密六世的王后克娄巴特拉二世。

一年后，这个阴谋家谋害了自己的侄子托勒密七世，又与自己的侄女，也就是克娄巴特拉二世的女儿克娄巴特拉三世私通并结婚，这一切都发生在他的姐姐兼妻子克娄巴特拉二世的眼皮子底下。苦大仇深的克娄巴特拉二世曾经利用亚历山大里亚的市民暴乱将自己的弟弟赶下台，但托勒密八世五年后又卷土重来夺回王位。

托勒密八世去世以后，其王后克娄巴特拉三世成为埃及的统治者，她的儿子托勒密九世完全是个傀儡。这位国王被迫与自己的弟弟托勒密十世分享权力，结果这两兄弟及其母亲之间的明争暗斗造成托勒密九世三次执政和托勒密十世两次流放的闹剧。

公元前 80 年，托勒密十世在罗马做人质的儿子托勒密十一世被大独裁者苏拉送回埃及即位。他与自己的伯母、托勒密九世的遗孀贝雷尼西三世结婚并共同执政了十九天。这对名义夫妻因两人都想独揽大权而翻脸，托勒密十一世杀害了王后贝雷尼西三世，据说还立下遗嘱将埃及赠送给罗马共和国，这一行为激怒了亚历山大里亚市民，暴动者冲进王宫砍掉了国王的脑袋。

托勒密十一世被杀后，托勒密家族只剩下托勒密九世和一个身份不明的希腊女人生的儿子，于是他被立为托勒密十二世。从托勒密十二世开始，埃及开始介入罗马的内部争斗，或者说埃及变成了罗马内部政治斗争中的一个富有而无能的猪队友。

罗马人并没有将托勒密十一世的遗嘱当回事，但托勒密十二世却不敢得罪地中海对面这个强大的邻居。他为了确保自己的王位和王朝的命运，在政治上极度谄媚罗马。这位国王亲自前往罗马向庞培和恺撒行贿，让他们承认自己的王位继承权，使自己的名字列入“罗马人民的盟友”的行列中。

托勒密十二世更看好庞培，认为他会成为罗马的统治者。于是他在国内征重税来重点资助庞培，眼睁睁看着庞培消灭了本都王国，兼并了塞琉古帝国。虽然他不可能不懂唇亡齿寒的道理，但他不敢对罗马做出任何反抗。

公元前 58 年，罗马占领了埃及最大的海军基地塞浦路斯岛。托勒密十二世这个罗马人民的老朋友依旧没有吭一声表示抗议，这下埃及人受够了，他们起义推翻了这个窝囊废。

托勒密十二世带着女儿克娄巴特拉七世跑到罗马做了好几年的寓公，埃及人拥立了托勒密十二世的另外一个女儿贝雷尼西四世即位。

虽然埃及人派出多达百人的使者到罗马游说不要支持托勒密十二世复辟，但这个国王在对待自己人民的时候却反应迅速——代表团在罗马被袭击，伤亡惨重，根本没能抵达元老院陈情。

于是托勒密十二世在庞培的支持下得到罗马元老院的支持，在三年后带着一支由罗马军团和雇佣兵组成的军队打回亚历山大里亚复位。他重登宝座后的第一件事就是残酷地处死了自己的女儿贝雷尼西四世。

罗马士兵从此驻留埃及，托勒密王朝至此已经丧失了独立性。

公元前 51 年，托勒密十二世在去世前夕，留下遗嘱让自己的儿子托勒密十三世和女儿克娄巴特拉七世结婚并共同统治埃及——大名鼎鼎的埃及艳后登上历史舞台。

虽然克娄巴特拉七世名为埃及艳后，但她根据父亲的遗嘱身兼埃及王后兼国王的双重身份。她与历史上其他女性摄政王完全不同，就算是新王国时代的女法老哈特舍普苏特也难以与之相比，因为她是合法即位的女王。她父亲的这份遗嘱还特别请“罗马人民为执行者”，可惜罗马元老院懒得搭理，还是老铁庞培表态批准了这份遗嘱。

托勒密十三世登上王位后就和自己的妻子妹妹决裂了，克娄巴特拉七世见势不妙，只好跑到叙利亚避难。

公元前 48 年，庞培在罗马内战中被恺撒打败。庞培一寻思能投靠谁呢——当然还是老铁托勒密啦！他渡海跑到埃及，结果立刻被托勒密十三世杀死。率军追到埃及的恺撒一上岸，就看到法老陛下派人送来的人头，但恺撒对托勒密十三世的做法极为反感。

克娄巴特拉七世立即从叙利亚返回埃及，她献身于恺撒换取支持，恺撒要求兄妹俩遵循托勒密十二世的遗嘱，和睦相处共同执政。

托勒密十三世对这个“邻居老王”十分不满，他出动军队围攻恺撒，但恺撒谈笑间埃及军队就被罗马军队打得灰飞烟灭。

公元前 47 年，托勒密十三世兵败被杀。这样一来，埃及艳后成为埃及唯一的国王了。但她还是依照传统与自己的弟弟托勒密十四世结婚，做了名义上的共治夫妻，以及恺撒公开的情人。

克娄巴特拉七世是位杰出的女政治家，她不仅维持摇摇欲坠的托勒密王朝长达十八年之久，还在很大程度上维护了埃及的国家尊严。据说罗马大将安东尼曾邀请克娄巴特拉七世参加自己的宴会，她不但没有参加，反而叫安东尼屈尊前去参加她在楼船上举行的晚宴，这被称为“法官去拜会被告”。在这段时间里，她“不像是一个被保护国的儿皇帝，倒像是一个独立国的君主”。

克娄巴特拉七世给恺撒生下了儿子恺撒里昂，公元前 46 年，她带着恺撒里昂和托勒密十四世一起参观罗马，并且一直以恺撒情妇的身份住在恺撒的别墅里。

公元前 44 年，恺撒被罗马元老院的政敌们刺杀。在公布恺撒的遗嘱时，克娄巴特拉七世伤心地发现自己和儿子居然什么都没有得到。同样百感交集的还有恺撒最重要的手下安东尼，因为恺撒将自己年轻的侄孙屋大维指定为养子和政治继承人，忽视了他的存在。

克娄巴特拉七世在恺撒遗嘱公布当天便返回埃及，很快托勒密十四世可疑地去世，恺撒里昂成为埃及国王托勒密十五世，与母亲共治。

公元前 42 年，接受了屋大维政治联姻提议的安东尼来到埃及。但屋大维的这位新晋姐夫又拜倒在克娄巴特拉七世的石榴裙下，他把怀孕的妻子打发回罗马，然后和埃及艳后又生下一子一女。

在此期间，心怀不满的屋大维对安东尼展开嘴炮攻势：马克·安东尼违背了共和国悠久的贵族传统，他毫无道德感地遗弃了自己的妻子（你竟敢欺负我妹妹）！他毫无廉耻地成为埃及女王的奴隶（你竟敢背叛我们的政治联姻）！最为是可忍

里昂美术博物馆藏，创作于1637年的《恺撒将埃及艳后扶上王座》

绘制于1884年的《安东尼与克娄巴特拉会面》

孰不可忍的是他居然放弃了光荣的罗马传统和公民身份（你竟敢成为一个下贱的埃及人）！

按照传统，罗马元老院数次召唤安东尼回罗马接受质询，但安东尼毫不理睬。他在艰难地征服了亚美尼亚之后，违反传统在埃及而非罗马举行凯旋式。就在亚历山大里亚城中，这位头脑发热的战争英雄公然宣布与屋大维的妹妹奥克塔维亚离婚，迎娶克娄巴特拉七世，还将罗马帝国的东方领土分给自己的孩子们——恺撒很风流，但女人从来不会影响到他的政治判断，对他来说埃及艳后与其他女人一样都只是他的工具。在这一点上，恺撒与安东尼截然不同……

如果说上述举动还属于是可忍孰不可忍的话，那么安东尼最后宣布恺撒里昂才是恺撒真正的继承人这一条彻底造成了“谁都不可忍”的结局——它否定了屋大维的合法身份，并且意味着埃及法老将成为罗马的主人。

屋大维是个年轻的政治家，他的权力基础并不在于他为罗马建立的业绩，而在于他作为恺撒继承人的身份，罗马公民和军团之所以拥戴他完全是冲着这一点。现在恺撒真正的儿子以及世界上最富有的老妈和最强大的继父组成的踢馆团队威胁太大，不能不让屋大维做出鱼死网破的反击。

罗马的内战以两人互怼对喷的宣传战方式开始：安东尼指责屋大维是一个无能的富二代暴发户、一个伪造恺撒遗嘱的无耻篡权者；屋大维则指责安东尼是个非法私吞共和国东部省份的卖国贼，他没有经过元老院的同意就与其他国家交战，他不经过法庭判决就处死了贵族赛斯图斯·庞培。

虽然安东尼在宣传上明显比不上占据道德制高点的屋大维，但他也不是孤军奋战：罗马版图内包括希腊在内的很多省份都支持安东尼，两个执政官和三分之一的元老都逃离罗马抵达希腊加入他这一边。

不过这些罗马政客押错了宝——公元前 31 年，屋大维以讨伐卖国贼安东尼和东方女妖克娄巴特拉七世的名义率军进攻，双方在希腊西海岸的决战以安东尼战败而告终。

公元前 30 年，屋大维挥军入侵埃及，攻破亚历山大里亚城，安东尼自杀。

按照罗马人的记载，东方女妖克娄巴特拉七世在试图诱惑屋大维未遂，并知道屋大维打算将自己作为战俘押送到罗马城举行凯旋仪式公开羞辱之后，使用毒蛇将自己和托勒密王国一起杀死。

但后世的研究者普遍认为是屋大维杀害了克娄巴特拉七世，并且将在场的两位女仆一并灭口。更何况屋大维宣称埃及艳后还给自己寄送了一份表示自己要自杀的信件，这种示警性的举动更不符合自杀者的行为逻辑。

事实上克娄巴特拉七世在最后时刻仍然尽到了一位母亲和国王的职责：她安排十七岁的托勒密十五世到红海边的伯勒尼基港避难，吩咐他向印度逃亡再建托勒密王国。但小法老的希腊仆人们背叛了他，他们将主人送给了屋大维。

谨慎的屋大维冷酷而理智地处死了托勒密十五世以及安东尼的孩子，埃及的第三十三王朝和法老时代至此结束。

古埃及的终结

托勒密王朝结束之后，埃及成为屋大维的私有领地，此后一直归属罗马帝国皇帝直接管辖——这就是古埃及时代所谓的罗马王朝。

此时的地中海世界完全进入罗马时代，屋大维统治着一个前所未有的强大奴隶制帝国。他将埃及的谷物源源不断运往罗马出售，养活快速膨胀的罗马人口。

罗马时代的埃及作为一个特殊的帝国行省而存在，罗马皇帝派一个具有骑士身份的人到埃及任总督，代替自己统治这块私有领地，皇帝本身掌握着行政、立法、司法、军事等权力，不允许其他任何人染指埃及。

罗马时期的埃及基本保持了托勒密埃及原有的行政区划，官员都从罗马骑士阶层中选拔，由皇帝亲自任命，这些官员的统治权力由驻扎在埃及的罗马军团予以保证。

虽然屋大维曾自称埃及法老，也有几任帝国皇帝曾身穿埃及法老服饰在埃及的纪念物上亮相，但这不过是罗马人的一种政治表演。埃及底层民众只知道直接统治自己的罗马总督而不知道远在罗马的帝国皇帝，更勿论按照古埃及传统将罗马皇帝当作人间的荷鲁斯神来崇拜了。

罗马时代早期的埃及在其统治者眼中只是一个提供税金和粮食供应的庞大私人领地，历代皇帝对埃及的政策都是最大限度地占有、掠夺埃及行省的资源和财富。

罗马总督按照罗马的方式对埃及进行人口普查，以便于统计人头税。罗马时代的埃及人基本分为三个阶层：罗马公民、亚历山大里亚市民和土著埃及人。皇帝规定罗马公民和亚历山大里亚市民享有免税特权，土著埃及人则需支付全额的人头税。

除了人头税之外，土著埃及人还要向罗马统治者缴纳各项名目繁杂的税种：土地税、粮食税、房产税、牲畜税等等。人口普查数据还被用于制定各村庄的劳役壮丁数目，本土埃及人需要从事公共或者军事工程上的劳役，他们在亚历山大里亚搬运公粮，在尼罗河的重要河道上筑堤、清淤，在驳船上担任船夫，在采石场开采石料，在孟斐斯为军队采办伙食等等。

虽然早期的罗马皇帝没兴趣干涉埃及人的神话信仰，但历史的车轮已经滚滚而来——基督教兴起了。

据尤西比乌斯的《教会史》一书记载：圣·马可于公元 41 年至 44 年开始在埃及传播其福音书，并且在亚历山大里亚城建立了第一座教堂。他的第一个门徒是鞋匠阿涅努斯，后者于公元 61 年至 62 年成为亚历山大第一任主教，这比第一位罗马主教的出现还要早六七年。

基督教的形成过程融入了许多东方神学的内容，其中古埃及的传统神话对基督教影响极大。基督教教义中的创世学说、死后复活、末日审判、天堂地狱和灵魂得救等宗教观念都受到埃及神话的启示。埃及神话中对可怕冥界的想象催生出基督教多层地狱传说的雏形，而埃及古典文学作品中很多关于救世主降临的预言故事，如第十八王朝时期的《涅菲尔提预言》暗指中王国那位三易其名的孟图霍特普二世统一上下埃及的故事。在这个著名故事中预言一王“将戴白冠、红冠，他平定叛乱，人民为之欢呼，亚细亚人和利比亚人不得不跪伏在他面前”；“正义又将重新来临，而邪恶将遭到唾弃。所有的人见到这一切都会感到欣喜欢乐，也都将追随这位国王”。诸如此类的古埃及文学故事影响了从犹太教的弥赛亚到基督教的基督降临传说。

基督教进入埃及的早期阶段是以亚历山大里亚城为核心立足的，占城市五分之二区域的犹太聚居区中的一些传教士、逃亡者和商人积极传播基督教义，此城中保留的希腊文明与基督教文化发生碰撞交融，结果在公元 2 世纪末产生了世界上最早的亚历山大教理学校。这所学校植根于埃及传统文化环境中，大量汲取了希腊罗马的教育精髓，为宣传和维护基督教而创立，但对所有信仰者都敞开大门，甚至盲人也能在此接受教育。在这所学校中的基督教学者得到锤炼其思想精髓的机会，基督教的早期神学思想也随之成形。

亚历山大教理学校著名的校长克莱门特主教受过良好的希腊式教育，又熟悉埃及传统文化。克莱门特改变了早期基督教是个“没有文化的、不聪明的团体”的泥腿子形象，使之登堂入室走进亚历山大里亚贵族阶级的生活。

克莱门特的继任者奥立金神父的名字意为“荷鲁斯所生”，这位拥有埃及本土血统的神父把《圣经》和希腊哲学结合成基督教神学体系，“三位一体”原则正是由他所系统阐述。

基督教在埃及萌芽的同时，罗马委派的“亚历山大及全国的最高祭司”却不是一个神职人员而是个罗马行政官僚，他的职责是控制埃及宗教界，使其不至于产生反抗帝国的民族主义思想。与此同时埃及各诺姆以下的官员不再要求罗马公民身份，他们大多由希腊人担任。至于本土埃及人，不管他们是否通晓希腊语都没有资格担任官员。

在这样毫无希望的治理之下，埃及人掀起了一些起义和暴动进行反抗——这些反抗毫无悬念地被罗马军团碾压。既然武力反抗失败，那么埃及人只好投入精神世界寻求安慰。

尽管当时埃及传统神话中的神灵依旧受到崇拜，但在经历了如此漫长痛苦煎熬和多次外族入侵的打击下，埃及人对他们虔诚信仰了数千年的神灵动摇了。埃及的长期衰落促使民间产生了救世主的精神需求，基督教的普世观念正好符合埃及人对宗教的迫切需要，因而得以在埃及迅速传播开来。

罗马皇帝戴克里先打算摧毁埃及的基督教信仰，但埃及人依旧表现出自己“顽固迷信”的特质，哪怕是在马克西米努斯统治时的大规模屠杀发生时，他们依旧不放弃基督教信仰。在底比斯平均每天有五十到一百名“顽固”的农民基督徒被杀，在无助与失望的情绪中埃及的基督教徒又开创了世界上最早的修道运动，以在沙漠边缘的隐世修行来反抗帝国的统治。

早期的修道运动是本土埃及人的运动，一种是以安东尼为代表的个人苦修制，另一种是帕克米乌斯倡导的集体修道院制度，此后这种修道制度传遍基督教世界。

随着公元 313 年“君士坦丁敕令”的颁布，基督教在东罗马帝国境内获得了合法地位，罗马的国策使得基督教会成为国家机器的一部分。在基督教咸鱼翻身的同时，罗马帝国对基督教以外的异教采取了残酷打击的手段，狄奥多西一世关闭了所有异教的神庙，并停止了古代奥运会。与此同时基督教经过长期蛰伏而产生的极端倾向也开始爆发，他们将自己遭受过的压迫转嫁到其他古老信仰头上。

在公元 4 世纪之前，埃及民间仍然保持着对古老多神宗教的信仰，克莱门特就曾记载当时埃及民间依旧坚持动物崇拜，他感叹埃及人仍然信仰各地的地方神灵，以及那些公牛、驴、狼、鱼和蚂蚁。在这一时代埃及人仍然采取木乃伊的埋葬仪式，在墓葬中描绘阿努比斯神的形象。

而在埃及的希腊城市中，希腊后裔依旧保持着希腊文化和对希腊神灵的崇拜。但随着拜占庭帝国文化专制主义政策出台，所有异教信仰和文化都随之烟消云散，狂热的基督徒修士们疯狂迫害异教徒。

早期基督教史学家所奎德在他的《教会史》中，对公元 415 年著名的希腊女哲学家和异教徒希帕提娅之死做了如下描绘：

亚历山大城中有个名为希帕提娅的女人，是哲学家席昂的女儿，她不但在文学与科学领域造诣甚深，也远远超越与她同代的哲学家们。她承继了柏拉图与普

绘制于1865年的版画插图《亚历山大市哲学家希帕提娅之死》

罗提纳斯的学派，向听讲者阐述他们的哲学理念，许多人不远千里而来，只求能获得她的点拨。基于良好的教养，她有一种沉着从容、平易近人的气质。她经常出现在公共场合、出现在当地的行政长官面前，从不因参与男人的集会而羞窘难为情。而对于男人而言，由于她超凡的尊严与美德，他们只有更敬爱她。

她是受到政治忌妒的受害者，在那段日子里这种现象很常见。由于她经常与欧瑞斯提斯晤面，在基督徒中便有谤言流传，说就是她在阻挡欧瑞斯提斯与总主教和好。也因此，有些基督徒就受到怒火与执迷的热血驱使，由一个名叫彼得的礼拜朗诵士为首，埋伏在希帕提娅返家的路上，将她拖出马车，带到一所叫作西赛隆的教堂中脱个精光，以砖瓦杀死了她并将她分尸。她伤痕累累的四肢则被带到一个叫作辛那隆的地方焚烧。这起事件臭名满天下，不只是针对西里尔而已，而直指整个亚历山大城的基督教会。当然，容许这类屠杀、争斗或利益交换，是距离基督教精神最远的一件事情。这件事发生在四旬斋斋期的三月里，是西里尔担任主教教职的第四年，霍诺留第十次、狄奥多西二世第六次担任罗马执政官时期。

在文明化程度较高的城市中尚且如此，广大埃及民间的情况更无须多言。各地的地方官僚率领士兵们驱逐了埃及神庙中的祭司，用基督圣像和十字架覆盖了那些古老的象形文字和异教图画。

于是，在基督教广泛传播的同时，古代埃及神灵被基督信仰取代了，古老埃及宗教的痕迹也被迅速清除。古典的埃及语演化为科普特语，科普特文使用一种基本上完全从希腊字母派生出来的书写系统，象形文字被希腊文字取代，随着公元 394 年最后一篇象形文字铭文被铭刻在菲拉神庙上，古老的僧侣体文字退出了历史舞台——埃及人遗弃了自己的古老文字和语言。

到了公元 540 年，东罗马皇帝关闭了菲莱岛上的最后一处埃及神庙，苟延残喘的古埃及文化正式寿终正寝。

公元 641 年，阿拉伯大将阿穆尔·本·阿斯率军征服埃及。阿拉伯人将本土埃及人称呼为科普特人，意为“埃及的基督教徒”。

科普特人对新来的征服者基本上采取了合作态度，但随着阿拉伯移民的涌入和埃及的伊斯兰化，他们也逐渐成为自己国家的边缘人群。到 11 世纪时，阿拉伯语已经成为埃及人的通用语言。

今天的科普特人在血缘上与阿拉伯人同化，使用阿拉伯语，只是大多数依然信仰基督教。

第二章 两土地的生活

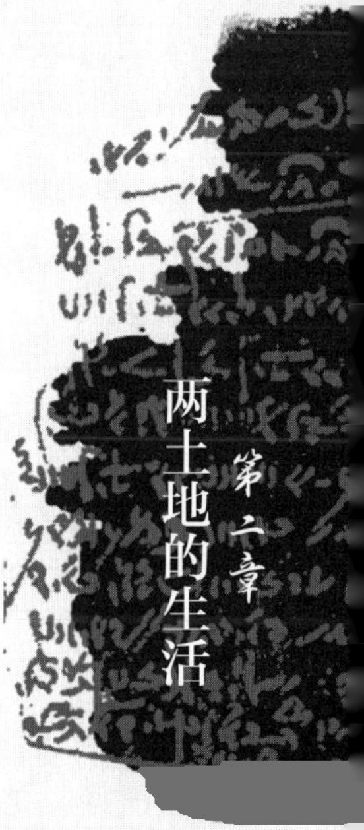

埃及人认为地球是一个漂浮于水中的圆盘，天空是漂浮于大地之上的拱形物体。埃及处在大地圆盘的中间，两土地就是世界的中心。圆盘周围的波浪形边缘是异邦蛮族居住之地，那是未开化的乌烟瘴气之地。

四根代表四方的柱子支撑在天与地之间，有些金字塔铭文将四根柱子描述为天空女神努特弓起身子的四肢，还有些金字塔铭文将天空描述成一头牛，牛腹的斑点就是满天星辰。这些描述表现出古埃及人的宗教神话多元、动态而零散的状态，这一切内容都彼此冲突却又和谐共存。

埃及人生活在一个封闭的环境之中，尼罗河两岸的狭长绿洲与无人区之间的划分清晰无比：埃及人可以一只脚踩在肥沃的黑土地上，另一只脚踩在毫无生机的褐色沙漠上。

埃及以农业立国，沙漠与可耕地的对比随着尼罗河的泛滥回落而循环变化。尼罗河谷地犹如一个密封的伊甸园，容纳它养育的子民到饱和状态。与世隔离和半城市化的人口这两个特征造成了埃及极为独特的文化。

古埃及文化是地中海地区最为宽厚包容的一种，它能够容纳任何不同的思想和流派，并把它们编织在一起。埃及人接受新东西的同时并不摈弃旧东西，他们习惯于将所有元素融合到自己的思想中。

埃及人认为外国人是愚昧的和未开化的，他们口中与神和动物相区别的人指的是埃及人，而生活在埃及周围的利比亚人、亚洲人或非洲人则不属于真正的人。这个埃及人的定位并不是以肤色来衡量，它指那些居住在埃及、接受埃及文化和生活方式、信仰埃及神灵的任何种族和肤色的人。

这种包容的人的概念是逐步发展的。在埃及历史早期，埃及人并不喜欢异族人成为国王，希克索斯人统治者遭遇到的反抗情绪就比较典型。后来在外国人选择定居于埃及并且融入埃及之后，他们也被接纳为埃及人中的一员。所以当亚洲人、利比亚人和努比亚人完全视自己为拉之子并信仰埃及神话的时候，出身于这些异族的国王也一样受到拥护和爱戴。

自然力量直接影响了古埃及文化的诞生和发展，人们对于无法掌控的东西怀有恐惧与敬畏之心。随着时间推移文明发展，埃及的天体崇拜中太阳崇拜逐渐走向鼎盛，月亮崇拜逐渐减弱。在早王朝和古王国时期，天空被认为是极乐世界。北斗七星被认为是不会陨落之星，北斗七星所在的区域也成为埃及人心目中的极乐世界。在中王国之后，地下才被认为是极乐世界。

埃及人痛恨黑暗和寒冷，他们相信温暖的太阳是一切生命的源泉，所以太阳神在埃及人的心目中是至尊之神和创世之神。一旦到了夜晚，“整个大地陷于黑暗之中，好像它要死亡一样”。

因为太阳从东方升起，所以东方也是再生的地方；太阳从西方落下，所以西方是来世之所。埃及人的生活区域位于尼罗河东岸，坟墓则基本分布在尼罗河西岸。埃及人认为太阳的原动力主要是坐着两头翘起的木制太阳船的太阳神，另外两种原动力是圣甲虫和公羊，第四种原动力是猎鹰，太阳神会在猎鹰翅膀的护佑下进行天际巡行。

在埃及人的想象中，太阳在早晨出生，经过了婴儿、童年、青年、壮年和老年的全过程后，晚上回到冥界被天空女神努特“拥进怀抱”，如同胎儿在母腹中孕育一样，经过一夜的休整在晨曦中获得再生。

埃及人以三种不同形状的太阳神来象征太阳的重生过程：早晨的太阳叫作哈拉赫特，他是一个朝气蓬勃的青年，有时还被描绘成儿童形象；中午的太阳叫作拉，成年沉稳的他拥有至高无上的权力，他的职权范围无边无垠；傍晚的太阳叫作阿图姆，他象征着老练和智慧，同时也显现衰老和虚弱。

尼罗河是生命之源，夏天的河水宁静缓慢地流淌在干涸的河床深处，尼罗河两岸庄稼枯萎，泥土被暴晒成沙尘随风吹向沙漠。就在大地饥渴到奄奄一息之时，沉寂的尼罗河开始泛滥，汹涌的河水冲出河道漫向两岸的土地。河水带来的上游淤泥补偿了两岸在夏季失去的土地。洪峰过后水流趋缓，重新露出水面的土地重获新生。人们重新开始播种，生命又回到埃及的土地上。

一代代埃及人目睹太阳经过黑夜洗礼后胜利再生和尼罗河经历枯竭洗礼后胜利再生，他们总结出这是生命总能战胜死亡的真理。于是，埃及人认为自己生活在世界的中心，太阳和尼罗河给自己带来生命和幸福生活。

但埃及一直处于威胁之中，沙漠总是要吞噬耕地，象征着混沌不断侵犯秩序。

太阳平时温暖大地，但它在夏天的酷热却给人类带来了毁灭。尼罗河带来生命的水源和肥沃的土壤，但它每年的泛滥却不可预料。

所以埃及人特别强调凡人与神灵的沟通，他们依靠从国王开始的各级祭司的魔法，来确保从个人生活到家国兴亡在内的一切事务都按照秩序和规律进行。

埃及人习惯于单调对称的地理环境：尼罗河两岸的土地、扇形的河谷三角洲都表现出有规律的一致性对称。在这种环境下，所有破坏对称的自然现象都会引起埃及人的极大关注，他们凝望盘旋于空中的雄鹰，瞥见如鬼魂般游走于沙漠边缘的豺狼，观察如石块般潜伏于沼泽之中的鳄鱼，目睹发情公牛表现出的旺盛繁殖能力。

埃及人认为这些动物突出于地形常景，具有超越动物本性的意义，带有超自然的神秘力量，并把它们全部人格化。事实上埃及人几乎人格化或者说个性化了所有的可以与个人产生关联的事物：从自然环境到动植物，从有生命的到死亡的，从人体整体到局部器官，从客观存在到主观意识……

这一切都是为了让埃及人可以与想象中的神灵交流，解决他们对未来的疑惑和恐惧，以及生命中最大的难题：面对死亡。

在古埃及，死亡是人们在活着时就要考虑的首要问题。埃及人并不是被动地等待死亡，每一个埃及人都设法尽早开始建造并装饰自己的坟墓、制作棺木，准备各种安度冥界的咒语等等。

埃及人并非不热爱现世生活，也绝不是坦然面对死亡——花费巨大人力物力做准备恰恰是为了战胜死亡，去赢得享受永恒来世的机会。

在整个古埃及历史时期，埃及人始终没有停止为来世做准备。但随着时间流逝和人文环境变化，古埃及人经历了对来世从坚信到动摇再到怀疑的几个阶段。人们对永生的理解从灵魂和肉体的不消不灭逐渐转向在后人的记忆中永驻，这种对天国的怀疑自然而然地促使人们更加注重现世。

好了，现在就让我们看看尼罗河边的世情百态，体验期待来世等待复活的埃及人的生活吧……

第一节 < 神灵创造的世界

我是谁？我从哪里来？我到哪里去？

这三个问题是西方哲学的永恒命题，也是人对自己存在意义的拷问过程。

这三个问题既深奥又实际，古代埃及人像其他古老民族一样创造出原始宗教和神话体系来解答这个永恒的问题。

在古埃及的文献中经常会出现“永恒”这个词，在象形文字中有两个表示永恒的词，一个代表太阳，一个代表大地。其中太阳与白昼和拉相关，大地与黑夜和奥西里斯相关。太阳船载着太阳神每日从东方地平线上升起，巡游世界后返回冥界。

这个过程从创始之初便循环往复，这就是没有终点的永恒。这是日与夜的交替，是不同世界的循环，世界在这种永恒的更新中不断运转，信仰也在世代交替中不断延续。

象形文字中的神话

因为信仰古埃及神话的人早已不复存在，被破解的象形文字就成为后世了解埃及神话的最主要渠道。

公元前 4000 年左右，被称为圣书体的古老文字出现在埃及。这种文字被用来记录税收、登记王室财产和上埃及的国王们赠送给神庙的礼物。又过了一千年，它们开始频繁出现在石碑、雕像和建筑墙壁上，成为后人了解埃及神话的关键证据。

圣书体文字乍看起来似乎出自自学成才的业余卡通绘画者之手，但它绝不是幼稚的图形化文字。圣书体文字的书写方式就代表着神话故事和神灵定位，例如赛特的怪兽形象文字被专用于“混乱”一词的限定词，所有女神的名字都用眼镜蛇作为限定词，一般神灵的名字后面都跟着一个神灵坐像，但唯独对拉神一般不这么做，当他的名字出现在段落中时，即使根据语法应该在句中或句尾，在实际书写时都会放在句首表示对万神之父的崇敬——这一切微妙含义在翻译成其他语言之后都丧失殆尽了……

这些刻在石碑上的文字对神话的描写并不如我们想象的那样完整，埃及人认为圣书体文字拥有神秘的力量，尤其是在描述神灵世界那些邪恶的事情时。例如赛特杀害了奥西里斯的时候，圣书体文字的描写有可能使这种罪行成为永久的现实，所以他们一般会避免直接将其表述出来。

古王国时期的莎草纸发明以及僧侣体文字的出现大大改善了埃及神话的记录保存问题，一位书吏就能轻松解决以前需要召集一队石匠在石头上刻字的工程了。不过古王国时期并没有留下关于埃及神话的整体性描述，在已发现的文献中很多是关于每个神灵的形象和故事——这尤其集中在《金字塔铭文》的咒语当中。

这也很容易理解，毕竟《金字塔铭文》的用处并不是神话史诗，而是保护王室主人安全度过冥界抵达永恒的来世。它们通过宗教仪式将死者与神话中的任务和故事等同起来，例如这段咒语：“阿图姆，你来到混沌之水中的原始丘之上，你升起在赫利奥波里的府邸中的奔奔石头上，你吐出舒，你咳出泰芙努特，你把象征卡的双臂放在他们的周围。”

古埃及神话伴随着古埃及的历史并行发展，古王国结束后的第一中间期带给埃及人极大震撼，埃及神话中关于秩序与混沌交战的主题也由此而生。

到了中王国时期，既然永生不再是王室的专利，埃及的达官贵人们自然也有权在棺木上刻写石棺铭文来帮助自己安全前往来世。祭司们以神灵第一人称的语

圣书体文字

僧侣体文字

世俗体文字

气或者以神灵对谈的方式讲述神灵自己的故事，这些故事隐喻着埃及神话故事的脉络。通过这些文字，埃及神话故事得到极大的丰富。

神话宗教在埃及人的生活中无处不在，影响了文学、政治、艺术的每一个领域。中王国时期开始流行的教谕文学故事中经常通篇都是关于埃及神话的内容，例如在《韦斯特卡尔纸草》中记载的埃及民间故事集中讲述了胡夫与巫师杰特的故事：

胡夫国王喜欢在自己宫殿的酒宴上听故事，大致上相当于古埃及版本的脱口秀。有一次霍达德夫王子说别人给您讲的都是虚幻的故事，我可以给您讲一个就在我们身边、就在埃及的伟大巫师中的故事。

胡夫一听来了兴趣，他让儿子继续说下去。

霍达德夫口若悬河地将一百一十岁的巫师德迪介绍给自己的父亲：这位老人虽然年龄惊人地相当于普通埃及人寿命的三倍，但他依旧精神矍铄，牙口倍好吃嘛嘛香，他每天要吃掉半头公牛和五百块面包，还要喝掉一百罐啤酒。

当然这位德迪并不是以著名老饭桶而出道的，他的确有匪夷所思的巫术！人们都说他可以砍下一个活物的头，然后再把它复活；他像遛狗一样遛狮子；他知道智慧之神图特的秘密……您一定希望见到他，让他为您设计大金字塔。

胡夫一向认为自己就是人间的太阳神，和拉神是平等的哥们关系。可即便是身为神王的他，也自认做不到德迪老头诸多奇迹中的任意一条。于是胡夫下令：儿啊，去把这老巫师给我找来！

霍达德夫前往德斯尼弗鲁城找到了正在享受精油按摩的老巫师，既然是伟大的胡夫国王在召唤，德迪便精神抖擞地带上自己的魔法书和仆人一起跟随王子来到宫殿。

胡夫一见到德迪就问：怎么以前我从不知道还有你这么一位伟大的巫师呢？

德迪回答说：因为陛下您现在才想到召我来嘛……

紧接着，胡夫和德迪针对巫术的正当使用问题展开了充满智慧的交流：国王陛下建议立刻找个囚犯来砍了头，看看德迪是不是真的能接回去。德迪说大家刚一见面就杀人不大好吧，事实上杀头牛都过分了——这样吧，宰只鸭子好了！

胡夫表示同意，卫兵们立刻找来一只鸭子和一只鹅，将这两只不走运的家禽斩首。德迪嘴里念念有词，不一会儿鸭子和鹅的身子和头自动接在一起，大声叫唤起来，估计在抗议这不公正的命运。

胡夫还嫌不过瘾，又让人牵来一头母牛砍了头，看着德迪又使用咒语将其复活，这才确信眼前的糟老头子真有两把刷子……

于是国王陛下立刻追问：你知道智慧之神图特的住所在哪里？

德迪打个哈哈说我哪知道大神的住所啊，不过我知道他智慧的秘密就藏在赫利奥波利斯的神庙里，会有人把它带给陛下的——但这个人不是我。

胡夫不满意地说，那这位送快递的究竟会是谁呢，给句准话行不行？

没想到德迪忽然转变了话题，预言一位大祭司的妻子卢蒂耶迪将生下三个非凡的孩子，他们将成为埃及的国王。

胡夫一听这个预言，立刻就顾不上智慧之神秘密的事情了——那位卢蒂耶迪生下的分明不是他的后代，难道朕的江山就要这么亡了么？

德迪看出胡夫心中充满了阴郁和惊慌，他安慰国王说你的儿子还会是国王，但总有一天她的儿子也会成为国王。

这显然安慰不了胡夫，他沉默一会儿后开口问道：这些孩子什么时候出生？

德迪又开始推三阻四，说自己要去参观拉神的神庙云云。于是胡夫安排他住在霍达德夫王子的家里，每天供应老头半头牛、一千块面包、一百罐啤酒外加一百捆洋葱……总之，精诚所至金石为开，终于有一天，口气很大的德迪告诉陛下，卢蒂耶迪将在第一个冬月的第十五天分娩。

另一方面，赫利奥波利斯大祭司的妻子卢蒂耶迪果然即将分娩。

大祭司向女神伊西丝和她的妹妹奈芙蒂斯祈祷，向青蛙女神海克特，以及创造生命气息的库努姆神等四方神灵祈祷，他恳求诸神照料三个婴儿，并让他们一个接一个成为埃及的国王。

太阳神拉知道了大祭司的祈祷，他吩咐女神们化身为舞女，库努姆神扮作挑夫来到大祭司家中，伊西丝女神亲自为婴儿接生并取名，女神们预言这三个男孩子都将成为埃及（第五王朝）的国王。当她们离去的时候，留下三顶王冠藏在大祭司的房子里，大祭司夫妇发现后终于明白这三个孩子其实是太阳神拉的儿子，所以他们注定会成为埃及的国王。

后来有一天，卢蒂耶迪因为一点过错狠狠责打了自己的侍女。于是这个知道主人秘密的女孩打算向胡夫国王告密。她先去征求自己大舅的意见，这位大舅嫌外甥女把自己扯进这可怕的事情当中，竟然把这女孩又狠狠揍了一顿……

这倒霉的女孩哭泣着走到河边打水时被一条鳄鱼吞噬了，她那没心没肺的大舅厚着脸皮来到大祭司家里，看着卢蒂耶迪正因为懊悔和恐惧而跪在地上扯自己的头发。侍女的大舅将事情告诉卢蒂耶迪，说我的外甥女已经被鳄鱼吃掉了，你的孩子们是安全的云云。

于是最后忧心忡忡的胡夫到底也没找到这三个注定称王的孩子，他们将会一个接一个地登上第五王朝的王座。

这个故事证实了埃及神话中关于国王都是太阳神拉之子的说法，第五王朝的国王们宣扬他们是拉神与赫利奥波利斯大祭司妻子所生的儿子，用这个故事来证明自己的正统性。

新王国时期的《亡灵书》讲述了更多关于埃及神话的细节故事，纵使绝大多数埃及人并不能阅读象形文字，但他们可以依靠咒文中的复杂小图画来理解其含义。

这一时期的埃及神话进一步丰满，诸如天地分离等过去时代几乎未见的说法也都出现。与此同时，这些神话故事也变得更加生动有趣。例如关于荷鲁斯与赛特的较量过程，在新王国时代的文学作品中便显出超出世人所料的狂野想象力。

爱尔兰都柏林的彻斯特比提图书馆中藏有《彻斯特比提纸本一号》的纸草卷轴，它属于新王朝后期底比斯帝王谷陵墓工地中的一个小贵族家族所有，是这个家族私人图书馆中的收藏品。

在这个文献集中有以僧侣体文字书写的《荷鲁斯和赛特的争斗》一文，在这篇神话故事中，讲述了一个令人大开眼界的复仇故事。

一般人印象中的荷鲁斯与赛特故事是个古埃及版的王子复仇记，背负着杀父之仇的侄儿通过斗智斗勇击败了篡位的叔叔登上埃及王位。这部《荷鲁斯和赛特的争斗》中描述的也是这个故事，但细节充分显示出了古埃及文化对性、婚姻和暴力的有趣态度。

故事的开头自然还是奥西里斯遇害后，伊西丝含辛茹苦拉扯孤儿荷鲁斯长大。自认为蛰伏已久的荷鲁斯找到赛特讨回王位，赛特自然不会同意交出权力，这叔侄俩的争吵惊扰了整个埃及。

年轻的荷鲁斯非常有法治精神，他将赛特告上众神的法庭，指控对方是个杀人犯和盗窃犯，要求惩处凶手并继承父亲留下的埃及王位。

荷鲁斯的悲情控诉博得好几位大神的同情，大家七嘴八舌地赞成这苦孩子的意见，于是判决荷鲁斯胜诉。没想到还没轮到赛特跳起来反对呢，万能之王太阳神却抢先宣布判决无效，因为他对法庭竟敢没有在判决前先咨询自己这个造物主的意见而恼羞成怒。

狡诈的赛特趁机提出应该通过一场决斗来判输赢，他很有信心击败荷鲁斯这个毛头小子。智慧之神图特也无法做出决断，他写信给另一位极具智慧的战争女神奈特咨询意见。奈特的屁股坐在荷鲁斯这一边，她回信说如果不把王位判给荷鲁斯，她就让天空撞击大地毁灭这个世界。

图特向参与审判的众神展示了战争女神的回信，跟大家说：老几位，大伙儿怎么看？大家一看，好家伙，连恐怖袭击的威胁都来了，纷纷表示：啊呦，瞧把她气得嘞，那有什么啦，就按照奈特的意思办好了嘛……

结果太阳神更生气了，他不顾大家集体的决定，自顾自地告诉自己的玄孙荷鲁斯说：干啥玩意儿，瞧把你嘚瑟的——你还只是个小孩呢，你怎么能做国王？快别闹腾了，回家找你妈吃奶去！

这下众神可炸了窝了，大家齐声抗议太阳神的粗鲁不公，据一些不愿透露姓名的吃瓜神灵表示，至少有一位大神当面爆粗口辱骂了太阳神。

太阳神一怒之下躺在自己的帐篷里卧床不起，这下天空失去了光明，大地一片黑暗。

诸神没办法劝说这位耍赖的老祖宗起床，直到太阳神的女儿——最美的爱与丰饶女神哈托尔把她的下身展示给父亲看，这位使小性子的创物主才重现天空。

太阳神威严地召来赛特和荷鲁斯，让他们分别为自己申辩。

赛特狡辩说：伟大的太阳神，上下埃及之王自然应该是我啊——请想一想，除了我之外，还有哪位强大的神灵可以每天都保护您不受混沌之蛇的袭击呢？

太阳神一听这个，立刻一拍大腿说：可不么，决定了，就是你啦！

这下伊西丝气疯了，她怒斥太阳神和赛特合伙欺负自己孤儿寡母，众神用尽办法也不能让这位高声咒骂的寡妇安静下来。最后赛特翻脸说你们再不把这个黄脸婆撵出去的话，我就每天杀掉你们中的一个！

眼看赛特要玩黑的，这下众神都慌了手脚：啊呦，侬讲讲道理好伐，干什么喊打喊杀的？最后大家同意在一个小岛上继续开会，同时命令神界摆渡人猎鹰神奈姆提不得将伊西丝送到岛上来。

但这种小伎俩难不住伊西丝，她先是幻化成一个老妪，以一枚金戒指贿赂了奈姆提来到岛上，又化身成一位风情万种的美女迷住了赛特。色迷心窍的赛特对伊西丝殷勤备至，他同情地听这个哀伤的美女讲述了一个陌生人如何夺走她儿子牲畜的暴行后，义愤填膺地表示没想到天下竟有如此卑鄙无耻之事！

在古埃及语中牲畜和遗产发音基本一致，于是伊西丝胜利地宣布赛特已经承认自己有罪！岛上的其他神灵早已受够了赛特的淫威，他们大声赞同伊西丝的说法，不过也答应赛特严惩渎职船夫的要求——倒霉的奈姆提被没收赃物并砍掉脚趾。

事情发展到这一步，连太阳神也认为事情该结束了：他以早上形态的哈拉赫特和黄昏形态的阿图姆两次宣布荷鲁斯应该是埃及之王。

但“老赖”赛特不接受判决，反而要求与荷鲁斯进行另一场竞赛：两位神都变成河马，然后潜入水下比赛憋气……

荷鲁斯接受了挑战，但伊西丝却担心他会溺水而亡，于是她决心用一根魔力鱼叉来帮助儿子作弊。

伊西丝看着水下的两只河马投出鱼叉，结果一叉子就准确命中了荷鲁斯。听着儿子惨叫一声灌进去一肚子水，伊西丝连忙瞄准另一只河马。这时候赛特提醒她说：伊西丝姐姐，我是你亲弟弟哎，手足情深啊，你就不能放我一——河马吗？

伊西丝一时心软放走了赛特，但荷鲁斯却怒气冲天地跳出水面，一刀砍掉了母亲的头——在其他版本中，荷鲁斯则是以强暴自己的母亲来泄愤。

这下轮到众神法庭来审判大逆不道的荷鲁斯了，图特治愈了受重创的伊西丝，并且将荷鲁斯关押起来。

晚上当荷鲁斯熟睡时，赛特溜到他身边挖掉他的双眼并埋藏起来。被暗害的荷鲁斯痛苦哀号，哈托尔女神发现这个受害者后用瞪羚的奶水让他的眼睛复原。与此同时，被赛特埋藏起来的荷鲁斯原来那对眼睛则长成了荷花。

眼看事情越来越滑向不可收拾的深渊，诸神开始做和事佬劝说这一对叔侄和解。

赛特趁机邀请荷鲁斯来自己家中做客，等到荷鲁斯来了以后他殷勤招待侄儿留宿。等到夜半三更时分，怪叔叔赛特竟然试图与侄儿发生关系。

在埃及神话中，如果被对方在体内留下了精子，就意味着从属于对方。但早有警惕的荷鲁斯奋起抵抗保护了自己的清白，他把赛特的精子抓在手中拿回去给妈妈看。伊西丝说儿子的这双手已经被玷污了，于是不由分说一刀砍掉了荷鲁斯的双手丢进水中，接着又给他做了一双新手。

接着伊西丝摩擦荷鲁斯的阴茎得到了一些他的精子，洒在了赛特花园中他最喜欢吃的莴苣上面。当赛特吃掉这些加了特殊“佐料”的莴苣后，他就怀上了荷鲁斯的孩子。

太阳神再度召集法庭研究赛特与荷鲁斯之争，赛特得意扬扬地说荷鲁斯已经从属于自己。这时荷鲁斯让图特分别召唤他和赛特的精子，看它们都在哪里作答。结果赛特的精子在水中作答，荷鲁斯的精子在赛特体内作答，并从赛特的头上出来形成一个闪闪发亮的圆盘，图特便将这个圆盘置于自己头上。

这下诸神法庭宣布荷鲁斯的主张有理，但赛特又蛮横地拒绝接受，反而提出来要和荷鲁斯比赛划石头船。

这次不知为何赛特居然没有使诈，他真的将一座山顶制成了大船；而荷鲁斯则心怀叵测，他用杉木做了一条船，然后涂上石膏冒充石头。

比赛结果毫不意外是赛特输了，这位凶神愤怒地变成河马去袭击荷鲁斯的船，荷鲁斯便用鱼叉去刺杀赛特，结果又被众神制止。这种拉偏架的行为让荷鲁斯极为愤怒，他驾船驶向舍易斯，向一向宠爱自己的女神奈特抱怨说正义仍未得到伸张。

图特感觉如此僵持下去不是回事，于是建议众神法庭写封信给荷鲁斯在阴间的家长——冥界之主奥西里斯咨询意见。

奥西里斯读完信后显然对儿子的遭遇感到不满，他回信质疑在自己被赛特害死后为何荷鲁斯的长子继承权也被凶手夺走——难道你们众神都是瞎子吗？他还提出是自己创造出了大麦和小麦并维持了世界运转，所以他的继承人不应当遭遇不公。

太阳神看了这封措辞强硬的回信也非常不满，他粗暴地回应奥西里斯说：瞎吵吵啥玩意儿！告诉你，就算没有了你，世界上也一样会生长出粮食——听你这木乃伊蝲蝲蛄叫唤，埃及人就不种庄稼了？

奥西里斯这下气疯了，他回信指斥太阳神是个一手制造不公的老糊涂蛋！既然已经撕破了脸，奥西里斯也把狠话一箩筐地抖搂出来：冥界只有一个王，那就是我奥西里斯！我在江湖上混呢，就凭三样东西：够狠！义气！兄弟多！我们冥界的怪兽是不怕任何神灵的，它们可以把所有犯错者的心脏挖出来拿去审判。

既然奥西里斯把话撂在这里了，众神也都识趣地闭上了嘴，连太阳神也不再摆谱，大家一致承认奥西里斯拳头最大说什么都对。于是太阳神换成阿图姆的形象出面，吩咐伊西丝将赛特五花大绑带上法庭受审。

赛特愤怒地质问太阳神：老大你怎么这样对我？

阿图姆慈祥地笑笑说：兄弟，就是用来出卖的嘛……

赛特看自己在劫难逃，终于同意让荷鲁斯担任埃及的国王。于是他被太阳神带到天空中同吃同住监视居住，从此变成了雷雨之神。

就这样，经过八十年的艰苦努力，荷鲁斯终于伸张了自己的权利，成为上下埃及的国王。当荷鲁斯登基的时候，全埃及天地同庆，伊西丝大叫大笑欣喜若狂……

通过这些骇人听闻惊世骇俗的神话故事，我们可以了解古埃及人对性的理解和开放态度。

赛特和荷鲁斯的争斗是古埃及两千多年文学史上的热门话题，在公元前 2000 年到公元前 1000 年的时间里，这个故事在埃及各地被不断重构。在这段时间内，赛特和荷鲁斯总是能和平解决争端。而在公元前 1000 年之后，历经外族入侵的埃及神话中，象征外国邪恶势力的赛特总是被残忍处决，他的追随者也被歼灭。

赛特和荷鲁斯的故事并非孤例，在埃及如此广阔漫长的历史时间内，埃及的神话体系也被反复重构。不同地区形成了自己的地方神话，最后形成了各自不同的体系与精彩异常的故事。

三个神学体系

古埃及的时间跨度是如此之大，以至于他们对于神灵和世界起源有多种不同看法，由此也带来各种异常复杂多样的神话。从很早之前开始，埃及先民的定居点不论有多大，都会修建圣坛供奉自己的神灵。

在前王朝时期的绘画陶器上，已经出现了荷鲁斯隼鹰和奈特女神的箭等神灵象征物。在上下埃及的不同地区，人们将河马、公牛、猪和名为赛特的动物拟人化，并与各地的守护神相联系。

地方守护神则慢慢演变成诺姆神，每一诺姆均有某一种动物或少数植物或其他东西被作为主神加以崇拜。在底比斯之类的地方，地方首脑同时也是地方神灵的大祭司。最终，埃及的四十二个诺姆都拥有了各自的地方神灵体系。例如上埃及的第十七诺姆就是豺诺姆，因为它的守护神是阿努比斯；第十五诺姆是野兔诺姆，它的守护神是图特和赫利奥波利斯的八神团。

在一部公元前 4 世纪的《尤米尔哈克纸草》中，讲述了赛特的追随者曾在豺诺姆的一座山丘上聚集，但阿努比斯在夜间将他们的头颅全部砍下，鲜血让当地一直出产红色矿石。这部纸草讲述的虽然是豺诺姆的地方神话，但这个神话依然处于荷鲁斯与赛特争斗的国家整体神话之中。

埃及的每个诺姆都如豺诺姆一样有自己的地方性圣灵、圣地和圣物，在埃及各地出土的草纸文献上记录了埃及各地不同的节庆、禁忌等风俗，各地的墓地形式、神圣的动植物、圣地和圣湖都各有千秋——总而言之，古埃及人虽然信仰古埃及神话，但同一时期的埃及人拜的不是同一批神。

就拿埃及常见的尼罗鳄来说吧，这种危险的动物在法尤姆是备受尊敬的神圣鳄鱼，人们认为它们代表了仁慈的河水和沼泽之神索贝克神。而一旦这些鳄鱼游到邻近的诺姆中，又不巧碰上了纪念奥西里斯神的宗教活动，那么立刻会被虔诚而群情激奋的当地乡亲们列为猎杀目标——鳄鱼？那可是邪神赛特的队伍！当初跟着赛特谋害奥西里斯和荷鲁斯爷俩的就有它，现在撞上了能叫它跑了吗？老少爷们抄家伙上！

上、下埃及自第一次统一开始，就从没成功地实行统一的宗教神话体系建设。所以古埃及的神话是一个奉行多神信仰的宗教系统，数十个诺姆的神灵被集中在一起，至今埃及学家也没能完全搞清这一庞大的神明系统。

在古埃及的漫长历史中，不同王朝的国王都把自己家乡的地方神抬高为国家主神。为了树立新主神的威信，国王的祭司们百般设计新神灵的神话故事，于是便有了许多轮流执政的太阳神、死神、冥府神和守护神。

就这样，后人从古埃及的文献中看到了拥有空前复杂亲属关系的，并且不断融合的埃及神灵。诸神之间令人费解的融合和变形会神奇地获得新的名字和更大的能力，例如之前我们提到过的太阳神拉和阿蒙神融合成太阳神阿蒙—拉。

当年在商博良破译象形文字之后，埃及学的研究者曾经满怀希望地试图切实了解古埃及神话体系。随着大量象形文字被翻译成西方文字，学者们却失望地发现刻在神庙墙壁上的铭文大多是些国王向神灵奉献的供品清单，棺木上的咒语也局限于保护死者安全通过冥界等等。学者们期待已久的像《圣经》一样的埃及神话集成内容从来没有出现过，他们得到的只是一大堆关于神话的碎片和只言片语。

通过总结古希腊学者的记录和近现代破译的象形文字，我们可以得到一个模糊的古埃及神话核心内容：

当一切开始的时候，造物主诞生于原初的海洋努恩之中——随着第一块土地奔奔石从努恩中升起，太阳神或太阳之子出现了，世界迎来了第一次日出。

太阳神受到混沌势力的威胁，又被保护他的神灵们救出。

太阳神用自己的体液、思想、语言和双手创造出生命，人们从愤怒的拉神之眼的眼泪中跃出。

空气之神分开了大地之神和天空女神，于是埃及作为神界的一部分被创造出来。

当这一切出现后，代表混沌的伊斯菲特和代表秩序的玛阿特开始了无休止的战争。

太阳神失去了他的眼睛所化成的女儿和保卫者，但最终这位女神被说服回到父亲身边。

太阳神遭遇到人类和神灵的背叛，他毁灭了大多数人类之后离开大地来到天国。

埃及最早的国王奥西里斯被他的弟弟赛特谋杀，奥西里斯的姐妹伊西丝和奈芙蒂斯寻找奥西里斯被肢解的身体。

伊西丝复活了奥西里斯的身体，并孕育出他俩的儿子荷鲁斯。

奥西里斯被制成木乃伊保护起来，以免遭到赛特的攻击。

神圣的母亲伊西丝在沼泽地里生下荷鲁斯，小荷鲁斯被混沌生物下毒谋害，后来又被某位神灵治愈。

长大后的荷鲁斯与赛特为争夺埃及的统治权而战，在混战中赛特的睾丸受伤，荷鲁斯则失去了他的眼睛。荷鲁斯受伤的眼睛被一位可能是图特的神灵复原，而赛特最后被击败或安抚放弃了王位，荷鲁斯为他的父亲复仇成功。

荷鲁斯成为人间之王，奥西里斯成为死者的审判官和冥界的统治者。

太阳神每晚都要进入冥界，这时诸神和幽灵都要保护他的身体，使之免遭混沌怪兽阿波斐斯的攻击。

太阳神联合奥西里斯实施复活。

夜晚结束，太阳神在黎明升起更新万物。

最终造物主感到厌倦，他返回原初的海洋，世界随之回归混沌。

虽然我们对埃及神话的了解依旧处于考据猜测的阶段，但纵使是这些残缺不全的内容也足以让我们了解这个已经消失的伟大文明，让我们能够体会古埃及人的核心社会准则。

这些神话内容虽然历史悠久，但并不意味着它们出自祭司之口便要怀着敬畏之心去接受；那些涉及性爱的内容虽然鲜明露骨，也不必因此而认定古埃及文化是粗俗不堪的低等文明。

研究埃及文化，需要透过现象看本质。例如在荷鲁斯与赛特的争斗故事中，诸神在做出判决前都需要在神界法庭上陈述理由，哪怕是尊贵如太阳神，他的老糊涂决定也会遭到其他神的驳斥指责——从中可以看出正义公正的概念在古埃及人心中是何等重要。

古埃及的神灵中既有动物神，也有半人半兽神，也有人神合一神和女神，这种状况随着时间的推移一直共存，而非依次淘汰逐次替代。这种现象本身就是历时几千年的一部原始宗教进化样本，它显示了古埃及宗教的发展过程。世界上的原始宗教大多都经历过类似动物—人兽—人的发展过程，但唯有埃及神话的全过程是完整显现出来的。

埃及神话由自然崇拜和动物崇拜、万物皆神的状态向神明由人担当的发展过程，为古希腊多神教和后来的一神教的产生提供了神学基础。而今天我们所了解的古埃及神灵，大多源自同样信仰多神教宗教的古希腊学者的考据。

古希腊人深受包括埃及在内的“东方世界”文化影响， 他们将埃及神话概括为三大神学体系：赫利奥波利斯神学、赫尔摩坡利斯神学和孟斐斯神学。

赫利奥波利斯是下埃及第十三诺姆的首府，在希腊语中的意思是太阳城，顾名思义这里是太阳神的崇拜圣地，希罗多德曾经描述过那里举行的太阳祭。

赫利奥波利斯神学中的宇宙由太阳神阿图姆创造，他的具象是原初甲虫。原初甲虫是埃及人心目中的圣甲虫，它们的甲壳可以在强烈阳光下闪出青铜、翠绿或者深蓝色的神器光芒。有一个非常令人激动的事实是在中国也有圣甲虫存在，不过我们一般称其为“屎壳郎”……

关于圣甲虫在埃及神话的宇宙论中占有如此重要角色的原因，一说是圣甲虫推着粪球象征着太阳神每天从天神努特的子宫——东方地平线中诞生；另一说认为象征着它将旭日从冥界中推出。无论如何，圣甲虫崇拜的起源应该与古埃及发达的农业关系密切，埃及人无疑是将耕作时常见的屎壳郎推粪球与天空中太阳的

赫利奥波利斯神学的创世之神阿图姆

舒将天空与陆地分开

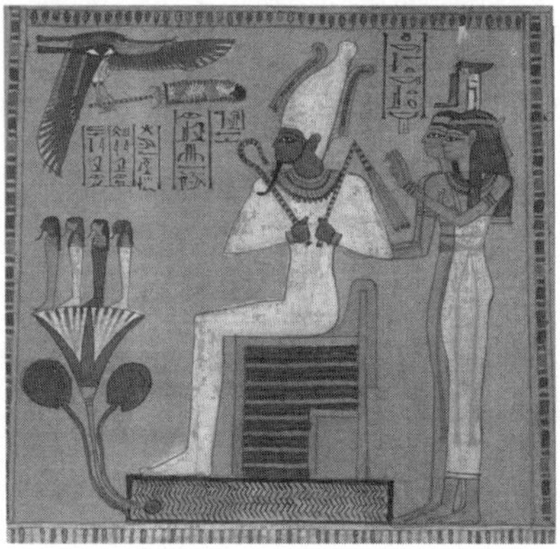

盖布与努特生下奥西里斯、伊西丝等子女，他们都兄妹成婚

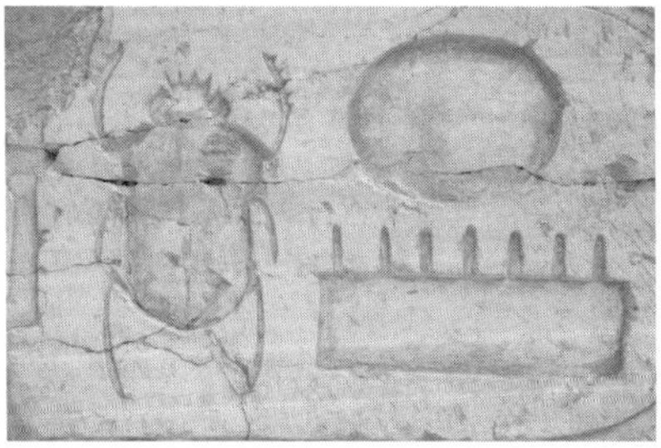

阿图姆的具象是原初甲虫

运转联系起来。

在赫利奥波利斯的创世神话中，以原初之水努恩为万物之始，努恩充塞宇宙四方形成无尽的混沌，此时的宇宙全是黑暗与无形的混乱。

在这片苍茫无垠的原初之水中，首先出现了一块原初小丘——以现代人的逻辑而言，古埃及的原始逻辑思维充满了悖论：既然混沌之水充斥了一切空间，那么又是从哪里来的水面可以让小丘露出水面呢?

人类一思考上帝就发笑，埃及人一讲逻辑研究者大脑便短路。所以不必在逻辑的旋涡中挣扎，继续赫利奥波利斯的创世旅程吧。

原初小丘也被称为原始丘，它即是最古老的原初之神阿图姆。阿图姆后来与太阳神拉构成复合神，再加上努恩，就构成了诞生埃及绿洲文明最重要的水（努恩）、土（阿图姆）和阳光（拉）三元素，而阿图姆出现在努恩之中，反映了尼罗河每年一度的洪水来吞没尼罗河谷，洪水消退后无数小丘显露出来，布满淤泥的肥沃土地上很快就奇迹般地布满了各种生命：草木、花卉、昆虫、动物，以及埃及先民。

由赫利奥波利斯祭司撰写的《金字塔铭文》第六〇〇号祝词中这样歌颂阿图姆的诞生：“啊，阿图姆！你诞生之时升起如山，你像圣坛之石，在赫利奥波利斯的凤凰神庙中璀璨生辉！”

在全部埃及神话中，赫利奥波利斯体系拥有最为系统的神谱。在神谱中的众神都是阿图姆的后裔：《金字塔铭文》第五二七号说原初之神阿图姆最初独自待在世上，因而倍感寂寞，于是将自己的阴茎放在手中摩擦获得射精的快感，生出了舒和泰芙努特两兄妹。

埃及神话中一神兼具两性的例子特别多，原初之神具有不受性别限制、无须性伴侣就能自我繁殖后代的特质。除了阿图姆之外，尼罗河之神哈比和孟斐斯的普塔神、底比斯的穆特神也都具有这类特质。甚至包括伊西丝女神，也曾在巴黎罗浮宫第三〇七九号纸草文献中被如此记载：“尽管我是个女人，我也要变成一个男子。”尽管伊西丝说这话的前提是为了使丈夫奥西里斯的名字永存人世，但埃及学者认为这并非一般性的悲伤寡妇在丈夫灵前赌咒发誓，而是表现出埃及人独特的逻辑思维方式。古埃及人认为神灵同时拥有男女两性的能力是正常而自然的现象，这反映了他们原始自然的生理观，是先民原始生殖崇拜的一种特殊表现形式。除了伊西丝之外，荷鲁斯之子、照管木乃伊肝脏的依姆赛特在中王国时也被表现为一个没有胡须并拥有女性黄肤色的两性同体形象。

赫利奥波利斯体系中除了手淫神话之外，还另有一脉口生神话，讲述阿图姆从口中吐出了舒与泰芙努特两兄妹。埃及学家认为这种口生神话与手淫神话相辅相成，表达了古埃及人通过神圣的语言或生命的呼吸来创造生命的思想。这两种神话在赫利奥波利斯体系中并存不悖，前者强调的是自然、生理和物质的一面，后者侧重的是理性、心理和精神的一面。

舒是古埃及的风神，舒的妹妹和妻子泰芙努特是雨神。

舒是“黑暗中的空间，是光明与空气，是生命的显现，他是黎明的微风，太阳的前导，他的光明使物形显现，使美充盈于空中”，泰芙努特则象征着“世界的秩序”。他们生下了大地之神盖布和天空女神努特，完成了开天辟地的伟业，带来了第一次黎明。舒的头上戴有鸵鸟羽毛的头饰，双手分别握着权杖和生命的象征安克架——这是只有神灵和国王才有资格持有的。泰芙努特是有母狮之首的女神，偶尔也表现为一只完整的狮子。

舒将天空与陆地分开，埃及人时常祈祷舒带来顺风以便于他们在尼罗河上航行。当泰芙努特的眼泪洒落在大地时，地上的植物便繁荣成长。泰芙努特是一位暴脾气的女神，她曾带着水和湿气飞到了努比亚，让埃及的土地干涸，民不聊生。她还变成一只狮子四处杀戮以宣泄对太阳神父亲的愤怒，思女心切的太阳神派舒和图特劝说泰芙努特返回埃及，于是救命的甘霖又重回埃及大地。

在另一版本的故事中，阿图姆曾派遣自己的儿女舒和泰芙努特外出勘探茫茫原初之海。舒和泰芙努特一去不归，于是阿图姆又派出自己的一只眼睛去寻找他们。独眼费心尽力地把舒与泰芙努特找回后，却看见阿图姆重新创造的另一只眼占据了它原来的位置，无家可归的独眼勃然大怒，变成一条眼镜蛇找阿图姆算账。阿图姆安抚眼镜蛇后将其盘在前额，作为王冠上的护符。

舒与泰芙努特生下地神盖布和天神努特。

作为大地之神，盖布通常全身呈象征生命的绿色，植物从他的背上发芽，水从他的身体里迸发。努特最常见的形象是一位身体伸长横贯大地的女性，她的双手和双脚能触及大地的东方和西方的边界。

每天当太阳落下时努特吞下太阳，因此黑夜到来了；到了早晨努特给予太阳重生，太阳便从地平线出现。在古埃及，有关盖布和努特两位神的最常见的景象是盖布斜躺在底下，努特弓起身子在盖布之上，他们的姿势象征着天与地分离，人们在他们中间生活。

盖布与努特生下奥西里斯、伊西丝、赛特以及奈芙蒂斯。这四个子女分为两对配偶，分别代表上下埃及，其中两个儿子都被视为王者之神即法老的化身。大哥大姐奥西里斯和伊西丝代表着下埃及农业文化，小弟小妹赛特和奈芙蒂斯则代表着上埃及的游牧文化。

奥西里斯是冥王和亡者之神，他最常见的形象是一个被绷带包裹着的木乃伊，头上戴着阿特芙王冠，手里分别拿着象征国王权力的连枷（一种打谷的工具）和弯钩权杖。对奥西里斯的崇拜遍布整个埃及，但是最大且最重要的地点位于古埃及早期的王室墓地阿拜多斯。

伊西丝是生命、魔法、婚姻和生育女神，她最常见的形象是一位头上戴着王座的女性，她的一只手拿着安克架（顶端呈环形的十字形叉架），另一只手里握有莲花杖。在古埃及，她被视为伟大的母亲和忠贞的妻子、大自然、魔法、亡灵和幼童的守护神；她是奴隶、罪人、手工业者和受压迫者的朋友；她也听取富人、少女、贵族和统治者的祷告。伊西丝体现了理想女性作为妻子和母亲的所有道德与良知，埃及人相信魔力无比强大的她知晓所有的秘密，并能影响天空、大地和死者的世界。

赛特是混乱、邪恶、黑暗以及沙漠和外国之神，他常见的形象是一位有着动物头人身的男性，在他的手里也分别拿着权杖和安克架。在奥西里斯神话中，赛特用计谋杀了自己的兄长奥西里斯夺得了埃及王位。后来，在荷鲁斯长大后，他找到叔叔赛特为父亲报仇并夺回了王位。

奈芙蒂斯是丧葬女神，她守护房屋和死者，同时也是生育之神。她常见的形象是一位穿着修长紧身裙的女性，头上戴着一个表示她名字的头饰。在她的双手中分别拿着权杖和安克架，奈芙蒂斯是赛特的妻子，同时也是伊西丝最忠诚的同伴。她曾背着自己的丈夫赛特，和奥西里斯生下了阿努比斯。

荷鲁斯是战神和法老守护神，是神圣王权的象征。他最普遍的形象是一个鹰头人身的男性，头上戴着象征埃及统一的双王冠，他的左手拿着权杖，右手拿着连枷和安克架。

阿图姆、舒、泰芙努特、盖布、努特、奥西里斯、伊西丝、赛特以及奈芙蒂斯构成了赫利奥波利斯体系的九柱神，在这个体系中也发生了荷鲁斯与赛特的争斗故事。

在赫利奥波利斯版本的神话中，经盖布召开九神会议审判，盖布先是让荷鲁斯与赛特分别担任上下埃及之王，后来又变卦将全部遗产给了他孙子荷鲁斯，而自己做了上下埃及之王。

在上埃及的智慧和月亮神图特之城赫尔摩坡利斯，同样产生出继承赫利奥波利斯神学内容，并发展出自我理论的另一神学体系。两体系之间最大的不同是太阳不再作为宇宙进化中最初的一环，而是成为最后的一环。

赫尔摩坡利斯神学的创世学说同样起源自天地之间的混沌之中，当世界仍沉默在洪水之中时，原初之鹅生蛋的叫声打破了死寂，带来了辉煌的生命。此外还有一种更普遍的说法是四对蛙和大毒蛇连接他们的生殖力而创造了一个卵，卵被放在水中浮现出来的小丘上，从这个卵中产生了八神团并组成了四对配偶。

八神团名单如下，其中女神的名字由男神配偶的名字转化而来：

努恩和努涅特，代表原初之水；

哈赫与哈乌特，代表永恒；

库克和库克特，代表黑暗；

阿蒙与阿蒙奈特，代表空气等不可见的神秘事物。

在第一对出现的神灵眷侣中，努恩的形象往往被描绘为一个蛙头人，而其妻努涅特女神为毒蛇头的女人。其中青蛙代表着自混沌中来的复杂而精细的创世过

壁画上的底比斯三神：阿蒙、穆特和孔苏

底比斯三神：阿蒙、穆特和孔苏石像

程，蛇是尼罗河洪水退去后重现的第一种动物，代表了“新生”的力量。

努恩由于代表原初之水的身份，被看成是赫尔摩坡利斯诸神的创造者，通常把它称为“诸神之父”。但后期阿蒙取代了他的位置，成为伟大的太阳神造物主。

赫尔摩坡利斯宇宙创始神话及其有关的八神团的传说保存在各种文献中，在《金字塔铭文》中讲到八神团中的最先和最后的两对神时说：“你的献祭糕饼属于你，守护了诸神的努恩和努涅特，警卫了诸神的努恩和努涅特。你的献祭的糕饼属于你，守护了诸神的阿蒙和阿蒙奈特，警卫了诸神的阿蒙和阿蒙奈特。”

八神团以意念在努恩的身体，也就是原初之水中创造了第一块干燥的火之地。在那里，诸神创造了他们的儿子——原初之蛋。原初之蛋经由阿蒙的呼吸而受精，最终孵化出了负有创造一切其他的神、人、动物、植物等等义务的神。

另一个版本是八神团以意念在原初之水中催开了莲花，从莲花中诞出了诸神。

八神团完成了开天辟地的工作，共同统治世界，他们还参与了太阳的升起和尼罗河的泛滥，这两者对于埃及的意义无须多言。

在成熟期的赫尔摩坡利斯神谱中，风神舒、雨神泰芙努特和地神盖布、天神努特都由阿蒙所生，这时阿蒙的妻子被称为穆特，再加上他的儿子孔苏，这一家神凑得齐齐整整，被统称为“底比斯三神”。

阿蒙神通常被描绘为人形，他常见的形象是头戴一个头箍，由头箍上笔直伸出两根鹰或者鸵鸟的羽毛，他的代表神兽是鹅和公羊。在埃及的宗教神像中，阿蒙经常被以羊面狮身像的形象来展现。当新王国时期底比斯的实力强大之后，阿蒙神与太阳神拉结合成为阿蒙—拉神。阿蒙对埃及以及埃及以外的世界影响甚大，有种说法认为基督教祈祷词中的“阿门”来自犹太教，而犹太教中的这个词又来源于埃及神话中阿蒙的名字。

穆特就是阿蒙奈特，穆特在埃及语言中的意思是“母亲”。她常见的形象是头戴上下埃及双王冠的女子。当阿蒙与拉合并后，穆特也与赫利奥波利斯神学中荷鲁斯的妻子阿哈尔合并。但最终被广泛流传到世界各地的女神形象依旧是伊西丝。

孔苏常见的形象是头戴月亮轮盘的鹰脸男人，或者是头戴月亮轮盘的木乃伊。

在埃及民间故事中，孔苏与另一位月神图特下塞尼特棋时以自己的月光为赌注，结果图特赢了比赛，因此孔苏只有在满月之时才能展现自己所有的光芒。

大英博物馆中藏着一块“夏巴卡石碑”，这块石碑在公元前 8 世纪左右时由第二十五王朝的努比亚国王夏巴卡下令建造，它被工匠细心地雕刻完成，其内容是一卷当时已被虫蛀的古代纸草文献的复制品。

当几千年过去以后，这块石碑在位于开罗西南二十三公里处的孟斐斯普塔神庙遗址附近被发现。虽然古埃及的神话和文化早已断代消失，不过当地人并没有冷落这块石碑——埃及的乡亲们把努比亚法老陛下的神圣石碑当成磨盘使用，石碑上的一部分神圣象形文字已经和麦子一起变成了粉末……

石碑记载的内容被称为孟斐斯神学，它是古埃及三大神学流派之一，正是通过这块古代夏巴卡的石碑或者说是近代埃及人的磨盘，关于古埃及的世界起源观念和奥西里斯神话传说得以重现。由于石碑上的文字不完整，所以很多神话的细节是后世推测补充的。这也说明了关于埃及历史文化的一切资料能保存下来是多么的艰难，它们中的细节随时会因为新发现的考古证据而发生颠覆性变化。

孟斐斯神学体系中包含有不止一个创世神话，这个体系的起源可以追溯到五千年之前。

夏巴卡石碑上的内容包括四部分，全部以第三人称的口吻进行讲述：第一部分描写了夏巴卡陛下这位崇拜普塔—塔—泰纳神的上下埃及之主如何复原古代的文献。第二部分是关于王室宗教仪式的内容，将王权的历史追溯到荷鲁斯与赛特争夺王位的大辩论中。由荷鲁斯祖父盖布召集的众神法庭最初裁决由赛特做“他出生之地”上埃及的统治者，荷鲁斯做“他父亲被溺死之地”下埃及的统治者。但最后大家同意由荷鲁斯成为唯一的国王来保障埃及的统一。第三部分描述了奥西里斯之死与塔普神创世的过程，荷鲁斯在获得胜利之后也被认定为孟斐斯的守护神普塔—塔—泰纳；第四部分讲述了宇宙的起源，以及塔普神与复活的奥西里斯神结合成塔普塔—索克尔—奥西里斯，这位复合神负责复活被埋葬在孟斐斯坟墓中的死者，使他们得到永生。

夏巴卡石碑中描绘的创世理论是这样的：

经由普塔而存在的神明：

在伟大宝座上的普塔。

普塔—努恩，阿图姆之父。

普塔—努涅特，阿图姆之母。

伟大的普塔是九神的心与舌……

阿图姆的形象在心中，在舌头上成形。因为伟大的普塔经由他的心和舌赐给所有的神明和他们的卡以生命。而荷鲁斯以普塔之形象出现，图特以普塔之形象出现。

所以心与舌控制四肢，因为他（心、舌、普塔）在所有神明、人、牲畜、爬虫、生物的身体中和嘴中，想他所爱想的，说他所希望说的。

他（普塔）的九神在他之前，如牙齿和嘴唇。他们是阿图姆的精液和双手，因为阿图姆的九神乃是经由他的手指和精液而出生。但九神又是这嘴中的牙齿，宣读所有事物的名字，苏和特芙奴由此而出生，九神由此而出生。

视力、听力、呼吸——他们向心报告，产生所有的了解。而舌头，它重复心所构思的事。于是所有的神明都诞生了，他的九神完全了。因为神的每一句话都是经由他的心所构思，舌所说出的。

经由这些话，所有创造粮食和设备者的知能都已创造，所有的性质都已决定。于是那行为人所喜之事的人得到正义，行恶事者则受到惩罚。于是生命被赐给和平者，死亡被赐给犯罪者。于是所有的工作，所有的手艺，手的动作，腿的运动，所有肢体的动作，都是经由心所构想、舌所说出的命令而产生的。

因此普塔被称为“万物和神明的创造者”。他生了所有的神，创造了所有东西，食物、粮饷、祭品、所有的好东西。所以人们知道并且承认他是最伟大的神明，于是普塔在创造了万物和所有神圣的语言之后感到满意。

他创生了众神，

他创造了城镇，

他建立了诺姆，

他把众神放在其神殿中，

他安排好他们的祭品，

他建立了他们的神殿，

他照自己的意思造他们的身体，

于是众神进入了他们的身体，

是各种木、石、土所造的，

各种在他之上生长的东西，

他们由之而生。

于是所有的神和他们的卡聚集在他面前，全都满足地与两地之主结合。

在普塔之殿中给予众神欢欣的是塔特恩的谷仓，所有生命之主，提供两地的粮食，因为奥西里斯在他的水中被溺死。伊西丝和奈芙蒂斯四处找寻他，见到了他，并且看顾他。荷鲁斯赶快令伊西丝和奈芙蒂斯抓住奥西里斯，不让他沉下去。她们将他带上岸。他进入了在永恒之主们的光辉中的隐秘之门，在那早晨升起者的台阶上，在坐在宝座上的拉的路上。他进入宫殿，加入了年岁之主塔特恩普塔的众神之间。

于是奥西里斯来到土地上，到皇家城堡之前，在他所来的地方的北方。他的儿子荷鲁斯成为上下埃及之王，在他父亲奥西里斯以及众神的前拥后抱之中。

孟斐斯神学的内容糅合了赫利奥波利斯和赫尔摩坡利斯神学的内容，它宣称创世神普塔自天地间的混沌中而生，他与代表原初之水的努恩和努涅特结合，其中与努恩结合后成为父亲，与努涅特结合后成为母亲，从而生下了太阳神阿图姆。

接下来普塔以心中的思维和口中的语言，利用阿图姆的手指和精液创造了舒、奥西里斯、赛特、图特、荷鲁斯和玛阿特女神。普塔还用呼气和咳嗽的方法，从口中吐出了天空女神努特和大地之神盖布。

普塔给予这几位神灵以视力、听力、呼吸和情感，然后又再次使用思想和语言的力量，宣读出所有东西的名字，创造出世间万物。

关于创世，还有另外两种说法：一个说创造了赫尔摩坡利斯八神团，八神团又创造了太阳神；一个说普塔雌雄同体，不用麻烦努恩和努涅特直接生出了阿图姆。

总而言之，言而总之，普塔是一切的源头，他创造了一切，包括赫利奥波利斯和赫尔摩坡利斯神学的一切成果都被这位孟斐斯的主神接收了。

虽然这一野心因为孟斐斯地方势力不足以影响全国而未能实现，但也充分说明了古埃及人的主神观念是不断发展的，正所谓城头变幻大王旗，绝非一神教那般坚如磐石毫不动摇。

普塔本是孟斐斯地方神，本职工作是工匠、手艺人和坟墓的守护神。在古王国时期，普塔作为地方主神与当时的国家主神阿图姆—拉相安无事。但随着孟斐斯与国王的关系疏远，当地的祭司集团便产生分离主义倾向，宣称阿图姆、图特和荷鲁斯都不过是普塔的创造物和表现形式而已，孟斐斯神学也因此而出现。

普塔是孟斐斯的造物主神，他是工艺与建筑之神，也是工匠与艺术家的保护神。他的常见形象是绿色的皮肤，身上穿着裹尸布，有象征神职人员的光头，手上拿着结合三种力量符号象征的令牌：象征授予王权的权杖、象征生命的安克架和丧葬礼器杰德柱（象征奥西里斯的脊椎骨）。普塔神有时会化身为孟斐斯的阿庇斯圣牛——正是那头害得冈比西斯二世背负“屠牛者”冤名的公牛。不过他更时常以塔普塔—索克尔—奥西里斯的身份与光之神索克尔和冥王奥西里斯融合，一同保护死者的灵魂通过地下的冥界抵达来生。

赛克迈特是普塔的妻子，她是上埃及的战争、烈日与治疗女神，也是法老的守护神，还是太阳神拉的女儿。她的常见形象为狮子脸，身穿红衣，戴着太阳轮盘与圣蛇的女子，她的呼吸制造出沙漠。传说拉因为人们的渎神不敬行为而震怒，所以挖出自己的眼睛化为赛克迈特去制裁人类，但因为赛克迈特过分残暴的杀戮，拉只好取走她的“狂野憎恨”换成“关爱善良”，于是赛克迈特变成了下埃及的猫神贝斯特。但当外敌入侵埃及时，贝斯特又会转化成赛克迈特保卫埃及。

奈夫图是普塔和赛克迈特的儿子，他是香水之神，最常见的形象是一个头戴盛开莲花的年轻男人。

伊蒙霍特普是一位特殊的神灵，他就是那位为左塞王设计阶梯金字塔的维西尔，被奉为埃及建筑之神与医药之神，也被视为普塔留在人间的儿子。他的经典

孟斐斯神学的创世神普塔

普塔、赛克迈特和奈夫图一家三口

造型是一个坐在椅子上、手握纸草卷轴的光头男人——这正是埃及祭司和书吏的代表性形象。

尽管赫利奥波利斯、赫尔摩坡利斯和孟斐斯三大神学体系的内容不尽相同，但它们都表现出埃及人心目中对于太阳和尼罗河的崇拜信仰，这两个元素是埃及神话的创意源头，也成为埃及神话中的永恒主题。

在埃及人信奉的诸神中，最具影响力的是太阳神和冥王。虽然奥西里斯没有获得创世神的主神地位，但是他那死而复生的著名神话更让埃及人为之着迷。

当然，在埃及的不同地区，还有其他林林总总千奇百怪的神灵。关于他们的故事和传说，随着埃及文明的断绝，留给后世无穷无尽的遐想和猜测。

神灵的仆人

按照中国的民间传说，玉皇大帝在天宫中逍遥自在，那是和人间完全隔离的两个世界，连时间维度都不一致。那么在埃及人心目当中，神灵究竟是以一种怎样的形式存在的呢？

这是一桩无头官司，因为在埃及流传下来的各种宗教文献中说法差异很大，有的说法认为阿蒙神等造物主存在于宇宙之外，他们是不可知不可见的超自然力量；有的则强调造物主无处不在，神灵存在于他的一切创造物之中。

有一个名叫布特哈蒙的书吏在写给已故妻子的信中描述了自己的宗教思想，他认为拉神和他的九柱神早已离开了埃及，这些神灵就像那些历史上的国王一样离开了这个现实世界。神话里的所有故事都发生在一个遥远的过去时代，那时的确是奥西里斯和荷鲁斯统治的神灵王朝，但随着赛特的背叛和谋杀活动，神灵最后退回地下神界中以人类难以想象的形态生活。只有那些死去的人才能进入神界，并且目睹那些形体巨大、闪闪发光、带着强烈香甜气息的神灵。

人们相信神灵虽然不在人间生活，却能以各种方式与埃及人交流：他们可以通过风暴、洪水和瘟疫等可怕的自然灾难显示自己的力量，他们可以附身于国王、

由人到神的伊蒙霍特普

侏儒等特殊的人类身上，他们可以出现在神圣动物、神圣树木和神圣物体之上。所以埃及国王总是喜欢大肆建造神庙等公共建筑，因为这样埃及的工匠就可以通过制造雕像、绘画和象形文字来为神灵制造出人间的暂时本体，当神灵愿意在这些物体上栖息停留的时候，他们的存在定然会为埃及人带来种种恩惠。

在所有为神灵所准备的栖息之所中，自然是神庙最为专业对口。如果说雕像和文字是神灵“在街上，在桥下，在田野中”游走时暂时停驻的泊车点，那么神庙就是他们那“二十四小时热水的家”。

神庙是神灵在人间的家，也是埃及宗教文化的中心。

一般的埃及神庙大都有一堵与外界隔绝的厚实高墙，进入神庙前须经过一行行兽身人面像组成的道路。神庙内则有巨大的方尖碑、坚固厚实的门道和雄伟的柱廊。神庙的大门并不是对所有人都敞开的，在埃及，能够开启神庙大门的人，只有国王和祭司。

祭司的诞生与古埃及的神庙和丧葬习俗有着密不可分的关系，埃及的祭司都是所处时代的精英人士，他们掌握了各自领域的技术专长：处理尸体、执行葬礼仪式、献祭动物等祭品，以及照管神像和神庙等等。

西方埃及学家认为祭司并不是现代意义上的宗教领袖，而是一种在神庙中工作的宗教职位的统称。因为古埃及人认为神灵每天也有穿衣吃饭的生活需求，所以在神庙里服侍神灵的就是“神的仆人”——祭司。

祭司这种神的仆人是长期工作而不是钟点工，早在史前埃及时期，尼罗河谷的定居点中就出现了为每个氏族公社侍奉神灵的特殊人群，他们就是埃及祭司的滥觞。

神庙是神灵的家园，祭司负责神庙的设计、建造、管理等事宜。第十九王朝的塞提一世想要在赫利奥波利斯建造一座太阳神庙，于是祭司们急吼吼拉着绳子就去测量土地——基建项目的预算批下来了，各级分包商心里都乐开了花。

神庙中的有些祭司本身是专业建筑师和工程师，第二十王朝拉美西斯九世时的阿蒙神高级祭司伊蒙霍特普就带有“国王工程长”的头衔。不要说区区神庙，连国王的金字塔以及国王与阿蒙—拉神的巡游圣船也都是由他们设计建造的。

祭司们肩负着清洁神庙的重任，这种清洁不仅限于打扫卫生——第二十五王朝时，来自亚洲的外族入侵者频繁袭击神庙，使得这些圣洁场所被玷污。努比亚法老下令由“阿蒙的第四预言家”蒙特姆贝特清洁被冒犯的神庙，使其恢复神圣洁净——这位预言家并不是拿着水晶球的吉卜赛人，他的这个头衔是埃及祭司的一个等级称呼。

清洁神庙是个肥差，第二十二王朝的利比亚裔国王塔凯罗特二世统治时，卡纳克神庙的祭司哈尔塞斯向法老请求获得“清扫神庙及其器皿物件的世袭权利”。塔凯罗特二世时期正值天下大乱之时，哈尔塞斯的要求是否得到满足尚不得知，我们只知道这位国王的木乃伊被放在第十二王朝一名叫阿明尼的官员的石棺中，似乎负责照管陛下身后事的祭司可并不怎么可靠。

除此之外，祭司中还有专业记账的会计师。这些人被称为祭司书吏，他们负责登记国王对神庙的慷慨赏赐。正是因为有来自王室的大批礼物，祭司们才可以在日常祭神仪式中向诸神提供奢华的祭品。

祭司们甚至还是表演艺术家，他们会在宗教节日中上演奥西里斯神话，通过扮演各种神灵角色来宣扬宗教故事……

总之，祭司们构成埃及复杂宗教机器上的每一个零件，只有他们才能令埃及的神庙保持运转。据阿蒙的高级祭司罗伊的铭文记载，仅其厨房就有祭司、书吏、神圣祭品的优秀仆人们、烤面包者、揉面者、制糖果者、制蛋糕者等诸多工作人员。另据《艾贝特纸草》和《艾姆赫斯特纸草》记载，高级祭司还掌管神庙的铁匠、采石工人、神庙农民和奴隶等。由此可见，神庙机构十分庞大。

每一座神庙都像一个自给自足的小城镇，这里有储存谷物的仓库、图书馆、学校和住宿房屋。每一座神庙中除了祭司之外还有大量的雇佣人员：工匠、手艺人、书吏、屠夫、面包师傅、牧人、厨师、仆役和警卫等等，这些人并不是普通的信众，他们依附于神庙形成了一个人数庞大的社会生态圈。

祭司就是这个神庙生态圈中的统治者，他们有严格的等级和头衔，不管职位高低都竭力使自己区别于凡尘中的俗世之人。祭司们举止得体，不穿有袖的、打褶的衣服，希罗多德见到的祭司“穿着长长的裙衣，躯体赤裸外露，胡子和毛发刮得一干二净”。

由于埃及人相信来世，因而需要有专家指点自己在活着与死后的生活法则。上至国王下到贱民，生前准备墓室，死后抵达来世都需要专业的指导。因此专业处理丧葬事务的人员与神庙的神职人员一起，也一并被归于祭司群体。

古埃及人非常注重丧葬礼仪，也只有丧葬祭司有足够的专业知识和训练来完成制作木乃伊、举办殡葬仪式、施行冥事法术等工作。第五王朝的一个王宫管家曾立下遗嘱，要儿子充当贵族凯努卡的丧葬祭司，并为其制作丧葬祭品，以供死者重生后生活。

第十八王朝的图特摩斯一世在视察奥西里斯的阿拜多斯神庙之后，向丧葬祭司如此吩咐：供祭我的墓，安置我的祭品板，维护我的纪念碑，题我的名字，记住我的衔号，赞美我的画像和雕像——这正是丧葬祭司的职责。

除了上述职责之外，丧葬祭司还有保护和修复王室木乃伊的职责，这正是底比斯祭司们反复修复帝王谷木乃伊并重新安葬被盗墓法老的原因。埃及人对这些辛苦工作祭司的期待正如第二十六王朝时期帕夫涅弗德内特雕像铭文上的丧葬祷词写的那样：“啊，承担神圣职责的每个祭司，奥西里斯将恩赐你，你为我朗诵丧葬祭品的祈祷。”

关于祭司的培养体系目前还缺乏具体的资料，目前能确定的是埃及祭司的知识水平参差不齐，从科学家到半文盲都有。

新的祭司进入神庙前至少会接受相应神学理论的基础教育，男祭司还必须做包皮环切术，很多埃及人都会在少年时做这项手术，如果没有及时做而又成为祭司，那么就得补上这一课了。

神庙会为新生力量举行“纳新”仪式，主持仪式的祭司会将圣水洒向受礼者使其净化，然后为受礼者的手举行涂油仪式，最终将受礼者带到圣坛的神像前获得神灵的感化——“神的力量使他获得了敬畏”，之后受礼者就会成为神庙中祭司的一员。

关于埃及祭司的性别问题，一直存在两种对立的说法，一种坚称祭司都是男性，另一种大谈女祭司在埃及历史中的独特作用。造成这种混乱局面的源头就是希罗多德这个大嘴巴，他在自己的《历史》一书中先是信誓旦旦地指出“妇女不能担任男神或是女神的祭司，但男子则可以担任男神或是女神的祭司”，但转过几页又八卦两个不幸的埃及女祭司曾被腓尼基人卖到了利比亚和希腊……

那么，古埃及到底有没有女祭司？显然希罗多德老先生没法给大家一句痛快话了……

以目前掌握的历史资料和考古证据来看，在埃及神庙中存在妇女是毫无疑问的。至少从第四王朝开始，在阿拜多斯的神庙中就描绘了女祭司正拍手欢迎国王到来的情景。古王国和中王国时代，妇女一般充任奥西里斯神庙和哈托尔神庙的女祭司。第五王朝时期一个位于吉萨的女性坟墓铭文中介绍墓主是“王室之女、哈托尔的女祭司”；第六王朝一位官吏墓碑上介绍“他的妻子，他的所爱，王室光彩之人，哈托尔的女祭司塞皮”。

上述这些女祭司大多属于身份比较高级的神庙乐器演奏者或歌唱者，她们在宗教仪式上摇着一种摇铃乐器“Sistrum”进行演唱，这种摇铃是哈托尔女神的圣物，演奏摇铃的情景尤其以底比斯附近的神庙中所常见。

这些女祭司的领导者被称为“女音乐家之长”或“高级女祭司”，同时这些领导者通常就是高级祭司的妻子。在大多数情况下，高级女祭司被直接描绘成神或神的妻子。如在埃勒凡泰尼的克努姆神庙中，高级女祭司拥有克努姆的妻子之名“萨特特”的头衔；在伊德富的荷鲁斯神庙中，高级女祭司的头衔是“坐在宝座上的她”，暗示了女祭司是荷鲁斯妻子哈托尔女神的化身。

新王国时期众多的墓葬铭文都曾提及这种唱歌者女祭司，并且这种职位还可以在母女之间世袭。图特摩斯三世时代的底比斯地方官塞努费尔的铭文夸耀了他的妻子是“阿蒙的女唱歌者”麦丽特夫人，他的女儿则是“阿蒙的女唱歌者”穆特涅菲尔特小姐；涅菲鲁西地方官伊姆努费尔的妻子则是“图特的女唱歌者”麦丽特女士。有些歌唱者女祭司还是男祭司的伴侣，“阿蒙第三预言家”大祭司卡姆赫尔伊布森的妻子是“阿蒙的女唱歌者和神庙中的妇女”赫努塔乌伊，他的女儿是“阿蒙的女唱歌者”阿蒙涅瑙皮特；甚至连阿蒙霍特普三世国王的岳母寘乌也是“阿蒙的音乐家和哈托尔的赞扬者”。

充当唱歌者的女祭司身份尊贵，涵盖了从权贵到王室妇女的广大上流阶层，于是无怪乎经常能看到国王对她们赏赐土地的记录。

除了唱歌跳舞演奏乐器的专职女祭司之外，神庙中一些辅助性事务也由普通家庭出身的妇女负责，通常做法是“神庙的专职管理人员把居住在神庙附近的居民分为若干小组，以便他们轮流到神庙里担任与自己的社会地位相适应的神职”，而这些出身底层的妇女真正的身份一般是乐师、仆役以及下体异常雄伟的阿敏这类特殊神灵的神庙妓女之类。

自新王国时期开始，王后也成为名义上的最高女祭司，即“阿蒙神的妻子”。帝国时期的国王们期盼来自阿蒙—拉的支持，所以支持自己的妻子加入名义上的太阳神后宫队伍——在理论上所有的女祭司都可以算成是侍奉神灵的妻妾。

担任阿蒙神妻子的王后并不只是挂个虚名而已，她要“净化神庙，给神献祭，并且在夜间念诵经文”。王后的祈祷能让阿蒙降临神庙享用祭品并在此过夜，以便把一切妖魔鬼怪阻挡在埃及国土以外。与此同时，王后还主持诅咒外族的魔法仪式。这一切宗教职责都需要小心谨慎对待，千万马虎不得。

在后期埃及的动荡之中，各方势力都觊觎埃及王位。来自阿蒙—拉祭司的支持成为取得王位的关键，所以这一时期的许多法老派出自己的长女或姐妹担任“阿蒙神的妻子”。

这些公主终身不嫁，并在年老后收养养女作为自己的继任者。与此同时，这些公主亲自负责祭祀活动，并介入神庙的日常管理事务。传统上的男性阿蒙神大祭司地位逐渐衰弱，甚至被架空权力排斥在外。

从第二十三王朝到第二十六王朝期间，至少有五个阿蒙神高级女祭司掌握了底比斯的实权。这些公主新娘控制了大量财富，如第四个阿蒙神的妻子尼托克丽丝即位后，每天有一百九十一公斤的面包作为俸禄，她在十一个诺姆中占有一万一千余亩土地。

除了神庙祭司之外，丧葬服务中的女祭司也不少见。第四王朝孟考拉国王时期的王宫管家涅孔涅赫本身是贵族赫努卡家族的丧葬祭司，他将自己的职位遗赠给了他的十三个孩子，其中包括他的女儿赫日赫克努。

涅孔涅赫的墓室铭文中表示，“现在正是我的这些孩子在瓦格节、图特节和每一个节日给王友、赫努卡家族及其父母制作祭品了”。丧葬女祭司们还是表演者，她们在葬礼上装扮成伊西丝和奈芙蒂斯，这实际上是把死者比作奥西里斯以示敬意。负责 Cosplay 表演的也包括男祭司，他们扮演阿努比斯和荷鲁斯。

有一份纸草文献记录了两个女祭司在底比斯的阿蒙—拉神庙中向奥西里斯吟唱的歌词：

啊，地下世界之主！

你击退了灾难，赶走了邪恶，使和平来到了我们中间……

你比其他任何神都高贵！

你使死者复生，活者生存。

啊，食物之主！

你是绿色植物的王子，你是诸神祭品的给予者，你给死者以食物……

当你的遗骸被收集到一起时，我们欢呼！

阿努比斯来了，伊西丝和奈芙蒂斯来了。

她们把你的遗骸收集到一起，她们寻找你那散布在四方的肢体，并把它们放在一起。

你将被宣布为世界的继承人和唯一的神，你是诸神设计的完成者。

所有的神都哀求你，来到你的神庙而不害怕。

啊，奥西里斯，伊西丝和奈芙蒂斯的最爱，你将永远安息在你的居所！

在表演这首歌的过程中，两位丧葬女祭司扮成女神吟唱舞蹈，其他女祭司负责葬礼中的燃烧香烛、为众神和死者献供品。她们如男祭司一样履行了实际的仪式职责，表明了自己在埃及祭司群体中的重要地位。

不管祭司是男人还是女人，在神庙中他们都必须遵循共同的仪式，侍奉共同的神灵。

古埃及日常奉神仪式分为早、中、晚三次，其中以早晨的仪式最为繁复。

女祭司的Sistrum乐器

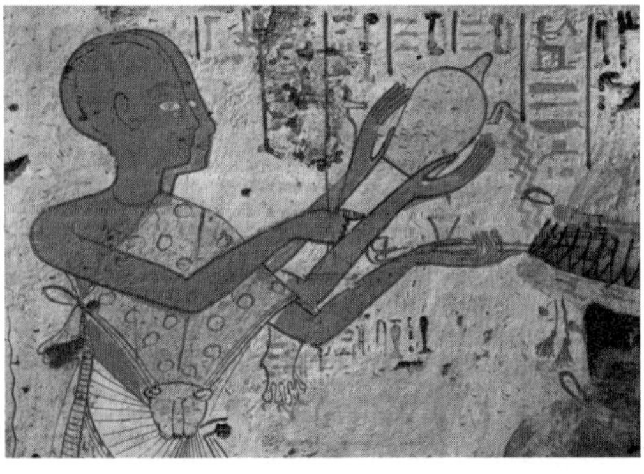

祭司要剃光所有体毛

在黎明之前，神庙附属的工厂、仓库、面包烘房便开始忙碌起来。奴隶和仆从升起炉火开始烘烤面包和糕点，书吏将各种祭品逐一登记下来，低级祭司用圣井里的水清洗祭肉。

时间流逝，东方渐白。

有身份的祭司们带着食物、水和葡萄酒，以及洗澡用的化妆品来到神庙——有时候他们会住在神庙里面。

祭司穿着用精细的亚麻线纺织成的古王国风格的“圣衣”，高级祭司们会另外在肩上增加一些豹皮制成的衣物以示身份。在这个大众普遍打赤足的炎热国度，祭司需要穿上白色的便鞋。

为了防止虱子和污垢的存在，确保以圣洁的身体面对神灵，祭司每三天要去除一次体毛，因此在埃及壁画上的祭司都是光头光脑，连睫毛都没有。

埃及祭司的这一习俗还被用在进入神庙并停留一段时间的外来者身上，在后期埃及时期许多来埃及神庙中寻找埃及文化真谛的希腊学者都遵守了这样的传统。

神庙里的一切都是圣洁的，这里的廊柱宏伟高大，上面装饰着美丽的莲花或莎草图案。神殿内的天蓝色天花板上有日月星辰点缀，支撑天花板的柱子直插其间，抬头望去给人以沿着道路可以登上天庭与神灵沟通的感觉。

大家沿着台阶步入圣水池清洗自己的身体，埃及人认为圣水就像孕育世界的原初之水，它不仅能洁净身体，而且赋予人们新生的力量。希罗多德记载说埃及祭司们每天洗四次澡：白天两次、晚上两次。

从圣水池沐浴已毕，祭司们用盐水漱口清洁口腔、用圣油香脂涂抹身上，之后才能走向诸神居住的永恒世界。

当太阳升起，金光覆盖大地之时，祭司们在神庙中齐声朗诵黎明的颂歌：“天空之门被打开，地上之门被打开！伟大的神灵，在寂静之中醒来吧！”

司祭者点燃火把进入黑暗的圣殿，他登上神殿的台阶开启封泥，打开神圣的大门。由高级祭司担任的司祭者一般都有着“某某神的第一仆人”“某某神的第一预言家”等头衔，他是神庙祭司群体中地位最高的人。

司祭者在圣坛上揭开神像的面纱后退下台阶，大家一齐在露出真容的神像前吟咏颂诗，并为神灵呈献香脂和象征秩序与公正的玛阿特神像，然后将面包、蛋糕、蔬菜、水果、葡萄酒等作为早餐供奉给神灵。

埃及神话认为神灵享用这些祭品的“精神营养”，也就是说看看闻闻就成了。这些祭品的“物质营养”就算神灵的打赏小费，留给眼前这些祭司仆人们享用。

当然现在还不能失了礼数急着去吃，神灵主人还没梳洗呢！

祭司们脱去神像上的旧衣服，用香脂和圣水清洁神像，再给神像穿上用精美亚麻布制成的白、蓝、绿、红四套衣服，并戴上手镯和脚镯等饰品，用化妆品为神灵涂抹装扮。这些珍贵的物品来自神庙中的宝库，这间小屋子里面储存有珍贵的祭礼物品、神圣供品和神圣乐器等等——每当动荡之时，这里也是所有入侵者的第一目标。

神灵梳洗已毕，司祭者一边念着咒语一边用右手小拇指向神像前额施以涂油礼，之后会向神像和圣坛洒些清洁的圣水。其他祭司在香炉里的香料烟雾和赞美诗的朗诵声中向祭坛呈献祭品，并诵读书吏记载的祭品条目，平常日子里的祭品一般是五种谷物、泡碱和香料，重大宗教节日里会有其他贵重祭品呈献。

最终大家熄灭火把离开圣殿，关闭大门并用封泥封好——食物已经被祭司们离开时一并打包带走，现在终于到了大伙儿早上收工享用物质营养的时候了。

为了维护圣洁的形象，祭司在饮食上也有许多的禁忌。日常的猪、牛、羊肉不能吃，大蒜、黄豆、鱼也不能吃，而葡萄酒倒是可以喝的。根据希罗多德的描述，某些神庙的祭司也有吃肉的情况，所以可能不同的神灵崇拜对肉类禁忌各有不同的缘故，目前已知的禁忌中就有不能吃与神庙所供奉神灵化身有关的动物肉。例如你要在荷鲁斯的神庙内坚持吃老鹰肉，那铁定是邪神赛特派来的卧底了……

神庙里中午的仪式较为简单，它主要为次等诸神和国王的神殿前洒水和敬香，以及清洁祭礼容器，更新圣水池中的圣水等等。晚上的仪式也很简单，祭司们在圣殿周围的小寝庙礼堂中举行各种宗教仪式并施行魔法。

当夜幕降临，祭司们关好所有的房门退出神庙，神庙中的诸神进入梦乡。此时负责天文学的祭司登上屋顶观测天象，他们要确定精确的时间以迎接第二天黎明的到来……

埃及诸神的神像平时在神庙中享用人间香火，但埃及平民没有资格随便进入神庙膜拜神像。

只有在一些宗教节日里，神像才会被竖立在“圣船”中的壁龛里，由人抬着参加游行。游行时走在队伍前列的是拿着熏香的大祭司，其他祭司按照等级依次列队在后，再后面跟着的就是虔诚的埃及百姓——宗教节日期间全埃及都放假，参与活动的老百姓都由神庙供应免费吃喝，面包、啤酒、葡萄酒之类想吃多少吃多少，有时候还能得到饰品等赏赐的东西，换成你的话你会不去参与吗？

埃及各地神像游行的规模各有不同，比较寒酸的如下埃及布特斯地区的敏神游行，这位执掌生产与收获的本地主神仅仅被放在四轮马车上草草转一圈了事。

作为相反的例子，在图坦卡蒙国王时期的底比斯奥佩节上，阿蒙神像被抬到卡纳克码头，坐着圣船前往卢克索神庙。其中阿蒙神像和图坦卡蒙国王专用一座大船，而穆特女神和孔苏的神像则乘坐另一艘船。圣船前进时由岸边的祭司和纤夫们拉着前进——能够有幸拉圣船可是埃及人的无比荣耀。

圣船前进时，河岸上的情景用中国式的描述来说是“锣鼓喧天，鞭炮齐鸣，红旗招展，人山人海”，用希罗多德的话来说是“女人挥动铃铛，男人吹箫奏笛，到处洋溢着热烈而欢快的节日气氛”。

在朝拜的人群中拥挤着从农夫奴隶到官僚士兵在内的社会各阶层人士，能歌善舞的人对着圣船献上歌舞，其他人则匍匐在地向国王和神灵朝拜。

船队抵达目的地后，祭司们抬着神像走向卢克索神庙。岸上早已宰好了六头作为祭品的牛，六位祭司扛着牛腿准备带往神庙。

国王和神像登陆了。

在音乐家祭司的伴奏声中，两名大祭司走在队伍前面，其中一人领路，另一人手捧熏香。紧接着是抬着阿蒙神像的队伍、抬着穆特神像和孔苏神像的队伍，当然还有图坦卡蒙国王自己——当时年轻的陛下还没驾崩，是可以自己走的。

游行队伍抵达卢克索神庙之后，图坦卡蒙国王作为埃及第一祭司亲自主持了盛大的献祭仪式。仪式结束之后，神像和国王顺流而下原路返回，结束了这场极为奢华和宏大的宗教庆典。

抬着圣船游行的祭司队伍

祭司与国王

早期的祭司因国王的需要而存在，由国王直接任命。

埃及神话将国王宣扬为人间的荷鲁斯，因此王权和神权天然捆绑在一起。国王既然本身就是神的化身，那么他的政策和主张也就自然成为神意，所以祭司得以同时拥有神的仆人和国王代理人双重身份，这种角色使得祭司获得了极大的权力和优势。

如果我们抽象地观察埃及的祭司阶层，首先会发现他们基本都是知识分子。与中世纪的欧洲只有教士才受过教育一样，在埃及相当长的时期内祭司几乎垄断了知识。

埃及人认为象形文字是神的语言，所以只有祭司这种神的仆人才有权利掌握它。祭司是埃及最初的知识分子，医学、建筑学、文字学、历史学、数学、天文学、工程学等知识都掌握在祭司的手中，祭司相当一段时间内是传承埃及文明的支柱力量。

神庙并不只是单纯的宗教场所，它不仅有自己的神庙地产和所属农田，还有寺庙学校、负责学术研究的图书馆和"生命之屋"、矿井、建筑队伍、雕塑队伍、纺织工坊等各个附属行业。古埃及的神学、天文、历法、法律、医学、建筑等知识基本都诞生在神庙中的图书馆和生命之屋中。

神庙庞大的体系决定了日常事务的繁杂，它采取了"倒班制"的管理运营制度。神庙的祭司分成四批，每月依次轮流主持寺庙工作。在每次倒班交接时，神庙的财产账目也都经过专业会计人员的清点核对。

因为祭司神圣的性质和地位，他们还在事实上获得了司法权力。在通常情况下，各地方长官会邀请高级祭司参与到当地重大案件的审理中。埃及百姓也习惯带着家长里短鸡毛蒜皮的矛盾冲突直接找到神庙评理，因为平民不许进入神庙，所以祭司们会坐在神庙门口的凳子上聆听和处理这些小型诉讼，以至于后期埃及的文献中经常会提及“维护正义的神庙之门”这一说法。

神庙还催生出戏剧表演的萌芽，在阿拜多斯等地的神庙门前会举行宗教性质的神话故事表演，最典型的就是关于奥西里斯神的各种传说。世界上最早的戏剧表演因此诞生，神庙催生埃及戏剧，埃及戏剧又促进了希腊戏剧的出现和发展。

在介绍埃及历史的篇章中，我们反复强调国王依赖祭司的情况。而具体反映到埃及人的意识形态方面时，就凝聚成为“玛阿特原则”。

玛阿特女神执掌真理、正义和秩序，因此埃及的祭司以她的名义宣讲这个奴隶制国度中统治阶级的社会理想，解释权贵眼中的社会如何运作的原则，规定埃及权贵心目中的金字塔形社会秩序的蓝图。

金字塔的塔尖是国王兼埃及最高大祭司；

第二层是一人之下万人之上的维西尔，他有时也是大祭司；

第三层是地方贵族和祭司，他们分别负责具体的世俗事务和宗教事务，并且身份往往是重合的；

第四层是祭司之外唯一会读写的书吏和保卫埃及的职业士兵；

第五层是各种熟练工匠，包括各种专业工人和画家、雕塑家等等；

第六层是农夫和奴隶，埃及的农夫地位类同于农奴，而奴隶通常是战俘。

那么，这种玛阿特结构在埃及社会真正实现了吗？答案是肯定的。

第十八王朝图特摩斯四世时代的军队书吏坦涅尼负责对上下埃及的人口和大小牲畜做了一次普查，在他的记录中提到了贵族之下的四种社会阶层：军人、祭司、王室农奴和工匠；而希罗多德则把埃及人分为七个等级：祭司、军人、牧牛人、牧猪人、商贩、翻译和舵手；罗马时期的戴奥多罗斯提出祭司、农民和工匠，以及祭司、军人、工匠、农民和牧人两种社会构成等等。

埃及的几百个特权家族控制了最核心的社会财富——土地，他们中的绝大部分是贵族和高等祭司。权贵们赞同玛阿特原则代表的社会正义，正如人民期待“坚持玛阿特的官员是孤儿的父亲，寡妇的丈夫，离婚女人的兄弟”，但法律并不要求他们必须这么做。

祭司们自然在循循教诲，让底层尤其是作为金字塔基础的农夫和奴隶们遵守玛阿特原则，这就意味着奴隶安心做好奴隶，农夫安心做好农夫，大家在各自的阶层安分守己互不僭越。

王权和社会稳定得到维护的同时，祭司自然也就安稳地处在优越的特权阶层——这就是第二中间期时的伊浦味祭司为何在纸草文献中怒喷起义者的原因了，因为那些不肯按照神的意志饿死的暴民的确是破坏了安分守己的玛阿特原则……

国王扶植祭司阶层，以获取来自神权领域的支持。在王权的护佑下，祭司成为国王之下最有实力的社会阶层。在很多历史时期祭司阶层超越压倒了王权，而软弱的国王却无能为力。

于是我们看到祭司积极维护王权带来了王权被神权深度捆绑甚至反噬的另一面，所以在埃及历史上会有如此之多的国王有出手对祭司的打压和对国家宗教的改革、对埃及神话的重新编写等行为——其中最为激进的就是埃赫那吞的那场宗教改革。

但传统埃及王朝的国王需要神庙体系、神学理论的支撑，所以国王始终无法彻底压制祭司阶层。就算以拉美西斯大帝之强大，也不得不把大部分的对外战争战利品奉送给阿蒙—拉神的神庙。

在他当政期间，埃及全国神庙中有十万祭司，占埃及人口总数的三十分之一。神庙拥有牛羊五十万头，祭司阶层的财产和神庙的土地享有免税权利，还享受着全国一百六十九个城市赋税的供养。

到了拉美西斯三世时代，每年要向全国的祭司和神庙奉献的金银和粮食达到失去控制的地步，以至于国王最后发现国库已经破产，连给官员的俸禄都发不出来了。

在国王变成“负翁”的同时，仅阿蒙—拉神的祭司们占有了近万亩的土地、四百余处庄园、十万头牛、六十五座城镇、八十艘大型渡船、五十座工坊，以及九万余名奴隶和农民——这还没将其他神灵体系的神庙势力计算在内。

祭司阶层无休止地发展实力，这种膨胀的巨无霸势力最终对王权产生了直接威胁。埃及复杂庞大的神庙体系催生出“大祭司”或“第一先知”这种古代宗教领袖，其中尤以新王国时期底比斯的阿蒙—拉神的大祭司势力发展最有代表性，这一系祭司贵族以其强大的势力动摇乃至颠覆篡夺了王权，开始了埃及新的统治时代。

第二节

尼罗河边的生活

埃及人认为人类生活在神灵创造的世界中，遵循神灵确定的秩序和真理玛阿特原则。从国王到贩夫走卒，所有的埃及人都沉浸于对神灵的膜拜之中，他们给希腊人留下的印象就是“迷信又顽固”。

国王将自己神化为“荷鲁斯的化身”和“拉神之子”，祭司为了维护自身利益竭力巩固对众神膜拜的信仰体系。于是埃及人自然沉浸在对神灵的崇拜之中，他们相信国王是人间的神，祭司的巫术有神奇的力量。

埃及人在哲学思维和科学技术方面取得的一切成就都来自宗教实践，所有这些智慧成果自然也被视为来自神灵的启示、智慧和真理，于是古埃及文明所取得的每一次进步反而巩固了对埃及神话和宗教的信仰。

古埃及是富饶的，但埃及人的生活却是很坎坷的。底层埃及人将现实生活中得不到的东西，自然地寄托于对神灵的想象和依赖之上。他们相信一年中的每一天都由确定的神灵来掌控，你一旦遇到恶神当值自然霉运当头，如果遇到善神管事肯定好运亨通。希罗多德如此写道：“由于每月每日都有神道主宰，因此人生下来，是富、是穷，是夭、是寿，就已经确定了。”

正所谓图特月二十三日出生的孩子都是短命鬼，考阿卡月二十日所生的孩子眼睛会瞎——那么这些孩子的父母该怎么接受，总不能哭号着在地上打滚吧？更别说在阿图姆创造九柱神之日出生的倒霉孩子会在性交时死去这种可怕预言了……

勤劳智慧的埃及祭司早已开发出各种咒符，并计算出寻求神灵庇护的办法。这些咒符和寻求神灵庇护的方法从出生之前就开始保护埃及人，并且在他们死后也持续发挥着作用。

数千年的时间里，古埃及人精神生活的主旋律就是虔诚地祈求神灵眷顾。悠悠尼罗河水涨起又落下， 一代代埃及人在诸神的注视下出生、成长，最后走向死亡……

尼罗河的孩子

一个古埃及人的生命，往往诞生于建在自家花园或者院子角落里的“分娩亭”。但在此之前，是长着公羊头的生命创造之神胡奴姆或普塔神在飞速旋转的陶盘上创造出人类和他的灵魂巴的人形，然后由长着青蛙头的海克特女神负责将生命转移到陶轮上的两个人形上去。

古埃及语中“分娩”的象形文字使用蹲着分娩的妇女形象来表示，无论是埃及艳后还是贫穷的农妇，埃及的产妇都在接生婆的搀扶下以蹲姿完成生儿育女的伟大成就。其区别无非是克娄巴特拉七世蹲在中间有洞的王室分娩椅上，而不知名的穷困农妇蹲在两块泥砖上……

埃及人认为妇女生产之后是不洁净的，所以需要待在“产篷”中用半个月的时间恢复净化，只有产妇身体状况基本恢复正常之后才被允许回家。

在生育前后的时间里，每一个古埃及的待产妈妈都会使用魔法武器来保护自己和未出生的宝宝。她们模仿神话里的传说，编织神秘的伊西丝结。它是太阳神阿图姆为了保护伊西丝腹中未出生的荷鲁斯而系在女神子宫深处的神圣棉条，它可以防止恶神赛特的破坏企图。

除了伊西丝和奈芙蒂斯姐妹之外，侏儒神贝斯身材矮小面貌狰狞，也被视为可以驱逐对妈妈和婴儿有威胁的恶魔，因此他的雕像也被供奉起来镇宅避邪。其

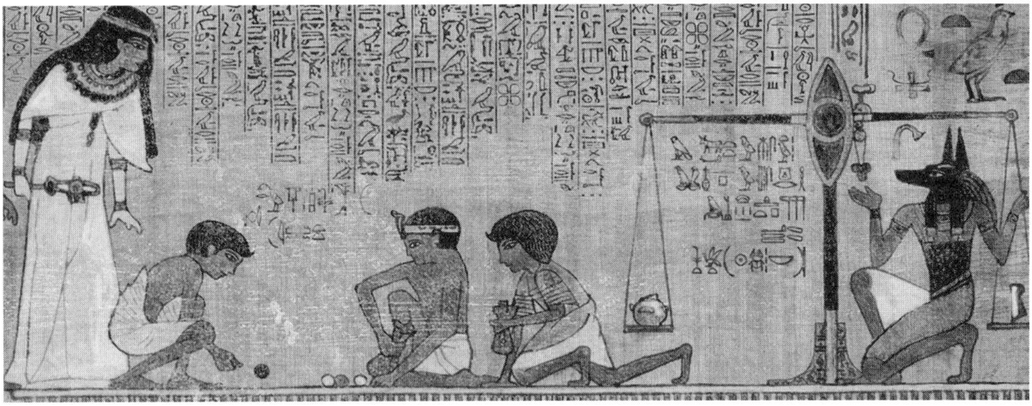

尼罗河的孩子们在诸神保护下长大

他保护妇孺的还有内斯女神、智慧之神图特和哈托尔女神，等等。

埃及人相信每一位妇女分娩时哈托尔女神都会在场，面对剧痛中的产妇，接生婆会连续说三遍咒语“现在生孩子的是哈托尔”——人们通过将产妇等同于拥有同样遭遇的女神，使得受苦难的母亲被魔法保护。不过这样的疼痛转移大法要想起作用的话，估计要产妇的心虔诚无比才能有效……

当然，光喊口号是不够的。

毕竟每一个埃及女人都害怕自己会遭遇难产而死，上下埃及有那么多家庭，哈托尔女神恐怕忙不过来。所以为了保护这些弱小的妇孺，埃及人还制造出一些特殊的魔法武器，例如大英博物馆中馆藏的底比斯河马牙魔杖，这件被称为“塞涅波魔杖”的古老魔法物品制造于公元前 18 世纪之前。

埃及人认为河马这种危险动物的长牙中蕴含着力量，所以用它制作的魔杖能够保护孕妇、产妇和婴儿免受恶魔鬼怪和邪恶巫师等混沌势力的危害。

塞涅波魔杖的正面刻着太阳圆盘、拉神之眼、圣甲虫、天界狮子和把守冥界出入口的双重斯芬克斯，它们代表了太阳神穿越冥界重生的过程。还有几个头颅、几个被捆绑的俘虏和毒蛇代表黑暗邪恶的混沌力量，正被贝斯等神灵按在地上摩擦……

塞涅波魔杖的背面中心位置有一个手持安克符号的女神，河马和青蛙等神圣动物在她周围对抗混沌力量，将神界的超自然力量引入人间，为了母亲和孩子而战。

神话上的助产手段如上所述，那么古埃及妇产科医学上的准备又是怎么做的呢？

埃及人认为孩子所有的硬组织都来自父亲，所有的软组织都来自母亲。他们将子宫称之为“人之母”，这听起来似乎很感性；但他们又认为人之母在腹腔内可以任意游动，凡是游动到错误地方就会引起病痛，这一点就非常不“理性”了……

埃及人意识到精液与睾丸有关，并相信精液从骨头中诞生，并通过管道从骨头引向睾丸。

最糟糕的是认为接生是一种不洁净的下贱行当，所以被迫从事这个行当的

伊西丝和奈芙蒂斯姐妹是保护家庭妇孺的善良女神

美丽的哈托尔女神保护所有的孕妇和孩子们

接生婆缺乏学习和掌握助产知识技术的途径和动力，这就导致了非常高的婴儿夭折率。

寻常人家夭折的新生儿常常被埋在自己家附近或者自家院子角落里，这些可怜的孩子被大人用亚麻布或棕榈树叶子做成的席子一裹就草草埋葬。富裕的人家就讲究多了，他们会将夭折的孩子制成木乃伊埋葬。

古埃及的母亲们平均会生八个孩子，但其中半数会夭折。一个普通家庭一般会有四个孩子，运气好的会有六个甚至更多。

在古埃及社会一样有生个大胖小子传宗接代的现实压力，我们从埃及历史上可以看出国王没有儿子会带来多大的麻烦。对老百姓而言，一个丈夫可能会抛弃生不出儿子的妻子，就像国王会因此更换他的王后一样。

中国传统观念中儿子除了赡养老人之外还有传递香火的重要作用，而在古埃及不仅同样有这类观念，还在宗教神话上对儿子有个极为现实的需求：在父母身后提供符合宗教要求的殡葬仪式，以及为父母死后的精灵卡提供食物祭品，从而使得父母在来世能够存活，使他们的名字长存不灭。关于这一点我们会在本章的最后一节内容中做详细阐述。

古埃及对每个家庭的长子有个称呼——“母亲的供养人”，不过在埃及的法律中并没有明确规定儿子的赡养义务，但是在玛阿特的社会道德要求和司法审判实践中，当老人没有儿子或者儿子不能赡养老人时，女儿必须要承担起赡养老人的义务。

那么没有孩子的夫妇该怎么办呢？在一篇纸草文献中曾出现过奈布奈弗尔和瑞奈弗尔夫妻俩购买奴隶的合约，这是一个已经孕育了三个孩子的女奴，显然主人买她是为了得到孩子——主人与奴隶所生的后代属于主人家庭成员，而不会变成奴隶。

能买得起奴隶的毕竟是少数，在纸草文献中还有很多关于收养协议的记录。不过以人之常情而论，就算能够买得起奴隶或者是可以收养孩子，一个妻子还是更盼望能由自己为丈夫生出儿子。

在一位名叫塔伊荷泰普特的贵族女性坟墓中，墓室铭文上刻着墓主心目中最

一对夫妻和他们的儿子

埃及全家雕像中孩子与大人往往比例悬殊以示长幼尊卑

埃及人的家庭

辉煌的时刻："我在十四岁的时候，就嫁给了最高祭司帕夏尔普塔。我给丈夫生了几个女儿，但一直没能生出儿子，这使得他非常悲伤。于是我和丈夫一起向伊蒙霍特普神祈祷，他是倾听人们的呼声并创造奇迹的神，他实现了我们的愿望——在我生下儿子的那一天，所有的亲朋好友都来祝贺！"

古埃及的儿童教育文献中常有"你不应该忘记你的母亲对你的厚恩：她生育了你，并尽其所能地抚育了你。她哺育你达三年之久，她使你成长壮大"之类的话，这说明埃及习俗中的哺乳期大约是三年时间。

古埃及的雕塑壁画中常有母亲跪着或者蹲着给自己的孩子喂奶的场景描述，第十二王朝的公主索白克纳赫特以及埃赫那吞的王后涅菲尔提提给孩子哺乳的形象都被做成王室雕像，更不要说伊西丝女神哺乳荷鲁斯的神圣雕像了。公开场合下的哺乳对埃及人来说司空见惯，毕竟古埃及的性观念非常开放，妇女在宗教节日时会撩起裙子效仿荷鲁斯和赛特争斗故事中哈尔托女神的神圣举动，现在不过是当街喂个奶而已，何必大惊小怪？

在中国传统观念里，喂奶的妈妈如果奶水不足，那么伺候月子的丈母娘二话不说卷起袖子下厨房，不一会儿香菇炖鸡汤、猪蹄黄豆汤、木瓜鳅鱼汤和通草鲫鱼汤等"催奶灵药"就摆满了餐桌。在古代埃及世界中，埃及妈妈也经常会在锅里熬煮尼罗河鲈鱼，等到水开肉烂香气四溢之时，捞起鲈鱼的背鳍然后混合香油，再把衣服一脱按摩师就可以工作了——勤劳智慧的埃及人民在催奶经验上剑走偏锋，他们认为用含有鲈鱼背鳍的油来按摩女人的脊背才是下奶的良方。

鱼油按摩这种偏门做法的有效性似乎值得怀疑，对于那些按摩无效的哺乳妈妈们，只有向神灵祈求帮助了。

当然，家里有钱的话还是很好解决问题的，雇用一些奶妈就是了。在这一点上，有不少古埃及和古中国的贵妇妈妈们非常相似，她们就算自己并不缺奶也一样习惯雇用奶妈来喂养自己的孩子。

埃及的奶妈与中国奶妈的不同点在于，雇用双方要比较一下彼此的家庭背景。如果处于同一阶级，那么奶妈可以把雇主的孩子抱回自己家里抚养，只要定期带

正在化妆的古埃及贵妇

穿着舞蹈用短裙正在做出高难度动作的舞女

孩子回家团聚并“验货”即可；如果奶妈家里明显差于雇主家，那么自然只好留在雇主家中做奶妈，以免害得新生的少爷小姐受委屈。

至于大富大贵的王室之家的奶妈就更讲究了——其中还有男性！这些纯爷们自然不会喂奶，他们的作用是负责对王室婴儿的安全保障以及随后的启蒙教育，更接近于家庭教师。

埃及王室的奶妈群体地位很高，时常出现涉足宫廷政治的情况。颇有些王室奶妈获得了埋葬在王室墓地，与王室主人同享来世的殊荣。

埃及的国王往往与奶妈的孩子关系密切，第十八王朝的图特摩斯三世娶了奶妈的女儿，他的儿子阿蒙霍特普二世则把自己奶妈的儿子凯奈姆提拔为掌印者和土地总管。

埃及的孩子一天天长大了，十岁之前的孩子们不分男女都在右侧留一束被称为“荷鲁斯的发辫”的头发，其余的全部剃光。这种发型从王子到贫儿都一模一样，因为保护上埃及儿童的幼年荷鲁斯神哈波奎特斯就是这般——头发旁分并吸着手指。

生活在埃及的孩子们在夏天里大多是光着屁股满地跑着长大的，在古埃及各个时期的壁画雕塑中，孩子们都是戴着手镯项链等饰物裸体出场。只是到了后期埃及时，稍微长大些的女孩子在大热天也会穿上一条裙子。不过这并不是说孩子们一年四季都赤身裸体，在气温降低的冬季他们会穿上妈妈缝制的罩衣和斗篷。

埃及的孩子们都佩戴着护身符，有时也会有一些袖珍神像饰物。这些饰物往往以吉祥数字“七”来组成，比如七颗玛瑙组成的手链、七段金链组成的项链等。当然也有纯粹装饰性的饰品，不过上面一般还是会有咒语来保护小主人。

那么尼罗河的孩子们平时玩什么呢？

还在蹒跚学步的小家伙们手里捏着绳子，拖着带轮子的玩具马和关节能活动的人偶跟在大人屁股后面走，也会玩妈妈的纺线锤或是自己抱着球滚来滚去。

那些大一点的男孩子们借助伙伴的脊背玩跳马；疯跑一通然后跳进河里游泳；抓起绳子两头比赛拔河；跳过两名坐在地上小伙伴手臂的“鹅步”游戏；玩打仗游戏，并且要上演手拿代表玛阿特女神的鸵鸟毛和代表国王的权杖来

一个作坊模型，为国王陵墓服务的工匠们能够得到政府提供的优质伙食供应

驴子是农民的运输工具

船只是古埃及最重要的运输工具

审判打输了的“战俘”；有时候男孩们会打架，一言不合就把小伙伴揍得鼻青脸肿。

女孩们很喜欢比赛彼此扔球，赢家可以骑在输家的背上继续嬉戏；几个女孩子可以围成圈玩“压制葡萄酒”的游戏；优雅些的可以左手拿着手状的木质拨浪鼓，右手拿着镜子跳“哈托尔舞”；有时候她们会安静地下一盘塞尼特棋。

孩子们总是学着模仿大人，在第十二王朝的考古遗址伊拉珲工匠村中，这些工匠的孩子们用泥捏出很多可爱的玩具，有小人、小船、泥球和石棺中的小木乃伊。孩子们制作出瞪着眼睛的猫、张着嘴的狮子和鳄鱼，甚至他们见过的各种家畜和野生动物。

总之，埃及的孩子们与世界各地的孩子没什么不同。他们在两土地上无忧无虑地玩耍，直到短暂的童年结束——以最贫苦的农民家庭为例，孩子在大约五岁之后就要逐渐投入劳动之中了。

在古埃及，大多数孩子都会继承父母的职业。

如果你是女孩，你要赤着身子在农田里拾麦穗，帮妈妈做饭、打扫房子和照顾弟弟妹妹，为在地里干活的爸爸送饭，抽空学习织布和编篮子，更要懂得如何用自家出产的食物交换其他东西。留在家里干活是幸运的，那些更穷的家庭里的女孩得离开家，去学习如何成为乐师、舞者或仆人……

如果你是男孩，你要帮助爸爸在地里播种，把谷物运进粮仓，为大人准备狩猎的工具，在墓穴中为壁画上色准备颜料，站在船上观察河水里的异常情况，用石块把陶器表面打磨光滑……

就这样，埃及的孩子们在懵懂中游戏着，劳作着，成长着。

终于有一天，他们到了上学的年纪。

上学记

古埃及是重视教育的，因为没有经过教育的愚民难以做到遵守秩序敬畏神灵。

埃及神话与宗教反复灌输玛阿特原则的重要性，而这种原则要被人民接受就离不开洗脑培训，其中最有效的手段无疑是结合宗教灌输的社会教育了。

按照理想的社会构想，无论是贫困的农夫之子、普通的工匠之后，还是富裕的权贵少爷都要去上学。不过现实是骨感的，处于社会底层的孩子除非表现出过人的智慧潜力，否则罕有机会被送到神庙学校中接受教育。至于女孩，更没有受教育的机会，除非是富贵人家的小姐，可以请家庭教师或由有文化的妈妈在家教导，学习如何读写象形文字和做数学题。专业人士家的女孩子能跟着自己的妈妈学习谋生的技巧，这样就出现了符合玛阿特精神的职业传承——哭丧女的孩子还是哭丧女，舞女的后代依旧做舞女。

无论是男孩还是女孩，在家庭中都会接受自己最初的老师——父母的教诲。而埃及父母对孩子的教育，往往都从灌输延续三千年之久的玛阿特精神开始进行道德思想教育。

从古王国时期开始，贵族之家就开始以教谕来指导规范年轻人的行为。

第四王朝的《王子哈尔杰德夫之教谕》是迄今所知最早的教谕文献："你自己要保持身体洁净和服装体面，免得他人代劳帮你打理。当你富有的时候要赶紧成家立业，娶一个身体强健的妻子，让她为你生育子嗣。当你为自己安排好永生的坟墓之时，也要同时为你的儿子修建一栋房屋。"

从这简短的训诫之中，我们可以看出王子哈尔杰德夫对孩子的忠告和期望，还可以看出即使远至古埃及，生儿子依旧如同生下了"建设银行"。

出现在中王国第十二王朝时期的《对各种职业的讽刺》这一篇教谕，描写了来自塞尔的杜阿凯提沿着水路向南航行，送儿子珀辟前往首都的书吏学校读书，激励珀辟在那些官僚贵族子弟中努力学习。

这篇教谕的原文早已失落，现在流传下来的都是新王国时期并不完整的复制品。但这并不影响我们看出一个父亲的良苦用心——杜阿凯提用其他十八种职业的艰辛与书吏进行对比，告诉孩子成为书吏是多么幸福而愉悦的一件事：书吏的生活是舒适的，他们总是穿着优质材料制作的衣服，用干干净净的双手握着笔墨，走到哪里都受人尊重，收入很高而且从不会被主人责打。而其他职业则完全不同，

农民的儿子如果成为书吏就能改变全家的命运

书吏在埃及待遇优厚，到了罗浮宫里也是镇馆之宝

古埃及的学生们练习抄写

不仅工作辛苦危险，而且工作环境肮脏不堪，终日无休无止地苦干之余还要承受主人的虐待殴打。

杜阿凯提是这样说的：

“瞧，没有任何事物能超越文字的力量！水上有一艘船……就书吏的办公环境而言，我从没见过能够与其相比的其他办公环境！它比任何办公处都大，地球上没有任何事物能像它那样。

“我看到了一个铜匠，他就坐在炉口边工作。你看他的手指脏得就像鳄鱼的爪子，他散发出比鱼蛋更腥臭难闻的味道……

“纺织工坊里的纺织工人比妇女还不幸，他纺线织布时膝盖顶着肚子，你瞧他的姿势简直都不能呼吸空气。如果有一天他没有纺织，那么主人就会鞭笞他五十下！

“信使把自己的财产都交给孩子后才出发到国外去送信，他是多么害怕狮子和亚洲人！当他魂不守舍地返回埃及之后，他的神志才能清醒过来。但到那个时候，他的家庭都变成了赤贫的佃户，他不可能高高兴兴地回到家乡……

“洗衣工人在鳄鱼出没的河岸边洗衣服……他的食物中混杂着各种脏东西，他浑身上下没有一个地方是干净的……

“我也曾为你提及渔夫，他比任何其他职业的人都悲惨——他可是在遍布鳄鱼的河流中捕鱼的！

“瞧，任何办公场所都会受到监督，只有书吏的办公室除外，因为书吏本人就是监督者！”

随着珀辟聆听父亲的教诲，现在终于到了去学校读书的时候了……

古埃及人和中国人一样，对于读书有一种崇敬情结，尤其是对底层民众而言，读书几乎是唯一不用付出血汗泪水就能令其社会地位上升的渠道了。

在古代埃及，孩子一般在七岁后开始接受较为正规的教育。不过由于古埃及人一般活不过四十岁的严峻现实，大多数有能力的家庭会让孩子从四岁起就开始接受文化教育或者职业训练。

在新王国时期的一座雕像背后刻着名叫拜凯尼素宏的高级官员履历，上面写着："我曾度过四年无忧无虑的童年时光；当我成为国王塞提一世的驯马师时，我是一个十二岁的少年；在此后的四年里，我担任了阿蒙神高级祭司；在此后的十二年里，我担任了神圣的阿蒙神之父这一职务；在此后的十五年里，我担任了阿蒙神第三先知；在接下来的十二年里，我担任了阿蒙神的第二先知，他欣赏我，他喜爱我；在后来的二十七年的时间里，他任命我为阿蒙神最高祭司。"

从铭文来看，拜凯尼素宏就是在四岁后上学接受了为期八年的驯马师专业训练，从此踏上了一帆风顺的仕途之路。

古埃及的学校分为四类，它们分别是宫廷学校、职官学校、神庙学校和书吏学校。

在古王国时期出现的宫廷学校是平民难以企及的最高学府，王室家族成员与表现良好的权臣子弟一同在王宫里学习。这样做的目的是为将来可能继承王位的王子培养亲信，日后王子登基掌权之后知根知底的同学就可以直接作为执政班子成员使用了。在新王国时期，作为人质生活在埃及的外国王子也被送到宫廷学校里接受教育。这种"教育国际化"措施的背后是使得埃及附庸国的未来继承者变得埃及化，以保证他们即位后的忠诚。

宫廷学校的教师通常是维西尔或深受信任的大臣，例如第六王朝时期的权臣乌尼曾被任命为宫廷教师和提鞋者。不要被提鞋者的字面意思误导，这位乌尼可是能作为国王眼线进入后宫进行暗查的亲信。他曾担任过两朝维西尔，在古埃及历史上留下了贤明有才的声望。

职官学校是世界上最早的职业教育机构，中王国时的宫廷学校已不能满足埃及官僚机构的人才需求，所以国王允许各政府部门自己创办学校，以培养自己行业需要的职业技术人才和合格的行业管理官员——拜凯尼素宏就是经过这种学校培养后步入仕途的。

职官学校培养驯马专业相关人员、图书档案管理人员、财务会计师、公文抄写员和书记员等，另外有一类职业培养学校则属于神庙体系。神庙中具体承担教育职责的机构是"生命之家"，或者说是宰牛的圣堂屠场：在这个地方时常通过宰杀公牛的仪式来驱除邪恶，使这里拥有重生和延续生命的能力。

生命之家逐渐由圣堂发展成兼有登记处职能，后来又慢慢成为图书馆。这里储存了大量的纸草宗教典籍和各科专业书籍，官吏和贵族碰到难以解决的问题时，会进入生命之家查阅书籍寻求答案。在这些求知者中不乏国王的身影——拉美西斯四世就曾进入位于阿拜多斯神庙的生命之屋中研究图特神的年表。

在中王国时期，生命之家与书吏培养建立起了联系——一块石碑铭文上写有“生命之家的书吏”，这是书吏头衔中的一种。生命之家是书吏接受教育的最高学府，上面提到的学生珀辟完成在这里的学业后，就可以进入高级行政部门担任祭司、法官等职位，或者如果他的成绩够好的话，可以作为教师留在生命之家培养下一代传人。

那么珀辟会不会因此成为一名祭司呢？答案是那可不一定哦……

神庙学校是培养神职人员的机构，这里的学生主要学习宗教和祭祀仪式。既然是培养祭司的接班人，那么学生来源一定就是祭司和与祭司集团关系密切的显贵之家。有一位祭司曾直言不讳地写道：“我遵照法老的命令，创办和管理学校，学校的全部学生都来自显贵之家，而非贫穷之家。”

神庙教育有着鲜明的等级特色，它是另一处为统治阶级培养接班人的贵族学校。祭司集团垄断了涉及国计民生的重大知识资源和科学知识，所以埃及的金字塔、王宫等重大工程都必须交给祭司阶层进行设计施工和日常管理。若非出身祭司和权贵之家，几乎不可能学习这些被秘密垄断的专业知识。

海里欧普斯神庙学校是埃及最为著名的神庙学校，你可以将其视为古埃及版的常春藤名校。在这里授课的祭司都是埃及最优秀的天文学家、历史学家、数学家、物理学家和医学家，这里有埃及最丰富的图书收藏，这里是公元前最具规模的国际学术交流中心，从摩西到泰勒斯、梭伦、柏拉图等异国的先知和学者都曾在这里游学。

拉美西斯二世在底比斯建立的卡纳克神庙学校和埃及古城爱德福的神庙学校也同样著名。这些学校影响极大，学习科目非常广泛，传授和研究着古代埃及的历史文学、天文地理、水利建筑、雕刻绘画、音乐舞蹈、神学法律、巫术医学等课程，涵盖了古埃及所有知识体系。尤其是在这些高等学府中培养出通晓两河流域的楔形文字“阿卡德语”的翻译，这种语言是古埃及时代的“英语”，掌握这门通行国际语的埃及外交人才大都来自神庙学校。

分散在各个诺姆乡村的书吏学校是古埃及最为普及的基础教育机构，一般模式是由有威望、有经验的年长书吏教授若干个本地学生，这些学生中也包括书吏自己的儿子。

书吏学校的办学规模小且学习地点随意，在天气炎热的情况下，往往课堂就设立在一棵大树的树荫之下，学生们席地而坐倾听老师授课。孩子们在这里只能学到基本的读写和数学知识，那些家庭地位较高或是表现出特殊才华被视为有成为祭司或者书吏的潜质的孩子，将被送到更高级的学校接受教育和训练。

杜阿凯提老爹说的没错，作为一个书吏是生活舒适的——哪怕是还处于学生阶段。埃及的母亲为孩子准备在学校的午餐，从一块陶片上的记载来看，埃及学童的午餐非常丰富，其中包括三十三种鲜肉、四十八种干肉和二十四种饮品。

不过现实生活中，乡下学生的午餐就两样：面包加啤酒。

吃饱喝足之后，要开始用功了。从麦地那工匠村出土的文献中可以看出古埃及老师以整句话传授的方式教学生学习阅读，而不是按照一个一个象形文字来学习然后拼成一句话。老师在授课时要求学生们大声阅读课本上的例句直到他们牢牢记住，然后再用石灰石在陶片上把这些句子写出来——虽然闻名于世的纸草更便于书写，但这些昂贵的纸草不能浪费在学生学习写字的阶段。哪怕是在财大气粗的神庙学校里也是一样用陶片练习，位于底比斯西岸的阿蒙神庙曾出土大量的陶片残片。

埃及的学生们是很辛苦的，学生们诉苦说“学校里的作业像山一样恒久”。考虑到埃及流行三种象形文字系统，每一种文字都有它应用的场合，以至于这三种书写方式学生都需要掌握的情况，孩子们发出这种抱怨也是可以理解的。

我们今天对着象形文字如看天书，而这种文字对古埃及人来说一样很难掌握。想精通三种象形文字，必须要经过长期严格的训练和刻苦的练习。

学生被要求每天抄写至少三页象形文字，不仅要正确还要书写美观，这对于初学的儿童来讲是很不容易的。孩子们在陶片上反复练习，只有在他们熟练掌握

要学会书写三种象形文字需要付出艰苦的努力

正在磨面粉准备做面包的埃及女人塑像

正在做面包的面包师塑像

好复杂的文字系统后，老师才会给他们发纸草，让他们像个真正的书吏那样用芦苇笔蘸着几千年不褪色的树胶墨水进行书写——这些纸草都是别人用过的旧稿，学生们只能按照老师的吩咐在空隙处写上新内容。

传统的埃及书写用具由用细绳串联在一起的写字板、水碗和笔筒组成，每个书吏都随身携带，行走时搭于肩上。长方形的写字板由木头和雪花石制成，写字板上有椭圆形的凹槽，分别盛放红和蓝（或黑）两种墨水。笔用芦苇制成，一头用锤子砸软后修剪成刷子状，书写时用“小刷子”蘸着墨水书写。黑墨水用于一般书写，红墨水用来标记题目、段落起始部分、文中重点和书写魔法。

在一份流传到后世的纸草残片上有一段师生对话：

书吏皮阿伊对阿蒙莫斯说：“第三章是为你准备的。”

阿蒙莫斯回答：“我将会做它！看，我会做它，我会做它。”

皮阿伊说：“带着你完成的章节过来给我看！”

作业呈给先生过目，结果要么是做得好获得夸奖，要么是做得差接受惩罚。杜阿凯提在提醒儿子注意体力劳动者动辄被主人虐待的时候，隐瞒了学生常常被老师痛打的事实——埃及的很多教谕文献中，都写着教师要鞭打不努力学习的孩子。

“不要懒惰，书吏，否则你将立刻被惩罚！不要让你的思维因逃离课堂而天马行空，否则你将失败……不要懒惰地度过一天，否则你将被鞭笞。年轻人的耳朵长在他的背上，只有当他受到鞭打时他才会听话……”

古埃及的教学之道以体罚为纲，他们特别信奉对皮孩子“三天不打就要上房揭瓦”这一真理，教师的指导思想认为“知识是技艺之神图特通过教鞭送给人间”的，甚至在教谕中写着学生接受河马皮鞭鞭笞是一件令人身心愉悦的事情——也不知到底是学生和老师中的哪位因此而身心愉悦？

在古埃及的课堂上，上课多嘴讲话，挨鞭子！听课时睡觉，挨鞭子！写字做题行动迟缓，挨鞭子！懒惰没写完作业，更要加倍挨鞭子！

在一块石板上刻画了这样的古埃及上课情景：学生们席地而坐，在纸草上奋笔疾书，他们的老师双手握着写字板站在学生后面，随时准备给令自己不满意的劣徒来一家伙……

带着父亲的殷切期望，学生珀辟会在这样的环境中逐渐成长。如果一切顺利的话，他会熟练掌握象形文字的书写，并通过学习古埃及经典文学作品学会使用优美言辞这一书吏的有力武器。等他能够完成申请书、报告书、经济或者商业记录文书等实际本领之后，他可以像拜凯尼素宏那样选择在十二三岁就毕业，然后作为一名书吏被政府或神庙雇用。如果他表现出众又肯继续用功，那么还可以到政府部门申请实习，学习自己期望获得职位的工作方法，这样也许会导致他到十七八岁才能毕业。又假如他真的天赋异禀骨骼清奇，也许能像古埃及著名的神童贝肯康那样十五岁在御马管理机构毕业，十六岁就留任执教并成为机构管理者，之后一步步走向著名大祭司的人生巅峰……

如果珀辟真的存在过，那么当他结束自己的学生生涯后，应该可以获得自己的职业，在两土地上的某一处独立生存。

到了那个时候，杜阿凯提老爹一定会继续训诫自己的儿子："当你发达的时候建一所房子，用心爱你的妻子，让她食可果腹，衣能蔽体，并用油膏涂抹她的身体……"

总之，珀辟你该自立门户，成家过日子啦！

蜗居两土地

太阳照常升起，灼热的光芒照耀着上下埃及的城镇和村庄。

阳光下的埃及炎热干燥，处处灰尘弥漫。家家户户都以干燥牛粪做燃料，做饭时产生的浓厚烟雾在空中经久不散。

尼罗河边的居民点中街巷狭窄局促，房屋周边堆满了恶臭的垃圾，老鼠和虫子占据了垃圾堆，密集成群的蚊蝇飞在人和动物之间嗡嗡作响。

生活在这种环境下，埃及人是带着怎样的心态度日呢？

在法语国家中有句口头禅“C'est La Vie（这就是生活）”，这个金句颇有我们口头禅中“人生不如意事常八九”的意味，古往今来所有国度的生活都是在不断的希望与失望中前进的，就像那句著名的 TVB 台词“做人呢，最重要的就是要开心”。

即使身在古埃及，再多的烦恼也没有一顿小烧烤解决不了的，如果有，那就再加上啤酒和面包……

必须承认，我们对埃及人坟墓的了解要远远多于对他们生前居所的了解。这是由于埃及自有特殊国情在此——活人的住宅都是用泥砖建造的，从国王到农民都是如此，只是豪华舒适程度有差异，这种材质的建筑基本上不用考虑几千年长度的长期保存了……

我们都知道尼罗河水每年定期的泛滥与消退，这种大自然的规律为埃及文明带来了生命，也为埃及建筑带来了毁灭。为了不让洪水席卷家园，埃及早期大多数的城镇村庄都建在高地上。随着人口增加，人们向低地迁徙，于是创造出以堤坝环绕聚居区来抵挡洪水的方法。这些堤坝用泥土筑造，需要实时监管以防溃堤灾难出现。

埃及很缺乏优质木材和石料，所以它们被优先用于神庙和陵墓建筑上，因为这是代表永恒的所在。至于短暂尘世间的蜗居之地，就只好用泥砖修建了。

在公元前 3000 年时，埃及人就已经精通泥砖建筑技术。他们开发出泥砖的建材尺寸标准，工人按照统一的大小标准把尼罗河淤泥与碎麦秆和沙子混合后晒干，这种建筑材料随取随用，极为方便，在干燥炎热的沙漠气候条件下可以维持几代人的时间。

埃及房屋的泥砖墙壁很厚实，位于墙壁高处的狭窄窗户覆盖着亚麻布帘或木质百叶窗。这些窗户一般是朝北开的——每年春天撒哈拉沙漠都会刮来夹带着沙尘的酷热西风，沙尘害得埃及人很容易患尘肺病。而来自北面地中海的清爽海风给人的感觉是清凉洁净，埃及人认为这是阿蒙神的呼吸给了他们酷暑中的清凉，因此埃及的房屋一般都会朝向北方。

正在饮酒的贵族

王室的菜单上有瞪羚等野味供应

在埃及，葡萄属于奢侈品，葡萄酒是贵族专享的饮料

在贵族的酒宴上少不了歌舞相伴

为了尽可能让北风吹进室内，埃及人还在屋顶修建三角形的风塔用来引风，直到今天这种设施仍然在埃及农村很常见。

埃及房屋内部采光不足，光线暗淡。夜晚时他们点燃小陶罐里的蓖麻油照明，这种油灯的气味曾令希罗多德抱怨不已。有钱人家使用雪花石膏制成的灯，还会加热香脂让空气中弥漫着甜腻的气息。埃及人当然还有火把，但这种照明工具一般用在葬礼上以驱逐黑暗中的邪魔。

埃及天气炎热，垃圾遍地。尤其在洪水退后的 9、10 月份，蚊虫蜂起扰民。在古埃及时代的教谕文献中记载了农民被蚊虫叮死的可怕情况，上下埃及的居民们一直为此感到头疼。

希罗多德说住在三角洲沼泽地带的埃及人建造塔形的高层建筑，晚上睡在蚊子飞不上去的最顶层以防叮咬。希罗多德的说法还没法验证，不过在胡夫国王母亲的坟墓中倒是发现了围在床上的木质框架，考古学家们认为这应该是蚊帐的架子。埃及不缺亚麻布，至少搭个帐子还是能够做得到的。

事实上埃及人的房屋与街道的清洁程度成反比，他们喜欢居住在干净整洁的环境中，并不喜欢用太多的家具塞满房间。

埃及人用泥砖或泥土夯实后铺成室内地面，然后铺上光滑的灰土，再铺上芦苇、纸莎草或棕榈纤维编制的席子，将灰尘和沙子遮挡在席子下面。

已知的埃及平民房屋内部家具摆设较为简单，以实用为主。一般都会有低矮的桌子和铺设干草坐垫的木头凳子，盛放食物的盘子放在台面上，扶手椅则是为地位尊贵的客人准备的，睡床一般是泥砖或木质的小平台，上面铺着草席子。

有钱人家的家具自然会讲究很多，新王国时期的权贵卧室中布置了黑檀木和象牙制造的床、扶手椅和沙发，所有家具上都有柳条编织的席垫，它们的腿部一般做成动物脚爪模样，以狮子腿脚造型居多。有钱人用的枕头一般是木质或者石质的弯月形状，当然大家可能对博物馆中图坦卡蒙的精美黄金枕头印象更深，但那是给死人用的明器，活人不用这个。

仔细打量埃及人房屋内部设施的话，你还会注意到在用颜料彩绘装饰的房间里能看到各种动植物和风景图案，墙壁上大小不一的木匣和壁龛中放置了亚麻布匹、生活陶器、衣服首饰、化妆品、玩具等零碎物品，以及供奉的各种神像，尤其是能保护妇女儿童的图特、伊西丝、哈托尔、贝斯等神灵。

埃及人的虔诚是无可置疑的——他们在诸神的注视下睡去醒来，在诸神的庇护下出生死去。

爱美之心

在埃及人人都佩戴首饰，不管是活着还是死去，首饰始终伴随着他们——甚至连受到崇拜的神圣动物也同样佩戴着首饰。

早期埃及时只有国王能使用和佩戴金质饰物，因为黄金是“太阳之体”，代表着神圣永恒，后来才逐渐允许祭司和贵族阶层佩戴金质饰物；贵族的首饰多用金银和半宝石制成，半宝石是介于宝石和石头之间的各种色彩斑斓的矿石，如绿长石、绿松石、孔雀石、石榴石、玉髓、青金石等；平民的首饰一般用釉陶珠子制成，工匠们将碱性釉料涂在石英砂胎或石子上烧制成亮晶晶的首饰；就算是最穷苦的奴隶和农民的孩子，也至少拥有陶器戒指和骨质护身符，在这些粗糙的首饰上刻着贝斯神的肖像，这几乎是可怜的父母能给予孩子的唯一保护了……

古埃及首饰的种类主要有项饰、耳环、头冠、手镯、手链、指环、腰带、护身符及坠子等，它们制作精美，装饰复杂，复杂的配色蕴含着浓重的神话象征意义：金色是太阳神的颜色，象征着生命的源泉，代表神的肉体和永恒不灭；银色代表黎明的太阳、月亮、星星；天青石代表保护世人的深蓝色夜空；绿松石、孔雀石和沙漠长石象征尼罗河带来的生命之水；墨绿色碧玉代表再生的力量；红色碧玉则象征着生命。

除了颜色之外，形状也非常重要。埃及的护身符被制成圣甲虫、生命符号安克、神圣动物、男女神灵、王冠和荷鲁斯之眼等形状，埃及人相信依靠它们的魔法力量可以让自己吸收好运气，并驱逐一切厄运、危险的事故、饥渴、毒蛇和恶魔。

对于埃及人而言，整洁的外貌和清洁的身体，以及认真梳理的发型都代表着一个人的礼仪和气质。

在后期埃及的一个脸盆上刻着这样一段话：“当你洗脸的时候，愿你拥有了健康，并使你身心愉悦”。每天醒来时，埃及人会用含少量泡碱的清水漱口，然后清洁自己的面孔——埃及人从很早开始就使用肥皂，这种简单实用的洁肤产品从古代埃及一直延续到现在，其基本化学结构一直没有发生大的变化。

今天的法国香水举世闻名，在公元前“埃及人”这个词本身就是香水的代名词。埃及出产的香水以能在皮肤上长时间持续芬芳而出名，罗马人购买这种香水，传说奢侈的埃及艳后克娄巴特拉七世使用十五种不同气味的香水来洗澡。

古埃及时代的贵族宴会上，上层阶级的客人会在头上放置一坨一坨的特殊物品——千万别想到神圣鳄鱼粪之类的歪门邪道上去，人家放的是锤形的香料油膏，油膏融化在头上会散发出清凉的芬芳。

而就算是一般劳动者也使用香脂除臭剂来驱除体臭，这些香脂以香料和动植物油脂制成，涂在皮肤上可以保持湿润、柔软和光滑。国王在支付工人报酬时，会将香脂和谷物都算成工资的一部分。

在乡村地区，贫苦的农民们将豆角研碎搽到皮肤上来驱除体臭。

不光是埃及人身上香气扑鼻，在埃及人的住宅中往往也飘荡着香油的味道。在埃德弗和菲莱岛的神庙墙壁上，祭司们郑重其事地刻着以葡萄干、葡萄酒和芬芳的草药脱油脱脂提炼香油的配方，神灵的居所正是依靠它们来清洁空气维持芬芳。

爱美之心，人皆有之；爱美之举，埃及翻倍。

埃及人孜孜不倦地追求梳妆打扮的最优效果，追求美的行列中不分男女老幼。前面已经提过埃及人不分身份高低男女之别统统化妆，特别是随葬的画像因为拥有当作死者在来世的替身之功能，因此不论男女都穿着自己最华丽的衣服，戴着最精致的假发，描绘着最美的妆容——因为那是埃及人希望自己在永生之地能够呈现出的模样。

在后续章节我们会介绍到埃及人不光在遗像中浓妆艳抹，他们的木乃伊也一样需要美颜处理。至于日常生活中，埃及人也毫不犹豫地让各种颜料香粉“扑面

穿着努格白长裙的埃及女人和穿着绳衣的女奴

短裙和努格白是古埃及古王国时期的标准男女服饰

壁画上的神灵穿着的正是华美透明的王室亚麻布衣料服装

而来”修饰自己的脸。

大约在公元前3700年的巴达里文化时代，埃及先民就开始运用天然矿物质进行化妆。考古学家发现过无数埃及的史前化妆调色板，这些调色板是石质的，有些呈椭圆形，有些做成各种神圣动物的形状。这些调色板的表面还残留着当年在油脂中调和色素的痕迹，所以让我们可以很明确地分析出埃及人的美容秘方。

古埃及时代最常用的化妆品是画眼影和眼线的眼影粉，埃及女性在史前时期就普遍画眼睑来美容了。埃及人使用的“烟熏妆”颜料主要有绿和黑两种：从史前到第四王朝时期，来自西奈半岛的绿色孔雀石为埃及人带来了化妆用的绿颜料“乌玫”；第四王朝之后绿色不再流行，来自西亚贝都因部落和蓬特的方铅矿石带来了黑颜料“麦斯戴迈特”。

麦斯戴迈特在埃及历史上经久不衰，埃及的坟墓中经常会发现装在袋子里的方铅矿石随葬品。在古王国时期这些颜料与给死者用的七种圣油一起被文献提及，可见其代表的神圣意义。

当时间发展到第十八王朝时期，古埃及的化妆用具、装饰品和化妆术已经大行天下，哪怕是最贫困的家庭中也能见到它们的痕迹：埃及人用红褐土和油脂混合起来做成唇膏；他们还发明了眼线笔，用来将油性的乌玫和麦斯戴迈特勾勒在眼圈和睫毛处，让眼睛显得又大又亮。

古代埃及人人爱美，其中最爱美的是居住在大房子里的法老。

在数量庞大的王室官员当中，直接负责为国王化妆的就有二十多位。这些官员各自负责的领域无微不至地覆盖了拉神之子身躯从头到脚的每一寸地方：理发师专门负责理发、修面；美甲师专门负责指甲的修理与美化；美容师专门负责为法老喷香水、涂眼睑、抹香脂等；甚至还有负责为国王穿鞋的专业人员。这些王室官员的墓志铭上骄傲地记载着自己的官职信息——“化妆箱管理员”“化妆眉笔管理员”，并且都自称是国王的朋友。

上行下效，权贵们的生活也一样穷奢极欲。除了刚才已经介绍过的美容措施之外，大富大贵人家在视觉享受上也有很高的追求。在贵族饮宴之际，华丽的厅堂之内都有美女奏乐并歌舞相伴，这些美女通常只穿着绳衣保持裸体，在一旁服侍的女奴也是如此打扮。

权贵的奢侈私人生活主导了埃及社会审美的风向标，而时代和环境的变迁则促进了埃及衣冠的不断演变，时尚的流转贯穿了整个古埃及文明史。

神学与医学

1828 年，一块刻满了圣书体象形文字的完整石碑被打井的埃及农民挖出来。埃及的统治者对这些远古异教产物毫无兴趣，于是将它作为礼物送给时任奥地利首相梅特涅，这块石碑因此得名“梅特涅石碑”。

1950 年，这块石碑被收藏于纽约大都会艺术博物馆。

梅特涅石碑上一共出现了埃及神话中的五位重要神灵：伊西丝、小荷鲁斯、拉—荷拉克提、奥西里斯和图特。这块谜一般的石碑上包含有十三篇咒文，其中有一个咒语与古埃及医学直接相关：

话说伊西丝女神在三角洲沼泽中生下荷鲁斯，从此开始了抚养孤儿的艰苦生活。神灵也一样要吃饭才能活下去，可是当伊西丝外出寻找食物回来时，她的宝贝已经昏迷不醒。

着急得近乎疯狂的女神请求沼泽地中的居民来帮助自己，其中有位博学的大妈断定是蝎子或者毒蛇咬伤了孩子。伊西丝一遍又一遍地重复尖叫“荷鲁斯被咬伤了”，这疯狂的呼喊让天空中的拉神之船都停了下来。

太阳神吩咐图特到地面上看个究竟，图特在听到伊西丝的哭诉之后，使用“生命之气”治愈了小荷鲁斯。图特将“黑暗的狮子”“高贵的圣甲虫”等保护中毒者的神秘神灵告诉伊西丝，并且承诺世上所有患病的人或动物都可以因此而痊愈，就像小荷鲁斯曾经历过的那样。

这个石碑是埃及人尼萨图姆出资制作的，这位慷慨的祭司宅心仁厚，他没有将这些咒语抄写在纸草卷轴中私藏起来，而是花钱请人刻在石碑上对公众展示——用来帮助那些患病的可怜人。

虽然绝大多数的埃及人并不识字，但他们相信用手摸摸石碑上的文字就能让神灵的力量治愈自己，病人的亲属则向石碑泼水，然后把这些“圣水”带回去拿给病人服用或沐浴。

虽然看似可笑，但当你注视着石碑上那些几乎被一双双满怀希望的手磨平的地方，不能不心生同情——这几乎是那些正遭受苦难的人的唯一希望了……

有种关于古埃及医学的看法是古埃及的医生分为两派，分别是祭司巫医和专业医师。被埃及人奴役过的犹太人记载了早期巫医的医学理论，这些祭司们以鬼神作祟来解释疾病成因，驱魔仪式是临床医疗中最重要的程序。祭司拥有神仆的光环加持，自然地位较高，这些神学老司机引领医学发展潮流几千年，结果导致古埃及医学始终困在迷信的弯弯绕里面。

这种二元对立的分法其实不能准确表现古埃及医学的状况，因为在他们的世界中，祭司和医生、巫术和医学是密不可分的整体。

中国人见了医生会客气地称呼一声大夫，埃及人对医生则叫作“苏努”。象形文字中的苏努用箭头来表示，可能是因为埃及医生用箭头状的工具进行临床手术。

中国的医生始祖是轩辕黄帝，埃及的医生始祖是伊蒙霍特普。在之前我们介绍过这位由人转化为神的伟大祭司，他是埃及人心目中的医学保护神，据说他曾撰写了很多纸草医书，可惜一本都没有流传下来。

埃及还有一位专门的医学、战争和法老的守护女神，叫作塞赫迈特，于是侍奉这位狮首人身女神的祭司们也要将大把精力放在医疗领域了。

在古埃及文献中专门列出了一些医学书吏，目前没有证据表明这些人是世俗社会的专业医师。不过在古埃及的官僚机构中的确有上下埃及医学总管这个职位，按照惯例担任这个职务的依旧是大祭司。

在古代埃及的医生队伍中，除了那些不入流的接生大夫或者说接生婆以外，基本上都由男性从事这个行当。目前已知的医学院主要是神庙的生命之屋，新王国时期下埃及的巴斯泰特城以及后期埃及的阿拜多斯和塞斯城都是文献中记载的医生培养基地。

埃及医学与巫术从未彻底分离过

埃及医学被神话和宗教所束缚

在古代埃及并不是说你在伊蒙霍特普或塞赫迈特神庙中担任祭司就自然成为医生。按照已发现的铭文记载，医生要从学徒干起，经过严格的医学培训后，还要经过一次次专门考核才能沿着独立行医、成为高级医师的职业道路前进。

在这些医生的成长过程中，埃及古代医学文献是他们学习的课本。马涅托曾记载埃及开国大帝美尼斯的儿子阿托悌斯就撰写了医学著作，在埃及历史上第一次论及解剖学。除此以外，诞生于公元前 1550 年的《埃伯斯医学纸草文》和更古老的《史密斯外科纸草文》都是古埃及医学家总结出的经典医书。他们记载了创伤性与自发性骨损伤的差异、导致埃及人失明的沙眼传染病、各种肠道寄生虫，以及截肢手术、绷带包扎方法、包皮环切术等等外科技术，更有海量的药物处方。

文献记载中的古埃及药物有二百多种，其中涉及七十多种动物、二十五种植物、二十种矿物，以及啤酒、葡萄酒和面包等日常食物和饮料，甚至包括动物尿液、尼罗河淤泥和病人指甲中的污垢——这些不可思议的药物效果如何可想而知，但这些由象形文字记载的药方正是“化学”一词的来源，意为古埃及黑土地上的神奇科学。

古希腊人曾认为埃及人精于制作木乃伊，所以他们的医学水平很高。因为宗教文化的原因，希腊的医生和学者不能在本土解剖人体，所以他们渡海而来，从埃及祭司那里寻求答案。结果希腊人失望地发现埃及祭司虽然能够熟练地把遗体大卸八块再缝合起来，但他们所做的一切都是基于宗教意义而不是科学地研究人体运作原理，所以希腊访问学者在很短时间内就取得了埃及祭司几千年来对人体结构了解的总和。希腊人系统地分析了古埃及的医学，将科学的诊疗手段与魔法巫术分开，这些经过提炼后的知识又被带回古希腊，成为西方医学体系的奠基石。

为什么埃及医学无法实现自我突破呢？

按照《埃伯斯医学纸草文》中对医学学生的描述：“他的导师是图特神，图特神会用纸草卷引导他们。图特神编撰了这些文献，并将这些知识讲授给需要学习的人。”在宗教意义上来说，神已经为世人的疾病准备好了治疗方法——也就是前辈医生积累下来的医学经验，后世学徒只是练习将自己见到的病症与古代文献进行对比，找出相同的病以及治疗方法即可。

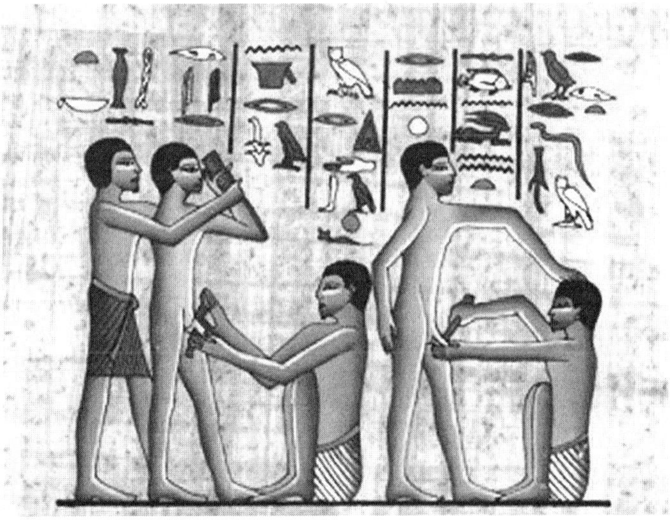

莎草纸上描绘的割包皮场景

更关键的是按照古埃及的规矩，如果医生按照“祖宗家法”看病看出问题是不用负责任的，因为《史密斯外科纸草文》等文献早已经用神灵之口宣布人间疾病分为可治愈之病、不可治愈之病和可能治愈之病，所以医生有足够的理由为自己辩解；一旦医生胆敢怀疑古代先贤和神灵的知识，试图另辟蹊径来治疗的话，很可能会被治罪甚至是掉脑袋——换成你的话你会怎么做？

正因为如此，埃及的医学才未能突破巨大的束缚实现自我突破。流传千古的既有医学知识让埃及的邻国所羡慕，甚至让希罗多德感慨埃及人是世界上最健康的人群。但木乃伊上出现的严重牙病、尘肺症和炎症痕迹无声地说明了埃及医术的巨大局限性，因此梅特涅石碑才会成为那么多埃及人的精神慰藉和灵药来源了……

第三节

通往来世的冒险旅程

与引发了无数奇妙幻想的古希腊神话不同，埃及神话在后世滋生出的多是恐怖传说。

这其中的原因除了那些兽头人身的古怪神灵形象之外，更多的要归于埃及人将死者制成木乃伊保存的习俗。

一提起木乃伊，我们可能会条件反射地想起躺在华丽金棺中的图坦卡蒙或者是拉美西斯二世。这些埃及帝王的木乃伊历经数千年保存至今，不仅让我们了解了古代君王的生活状况，更带来无穷无尽的鬼怪传说。

关于这一点，并不能单纯地责怪后世的人们愚昧无知。要知道就算是在埃及的时代，木乃伊同样也激起很多鬼故事的创作灵感。

在三千二百年前新王国时期的一块陶片上，刻着一个埃及版的“捉鬼故事”。

在底比斯有一个叫作尼布斯迈赫的厉鬼作祟，于是一位高贵而智慧的祭司霍姆塞哈布挺身而出，以他信奉的阿蒙神之名去平息幽魂的愤怒。

霍姆塞哈布当然不会举着桃木剑挑起黄符纸作法，也不是捧着十字架大喊“哈利路亚”去喷洒圣水。他的策略是咏念克制恶灵的咒语之后，勇敢地与尼布斯迈赫共度一晚——听起来有点儿像是埃及版的聊斋故事。

在祭司的安慰之下，厉鬼倾诉了自己的悲惨遭遇：他生前曾是第十七王朝时期的权贵，但历经三百年时光之后，他的坟墓和木乃伊早已被摧毁，他的灵魂无处安歇。

霍姆塞哈布同情这个无家可归的鬼魂，于是许诺重建尼布斯迈赫的陵墓，并定时向他的灵魂献上祭品，从而改变了这个孤魂野鬼毫无希望的悲惨生活。

仔细分析这个残缺不全的埃及故事，能够发现埃及人和我们对木乃伊态度的微妙差异。埃及人将木乃伊视为生与死、希望与恐惧的混合体，他们借助于木乃伊来摆脱人类最大的恐惧：死亡。

永生的许诺

埃及神话中关于奥西里斯的传说是每一个埃及人都耳熟能详的故事：

天神和大地女神的儿子奥西里斯是点亮埃及文明之光的伟大神灵君王，他娶了自己的妹妹伊西丝，成为埃及人爱戴的贤明统治者。

但奥西里斯的弟弟赛特也爱着伊西丝和埃及王座，为了得到自己的这两样至爱，赛特决定除掉碍事的哥哥——他诱骗哥哥躺进棺材里，然后钉上钉子便丢进了尼罗河中。

伊西丝悲伤地搜寻丈夫，最终在遥远的拜布洛斯，也就是现在的黎巴嫩海岸附近找到了棺材。

奥西里斯已经遇害，但伊西丝以女神独有的智慧将奥西里斯制成埃及历史上第一个木乃伊。故事在此处有不同分支解释，例如在新王国时期留下的僧侣文书中，就认为是伊西丝设法令木乃伊勃起，从而使自己怀孕生下儿子荷鲁斯。

篡位的赛特发现此事后自然不肯视若无睹，他找到哥哥的木乃伊并将其肢解成十四块扔在尼罗河谷各处。

伊西丝设法找到了所有的碎块，将丈夫如乐高一般拼合起来。虽然奥西里斯的阴茎部分被一条象鼻鱼吞食，但在阿努比斯的帮助下，伊西丝还是拼完整了丈夫的躯体。她为木乃伊涂上珍贵的香料并以细带子包裹，这样奥西里斯便获得了永生，得以成为亡者国度阿蒙提的统治者。等到荷鲁斯长大后，这孩子击败了赛特成为人间的统治者。

奥西里斯的故事不仅从神话角度解释了法老权威来自埃及诸神所授，更为所有人提供了获得永生的许诺。

从前王朝时期开始，埃及人相信万物有灵，而人的灵魂便是精灵。精灵栖身于人的躯壳之中，如果死后躯壳腐烂损毁，精灵也随之而灭。

木乃伊并不只是一具保存期很长的干尸，同时也是一个人曾经形象的转化物。无论是为木乃伊涂抹香料还是在其面部覆盖金面具，都可以帮助死者转化为神，将自己的名字与神连接成为“奥西里斯某某”。

后来随着神话发展，人们更进一步认为如果在生前按照埃及的玛阿特道德伦理原则生活，那么死后的亡者精灵便有被众神复活得以永生的资格。而复活的条件正如奥西里斯神话中所述那般——通过变成木乃伊踏上永生之路。

制作木乃伊

埃及人的木乃伊处理技术在漫长的历史时期内不断改进工艺。

前王朝时期的木乃伊大都是自然形成的，人们把尸体埋在挖得很浅的墓穴里，上面用兽皮或编织物覆盖，再用沙土盖好。一切顺利的话，埃及灼热的阳光便可以令尸体脱水干燥成为干尸。

直到两千年后的第四王朝时期，埃及人才认识到内脏是尸体迅速腐烂的罪魁祸首，于是制作木乃伊就有了掏取内脏的重要环节。但其他防腐措施依旧简陋，这就导致了在古王国和中王国期间保存下来的木乃伊屈指可数。

又过了一千余年，新王朝时期的木乃伊制作技术趋于完善，出现了有效的尸体脱水和防腐技术。

当时，制作干尸已发展成为一种专业行当。有专门的防腐师和木乃伊制作工坊，不仅法老和大臣们死后要制作成木乃伊，连许多富裕的平民也竞相仿效。

古希腊学者希罗多德在《历史》中描述了距今两千五百年前的木乃伊制作流程：

木乃伊制作者使用铁钩子通过死者的鼻腔钩出大脑

制作木乃伊的一些金属工具

四个卡诺普斯罐子

办丧事的死者家属会与木乃伊制作者讨价还价，当时市场上的木乃伊制作分为高、中、低三个档次，制作者会展示木乃伊小模型，让家属直观看出自己亲人的木乃伊会是什么样的，然后大家选定方案谈妥价格后开工。

遗体首先被运至木乃伊制作工坊，这些工坊中最显著的装饰品就是陶制的豺狼雕塑，它代表着亡灵接引之神阿努比斯。此外一种叫作“巴”的人头鸟形象也是工坊的常见装饰物，它是象征着死者灵魂的精灵，可以离开遗体飞到阴阳世界中任何一处死者感兴趣的地方，也终将回归木乃伊体内。

根据拉美西斯二世统治时期一个埃及书吏肯奈赫柯普谢夫留下的莎草纸手稿，我们可以清晰直观地看出3500年前他的父亲拉莫斯是怎样被制成一具木乃伊的：“在上埃及和下埃及的法老拉美西斯二世统治的第三十九年，我是肯奈赫柯普谢夫，拉神之子麦伦普塔之墓的书吏，为我的父亲拉莫斯完成了所有通往西方芦苇之地的仪式……”

在拉莫斯死后，首先家里和邻居家的女人，以及雇来的哭丧妇女哭丧哀悼。这些女人用一只手捂着头顶的特殊姿势号哭，这种姿势直到今天仍被埃及女性采用。

哭泣守夜之后，他的遗体被儿子运到木乃伊防腐工坊进行净化处理。

工坊的执导者是一位有名望的祭司，他知晓永生的奥秘，在整个制作流程中始终头戴阿努比斯的面具。一群专业的木乃伊制作者围绕在遗体周围，严格按照祭司的吩咐进行操作。

对于一个专业的制作者而言，首先要进行的是清理死者头颅的工作。他们会使用一个细长的金属钩子，通过鼻腔将大脑掏出来，然后用化学品清洗颅腔内部。

开腹的专用工具是一把黑曜石刀，制作者在死者腹部左侧切开一个大口子，将肺、肝、胃和肠道摘除后浸泡在化学溶剂中清洗干净。这些内脏仔细包裹之后会被涂抹树脂、香料和泡碱，再放入四个卡诺普斯罐子里，这些罐子上有人和动物的头像装饰，代表着不同的保护神。其中有着人类面孔的是依姆赛特，它负责照看肝脏；有着狒狒面孔的是哈比，它负责照看肺；有着豺狼头的是杜阿穆特夫，它负责照看胃；有着鹰隼头的是克布塞努夫，它负责照看肠。

泡碱是天然碱矿中采掘来的碱面，具有强烈的吸水性，潮湿的内脏会在罐子里快速干燥。

心脏是最后被摘除的脏器，因为埃及人认为心脏是意识所在的器官，所以它会被小心放进容器中，等待死者躯干被棕榈酒和香料洗净后，再随着一个被称为“心脏圣甲虫”的护身符一起放回胸腔里面。

传统上这个放置在心脏位置的心脏圣甲虫会用黄金和宝石制作，所以历代在埃及肆虐的盗墓者都冲着它而来，他们会劈开木乃伊取出心脏圣甲虫。而那些惨遭劫掠的亡魂，只好变成尼布斯迈赫那般愤怒嘶吼的厉鬼了。

当心脏圣甲虫放回胸腔之后，制作者会用成卷的亚麻布、锯末和没药、肉桂等香料，以及大量的泡碱填充遗体空荡荡的胸腹。

到了这一步，制作者要视遗体身份和付费程度考虑是否进行进一步的美容处理。对于法老等权贵，以及付得起钱的富人遗体自然是要进行细致化妆的。

例如当拉美西斯二世被制成木乃伊时，他的标志性的鼻子被胡椒子包裹起来，以保持生前的形状。他的指甲和头发都用指甲花染成象征生命气息的红色，而腹部切口也被覆盖了坚固的金板。

而我们的主人公拉莫斯有个孝顺儿子，肯奈赫柯普谢夫出钱为老爹购置了不少护身符和莎草纸咒语。

其中一个刻着咒语、装饰着碧绿宝石的心脏圣甲虫被放置在心脏之上；一张用代表重生的绿色天河石粉末书写的莎草纸咒语则放在喉咙之上；在木乃伊胸腔上放置着红色宝石制作的缇特符和青金石制作的吉德符，这两个护身符分别代表着伊西丝女神和奥西里斯神脊椎的护佑；在木乃伊脖颈下放入一个小枕头，好让主人在复活时能够抬起头部；最后给木乃伊戴上一个镀金面具，好让面具在永生之地诉说主人生前的光彩——显然肯奈赫柯普谢夫是理性的人，花钱还是有所节制的……

接下来制作者缝合木乃伊身上的各处切口，遗体被亚麻布层层包裹起来，直到看上去像是个自然的人体形状为止。

包裹好的遗体被平放在桌子上盖满泡碱进行干燥处理，这种干燥处理时间长达七十日之久。时间到了以后，制作者将遗体取出再度进行彻底清洗，这个过程要用到一些价格不菲的香油和油膏。

不是所有的木乃伊都有如此绚丽的外表装饰

木乃伊制作者将处理完毕的遗体用亚麻布层层包裹

完成这个过程后，遗体全身被树脂浸泡过的优质亚麻布条紧紧缠绕包扎数层，其中每根手指和脚趾都要分别包扎。

到这里，又涉及第二项遗体美容和魔法保护的 VIP 尊享增值服务了。

对于身份尊贵的死者而言，手指和脚趾的对应部位都要覆盖金指甲，口内被塞入金舌头。至于各种保护遗体不被打扰、帮助亡灵安全前往永生之地的各种护身符、魔法饰品和写着咒语的纸张都被细心包裹在每层亚麻布之间。

而那些付不起任何美容费用的穷鬼自然免去了上述所有这些麻烦，制作者会在取出内脏缝合切口之后将雪松油灌进遗体中，再将遗体往泡碱堆里一放拉倒。

七十日后，雪松油已经把遗体的脂肪肌肉和各种软组织溶解干净。制作者只要把油抽出来把组织液倒掉，那具只剩干燥骨骼和皮肤的遗体就可以拿去向死者亲属交货了——你说亚麻布包扎处理？谢谢，那是要额外付钱的！

1994 年，美国考古学家鲍勃・布里尔在马里兰州解剖学会主席的协助下，按照古希腊学者希罗多德在《历史》中描述的埃及祭司处理细节，将一具志愿者捐献的遗体制作成木乃伊。

布里尔等人严格按照希罗多德的步骤制作了一具现代木乃伊，他们发现从鼻腔取出大脑是难度最大的操作步骤。其过程极为艰巨烦琐，远非《历史》中轻飘飘一句话所形容的那般容易。

但无论如何，这具现代木乃伊验证了古希腊学者记载的可信程度。它在一个温度湿度适宜的环境一直保存完好，没有任何腐烂的迹象。世界各地的科学家频繁来拜访它，来试验打算用在古代木乃伊身上的各种技术。其中最有价值的就是验证了木乃伊的 DNA 提取技术，为 2007 年确认传奇女法老哈特舍普苏特的身份奠定了技术基础。

古老的葬礼

在新王国时期的一处壁画上，描绘了木乃伊被船只运往西岸金字塔安葬的场面。

木乃伊的四个卡诺普斯罐子被放置在顶部有豺狼塑像的卡诺普斯箱子里，随着木乃伊一同航向永生之地。

在其余的船只上装载着大量的食物饮品和生活奢侈品，它们将伴随主人一同抵达坟墓中埋葬。

根据这些描述，再结合肯奈赫柯普谢夫留下的手稿记录，我们可以推测出他父亲拉莫斯葬礼的大致模样：

时光回溯到 3500 年前的一天，正是太阳升起之时，尼罗河上泛起万点金光。

随着船桨划破水面，几条两端上翘带有典型埃及风格的大船划向尼罗河西岸——那里是埃及传统上的墓地所在之处。

一位头戴豺头面具的高级祭司守护在棺木旁边，他扮演着阿努比斯的角色，口中不停咏念着保护死者亡灵的咒语。

除了祭司扮演的阿努比斯之外，肯奈赫柯普谢夫也披着豹皮扮演荷鲁斯的角色，按照传统，这个角色要由死者儿子或是葬礼祭司扮演。“荷鲁斯”的存在是为了确保死者可以受复活奥西里斯的荷鲁斯之眼庇护，在冥界获得新的生命。

在船上还有两位号哭的女祭司，她俩扮演着哀悼奥西里斯的伊西丝和奈芙蒂斯两姐妹，她们负责为死者守夜并送葬。

在其余的几条船上，是死者在永生之地需要享用的各种物品。

从前王朝时代开始，埃及人的坟墓越造越大，随葬品也越来越多。这些随葬品包括衣服、家具、首饰、陶器、玩具、乐器、食物和饮品等等，凡是主人生前享用的一切，几乎都要在死后一并带走。

有时候，在死者之前夭折的孩子也会做成木乃伊随他（她）一并埋葬。

船只抵达西岸，拉莫斯的木乃伊被安置在船形的灵柩上，由公牛和他生前的亲信一同拉着前往墓地。

走在送葬队伍前列的是抬着卡诺普斯箱子的仆人们，其后是抬着随葬品的长长队伍。

送葬队伍中一位祭司边走边咏念祈祷经文，另一位焚香的祭司则指挥整个送葬队伍，确保所有仪式步骤不会乱来坏了规矩。

太阳很毒，大家气喘如牛挥汗如雨。

但肯奈赫柯普谢夫早有准备，他雇用的仪式舞者和哭丧妇女确保不让队伍出现扫兴的沉默。

等抵达墓地的时候，那里早已一边一个守候着男女两个祭司。

男的代表接引死者的阿努比斯，女的代表爱情和欢乐女神哈托尔。而坟墓中则有为死者准备的嵌套棺木，这种嵌套棺木一层层嵌套进去，也被称作木乃伊箱，例如图坦卡蒙的棺木就多达八层。棺木最核心处是一个木乃伊轮廓的内棺，这里就是死者最终长眠的地方了。

在木乃伊被放入嵌套棺木之前，所有祭司们还要齐聚一堂进行最后的手续：开口仪式。

埃及人认为人的亡魂就是精灵，在去世以后它会分为三种不同的形态：卡、巴和阿克。

巴这位好奇的“旅行家”前篇已经有所介绍，而阿克的意思是发光的灵魂，代表了不朽，它的光辉源自死者在生前的成就。阿克的归宿有三种不同版本：化作夜空中的恒星；与太阳神拉一起乘坐太阳船旅行；与奥西里斯一起生活在来世天堂芦苇之地。

最后就是最关键的卡，它是生命的精灵，在死者去世后就与躯体合为一体，从此待在木乃伊中。

所谓开口仪式正是祭司通过咒语激活卡的意识，让它在坟墓中觉醒，吃喝仆人提供的食物和饮品。

拉莫斯的开口仪式按照祭司的指点顺利进行，扮演阿努比斯的祭司扶起直立起来的木乃伊，披着豹皮的肯奈赫柯普谢夫手持木匠用的锛子走到父亲的木乃伊面前，他先用香脂涂抹父亲的面部，然后用锛子法器分别触碰木乃伊的手、口、足部，这个动作意味着将木乃伊的身体还给了拉莫斯的卡，让它可以带着自己的躯体在死后的世界获得永生。

与此同时，在大量随葬品依次搬运至墓穴的同时，在嵌套棺木旁边放置了一座同样用亚麻布包裹起来的拉莫斯雕像（在主人木乃伊损毁的情况下作为替身存在下去）以及一个被称为“沙乌比提”（能代替主人在来世工作）的小雕像，他的卡诺普斯箱子也被安放在一旁，墓室里剩余的箱子装着他生前的衣物，他那些包括剃刀、剪刀、镜子和香料瓶在内的梳妆用品。

环顾四周，墓室里又被塞进了一把扶手椅、一把靠背椅、一条木凳、几张芦苇席和一张棕榈木打造的桌子。

最后放入墓室中的是几篮子面包和装满啤酒的陶罐，好让拉莫斯永远不受饥饿和口渴之苦。

从新王国时代开始，埃及人还会在墓室中放置木质的奥西里斯苗床。在这个木质器具中装满了土壤和被称为“谷物木乃伊”的泥土制木乃伊微缩模型，模型中放置了大麦或两粒小麦种子。人们在封闭墓穴之前会给苗床浇水，使其有机会在坟墓中发芽。这个象征性举动意味着亡者遵从神灵的安排，完成从死亡到重生的神圣循环。

开口仪式结束之后，仆人们在墓穴入口处修砌一堵石墙封闭出入口。最后大家在地面上砖砌的小型金字塔前举行宴会，众人尽兴而散。整个葬礼至此结束，但坟墓主人的生活才正式开始。

权贵亡者的卡需要享用日常食物，所以包括面包师、酿酒师和其他一些仆人会在墓地附近的村庄中居住，每日为主人的卡奉上饭菜和饮品。当太阳落山的时候，仆人们会将食物从坟墓前端走，带回村庄自己享用——大家都得生活，意思意思就行了……

当然，主人那边还是着眼于严格考核仆人工作的。为了防止卡的仆人们玩忽职守放弃职责，祭司们会在墓室墙壁上刻上亡者生前喜欢的菜单，这样在卡感到饥饿时便可以魔法性地激活菜单，让懒惰的仆人们意识到主人的命令和需要：“丁零，您有新的外卖订单……”

这种丧葬习俗直到今天仍然存留着一抹痕迹：现代埃及人有一种叫作“阿尔贝荫”的习俗，当一个人去世满四十天后，家庭成员会把食物带到他的坟墓旁边，然后分发给附近聚集的穷人们。

这是一个完美的葬礼，但亡者的可怕历险才刚刚开始。

新王国时期的墓室雕刻中有过如此描述：“原来喜欢走动的人现在被禁锢着，原来喜欢穿着盛装的人现在穿着旧衣服沉睡，原来喜欢歌唱的人现在置身于无水之地，原来富有的人现在来到永恒黑暗之处”；“西部是睡眠的国土，漆黑无光，死者在那里唯一的事情就是睡眠。他们从不醒来见自己的父母，也看不见自己的兄弟，他们心中没有妻儿，生命之源的水对他们来说只是永远的渴……”

这些阴冷的描写源自《亡灵书》，它是新王国时期开始的墓葬必备品，也是所有埃及人在走向永生的冒险途中最大的依靠与安慰。

玛阿特审判

在古王国时代，法老死后会升入天国获得永生，他将乘坐自己的太阳船巡游天空。为了有亲随侍奉法老，所以一些特定的伙伴也被允许获得永生，但他们只能待在自己的坟墓中，没资格登上法老的太阳船畅游世界。

正是这个古老的神话思想，导致了埃及人厚葬的传统。在埃及的古墓中，时常可见描绘日常生活的壁画、墓主人及其家庭成员的雕像，当然也少不了那个神奇的“魔法菜单”……本该有的家具设备、食物饮品和奢侈品等等随葬物大都被数千年来的盗墓者搜刮殆尽，但有时候依然能找到一些微缩的住宅、农场、工坊作坊的木质模型，甚至连船只等交通工具也配置齐全——有钱人在来生也要过得舒舒服服。

古王国之后，来生的资格对所有埃及人开放了。虽然法老依然被宣称将在死后乘坐太阳船升上天空，但其他人不再被局限于坟墓中，他们可以按照自己的想象规划来生。

富人的来生是如何规划的自然不必再提，穷人也一样希望在未来的芦苇之地气候凉爽，没有疾病和天灾困扰，蚊虫虱子不再叮人，泛滥总会按时发生，谷物都能长到理想的高度……

想法是美好的，但传说是残酷的，如果想要抵达芦苇之地，亡者必须通过重

《亡灵书》中描绘的玛阿特审判

重考验。

大英博物馆中藏有一副来自埃及的雪松木棺椁，它属于四千年前一位名叫古阿的医生。

考古者在医生的墓中发现了绘制在棺椁上的人类最早的地图之一，这份地图描绘的是被称为“双路书”的《石棺铭文》的一个片段。

在中王国时期，墓葬中的棺椁上往往绘有为非王室的死者所编写的咒语，这种咒语吸取了王室专用的《金字塔铭文》中的一部分咒语，被称为《石棺铭文》。

这些铭文大多采用第一人称书写，以神灵的口吻讲述他们曾经历过的神话故事。其中心思想明确否定人的死亡是一种终结，提出死亡只是从今生转向来世的必经过程。要度过这个过程，就必须依靠咒语的力量来克服艰难险阻抵达来世。

除此之外，咒语还能保证死者所希望的一切，特别是在来世享受生前一样的舒适生活。

所谓“双路书”，指的是亡者精灵穿越冥界度阿特时所能选择的两条路，其中蓝色标记的是水路，黑色标记的是陆路。

按照棺椁上的文字说明，在穿越度阿特的路上会遭遇看守火焰门和河流转弯处的恶魔。古阿医生的巴可以借助咒语的保护，欺骗恶魔说自己是被受伤的奥西里斯所召唤的医生。它可以对着火焰门下达命令：“噢，火焰啊，为我开出一条路吧，让我顺利通过！我要去照顾奥西里斯，使他恢复健康！”

如果没有咒语的保护会发生什么呢？《石棺铭文》中列举了不信邪者会遭遇的种种危险：你会饥寒交迫，你会在黑暗中迷失，你会被神圣之火焚烧，你会被怪兽肢解，你会被恶魔逼迫倒立着吃屎喝尿……

冥界之旅是如此的可怕，足以让古阿医生这样有钱的上等人付出巨款来绘制神圣图案和咒语保护自己。《石棺铭文》可以保证古阿医生顺利抵达旅程的终点，登上太阳神的太阳船，沿着大地和天空的“蜿蜒水路”自由航行。

好了，现在让我们回到拉莫斯的冥界冒险之中，看看这位新王国时期的亡者会经历怎样的旅途吧。

要知道就算纯朴如埃及人，神话传说也是迭代飞快与时俱进的。

时隔五百年之后，老掉牙的《石棺铭文》已经不流行，但人们向往的永生地点依旧是奥西里斯所在的芦苇之地。

我是奥西里斯·拉莫斯。当我死去的时候，我的巴离开了我的躯体。在我的死亡被宣告时，它没有向任何人说我的坏话。因此我的葬礼能够按照传统仪式顺利完成……

我在这里，在奥西里斯的国度的入口。

我知道那些密语，它们能够让我乘上拉神之船，然后穿过这个冥界国度，到达设有神圣审判庭的地方。

我在神明和他的随行侍者陪伴下，乘船穿过了天国……

在拉莫斯所处的新时代，咒语已经变成更加简明紧凑的《亡灵书》。与旧时代的咒语相比，《亡灵书》中增加了灵魂审判的内容。在这一时期，几乎每个埃及人下葬时都会携带着《亡灵书》作为冥界通行证。富人们用成卷抄写解决所有危险的莎草纸咒语做陪葬品，穷人也要想办法带着写有一两句咒语的莎草纸碎片。虽然埃及人中的绝大多数都是文盲，但《亡灵书》中那些概括咒语内容的复杂小图画足以让他们明白这些象形文字的作用——总之，安心上路吧……

亡者在冥界旅行，首先必须通过“双重玛阿特之堂”。

这是设立在奥西里斯觐见室中的神灵审判庭，四十二位男女神灵会聚一堂，审判亡者在活着时的所作所为是否符合“秩序、真理、公正”的玛阿特原则。

在阿努比斯的见证之下，亡者的心脏与玛阿特女神的羽毛一同放上天平。

如果亡者生前的确过着符合玛阿特原则的美好生活，那么他的心脏就会与羽毛一样轻。这就意味着他的精灵获得了永生的资格，可以踏上前往芦苇之地的道路。如果不是的话，天平会立刻倾斜，罪人也会被狮子、河马和鳄鱼三位一体的怪兽阿穆特一口吃掉。

撰写于三千年前的一个埃及神话故事讲述了玛阿特审判惩恶扬善的公正性：赛特纳王子曾遇到两支同时出殡的送葬队伍，亡者中一个富人一个穷人。

富人的随葬品种类繁多，穷人的则什么都没有。

赛特纳看着富人的木乃伊被送进豪华墓室，穷人则被草草埋在沙漠中了事。他很好奇这两人在通往永生之路上的遭遇，于是让儿子用魔法将自己送至冥界，看看那两位亡者最终的命运。

在奥西里斯的见证下，富人没通过玛阿特审判，他被判定邪恶自私，立刻遭受永恒的折磨。而穷人则被判定善良正直，于是神灵决定富人的随葬品都归他所有，并送他踏上前往芦苇之地的旅途。

这种神话故事对权贵的影响自然不会小，但他们采取的应对方式则相当的有特色。

在埃及时代留下的文字中，能够看到那些贪官污吏为了能够通过玛阿特审判，不惜花费重金央求祭司为其编写应对诸神法官的咒语。例如心脏圣甲虫上往往便刻着禁言的咒语，以避免心脏在众神审判时讲出藏于其中的坏事。

《亡灵书》的内容随权贵的需求变得越来越多，来确保主顾顺利过关。埃及人讥讽地称其为“祈求来生的手册和万人升天的指南”，由此可见幽默感在任何时代和任何民族中都不会缺席。

当然，多达两百余章的《亡灵书》并不都是因大小“腐败分子”而生的。毕竟通过玛阿特审判之后的精灵，依旧要面对古阿医生同样的难题：解决通往来世天堂芦苇之地道路上的种种难关。

在《石棺铭文》中提到的各路恶魔和刁难人的守门人仍旧在《亡灵书》中存在，一个自由的精灵仍然随时可能因为无法答出一个关键性信息而惨遭不幸。这些关键性信息可能是一个口令、一个诸神的秘密、一个谜语的答案，或者是摆平饥饿野兽的指令，等等。

《亡灵书》中的每一章都包含了应对具体挑战的策略，精灵可以通过它说出一段套话迷惑野兽恶魔，或是施展魔法咒语克制特定障碍。因此《亡灵书》的章节在坟墓中自然是越完整越好，当然钱也是花得越多越好……

下面是一段保存至今的《亡灵书》章节，我们来一窥埃及精灵在冥界冒险中的套路吧。

呼吸空气和拥有大墓地之水权利的咒语是：

哦，阿图姆，给我甜蜜呼吸，它在你的鼻子中。
我是那个拥抱沃努环绕之地的人，
我是那个伟大鹅蛋的护卫，
我强大，它也强大；我活着，它也活着；我呼吸空气，它也能呼吸空气。

避免自己心脏指控主人的咒语是：

我的心属于我母亲，我的心属于我母亲，我的心属于我的大地母亲。
不要站在仪式众神一边指控反对我，
不要揭露我的行为，即不要说“他的确做了这件事”，
不要站在大神一边起诉我！

永远有多远

埃及人踏上永生之路后，还活着的亲属依旧希望与亡者保持联络。有鉴于阿克这个精灵是具备半神潜力的灵魂，所以埃及人自然希望去世的亲属能运用永生之后的能力来协助自己。

这种观念的神话理论表现在《亡灵书》里的对话中，奥西里斯曾经哀叹自己被迫待在冰冷的冥界，与爱人伊西丝天人永隔，但造物主拉回应说你已经拥有超越所有有生之人的能力作为补偿。

在这种观念影响下，埃及人在家庭中会为死去亲属举行纪念仪式，并且认为一旦活着的人忘却死去的亲属，那么那些亲属的精灵会制造一些麻烦来作为对生者的惩罚。

在埃及漫长的历史中，无数人被制成木乃伊并埋葬。不仅仅是人，很多动物

也被制成木乃伊。

动物木乃伊出现的时间几乎与人不相上下，早在五千年前第一王朝的国王们便将狗、狮子和驴制成木乃伊与自己一起安葬。后来平民也纷纷效仿，将宠物制作成木乃伊一并随葬。

动物木乃伊中有些作为宠物，有些作为食物，还有些作为某位神灵的化身。它们被饲养、宰杀之后经过脱水处理，最后成为黑暗墓穴中的填充物之一。

虽然埃及人如此执着地探索木乃伊技术，但仍然无法避免很多木乃伊在潮湿渗水的坟墓中慢慢腐烂的事实。

在埃及历史上，更多的木乃伊是被盗墓者摧毁的。

埃及人厚葬的传统，让它的几千年历史中充斥着盗墓者活跃的身影。即使是再严厉的咒语警告，也无法抵消陪葬品对活人的诱惑。人们觊觎坟墓中的那些黄金珠宝、衣物器具，甚至是优质亚麻布条和新鲜食物——在埃及文献中不乏下葬当天就被盗掘的事例存在。

生前的地位再高也无法抵御盗墓者的侵袭，所以法老们不得不放弃了金字塔，转而将自己的长眠之地选择在山洞深处。但无论是精心设计的假门、陷阱、迷宫、无出口走廊、隐蔽竖井、通往死胡同的楼梯、填满碎石的走廊，以及作为诱饵的假墓室和木乃伊，都不能欺骗精明的盗墓者。纵使墓室上方盖着几吨重的石板，依旧不能保护埃及的达官贵人们不受侵犯。

反而是那些葬在沙漠边缘的穷人坟墓从来不受盗墓者打扰，那些以芦苇为内衬的简陋墓穴中没什么东西值得去偷。一个农夫的木乃伊，往往比法老的木乃伊保存得更久远。

但时间的威力是如此之大，沧海桑田之后，文化失去传承，种族不再延续，追求永远的亡者们又能走多远呢？

在中世纪，开罗的工匠们便堂而皇之地剥去金字塔表层的优质白色石灰石作为建筑材料。阿拉伯探险者们找不到大金字塔的入口，于是放一把大火焚烧表面之后再泼上冷醋使之炸裂。

当欧洲势力控制埃及之后，从 18 世纪开始，方尖碑、石棺等埃及的文化珍宝

猫木乃伊

纷纷被运到欧洲的公园广场中展示。

在 19 世纪，欧洲人在埃及的探险活动抵达了巅峰。经费无忧的欧洲人雇用土著向导，在尼罗河西岸的沙漠和山谷中四处搜刮，寻找皇室墓穴、黄金珍宝、彩绘面具和棺木，拿去装点欧美的权贵庄园和公私博物馆。

在埃及各处圣地出土的人和动物木乃伊数量惊人，但它们只被当作是寻宝的障碍和难以清理的垃圾。常用的手法是将木乃伊石棺放在火上炙烤加热，等其中装填的沥青树脂融化之后，一股脑倒出来好搜寻木乃伊中的珍宝。

在寻宝探险中获取的品相较好的木乃伊，被当成欧洲上流社会派对中展出的异教猎奇物。除此之外它们还被当成药品原料和颜料使用，装满了木乃伊粉末的玻璃罐被当成包治百病的良药陈列在欧洲药店之中，而画家们将木乃伊粉末配置成棕色颜料，用来绘制阴影和人体肤色。

随着现代工业的发展，木乃伊被开发出更多的用途：英国和德国大量进口人类和动物木乃伊碾碎后作为肥料使用，美国也进口木乃伊用于造纸业。至于在埃及本土，这个世界上位于英国之后第二个拥有铁路的国家，选择把木乃伊当作蒸汽火车的燃料使用……

近六千年的历史，追寻奥西里斯足迹的永生之旅，都被时间打磨得难以直视。

甚至是到了现在，埃及全国的大小博物馆依旧没有完整地记录、研究甚至是统计过自己的所有文物藏品。

永远有多远？尼罗河无声呜咽。

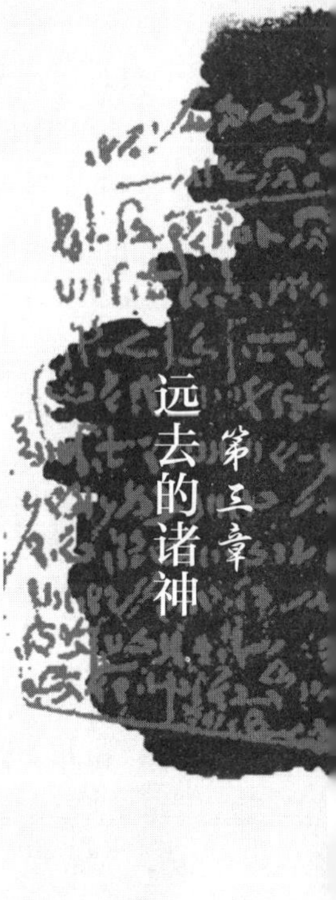

第三章
远去的诸神

关于埃及神话历来有一些有趣的基础性问题，例如：古埃及究竟有多少位神？

这个问题的答案从一个到数千个不等，也许能让埃及学家们吵到地老天荒。

有的理论认为埃及神话是多神教的成熟形式，并且逐渐向一神教发展，它的神指的是衍生出无数形象的同一个原初生物。从新王国时期开始的纸草文献中也的确表现出这种思想倾向，人们逐渐把所有的神灵都视为造物主灵魂的某种表现形式——著名异端者埃赫那吞的激进宗教改革就是最明显的范例。

另外的理论则认为古埃及的人们选择与自身密切相关的神灵进行崇拜，所以在特定地点受到祭拜拥有信众的神灵都拥有独立的地位。这样的话光是独立的神灵至少几百位，再加上埃及神话中经常出现的阿蒙—拉、索贝克—拉之类的融合神，神灵大军分分钟扩张成一个加强团的兵力。

纵观古埃及神话发展史，可以看出埃及人的神话或者说宗教思想是随时代而变的，神灵的形象和功能可以在不同的环境下自由变换，例如赛特和伊西丝的定位和宗教意义之变迁。

神灵应埃及人的需要而生，应适用场合的不同而变，所以这是一个没有答案的问题。

第二个问题：古埃及的女性地位不算低，但在家庭中依然从属于男性——那么古埃及的女神是否不如男神强大？

男尊女卑是古代历史中常见的社会价值观，这也反映在很多文明的神话传说之中。在埃及土地上拥有神庙配享香火的神灵有八十余位，但天神努特这位在神话中地位突出，并且明显代表伟大自然力的神灵偏偏又是没啥人膜拜的。是否说明女神比男神地位低呢？

埃及人将神灵分为男女两性作为真实世界的反映，在社会生活中一般会根据与男性家长的关系来确认女性的地位，所以女神的名字一般都跟随在男神后面，造成女神是男神附属品的表面印象。

但埃及神话中拥有女性造物主奈特女神，她是“世间万物的母亲和父亲”，这直接挑战了埃及神话主流的关于男性造物主的定位。就算是传统的太阳神拉，在新王国时期也出现了一个女性对手赖耶特女神与其对应。更别说埃及神话中如孟斐斯神学表现出普塔神雌雄同体特征的暗示，很难找到男神一定比女神强大的理由。

在那些造物主以外的万千神灵中，男女两性之间的关系错综复杂。

埃及神话中母爱被描绘成宇宙中最强大的力量，以伊西丝、奥西里斯和荷鲁斯的神话故事来看，母亲神伊西丝在故事中的重要性远高于父亲神奥西里斯。

在埃及神庙中，伊西丝的形象或是悲伤哀悼奥西里斯，或是谦恭地站在奥西里斯身后，或是慈爱地为荷鲁斯哺乳。但在所有版本的神话故事中，这位勇敢智慧的女神是绝对主角，她为拯救丈夫而历险奔波，为儿子登上王位而运筹帷幄，充分表现出一个女战士的伟大形象，让她的丈夫和儿子都相形见绌。

埃及女神没有居家好妈妈或温顺淑女的形象，她们都是战天斗地的巾帼英雄。无论是眼睛女神毁灭人类的故事，还是泰芙努特赌气之下制造干旱并疯狂杀戮的传说，不同版本中的埃及女神都显得相当可怕，在这种情况下谁又能说“女子不如男”呢？

最后我们来确认一下——埃及神灵是永恒不朽的吗？

在埃及人的观念中，神灵的深邃智慧、强大力量和超自然能力是最值得凡人赞美的地方。但是约束宇宙万物的玛阿特原则对神灵同样有效，纵使这些神灵比凡人长寿，比凡人强壮，比凡人更有能力，但他们基本上做不到预知未来，一样要屈服于命运的安排。

哪怕是伟大的拉神，在伊西丝试图知道他真正名字的故事中，一样表现出衰老带来的软弱，并因为他当初用来创造世界的魔法力量而受伤害被胁迫，最终不得不颜面扫地举手投降。

埃及的神灵会以特殊的方式死去，相对于凡人来说，他们的死亡更像是一场休眠。在《阴间地府书》的一些版本中指出太阳神每晚日落后进入天神努特口中死去，接着又在每个清晨从她的阴门中获得重生升起，努特同时也如此吞咽和再生着星辰。在关于荷鲁斯与赛特争斗的各版本故事中，伊西丝被斩首而复活，赛特被荷鲁斯击败并残忍杀死后也总能再度苏醒回归神灵行列。更别说埃及创世神话中反复提及终有一日造物主会对一切厌倦而回归混沌，那时这宇宙万物终将化为虚无……

埃及神话告诉我们关于神灵与宇宙万物之间的奇妙关系，更是反映埃及人间状况的一种镜像：伊西丝的智慧、赛特的邪恶、奥西里斯的重生、荷鲁斯的复仇……这些神灵的所作所为无不表现出人类的七情六欲，神灵之间的冲突同样源于嫉妒、贪婪和暴躁脾气，甚至在古埃及地方神话中连造物主索贝克—拉神也曾打算吃掉所有生物而吞噬了世界。

在许多版本不同的神话故事中，以最为大众所接受的版本进行讲述似乎是最聪明的做法，那么接下来就让我们走向远去的诸神，看看关于他们的奇妙故事吧。

第一节 〈 拉神创世记

在一切开始之前，永恒存在的混沌之水努恩无边无际黑暗无比，没有一丝波澜。宇宙四方天地万物都不存在，没有生与死，没有光与暗，没有时间与空间。

在努恩之中，无所不能的拉诞生了。

他说："我是（早晨的太阳）哈拉赫特，我在努恩的身体里耸立起第一座山丘，当我爬上山顶时，我就成了拉。"

于是他成为第一神灵，成为众神之父。

拉站在山巅感觉嗓子痒痒，便啐了一口，从他的唾液中先后诞生了舒和泰芙努特两兄妹。两兄妹不太懂事，竟然离开老父亲远去不归。拉神想念自己的孩子便大哭起来，从他的泪水中跳出不同的人类：埃及人、亚洲人、努比亚人和利比亚人。

拉看着自己创造出的人类，告诉他们说："为了让你们能够生存繁衍，我会为你们创造天空和大地，为你们创造植物和动物，让你们有谷物和飞禽走兽、鱼类可以食用……"

于是埃及人、亚洲人、努比亚人和利比亚人眼巴巴看着自己的创造者，好一起见证奇迹的时刻。

没想到拉没有创造这一切，而是对自己的右眼说："去把那一对野小子野丫头给我找回来！"

可怜的右眼只好找遍了世界，才把在外面疯跑的舒和泰芙努特找到。

舒和泰芙努特以为老爷子是吩咐右眼喊自己回家吃饭，等他们兴冲冲赶回去，饭没吃到却接到了一个命令：去创造天空和大地吧！

舒和泰芙努特一寻思自己凭空创造不出来怎么办，那只好生出来了——这兄妹俩便结为夫妻，生下了盖布和努特，盖布这个愣头青闯进宇宙中赶走了努恩。

拉认为自己的儿孙做得太过分，于是让努恩从大地上涌出变成埃及的尼罗河。努恩带着愤怒的情绪流淌，每一年尼罗河都会泛滥成灾。

盖布和努特这一对兄妹兼情侣感情深厚如胶似漆，但天空与大地也因此胶着在一起。拉对儿子舒说："快去分离天空和大地，你瞅有一大群乡亲们眼巴巴等着呢！"

舒只好强行分开自己的孩子，他在盖布和努特之间创造了八联神，并同这四对柱神一起撑起天空，从此天与地永久地分离了。

盖布与努特生下奥西里斯、伊西丝、赛特以及奈芙蒂斯。盖布让这四个子女分为两对配偶，将埃及的土地给了奥西里斯，将埃及周围的沙漠给了赛特。

于是世上有了众神和人类，有了万物生存的大地，有了翱翔于天空、畅游于大海和奔驰于大地的动物，有了繁茂的植物。

世界开始正常运转，拉神住在位于赫利奥波利斯的太阳宫殿中，他的仆人们将宇宙四方的消息一一向他禀报。

随着时光流逝，太阳神拉变得年迈衰老。大地上的人类知道这件事后，竟然开始密谋推翻拉这位众神、人类以及宇宙四方之王的统治。这个阴谋立刻被拉的仆人们察觉并举报，于是拉吩咐手下说："去把我的儿子闺女，还有孙子孙女，还有重孙子重孙女们都喊来，让他们到我的宫殿来商量事——哦，对了，努恩算我爹，把他老人家也一块儿叫上！"

一家人最重要的就是要齐齐整整，等着大家到齐之后，拉拉着一张苦瓜脸说："噢，最初之神！噢，原始之神！那些人类，那些从我眼中流出的泪水，正密谋要推翻我！告诉我，如果你们遇到这样的糟心事会如何处置？虽然我愤怒已极，但如果没有你们的同意我不愿以杀戮来解决……"

太阳船上的拉神

大伙儿一听，你都打定主意“以杀戮来解决”了，还拉上我们一起来承担道义责任啊？

最后还是努恩开口说：“儿啊，你是如此令人敬畏，你的王位是那么的稳固！做神呢，最重要的就是要开心。放手去干吧，派你的眼睛去找那些密谋推翻你的人！”

拉回答说：“那些人听说我们在商议处置他们的办法，现在都惊恐万分地逃往沙漠了！”

努恩说：“那就让你的眼睛去追赶他们，让它擒拿这些千古逆贼，让它杀死这些狂妄作乱的人。相信我，没有什么东西比你的眼睛更可怕了，让它化为狮头人身的赛克迈特，这恐怖的女神将降落凡尘，追逐叛逆者，消灭这些罪人！”

于是赛克迈特女神诞生了，她怀着暴怒而残酷的心追上那些躲在沙漠中的人，将他们无一漏网统统咬死。

拉神注视着这一切，他吩咐饮血的赛克迈特：“我的孩子，你已完成了我的复仇，现在回到我身边吧！”

赛克迈特却说：“父亲，你确实是至高无上的神！但我喜欢看到人类的恐惧，我喜欢喝他们的血，我要继续杀下去！”

“够了，”拉神忧心忡忡地说，“你杀的人足够多了，剩下的那些人并非有罪！”

赛克迈特不愿听从拉神的吩咐，她远远躲在沙漠中，等待黎明到来时杀进埃及开始新一轮大屠杀。

拉神一看发愁了：这可咋整？

他在赫利奥波利斯的宫殿中琢磨片刻后一拍大腿：有了！于是大批神使赶赴尼罗河的发源地象岛，带回大量被称为“狄狄”的血红色颜料——据好事者分析其实就是石榴汁。同时他命人酿造大批啤酒并掺入狄狄将其调合成血液的颜色。这些混合酒水装满了七千多个双耳陶瓮，被悄悄倾倒在赛克迈特休息之地。

拂晓时分，当满怀杀意的女神睁开眼睛时，眼前的沙地上出现了一座血的湖泊。赛克迈特畅饮这些“鲜血”直到烂醉如泥，从此把大屠杀这件事忘得一干二净。

拉下令为了让赛克迈特不再沉迷于人类的血液，每年的哈尔托节上都要大量准备这种令人沉醉并能抚慰心灵的饮品。

很多年过去了，拉神渐渐变得厌倦管理尘世的事情，他时常感觉疲惫，对任何事情都打不起精神。

困顿不堪的太阳神觉得自己已经进入衰老不堪的地步，侍奉他的诸神都安慰自己的造物主说：您是伟大的、不朽的、全才全能的万神之父，没有什么是您克服不了的，没有什么是您解决不了的。

但拉神对这些马屁精厌倦了，他来到自己的父亲努恩身边说："年迈衰老就像尼罗河的巨浪一般向我扑来，我已经变得非常虚弱，我得离开这个世界，趁我还没变得更加虚弱之前……"

努恩非常理解和同情拉的遭遇，他知道拉神做出这个决定之后任何挽留都失去了意义，于是他祝福了自己的儿子。

于是拉召集起自己的孩子们，吩咐风神舒说："我亲爱的儿子，我将把人间的王位留给你，这样我才能放心离去，不要辜负我的期望。"

拉又对着天神努特说："我的孩子，辛苦你把我驮在背上，飞到高高的天空中去吧！"

于是努特化作一只母牛，背负着太阳神慢慢升上天空，从此变作天宇支撑着太阳。

拉神离去之后，世界变得漆黑一片。人们开始指责那些背叛并想谋害拉神的同伴，埋怨都是他们害得拉神离去，使得世间失去了光明和温暖。心怀愤恨的人们漫无目的地四处射箭，想杀死那些背叛拉神的逆贼。

天空中的拉神知道这一切后大为高兴——解恨，太解恨了！他宣布战争降临人间，从此后人间战争和冲突便永不停息。

与此同时，拉神开始建立自己天空中的王国。他创造出一个又一个神魔仙灵，让自己处于监视一切、控制一切的有利地位。

随着天空变得原来越复杂，终有一天努特开始颤抖，她化身的母牛快支撑不住天空了！

拉连忙命令舒置身于努特身下让空气支撑住天空，又命令地神盖布照看好大地。接着拉神又找来智慧之神图特说："你看我现在已经在天空定居，日子过得很舒坦。但人间失去了光明总不是回事，我将乘坐太阳船巡行天空照亮人间，等我累了的时候，便是黑暗的夜晚。为了让人们在夜里不像瞎子一样生活，需要你变作月亮让他们也能朦胧看见东西——他们一定会赞美颂扬你的！”

于是图特便做了月亮，在夜晚用淡淡的光芒照耀人间。

又过了一段时间，拉神再度召来图特说：“地上那些人们总让我不能放心，你是聪明能干的神灵，你来做我的助手，为我去监视那些由我创造却又妄想着杀害我的人们吧，我相信你一定能完成这个使命的。”

于是图特化作一只朱鹭，成为拉神的维西尔，成为众神的秘书。

从此以后，这个世界变得稳固起来。

人们生活在盖布撑起的大地上，在天与地之间是支撑它们的空气之神舒，舒的双手撑起了天神努特。太阳神拉白天在空中巡游照亮人间，夜晚他消失进入冥府。这时月神图特在空中现身，让人间始终有一丝光亮。

如此循环，亘古不变。

第二节 伊西丝的追寻

地神盖布与天神努特兄妹俩彼此爱慕，生下了奥西里斯、伊西丝、赛特、奈芙蒂斯以及满天星辰等孩子。

奥西里斯娶了伊西丝之后成为埃及第一任国王，他以劝诫和爱来教化蒙昧的先民，让他们有了法律并敬仰神灵，于是埃及人告别了原始的游牧狩猎生活进入农耕时代。

在奥西里斯的指导下，埃及人懂得了利用尼罗河的泛滥种植谷物，并学会了饲养家畜，还被赐予葡萄和酿酒技术。当他们掌握这一切本领之后，奥西里斯开始环游世界，将同样的智慧授予世界上其他的人类。

与此同时，赛特却守着荒芜的沙漠冷眼旁观。他嫉妒哥哥的成就与所受到的爱戴，并觊觎埃及王位的荣耀和权力。

于是赛特趁着奥西里斯不注意的时候召集了七十二个同谋，秘密筹划窃取埃及王位的计划。他们制作了一个华丽的人形雪松木箱子，镶满了黑檀木和象牙装饰物。

奥西里斯结束周游世界返回埃及后，赛特出面召开了盛大的欢迎宴会。当大家酒酣耳热之际，赛特的手下将雪松木箱子抬出来，诸神都羡慕地盛赞这箱子的精致华美。

赛特开玩笑说谁躺进去的时候能正好填满箱子，就把箱子送给谁。话音刚落，报名参赛选手就排成了长队。图特、伊西丝等神挨个儿躺进去尝试，但大家都差一点才能填满箱子。终于轮到奥西里斯了，他毫无戒备地躺进去并伸展身体——正好合适！

这时赛特和他的同伙儿一拥而上盖上箱盖钉上钉子，还用熔化的铅浇灌密封。接着他们抬着已经变成奥西里斯活棺材的木箱来到尼罗河边，赛特说声“走你”，奥西里斯便被丢进尼罗河中漂向大海。

伊西丝知道她的丈夫被弟弟杀害后，立刻找到妹妹奈芙蒂斯。两人换上丧服，对着尼罗河哭泣悲叹：

啊，归家吧，美丽的少年，
我们很久没有见到你了！
啊，骤然去世的少年，
精壮的你却英年早逝……
第一个离开母胎的你，
用你最初的样子归来吧，
我们将拥抱你，我们将形影相随！

悲叹已毕，伊西丝决定出发寻找丈夫，她发誓无论千山万水，都要带着奥西里斯回到埃及的怀抱。

在阿努比斯的陪伴下，伊西丝顺着尼罗河跑遍了整个埃及。可即使凭借阿努比斯的嗅觉，还是无法找到一丝痕迹。于是可怜的女神向自己遇到的每一个人打听：“您有没有见过或听说过一口沿着尼罗河漂流的雪松木箱子？”

终于，伊西丝找到了知情者——一群尼罗河三角洲的牧羊孩子。这些热心的孩子告诉女神说他们听说有人在尼罗河的东部支流见到一口精美的棺材，它正向大海的方向漂去。

睿智的伊西丝知道尼罗河会将所有的漂流物带到腓尼基的海岸线上，于是她走出埃及来到腓尼基境内。果然，装着奥西里斯的箱子慢慢漂流到拜布洛斯城附近，潮水将它推上沙滩，最终停在一棵红柳树的树根旁边。

这棵红柳用树根慢慢包裹起这个箱子，将奥西里斯的遗体藏匿在树中。住在拜布洛斯城的国王听说海边有棵长相怪异的红柳树，便下令将它砍伐后运进城中，制成王宫里的一根立柱。

这件怪事传到伊西丝耳朵里，她立刻赶到拜布洛斯城，坐在喷泉边一言不发地哭泣。当王后的侍女们从旁边路过时，伊西丝立刻与她们攀谈并主动为她们梳理头发并涂抹香脂。

这些侍女回到王后身边时，王后立刻察觉到侍女们时髦的发型和神圣的香气，她听说这出自一个异乡女人之手时，就立刻吩咐侍女："别再显摆自己的发型了，赶紧把那个美容美发的大师给本宫找来！"

这下伊西丝成功进入王宫，并以高超的手艺得到王后的尊敬和友情。她被委以重任，做王后刚出生的王子的乳母。这孩子正受到恶魔的侵扰，伊西丝让他吸吮自己的手指获得安慰，又在夜晚燃起火把驱散黑暗中的恶魔，不让王子受到丝毫伤害。当夜深人静时，伊西丝会变成燕子围绕支撑王宫的红柳立柱飞旋，一边飞一边痛苦鸣叫，声声啼血。

一天夜里，惦记孩子的王后悄悄来探视王子，却意外见到伊西丝正对自己的儿子施展魔法。王后的尖叫声划破夜空，打断了伊西丝的法术。为了让这个歇斯底里指控自己是魔鬼的王后冷静下来，伊西丝不得不告诉她自己真正的名字，并显现出女神神圣的光辉。

这下王后终于知道自己让一位女神侍奉了很长时间，她伏在地上恳请伊西丝的原谅。

伊西丝安慰王后不必惊慌，并求取那根红柳立柱。她的要求自然立刻得到了满足，于是女神不靠任何人的帮助就用一棵高大的雪松木替换下红柳立柱，接着剖开红柳木取出那个让她苦苦追寻的大木箱——它已经成为奥西里斯的棺材。

奥西里斯，我的奥西里斯！

伊西丝哭泣着扑向棺材，用最好的亚麻布包裹它，并用船将棺材运回埃及。被剖开的红柳树干被涂抹香脂后交给拜布洛斯城的国王和王后夫妇，成为城中供奉的圣物。

当伊西丝带着奥西里斯的棺材踏上埃及的土地时，这里已经成为赛特的天下了。伊西丝知道赛特不会善罢甘休，她将棺材藏在三角洲的一个小岛上，在茂盛的芦苇丛掩护下打开棺材。

终于见到你了，我的奥西里斯！

伊西丝亲吻着爱人冰冷的嘴唇，脸贴着逝者的脸，让滚烫的泪水打湿彼此的脸庞，可是奥西里斯再也无法回应妻子灼热的情感和呼唤。

伊西丝哭够后，就变成燕子落在奥西里斯的胸膛上，扇动翅膀将生命的气息吹进死者的鼻孔，以魔法唤醒了奥西里斯，并使得自己怀上了一个伟大的儿子——荷鲁斯。

伊西丝在深陷沼泽中的孤岛上生下了荷鲁斯，并且抚养到孩子断奶。小荷鲁斯被送给下埃及布托城的守护女神瓦吉特，瓦吉特秘密抚养小荷鲁斯以防走漏消息，导致赛特的追杀。

在接下来的很多年里，伊西丝孤独地生活在小岛上，守护着长眠的丈夫，思念着无法在自己身边成长的儿子。只有在思子心切到实在无法抗拒的时候，伊西丝才会暂时离开小岛。

有一天当伊西丝离开的时候，赛特率领侍从乘船到三角洲的沼泽中打猎取乐。就在追逐猎物的时候，赛特登上那个芦苇密布的小岛，并一失足摔倒在一个大木箱子上。

赛特一瞅这箱子很眼熟呀……他立刻认出了这箱子并知道发生了什么，狂怒的赛特将哥哥的遗体从箱子里拖出来乱刀砍成碎块并抛向空中，他的爪牙将碎尸分别带到埃及的每一个诺姆埋藏起来，好让前朝余孽再也没法拼凑起奥西里斯的遗体。

当伊西丝回到小岛的时候，迎接她的是空空的棺材和散落一地的亚麻布条，赛特的愤怒和卑鄙一目了然。而伊西丝顾不上悲伤愤恨，她立刻再度踏上追寻奥西里斯的旅程。

这一次的寻找注定艰难无比，因为伊西丝要踏遍埃及的土地找到每一块碎块。

忠贞不渝的伊西丝

但这并不能阻止这个执着的寡妇，她在上埃及的阿拜多斯找到了奥西里斯的头颅，在下埃及的阿布希尔找到了脊椎骨……

随着时间流逝，伊西丝找到的残块越来越多，她将它们聚拢起来并堆起土堆作为坟墓，并在坟墓的圆顶上种下四棵树，这四棵旺盛的大树预示着奥西里斯终将复活。

最终，除了被尼罗河中象鼻鱼吞噬的生殖器之外，伊西丝拼齐了奥西里斯的遗体。在阿努比斯的帮助下，伊西丝为遗体涂上珍贵的香料，并用细亚麻布绷带紧紧包裹——这样奥西里斯终将复活并获得永生。

第三节 赛特与荷鲁斯

在位于赫利奥波利斯的太阳宫殿中，板着脸的拉神坐在宝座上，他的维西尔图特站在众神之父身后，诸神也齐聚在宫殿中肃立——一场重要的司法审判正在进行：被告埃及之王赛特的权力受到质疑，作为原告的正是他的侄儿荷鲁斯。

原被告双方都声称自己有权继承伟大的神灵、人间的国王奥西里斯的遗产，虽然众神都喜爱荷鲁斯这个美丽的少年，但他状告的赛特是沙漠之神和现任埃及之王，没哪位神灵敢打包票说自己能够打败这位骁勇的战士。

赛特在法庭上提出一个建议："让我和荷鲁斯出去解决，我能证明我是最厉害的那一个！"

拉神没有开口，图特替他回答说："为什么要出去解决，大家在这里举行审判不就是为了一个公平公正的结果吗？在奥西里斯的儿子存在的情况下，由赛特占据他的遗产是否合适呢？"

赛特带着愤怒起身对着图特说："我是赛特，我是诸神中最强大的，我理应成为奥西里斯的继承人！"

此言一出，众神议论纷纷，神圣的法庭喧哗不已。

赛特的拥护者在人群中喊道："赛特是对的！他是努特的儿子，把王冠给他！当叔叔比一个乳臭未干的男孩更强大、更有能力的时候，我们难道还要把王冠给这个孩子吗？"

另外也有人喊道：“奥西里斯的亲骨肉就站在这里呢，难道我们该把王冠送给他叔叔吗？”

荷鲁斯举手要求发言，他沉着地说：“我当然很年轻，缺乏叔叔那样的权威。但这并不能剥夺我继承父亲遗产的正当权利，诸神法庭不正是为了维护正义而召开的吗？”

伊西丝女神趁机劝说诸神支持自己的儿子，赛特知道对自己威胁最大的不是荷鲁斯而是他妈妈，所以他赶在伊西丝说服大多数神灵之前对拉神说：“只要伊西丝还在这里，我就不再商讨这件事，让她离开这个法庭！”

拉神同意了赛特的主张，他吩咐说：“好吧，所有人都去中央之岛上继续审理吧。告诉摆渡人奈姆提别让伊西丝来岛上——任何长得像她的女人都不能登岛！”

于是整个法庭转移到中央之岛上，这个岛屿除了奈姆提的渡船之外没有任何人能够登陆。

但这难不倒伊西丝，这位女神以智慧和谋略以及魔法见长。她变成一个白发苍苍的老太太，拿着一袋面包来到奈姆提面前说：“我的儿子已经在中央之岛上放羊整整五天了，他的面包早就吃完了……”

奈姆提无情地说：“老太太，我帮不了你，上面不让任何一个女人上岛！”

伊西丝狡诈地说：“你不该放行的不是只有伊西丝吗？而我这个老太太只是为了给儿子送饭，那可怜的小伙子在岛上照看神界的羊群，他是为了我们大家在干活的！”

“呃……”奈姆提转了转眼珠问道，“那要是我送你过去的话，你这老太太有啥能报答我的呢？”

“我可以给你一个新鲜又可口的大圆面包！”

奈姆提愤愤说道：“面包算什么，打发要饭的吗？！他们命令哪个女人也不能上，你走吧！”

伊西丝微微一笑取下手指上的金戒指说：“那么我这个金戒指给你如何？比起我儿子的命，这戒指算不得什么！”

赛特与荷鲁斯的争斗

于是奈姆提开心地收下这份贿赂，把伊西丝送到岛上。

伊西丝借着树木的掩护悄悄接近了诸神法庭，他看到神灵们聚集在拉的身旁，听着赛特和荷鲁斯阐述各自的主张。

赛特不愧是伟大的战士，他察觉到树林中有异常动静。看着赛特飞奔而来，伊西丝连忙念出一段咒语将自己变作一位上下埃及任何一个女孩都无法比拟的美艳少女。

赛特走进树林一见到这位美女，满心杀意立刻被色欲取代。他回头看见荷鲁斯正在发言，于是拉着美女来到无花果树下色眯眯地说："美丽的孩子，我想和你在一起度过一段美妙的时光……"

美少女却说："尊敬的大人啊，我哪有心思玩乐啊——我是一个牧羊人的妻子，在我丈夫去世后只有我的儿子陪伴着我。我们唯一的财产就是那些牲畜，可是有一天出现一个外来者，他强迫我儿子把羊群都交给他，还把我们母子俩赶出家门……大人啊，我求您为我们伸张正义，保护我们吧！"

赛特听了连连点头说："美人，你是对的！一个外来者怎能在逝者儿子尚在的时候去占有他的财产呢？"

话音刚落，美女不见了，一只鸢站在无花果的顶端大声叫道："赛特，为你自己哀悼吧！你说了自相矛盾的话，你对自己做出了判决！"

赛特这才恍然大悟，自己被伊西丝愚弄了，他不得不返回法庭将这些告知拉神。

拉神摇着头说："你看看你这人……你已经对自己做出了裁判，你还想怎样呢？"接着拉神又对在场诸神说："你们难道都没听见吗？还叽叽喳喳讨论什么！现在就把判决写下来，把奥西里斯的王冠还给他的儿子吧！"

拉神的决定让赛特暴跳如雷，他瞪圆眼睛嘶吼道："不要把王冠给荷鲁斯，让我们两个决斗，胜者为王！"

拉神心底还是偏袒赛特，他点头接受了这个建议。于是赛特恶狠狠地面对荷鲁斯发起挑战："来吧，侄儿。让我们都变成河马潜入水下，不满三个月就先浮出水面的那个算输！"

伊西丝看着两头河马潜入水底之后，她决定施展盘外招数帮助自己的儿子。她给一支铜鱼叉上绑了一根绳子，然后借助法力将鱼叉丢进水里。这鱼叉插进了一头河马的身体，水下却传来荷鲁斯的呼救："救命啊，妈妈，伊西丝，我的母亲，让你的鱼叉离开我，我是你的儿子荷鲁斯！"

伊西丝连忙一边惊叫一边召回鱼叉，然后重新瞄准另一头河马丢过去。这次轮到赛特惨叫求饶："你对我做了什么，我的妹妹伊西丝！我是你的哥哥，我们可是一个妈生的！让你的武器离开我的身体！"

伊西丝听了于心不忍，于是她再度召回自己的鱼叉。

图特趁机对拉神说："我的王，暴力已经持续了太久！现在给统治冥界的奥西里斯送个信吧，让他自己选择继承者。"

于是信使将这消息传达到冥界，奥西里斯立刻写了回信：

"为何要伤害我的儿子荷鲁斯呢？当我统治埃及的时候，难道未曾养育你们吗？不是我创造了大麦和小麦吗？不是我让你们家中常年存有祭品吗？不是我教会你们畜养牲畜吗？不是我教会你们耕种和织布吗？不是我告诉你们在哪里能找到沁人心脾的乳香吗？为什么你们不在凡间主持公正呢？

"我现在居住的国度充满了无所畏惧的凶神恶煞，只要我放出它们，它们就会将所有作恶之人的心带回来接受审判！不要忘了，你们所有的神灵与人类一样都将来到冥界，接受玛阿特的审判！不要忘记没有公正就没有秩序！把王冠还给我的儿子荷鲁斯，这样才能让真理和公正的玛阿特女神感到满意！"

收到奥西里斯情绪激动的回信后，拉神在法庭上对所有的裁判者宣读了它。众神连忙找来赛特，拉神板着脸训斥他说："为什么你要反对大家对你的判决呢？为什么你要占有属于荷鲁斯的一切呢？"

"没，没有这回事……大人，我的宇宙四方之王。"赛特见势不妙只好回答说，"请找来伊西丝和奥西里斯的儿子荷鲁斯，把他父亲的王冠还给他吧！"

于是荷鲁斯被请上法庭，众神为他戴上王冠，送他坐上宝座，并对他宣布："你是众神眷顾之地完美的国王，你是所有国家永远的主人！"

拉神也对赛特做出了安排："至于努特的儿子赛特，把他交给我吧。让他待在我的身旁，他会像我的儿子一样伴我左右。他会雷鸣，他会怒吼，他会让我的敌人们战栗不已……”

最后拉神对着参与大会的众神宣布：“既然荷鲁斯成为埃及的统治者，那么就一起欢庆吧！为他欢呼，一起臣服在伊西丝之子荷鲁斯的脚下吧！”

第四节 拉神的名字

世界之初，太阳神是浮在努恩之海上的一个蛋。

拉神自蛋中苏醒之后，立刻展现出无所不能的伟大神力：他创造出天地和神灵，创造出人类和天地间的其他生灵，他心中所想的每一件事只要经他的口说出来，就会立即变成现实。

拉神拥有无数的外貌，他以变幻莫测的形态来应对不同情况之下的需要。正因为人们所见的拉神模样各不相同，所以才会以各种各样的名字来称呼他，“拉”只是其中的一个。

其实拉神有一个自诞生时便存在的真正名字，这个名字蕴含了太阳神所有的力量。不过这个名字除了拉神自己以外谁都不知道，哪怕是那些拉神的子孙后裔们也不清楚老祖宗的真名——原因很简单，你若知道了太阳神的名字，就可以获得他的力量……

觊觎太阳神力量的神灵有很多，其中就有刚做了母亲的伊西丝。伊西丝女神口齿伶俐漂亮迷人，她说起话来娓娓动听令人信服，她施展的咒术魔力非凡。

伊西丝曾经无比仁慈善良，对人类充满同情怜悯，对神灵保持着和善友爱。但她生下荷鲁斯之后，心态渐渐发生了变化。为了保护自己的孩子，她渴望得到更强大的神力，甚至是主宰宇宙万物的权力。

要达到这个目的，只有一个办法——掌握拉神隐藏的真正名字。

年迈的拉神此时已经衰老不堪，每天流着口水步履蹒跚地登上地面的太阳船，在众神陪伴下升上天空巡视天国。因为他既是地上的主宰，也是天空的主宰，他创造了两个地平线。

伊西丝悄然跟踪拉神，在拉神从天空返回地面时，他的口水滴落在泥土中。伊西丝看在眼里，趁着其他神灵不注意悄悄将泥土抓起来捏成毒蛇的模样。

这条泥蛇被伊西丝放在拉神每天必经的十字路口，她以咒术保证除自己外没人能看到它。

拉神缓缓走来，一步步接近这个阴险的陷阱。当拉神的脚踏在泥蛇身边时，躲在暗处的伊西丝立即施展咒术，将生命气息吹进泥蛇体内。这条毒蛇活了过来，并立即凶狠无比地袭击了伟大的宇宙之王。它在拉神的脚踝上凶狠地咬了一口，将致命的毒液注入太阳神体内。由于这条毒蛇是用拉神自己的唾液制成的，自然可以突破太阳神的神力，使他无从抵抗。

“哎呀，这是弄啥咧？！”

拉神凄厉的惨叫划破四周寂静，造物主痛苦的呻吟响彻宇宙四方。

侍从的神灵们大惊失色，他们慌忙围住拉神询问究竟发生了什么。

而那位风烛残年的受害者瘫倒在地上，四肢痉挛，不住颤抖。尽管拉神费力想说出什么来，可是蛇毒已经像疯狂的尼罗河洪峰一般将他吞没，这股剧痛令老人家看不清东西，无法站立，更别说告诉别人自己遭遇了什么。

侍从们七手八脚将拉神抬上他的太阳船，可是这位伟大的造物主已经神志不清昏迷过去，大家惊慌失措地等待许久之后，拉神才清醒过来。

“来人啊，快过来，我告诉你们发生了什么事情……”拉神虚弱无力地召唤自己的侍从，将残酷的事实告诉他们，“我的眼睛已经看不见东西了，但我知道有个凶狠的东西伤害了我，我的心感受到这可怕敌人的威力，不过我可以确信这恶毒的行为并非你们所为……”

拉神叹息颤抖着继续说道：“我感受到无比的疼痛，这是你们谁也想象不到的痛，超过宇宙中一切痛苦的痛……”

就这样，这位老人家陷入神志不清的境地。他在半昏迷的情况下不断絮絮叨叨地说着自己创造出的神灵有哪些，谁和谁又生下了谁，各个神灵家族的谱系都像翻户口本一样被太阳神讲述了一遍。终于他提到了自己的诞生："在我出生的时候，我的父亲努恩为我起了一个名字，他用这个名字呼唤我以后，这名字便藏在我身体内，谁也不知道这个名字，因此谁也不能用魔咒来伤害我……"

接下来，拉神又开始没完没了地重复讲述自己遭遇的不幸："有一天，我像往常一样巡视我所创造的天国时，有个什么人或是什么东西袭击了我。我猜不出那到底是什么，它不是火，却让我的心像被火焰灼烧一般疼痛；它不是水，却让我的全身都沉浸在冰冷之中……"

终于，拉神意识到了什么，他吩咐自己的侍从说："你们别傻站着了，还不快去把我那些精通魔法的孩子们都找来，让他们想想法子！"

于是宇宙中所有的神灵都来到拉神的太阳船边，大家都是太阳神的后裔，却没有任何办法挽救这位奄奄一息的老人。舒和泰芙努特等神灵都难过地守在父亲身边，为即将逝去的拉神默默哀悼。

就在这时，伊西丝趁机来到拉神身旁，她装作什么都不知道的模样对拉神说："到底发生了什么，让伟大的万神之父变成如此模样？亲爱的老祖宗啊，难道您是被自己所创造的东西所伤吗？要真是这样的话，我可以用魔法驱逐你身上的痛苦。真的，我向您保证，我可以为您驱邪，压制您的敌人，解除您的苦难！"

于是太阳神颤抖着把自己的遭遇又讲了一遍："有一天，我像往常一样巡视我所创造的天国时，有个什么人或是什么东西袭击了我。我猜不出那到底是什么，它不是火，却让我的心像被火焰灼烧一般疼痛；它不是水，却让我的全身都沉浸在冰冷之中……"

伊西丝听完后说道："那么，请把您真正的名字告诉我，我只有通过它才能发动魔咒救治您。因为只有您的名字才是宇宙的本源力量，这种力量能够解除您的疼痛和苦难。"

拉神虽然狼狈不堪，伊西丝的建议却让他心里一惊，有所警惕。于是他支支吾吾地说："哦，我的名字啊……我的名字，就是，就是造物主嘛……我创造了天和地，我创造了沙漠和山脉，我创造了尼罗河并让它灌溉埃及的土地。我是宇宙的主宰，是众神的王。是我创造了东西两条地平线，让我的孩子们能够在宇宙中生存。当我的眼睛睁开，世界就充满光明；当我的眼睛闭上，宇宙中就一片黑暗。在我的命令下，尼罗河水定时泛滥。我创造了时间，我创造了节日，我创造了生命，让人们在大地上生活……

“至于我真正的名字，一共有三个：早晨的我叫作哈拉赫特，中午的我叫作拉，傍晚的我叫作阿图姆……”

拉神说完这段话并讲出自己的三个名字之后，依旧感觉到浑身如火焰焚烧一样的剧痛，因为这并不是他真正的秘密名字。

伊西丝冷冷地看着瘫倒在太阳船上的众神之父说：“亲爱的老祖宗，我们一切神灵的父亲，以及宇宙四方之王啊，您的话听起来很不错，我们都知道您的伟大和恩德，可是您并没有告诉我问题的答案哦——只要您不告诉我那个真正的名字，我是没办法用魔法救您的！要是您不说出来的话，我没法让您活下来的……”

拉神知道自己没法糊弄过去了，痛苦让他恨不得用惊醒整个宇宙的声音号叫。于是这位至尊的造物主只好悄悄对伊西丝说：“我的孩子，我的名字是谁也不知道的——其他神灵都不能知道我的名字，这样我才能高枕无忧地统治这个宇宙。现在我将一只耳朵借给你，你通过它会了解这个秘密。一旦我把这个秘密传给了你，你就拥有了宇宙中最深的秘密。将来有一天你可以把这个秘密告诉你的儿子荷鲁斯，但必须要他答应绝不能再让其他任何一个神灵知道此事！”

伊西丝心中涌起胜利的喜悦，她不动声色地点点头。于是拉神摘下自己的一只耳朵递给伊西丝，当伊西丝接过耳朵之后立刻知道了拉神真正的名字是什么。伊西丝念动咒语，飞快地驱散了拉神体内的毒素，为这位老人解除痛苦。太阳神恢复了平常的模样，他像往常一样登上太阳船巡视天空。

就在其他神灵都蒙在鼓里的时候，伊西丝已经取得了太阳神的无上权威，成为宇宙的主宰者。当荷鲁斯长大以后，伊西丝又将这个秘密传给自己的儿子，帮助他取得造物主的神力，成为无比强大的天地万物之主。

而拉神，则得以不受打扰地安度晚年。

第五节 拉神的冥界历险

在天地诞生之初，宇宙中一共有两条河流：一条是尼罗河，一条是天河。

尼罗河发源自埃及之外的蛮荒之地，从埃塞俄比亚高原倾泻而下，像母亲一样哺育着埃及的土地，一旦它停止流淌，人们就停止了呼吸。

天河是高悬于空中的星辰大河，它连接着热闹喧嚣的尘世与漆黑虚无的冥界，拉神每天会乘坐太阳船沿着天河巡游世界，这条船也被埃及人称为“永恒之舟”。与拉神有许多名字一样，永恒之舟也有几个名字。在清晨时，发出灿烂耀眼光芒的太阳船叫作玛奈扎特；在黄昏时，变得昏黄温和的太阳船则称为麦西凯台特。

当傍晚来临时，尼罗河西岸的玛奴山在西方地平线上投下巨大的阴影，东岸巴胡山的影子也从东方地平线上压迫过来。这两座巍巍高山直抵云霄，是天河和拉神太阳船的必经之处。

在巴胡山巅盘踞着一条三十米长的巨蛇，它看守着神圣的高山和天河辽阔碧蓝的水面。这条蛇通体漆黑，身上覆盖着金属鳞片，除了伟大的拉神之外，再没有其他神灵敢从巨蛇身边驶过。

夜幕降临，拉神的太阳船消失在地平线下。他乘坐的太阳船散发出混杂玫瑰色、紫色、金色、青色、红色等诸多色彩的绚丽光芒，在尼罗河西岸的圣城阿拜多斯停靠。

在一片昏暗中，迎接太阳神的神灵们列队迎接疲惫不堪的拉神。这时疲惫的拉已经瘫倒在太阳船上沉沉睡去，诸神小心照料着自己的造物主。他们抓住太阳船的缆绳，把船轻轻拉到天河岸边。

天河河水缓缓流淌，河面悄无声息地变宽。拉神的太阳船短暂停留后继续航行，十二位手持火把代表时间的夜晚女神登上太阳船，她们以火焰照亮拉神夜航的航路。这十二位夜晚女神是天河的河神，她们通晓这条前往冥界的航路，这航路的秘密是连拉神都无法知道的。

太阳船正式驶入冥界河段，拉神在冥界的天河里要经过十二道城门，即十二个钟点，每道门都预示着艰险和阻碍。

太阳船首先驶入拉神之河——这是一个悲凉凄惨的夜王国。

在夜色还未彻底降临时，六条巨大的蟒蛇便从两岸探出头来窥测着河道，滚滚浓烟和火焰不断从巨蟒的嘴里喷涌而出，它们嘴边淌下岩浆构成的口水，滴在水面上激起剧毒的雾气。

在阴间一共有十二个夜王国存在，每个王国都在边境上修建有凡人无法攀登的高大城墙和城门，在城墙顶部安装着锋利的匕首和标枪，城门以无比坚硬的木料制成，巨大的门轴散发出幽暗金属光芒，数不胜数的卫兵和蟒蛇把守着城池，每当他们发现天河中出现陌生人的船只，两条蟒蛇便会分别爬上城门的最高和最低处，时刻准备喷吐出交叉的毒液将入侵者腐蚀成脓液。

只有来访者通报自己的身份姓名并得到卫兵允许之后，才能通过这些城门。

天空女神努特和风神舒父女俩站在太阳船头开辟道路，代表一点钟的夜晚女神守候在他俩身旁。其余神灵环绕太阳船站立，确保邪恶无法利用黑暗接近并伤害太阳神。

一点钟夜晚女神在两点钟夜晚女神之前开路，两人灵活地打开了城门，封锁河岸的六条巨蟒口中的火焰消失了，太阳船渡过第一个夜王国。

拉神的太阳船十分安全地行驶着，它要经过一个漆黑可怕的地域，那里是毁灭之王、虚无巨蛇阿波斐斯的死亡之国。阿波斐斯是与拉神同时诞生的孪生兄弟，这个代表虚无的大神也是拉神永恒的敌人。

阿波斐斯正在等待着拉神的到来。

每当太阳神经过一个处于黑暗中的夜王国之后，都会进入阿波斐斯控制的领域。这条巨蛇要追逐吞噬太阳船，全靠守护拉神的侍从勇敢抵御才能保护造物主安全通过。

拉神的太阳船顺利度过了夜晚的第一个钟点。

太阳船驶入第二个夜王国乌努斯，天河在这里变得非常开阔。河面上穿梭着四条无人掌舵划桨的大筏子，大筏子上还运载着很多小筏子。

乌努斯之国的人民虽然长相怪异，却生活得安宁幸福。这个国家的人民信仰拉神，还有掌管农业的神灵为他们生产大麦和小麦。

乌努斯的仓库和商铺中堆满了各种货物，这里的人民吃穿不愁生活无忧，守卫国境的卫兵和喷吐火焰的巨蟒让黑暗中的邪恶力量不敢靠近，于是拉神的太阳船也安全地从这里通过。

两点钟夜晚女神在三点钟夜晚女神之前开路，两人灵活地打开了城门，太阳船渡过第二个夜王国。

拉神的太阳船十分安全地行驶着，它要经过一个漆黑可怕的地域，那里是毁灭之王、虚无巨蛇阿波斐斯的死亡之国。阿波斐斯是与拉神同时诞生的孪生兄弟，这个代表虚无的大神也是拉神永恒的敌人。

阿波斐斯正在等待着拉神的到来。

每当太阳神经过一个处于黑暗中的夜王国之后，都会进入阿波斐斯控制的领域。这条巨蛇要追逐吞噬太阳船，全靠守护拉神的侍从勇敢抵御才能保护造物主安全通过。

拉神的太阳船顺利度过了夜晚的第二个钟点。

第三个夜王国是冥王奥西里斯统治的国度，这里安宁祥和。头戴上下埃及红白双王冠的奥西里斯神屹立在岸边许多高耸神像的中央，玛阿特女神守在他身旁。每一个抵达奥西里斯国度的死者都要在冥王面前衡量自己的心脏，伟大的奥西里斯神将根据心脏在天平上的表现决定死者未来的归宿，这便是玛阿特的审判。

罪恶之人的心脏由于承载了罪孽而变得沉重，它们无法保持与天平另一头的女神羽毛之间的平衡。这些无法通过审判的心脏被送到天河最深处清洗，当它们的罪恶被彻底洗掉后，死者才有资格进入最终的来世。那些罪大恶极者的心脏连清洗的资格也没有，瑟瑟发抖的罪人也会立即被看守审判庭的怪兽阿穆特一口吃掉。

而那些忠诚善良者的心脏必将通过天平的衡量，他们的心脏比女神的羽毛还轻，天平的羽毛一端倾斜下去。于是智慧之神图特将这颗心脏放回死者的胸腔，荷鲁斯将死者引导到父亲奥西里斯身前，冥王会宣布善人在世时的功绩，他们品行端正、照顾孤儿寡母、把谷物分给挨饿的人、把亚麻布分给衣不遮体者……

这些善良者从此便留在冥王的国度，耳边响起人类想象不到的美妙音乐，过上来世无忧无虑的幸福生活。

三点钟夜晚女神在四点钟夜晚女神之前开路，两人灵活地打开了城门，太阳船渡过第三个夜王国。

拉神的太阳船十分安全地行驶着，它要经过一个漆黑可怕的地域，那里是毁灭之王、虚无巨蛇阿波斐斯的死亡之国。阿波斐斯是与拉神同时诞生的孪生兄弟，这个代表虚无的大神也是拉神永恒的敌人。

阿波斐斯正在等待着拉神的到来。

每当太阳神经过一个处于黑暗中的夜王国之后，都会进入阿波斐斯控制的领域。这条巨蛇要追逐吞噬太阳船，全靠守护拉神的侍从勇敢抵御才能保护造物主安全通过。

拉神的太阳船顺利度过了夜晚的第三个钟点。

第四个夜王国是墓地之国，天河两岸是无边无际的黄色沙漠，这里没有什么动物和植物，发出金黄色亮光的沙丘之间只有一些巨蛇在死寂的废墟中蜿蜒爬行。

蛇群不断发出令人毛骨悚然的吐信声，不时有些巨蛇抬头凝视着眼前驶过的太阳船。但这些巨蛇并不是拉神的敌人，太阳船继续向前航行。

很快，天河的河面变得狭窄，水流变得湍急，河面上布满了尖锐的巨石，河水拍击着两岸的花岗岩河岸，发出刺耳的噪音。

拉神的太阳船已经无法在河流中航行，于是它变作一条硕大无朋的巨蟒，慢慢在河岸的沙地上爬行，通过了这段不能通航的水域。

四点钟夜晚女神在五点钟夜晚女神之前开路，两人灵活地打开了城门，太阳船渡过第四个夜王国。

拉神的太阳船十分安全地行驶着，它要经过一个漆黑可怕的地域，那里是毁灭之王、虚无巨蛇阿波斐斯的死亡之国。阿波斐斯是与拉神同时诞生的孪生兄弟，这个代表虚无的大神也是拉神永恒的敌人。

阿波斐斯正在等待着拉神的到来。

每当太阳神经过一个处于黑暗中的夜王国之后，都会进入阿波斐斯控制的领域。这条巨蛇要追逐吞噬太阳船，全靠守护拉神的侍从勇敢抵御才能保护造物主安全通过。

拉神的太阳船顺利度过了夜晚的第四个钟点。

第五个夜王国是隐秘之国，掌管墓地的荼隼神居住在沙丘之下的幽深洞穴中。在荼隼神的洞穴入口左右各有一个狮身人面神把守，他俩长着雄狮的身躯和人类面孔，每当有陌生人靠近，他俩便会毫不留情地伸出利爪把入侵者撕碎。

在洞穴附近有一个小湖，底下的烈焰将湖水煮沸，无数背叛拉神的罪人浸泡在湖中被沸水折磨。每当拉神的太阳船经过时，这些罪人发出震天的哭喊，试图得到拉神的注意和宽恕。但此刻的拉神毫无生机地躺在船舱里昏睡，对外界的声响毫无反应。

在湖水的另一边传来整齐的喊叫，那是一片昏暗的领地，每一个角落里都有一只报警的鸟在守候。哨兵鸟的四周是很多双头蛇守卫，这些蛇的两个头都不停地吐信，发出令人胆寒的声响。

狭窄的河面透过黑暗发出一点点亮光，这是晨曦将至的征兆。晨星已在大门外为造物主指路，随着太阳船继续向前航行，新的一天即将到来。

五点钟夜晚女神在六点钟夜晚女神之前开路，两人灵活地打开了城门，太阳船渡过第五个夜王国。

拉神的太阳船十分安全地行驶着，它要经过一个漆黑可怕的地域，那里是毁灭之王、虚无巨蛇阿波斐斯的死亡之国。阿波斐斯是与拉神同时诞生的孪生兄弟，这个代表虚无的大神也是拉神永恒的敌人。

阿波斐斯正在等待着拉神的到来。

每当太阳神经过一个处于黑暗中的夜王国之后，都会进入阿波斐斯控制的领域。这条巨蛇要追逐吞噬太阳船，全靠守护拉神的侍从勇敢抵御才能保护造物主安全通过。

拉神的太阳船顺利度过了夜晚的第五个钟点。

第六个夜王国是源泉之国，统治这片国土的也是伟大的奥西里斯神。他是世上最温文尔雅的君王，是赐予人类和万物生命的恩主，是受到万众赞颂的大神。

河水摆脱了泥沙的缠绕，太阳船平稳地航行在清澈的河面上。

船上的神灵们摆脱了疲倦兴奋起来，因为黑夜即将过去，光明就在眼前。他们指点着两岸那些神秘莫测的神像放松地闲聊点评，尤其是其中有七根象征王权的权杖，还有一头在黑暗中不时咆哮的雄狮。就在阵阵狮吼声中，天边已经显露出淡淡的鱼肚白，那是拉神发出了光芒将至的信号。

源泉之国里有三处宝藏，这些宝藏都由喷吐火焰的蟒蛇看守着，其首领是一条生着五个头的巨蟒。神奇的宝藏可以变成千奇百怪的模样：有的长着人头，有的长着鸟翅，有的长着狮子利爪。

在这个国度里住着复活之神海比拉，海比拉拥有起死回生的力量，他来到太阳船边让生命的气息重回拉神的躯体。

源泉之国是黑暗世界最边远的地带，它的大门之外便是通往太阳东升之地的航路。

六点钟夜晚女神在七点钟夜晚女神之前开路，两人灵活地打开了城门，太阳船渡过第六个夜王国。

拉神的太阳船十分安全地行驶着，它要经过一个漆黑可怕的地域，那里是毁灭之王、虚无巨蛇阿波斐斯的死亡之国。阿波斐斯是与拉神同时诞生的孪生兄弟，这个代表虚无的大神也是拉神永恒的敌人。

阿波斐斯正在等待着拉神的到来。

每当太阳神经过一个处于黑暗中的夜王国之后，都会进入阿波斐斯控制的领域。这条巨蛇要追逐吞噬太阳船，全靠守护拉神的侍从勇敢抵御才能保护造物主安全通过。

拉神的太阳船顺利度过了夜晚的第六个钟点。

第七个夜王国是秘密的岩洞，阿波斐斯大神本尊就生活在此！

这条邪恶的巨蛇身长两百多米，它将身体埋伏在沙砾之下，将血盆大口对准天河河面，吞噬一切经过此处的生灵。如果太阳船被它摧毁，拉神就会死去，神灵和万物都将毁灭，虚无和黑暗便统治了世界。

关键时刻，伟大的伊西丝女神出现在船头！她拥有宇宙中最伟大的魔力，没有任何一个神灵能够抵御她的法术。

女神吟唱着神秘的歌谣，带着魔力的旋律在黑暗的水面上跳跃蔓延，数不清的眼镜蛇出现在拉神身边充当守卫。

阿波斐斯愤怒了，它抬起头发出一声怒吼，吼声震撼了整个黑暗世界，几乎所有生灵和神灵都在瑟瑟发抖。但勇敢的伊西丝毫不畏惧地继续歌唱，女神迎击魔王的咆哮唱出更嘹亮的歌声！

伊西丝在歌唱之余还挥舞着自己的双手，释放出神奇的咒语。在这咒语的作用下，狂暴的阿波斐斯颓然瘫倒在沙丘之上，变得动弹不得。

就在这时，一只肥硕的大猫从太阳船上跳下直奔巨蛇而去。这只肥猫灵活地用绳子捆住阿波斐斯，接着准备用锋利的匕首割掉它的头颅。

但本身就代表毁灭与死亡的阿波斐斯是不死之身，它每晚都隐藏在幽暗的冥界等待着拉神的太阳船到来，时刻准备毁灭拉神。

就在肥猫抄起匕首的时候，阿波斐斯也开始挣扎起来。肥猫死死按住阿波斐斯，阿波斐斯则拼命蠕动身体想扯断捆绑自己的绳索，但这绳索异常坚固让它无法挣脱。就在纠缠之际，太阳船已经驶过危险河段远离了毁灭之神的控制范围。

太阳船来到众神的墓地，河岸边耸立着一座座高高的沙丘，每座沙丘上都有一个模样各异的建筑物。建筑物就像有生命一般地默默注视着天河里的太阳船，看着拉神到来，目送拉神离开。而拉神的太阳船安全平稳地航行着，它将冲破黑暗驶向东方，迎来灿烂的光明。

七点钟夜晚女神在八点钟夜晚女神之前开路，两人灵活地打开了城门，太阳船渡过第七个夜王国。

拉神的太阳船顺利度过了夜晚的第七个钟点。

拉神的太阳船来到第八个夜王国，这里是众神的极乐世界。死神的家就在这里，他们在房间里裹着亚麻布，不停地制作着木乃伊。

当死神们看见拉神的太阳船远远驶过时，他们停下手里的工作一齐向伟大的造物主致意。但因为距离实在是遥远，太阳船上的神灵们只能听见远处传来一阵阵怪异的声响，时而类似野牛吼叫，时而类似猛禽鸣叫，时而类似女子夜泣，时而类似野蜂嗡鸣。

拉神的太阳船前行走着九个奇形怪状的神灵向导，其中有四个是长着巨型羊角的野羊模样：一个戴着长长的羽毛王冠，一个戴着下埃及的红色王冠，一个戴着上埃及的白色王冠，一个带着太阳形状的王冠……

拉神的太阳船继续向着东方航行，向着日出的方向前进，迎来新的一天。

八点钟夜晚女神在九点钟夜晚女神之前开路，两人灵活地打开了城门，太阳船渡过第八个夜王国。

拉神的太阳船顺利度过了夜晚的第八个钟点。

太阳船驶入第九个夜王国，在这里湍急的河水将船高高托起，手握短小坚硬船桨的十二位星神守护着太阳船，保证船只向着正确的方向安全航行。

这是一个不曾被黑暗侵蚀的国度，因为十二条喷吐火焰的巨蟒守护着国境，它们吐出的火焰光芒万丈，照亮了王国中的每一个角落。

河水里有三只怪模怪样的巨型水鸟，它们像一条小船一样运载着货物航行。当这些水鸟把自己的灵魂卡献祭出来的时候，诸位星辰女神便一起唱起动听的歌谣。这美妙的旋律飘进太阳船上诸神的耳朵里，让他们个个都心情愉悦，直到太阳船远去之后，这歌声依然久久回荡在苍天大地之间……

拉神的太阳船继续向着东方航行，向着日出的方向前进，迎来新的一天。

九点钟夜晚女神在十点钟夜晚女神之前开路，两人灵活地打开了城门，太阳船渡过第九个夜王国。

拉神的太阳船顺利度过了夜晚的第九个钟点。

太阳船进入第十个夜王国，这里的土地遍地甘泉，这里的河岸陡峭高悬，这里是所有夜王国中最辽阔的一个，这里是拉神自己的国度，这里的国王便是太阳神本人。

太阳船与狭窄河床中的激流搏斗艰难前行，船上的护卫们手持闪亮的武器，脸上发出如阳光般灿烂的光芒。两岸的居民纷纷涌到河边迎接拉神归来，为首的四位女神站在高高的堤坝上高举火炬，在火光面前黑暗溃逃无踪。

诸多星辰在拉神的太阳船前方行走领航，走在星辰最前面的是一条巨大的双头眼镜蛇，蛇头上戴着上下埃及的双王冠。而上苍的主宰、诸多星辰的领袖、伟大的荼隼神就站在巨神身边。

复活之神海比拉也来到第十夜王国，他在这里进行拉神最后的复活仪式。此时虽然太阳神的躯体依旧躺在太阳船中，但他的灵魂已经与海比拉合二为一，获得了新生。

拉神的太阳船继续向着东方航行，向着日出的方向前进，迎来新的一天。

十点钟夜晚女神在十一点钟夜晚女神之前开路，两人灵活地打开了城门，太阳船渡过第十个夜王国。

拉神的太阳船顺利度过了夜晚的第十个钟点。

太阳船进入一个深邃无底的洞穴，这里就是第十一个夜王国。

这里依旧是拉神本人统治的国度，天河水位在这里变得非常浅，洞穴中无数溪流汇入河道中，涓涓细流聚集起来托起造物主的航船。太阳船平稳地航行，护卫们不必再用纤绳拉船，他们依靠一条大蟒蛇掌舵，这条蛇还同时充当拉神的守卫。

洞穴中充满了诡异的红光，这光芒来自太阳船前方的火星。火星发出这种令人恐惧充满压迫力量光芒的原因，正是因为邪恶已经入侵了这个王国，所以太阳神才要惩罚那些妄图对抗自己的黑暗力量。

荷鲁斯神那些全副武装的侍女们守在一个个浓烟滚滚的坑洞外面，她们手持利剑将恶魔肢解成碎块，然后口吐烈焰将这些邪恶生物烧成灰烬。荷鲁斯神在坑洞之间的地面巡视，锐利的鹰眼不放过任何一个还没彻底被挫骨扬灰的敌人。这些敌人不仅是他的，也是奥西里斯神和拉神的对头。这些邪恶的罪犯在尘世作恶多端，现在那些焚烧的残肢在“吱吱”作响，那是恶魔的灵魂在哭喊求饶，但谁也不会怜悯恶魔，谁也不会解救恶魔。

在河岸另一头，远离浓烟和焦尸臭味的地方，屹立着一个时空之外的原初之神。这个古老的神灵比拉更古老，正是他将带有滚滚水汽的北方清凉之风送到埃及，让人间万物可以呼吸。他像一条猩红色的巨蛇，还生有鸟翅和两条腿，在双翼之下有人的幻影时隐时现，银河在他身上环绕整整十圈之多。荷鲁斯之眼在他身边闪烁，在他的怀抱里孕育着即将来到的白昼。

拉神的太阳船继续向着东方航行，向着日出的方向前进，迎来新的一天。

十一点钟夜晚女神在十二点钟夜晚女神之前开路，两人灵活地打开了城门，太阳船渡过第十一个夜王国。

拉神的太阳船顺利度过了夜晚的第十一个钟点。

拉神的太阳船终于抵达了最后一个夜王国，这里是复活之神统治的复活之国。

黑暗即将逝去，光明就要重生。

海比拉大神以巨大圣甲虫的形象伏在太阳船头，他准备在太阳船抵达冥界终点的时候令伟大的太阳神复活。在过去数百万年中的每一天他都是如此做的，在未来数百万年的每一天他依旧会这样做。

经过整整十二个小时之后，船终于航行到冥界的终点，眼前是黑夜白昼的分界线。眼看着拉神的冥界历险终于结束，侍从们用缆绳把船拉到岸边，为拉神的复活做好准备。

忽然之间蟒蛇惊叫起来，大地上的生灵都看到一轮红日自东边地平线下一跃而起！在欢乐的颂歌和灿烂光芒的伴随下，如同种子绽放嫩芽一般，复活的拉神精神抖擞地站在太阳船上眺望尘世万物。

伟大的太阳船冲破了幽深黑暗的冥界阻挡，从荒芜沙漠之下飞速升上天空，将温暖的光芒洒满大地。

这条船是多么的神圣美丽，这条船是多么的永恒伟大！它沿着千百万年亘古不变的伟大航道向天空攀升，神灵们打开天河的大门，让拉神的永恒之船从那些巨大的白色雪花石膏立柱中间穿过，于是光芒笼罩了整座巴胡山。

白昼的天河宽阔清澈，太阳船坚定平稳地继续向东航行。在船头激起的浪花中，阿卜杜鱼欢快地舞蹈，那些珍贵的阿奈提鱼也在湛蓝的水中自由游弋。

天河之下，大地上的一切生灵都在赞颂伟大的造物主：

天边出现了您的形象，
啊，伟大的拉神，
生命的源泉！

当你从东方升起时，
我们祝福你！
你带来了光明，
黑暗在你眼前仓皇远遁！
你将温暖洒满世界，
这样的仁慈，
这样的慷慨！
啊，伟大的拉神，
你无比荣耀！
芸芸众生都拜倒在你面前，
如同你温顺驯服的猎狗，
在每一个早晨争先恐后地向您致敬！

当你从东方升起时，
我们祝福你！
你创造了尼罗河，
将它赐予埃及。
你让它日夜川流不息，
滋润了每一寸土地。
祝福你呀，拉神！

祝福你呀，无所不能的造物主！

当你从东方升起时，

我们祝福你！

你创造了我们，

你创造了万物。

你历经劫难依旧从东方升起，

给宇宙以新生！

祝福你呀，拉神！

祝福你呀，主宰万物的神灵！

第六节 胡夫的故事会

当胡夫国王统治埃及的时候，他时常会在王宫中感觉无聊。

这位国王穿行在一间又一间的宫殿中，始终找不到打发时间的办法。

于是胡夫叫来自己的王子们，命令他们讲述一些神奇有趣的故事，他自己一边吃饭一边听。

最先讲故事的是哈夫拉，他讲了一个第三王朝尼布卡一世的故事：

每当尼布卡一世前往孟斐斯城的普塔神庙的时候，他的秘书、大祭司乌巴欧内总是随侍左右。乌巴欧内有个水性杨花的妻子，每当乌巴欧内随国王离开她便趁机勾搭附近的一个美男子。

大祭司家的花园中有一处隐秘的庭院，乌巴欧内的妻子让仆人将庭院装饰一新，然后作为自己出轨偷情的温柔乡使用。

每次那个美男子来与情人厮混时，他俩就在庭院中饮酒嬉戏，等到夜幕降临时，美男子便走进庭院边的池塘沐浴。

时间一长，这对偷情者的秘密被仆人发觉了。当乌巴欧内返回宫殿时，便听到这个令他愤怒的消息。他拿刀削出一个几寸长的木质鳄鱼，然后对它念动咒语：“抓住任何一个在我池塘中洗澡的男人，尤其是那个我妻子趁我不在时叫来的那个！”

他将这个木鳄鱼交给忠诚的仆人，吩咐他见到奸夫洗澡时就将鳄鱼放进池

爱听故事的胡夫国王

塘里。

不久后，大祭司又随国王离家了。他一出门，他妻子就招来了自己的情郎，像往日一样度过销魂的一天。

等到夜晚那个美男子再度走进池塘时，仆人按照主人的吩咐将木鳄鱼投入水中，这个袖珍玩偶一沾水就化作一丈多长的真鳄鱼，鳄鱼一口咬住美男子将他拖入水底便消失不见了。

七天之后，乌巴欧内跟随尼布卡一世回到首都。

在进城时这位大祭司向国王请求说：“敬请陛下随我去看一个奇观！”

尼布卡一世好奇地同意了，他俩来到大祭司的家里，一起走到池塘前。

乌巴欧内对着池塘念动咒语，大鳄鱼叼着奄奄一息的美男子爬了出来。大祭司抓起鳄鱼将它变回原来的模样，并向惊讶不已的国王讲出事情原委。

尼布卡一世听后对着乌巴欧内的木鳄鱼说：“带走属于你的财富吧！”

于是木鳄鱼再度变回大鳄鱼，叼着美男子回到池塘深处，从此再也没有出现过。而大祭司的妻子也在国王的命令下被捆在石门柱上投入尼罗河之中……

胡夫聚精会神地听完这个故事，他评价说：

“让我们将一千个面包、一百罐啤酒、一头牛和两百份乳香的祭品献给伟大睿智的尼布卡一世——上下埃及的国王！

“让我们把一个面包、一罐啤酒、一块肉和一份乳香作为祭品献给大祭司乌巴欧内，这个故事让我见识了他的神通广大！”

接下来轮到巴乌弗雷王子讲故事了，他讲述了祖父斯尼夫鲁国王的一个故事：

有一天，斯尼夫鲁就像今天的胡夫一样百无聊赖，走遍王宫中的每一间房间都找不到解闷的办法。于是他找来自己的秘书大祭司加达蒙卡，问他有没有什么消遣的妙招。

加达蒙卡对国王说：“请陛下到王宫的湖边去，我安排一些王宫里最美丽的女孩划船。看着她们，陛下的心一定能感觉到愉悦的。”

于是斯尼夫鲁吩咐道：马上准备一条华美的小船和二十支镀金的乌木船桨，再找来二十个体态最优美的女人，让她们穿上轻薄透明的衣服，好让我欣赏她们优美的体态！

很快，女孩们穿着透明的衣服开始划船，小船飞速地在湖面上来回穿梭，国王果然看得心花怒放。但是坐在船尾的一个女孩忽然停下了手里的船桨，她的同伴们也纷纷停下。

斯尼夫鲁奇怪地问这些女孩为何不划船了。

女孩们回答说因为我们的一个同伴停了下来，我们不知道发生了什么事。

斯尼夫鲁于是问最先停下的女孩，那女孩回答说因为我的绿松石耳环掉进水里了！

斯尼夫鲁一听笑着说小事一桩，他吩咐仆人去给女孩另找一个耳环，不料居然被女孩拒绝了。

国王大吃一惊，于是叫来自己的大祭司问他该怎么办。

加达蒙卡一听也笑着说小事一桩，他念动咒语将湖水的一半提升到另一半之上，然后在空出来的湖底找到了女孩丢失的耳环。接着又将湖水恢复原状，女孩子们再度划船穿梭，国王度过了愉悦的一天，并奖赏了自己的大祭司。

胡夫聚精会神地听完这个故事，他评价说：

"让我们将一千个面包、一百罐啤酒、一头牛和两百份乳香的祭品献给伟大睿智的斯尼夫鲁——上下埃及的国王！

"让我们把一个面包、一罐啤酒、一块肉和一份乳香作为祭品献给大祭司加达蒙卡，这个故事让我见识了他的神通广大！"

现在轮到王子霍达德夫了，他没有像他的兄弟们那样讲述前朝往事，而是宣布父王您听到的都是过去魔法师的故事，而我能让您知道现在的魔法师有多么神通广大！

胡夫一听来了兴趣："霍达德夫，我的儿啊，你说的魔法师是谁呢？"

"他叫德迪。"霍达德夫回答说，"他已经一百一十岁了，但仍然精力充沛。他知道如何把砍下的头颅装回去，还可以不用锁链就让狮子温顺地跟随自己走。"

胡夫立刻命令儿子把这位神通广大的老法师找来看看，于是霍达德夫前往德斯尼弗鲁城找到了德迪，并告诉他说："我来这里是为了带你去见我的父王——

伟大的胡夫国王。你能够在他的宫殿中享用御厨制作的王室美食，还可以在前往大墓地与祖先重逢之前获得所有人的尊重。”

“那可太好了！谢谢你的引荐，霍达德夫王子。”德迪干脆利落地回答说，“我会随你前往王宫，去讨国王的欢心。”

两人回到宫殿之后，霍达德夫向父亲禀告魔法师到来的消息。

胡夫在华丽的会客厅接见德迪，他问道：“人们都说你能接上被砍下的头颅，这是真的吗？”

德迪恭敬地回答：“是的，我知道怎么做，陛下。”

胡夫命人带来一个囚犯当众斩首，德迪连忙劝止说：“不，我想我们不能这样对待一个人类，我们不能对信奉神灵的信徒做出这样的事情。”

于是人们为魔法师拿来一只被砍掉头的鹅，鹅头被放在会客厅东面，鹅身子则在西面。

德迪念了一句咒语后，这只没头的鹅就踉踉跄跄地站了起来，它的头也立了起来。当二者合二为一时，这只复活的鹅站着大叫起来。

之后，德迪又对一头牛做了同样的事情。胡夫一时兴起让人带来自己心爱的狮子，并砍掉了狮子的头。德迪不负众望念出咒语复活了狮子，狮子站立起来跟在魔法师后面走着，脖子上的锁链在地上拖着，没有任何人去牵引它。

赞叹不已的胡夫下令赏赐给德迪各种珍贵美好的东西，供养他度过了之后的人生。

第七节 〈 遇难者的故事

眼看着远航的船队返回母港，拴船的木桩就固定在岸边，随着船头靠向堤岸，可爱的家就在眼前，每个人都在拥抱同伴，感谢神灵保佑我们的旅途平安。

我的将军，快乐起来吧！你瞧我们没有损失，安全返还！

来，洗洗手，洗洗脸，然后在国王面前镇静地回答提问。

我的将军，到时候请不要结巴，因为一个人的语言可以救他于危难，一个人的话语能得到国王的赦免。

快乐起来吧，我的将军！

因为我也曾遇到过同样的事情……

多年以前，我乘着一艘六十米长、二十米宽的大船出航，准备前往王子的宝库，完成国王交付的任务。

驾驶这条船的水手是从埃及最好的水手里挑选出来的一百二十人，他们无论在海上还是陆地上都是比狮子的心更坚定的纯爷们。他们能在暴风雨来临前预测到危险，或在雷电交加前便做好万全的准备。

于是我们远离陆地，航行在红海的碧波万里当中。

但是暴风雨毫无征兆地袭来，船只在疾风骤雨的鞭打和排山巨浪中苦苦挣扎。就在我暗自怀疑这些水手是否真像前面介绍的那样靠谱时，命运给了我答案——一阵约四米高的海浪袭来，船翻了。

一百二十名汉子全部葬身鱼腹，只有事先把自己捆在桅杆上的我被海浪送上一座小岛……

我拖着沉重的步伐来到一棵树的树荫下，怀着绝望的心情为自己哀叹了三天：我想我再也回不了家，见不到我的孩子们了。

但最终我振作起来去寻找食物和水，我很幸运地找到一处清凉的水源，还有一些甜蜜的浆果和葡萄，更有大量的蔬菜，一些埃及无花果和类似黄瓜的蔬菜。此外我还发现了水里有鱼，天空飞着大群的鸟——这座岛上有你所能想到的任何东西，你绝不会在这里被饿死！

于是我找到一根木棍钻出火来，向保佑我幸免于难并赐予我食物的神灵献祭。

忽然一阵雷鸣传来，树木摇动，大地在颤抖。我惊恐地趴下，用脸紧贴在地面上。当我鼓起勇气站起来时，一条十五米长的金色巨蛇正向我靠近，它嘴唇边的胡须足有两米长，眉间有一颗硕大的青金石。看到那金色的光芒和长胡须以及青金石的时候，我知道它一定是条神圣的蛇。

这条神蛇威严地游到我身边，朝我张开嘴。而我立即拜倒在它面前，心里说虽然我想献祭神灵，但祭品可不是我啊！

这时我听到神蛇的声音："是谁把你带到这里来的，你这渺小的人类？如果你在回答时稍有迟疑，我就让你化为灰烬！"

我不敢抬头看它，只能低着头惊恐地回答："您对我说话了，但我没法理解您的话。因为在您面前，我完全意识不到自己的存在。"

神蛇用嘴叼起我，把我带到它的巢穴。当我被放在地上的时候，惊讶地发现自己安然无恙。我肯定这是一条神圣的蛇，于是再度拜倒在它面前。

神蛇再度问我："是谁把你带到这里来的，你这渺小的人类？是谁把你带到浩瀚海洋深处的这座岛上来的？"

我知道自己必须如实作答，于是张开双臂一边比画着一边告诉它："我乘着一艘六十米长二十米宽的大船出航，准备前往王子的宝库，完成国王交付的任务。

"驾驶这条船的水手是从埃及最好的水手里挑选出来的一百二十人，他们无论在海上还是陆地上都是比狮子的心更坚定的纯爷们。他们能在暴风雨来临前预测到危险，或在雷电交加前便做好万全的准备。每个人的勇气和经验都不相上下，他们中没有一个懦夫！

“当我们远离陆地，航行在红海的碧波万里当中时，暴风雨还是击败了我们。我只记得在船只沉没之前我们正与暴风和巨浪搏斗苦苦挣扎，但一排四米高的大浪还是打败了我们。若不是我紧紧抓住桅杆，我是无法幸免的。船只沉没后，除了我以外其他的同伴都遇难了。而我被海浪带到了这个岛上，于是才会出现在您面前。”

神蛇听后安慰我说：“无须恐惧，无须恐惧。渺小的人类，不要这样惊慌！你之所以能到我这里来，是因为有神灵护佑的结果。他把你带到这个美妙的岛上，在这里你可以找到人类所需要的一切，岛上有各种珍贵的美丽的东西。

“你将在这里度过四个月，到时候会有一艘从王宫中出发的船抵达这里，你将与之前的那些水手重聚，你将与他们一起返回王宫。之后，你将会在你的城市中死去。经历最严苛的考验后，幸福的人终将讲述他的奇遇。”

虽然我听得如在云里雾里，但这依旧让我重燃希望。

我拜倒在神蛇面前说：“我将会对国王说起您的威力，称赞您的伟大！我将把劳丹脂、埃格努等各种属于神庙的，能让每位神灵都满意的香料奉献给您！我将讲述我的奇遇和您的力量给每个人听，让埃及人在所有显贵之人面前参拜您。为了您，我将宰杀一些公牛献祭给您；为了您，我将拧断家禽脖子献祭给您；我祈祷去您那里的船只都满载着埃及的财富……这些都是我应该为您做的，因为您是神灵！即使遥远国度的人民并不知道您的存在，您也依然关爱着他们！”

虽然我谀辞如潮，但神蛇只是付以一笑，显然它觉得我的话并没有任何意义。最终它回答我说：“你想献给我劳丹脂？据我所知埃及根本没有这种香料！实话对你说，我是神之国度邦特国的王子，我拥有很多这种香料。至于埃格努香料，那是我岛上的特产，而不是产自你的国家！最后你应该知道的是，当你离开这片土地之后，你就再也不会见到它——因为它将消失在大海中。”

为了安慰我，神蛇讲起了它的往事：“这个美丽的岛是我和我家人的乐园，我曾离开岛屿游历，那期间一颗星星坠落在岛上，整个岛屿立刻化为火海一片。

当我回到岛上的时候，我所有的兄弟姐妹都已经化作一团团尸体……

“如果你足够振作，那么一定能拥抱你的孩子们，亲吻你的爱人——世界上没有什么事情比回到家乡更好了！”

从此以后，我每天都在海那边眺望，等着那神蛇许诺过的航船。

就像神蛇所预言的那样，四个月后一艘船向这个岛航行过来！

我爬上大树发出求援信号，并且认出船上的果然是那些我误以为已经遇难了的同伴们！

于是我跑到神蛇那里向它报告这个好消息，它却很平淡地表示自己早已知悉。

它说：“我能够让你平安回家，让你能够见到自己的孩子。而你要为我做的，是让我在埃及声名远扬。”

我郑重地跪下，发誓要完成神蛇的嘱托。这慷慨的神蛇已经为我准备好装满一艘船的礼物，除了各种香料之外，还有长颈鹿的尾巴、象牙、猎犬、猕猴、狒狒和其他各种埃及见不到的奇珍异宝。

我感激地参拜慷慨的神蛇，它对我说：“看吧，你会在两个月内回到你华美的住所，拥抱你的孩子。以后你会被埋葬在自己的国家，在你的墓穴中你会重新变得年轻强壮。”

我告别神蛇，带着满船的珍宝登船出海。我和水手们在海岸边再度向神蛇致意。当航行一段距离之后，随着一声雷鸣，神秘的岛屿如神蛇所言那般消失在海上。

回到埃及之后，我向国王仔细禀报了出海的经过，并将所有的宝物全部献给他。于是国王在全国的达官贵人面前参拜神蛇，将这位慷慨伟大的神灵王子的名声散播四方。

当我讲完这个故事之后，闷闷不乐的将军却说：“你讲得很好。不过一只早晨就要被杀死的鸡，在清晨给它水喝还有什么用处呢？”

（剩下的故事结局已被磨损无法得知）

第八节

命途多舛的王子

很久之前，有个国王因为没有儿子而烦恼。他虔诚地向拉神祈祷了许久，终于感动了神灵，王后生下了一个儿子。

国王看到孩子出生万分激动，他祈求执掌命运的哈托尔女神指点小王子未来的人生，但一向仁慈的女神却将小王子未来的三种命运冰冷地摆在老父亲眼前："陛下，恕我直言——这孩子命运多舛，很难养大啊……"

国王一听这话犹如一盆凉水兜头浇下来，他颤抖着问女神："请问这孩子会遇到怎样的厄运呢？"

哈托尔扳着手指计算小王子的未来，然后说道："这孩子注定会遭遇三种危险：要么被鳄鱼吃掉，要么中蛇毒而死，要么被狗咬死。"

虽然这个预言非常不吉利，但从女神口中说出来却让国王不敢不信。他怀着悲伤的心情，吩咐侍从们在沙漠腹地修建了一座豪华的宫殿供王子居住，众多的侍从伺候着王子的饮食起居吃穿用度，但绝不答应王子单独外出的要求。

但孩子总会长大，关是关不住的。终有一天，已是少年的王子坚持要走出自己的宫殿游玩，侍从只好紧紧跟着他。

王子看见一个猎人身后跟着一条精神抖擞的猎犬时不禁大为好奇，于是他询问侍从说："那只跟在人身后跑的是什么动物啊？"

侍从回答说："那是一条狗，是猎人饲养的猎犬。"

王子对狗心动不已，便对侍从说："那么你能给我也弄来一条吗？"

侍从感到非常为难，便去向国王禀报了王子的心愿。国王沉思许久之后吩咐侍从："那就给我的儿子弄条小狗来吧，省得他整天为了这件事伤心难过。"

于是王子得到了一条非常可爱温顺的小灰狗，这个小狗成为他童年的玩伴。

时光荏苒，王子长大成人，小狗也变成了大狗。

有一天，王子去向父亲抱怨说："您为什么总把我关在房间里不让我外出呢？要知道我是埃及的王子，总要勇敢面对自己的命运啊。请让我离开宫殿到外面去看看吧。"

国王被儿子的话打动，于是吩咐手下给王子准备好出行的衣服武器，还有一辆豪华的战车以及一个忠诚的贴身侍从。

国王亲自把王子送到尼罗河东岸，然后与王子挥手告别，王子和侍从驾车远去，他的灰狗紧紧跟在后面。

王子穿越了漫漫沙漠，抵达一个叫作米坦尼的国度。这个国家的国王只有一个公主，再也没有其他的孩子可以继承王位。

奇怪的是米坦尼国王将公主关在一座三十五米高的塔楼里面，对着一群前来求婚的叙利亚王子们说，你们谁能攀上高塔见到我的女儿，就可以和她结婚。

叙利亚的王子们对此一筹莫展，大家又不愿意空手回去被人笑话，于是便在米坦尼逗留下来。

埃及王子来到这里之后，叙利亚王子们收留他住下，和他一起整日游玩谈天说地很是友好。当他们询问埃及王子来历的时候，埃及王子谎称自己是个官员之子，因为被继母虐待所以离家出走的。叙利亚人信以为真，对他更加关心照料。

埃及王子询问叙利亚人为何停留在这个国家时，大家把求婚遇到难题的事情和盘托出。于是埃及王子也加入求婚者的队伍，他和朋友们每天在公主的塔楼下面练习跳跃。

终于有一天，埃及王子如有神助般跳上公主的窗台，见到了米坦尼的公主。公主已经等待了太长时间，她见到王子兴奋不已，拥抱着他亲吻着他。

公主的侍女赶紧把这个情况报告给米坦尼国王，国王本来挺开心地问：那么那个勇敢的年轻人是哪位叙利亚王子呀?

左右有知道这件事的就赶紧说：启禀大王，据说是个埃及逃来的年轻人，自称是个受继母虐待的官员之子。

国王一听到未来女婿这种可疑的来历就火了，他立即高瞻远瞩地指出，米坦尼的公主决不能嫁给一个身份可疑的逃犯!

于是国王的卫兵立即赶到公主的塔楼，向埃及王子转达了国王委婉的逐客令：小子，国王命令你从哪来的就滚回哪去!

这下公主急眼了，她一把抱住心上人不放，并且誓言不做剩女，以拉神的名义赌咒发誓说如果离开了埃及王子她将茶饭不思，立即死掉!

米坦尼国王听说公主的表态后差点儿气出个好歹来，他愤怒地下令立即处死这个害得自己女儿五迷三道的臭小子。可是公主对着赶来的卫兵说你们谁敢杀了他，我就死给谁看！没有他，本公主连半小时都活不下去!

卫兵不敢轻举妄动，只好灰溜溜地禀告国王：陛下，公主刚烈如此，这活小的们实在没法干啊……

米坦尼国王叹息一声：女大不中留啊……只好下令召见埃及王子。

没想到一见面，这个身材魁梧、体貌端正、谈吐优雅的准女婿立即引起了老泰山的青睐，他乐呵呵地走上去握着埃及王子的手说：“孩子，从此以后你就是我的儿子了！”

于是米坦尼国王赐给埃及王子一座宫殿、一大片良田和数不清的牛羊，王子和公主就此结婚，甜蜜地生活在一起。

时间一长，埃及王子决定和妻子分享自己的秘密，他将自己命中注定会死于鳄鱼、毒蛇或狗的厄运告诉公主。公主听后大为紧张，立即提出先把王子那条大灰狗做成火锅以绝后患。但王子决不答应杀死陪伴自己多年的狗，公主只好提心吊胆地守着自己的丈夫，决不肯让他单独外出。

时间流逝，有一次埃及王子来到湖边游玩，于是那条命中注定的鳄鱼便悄然逼近他。没想到湖里住着的恶魔一把抓住鳄鱼不让它动弹，鳄鱼也转身缠住恶魔，两个凶神恶煞搏斗了整整三个月，王子也逃脱了这次劫难。

不久后，王子在宫殿里举办宴会，一条大毒蛇悄然溜进房间。但警惕的公主还没入睡，她发现蛇之后毫不惊慌，把早已准备好的一大碗葡萄酒和一大碗啤酒推到毒蛇眼前。毒蛇将两碗酒一饮而尽，再往前游走几步便酒劲上头昏睡过去。公主举起斧子用尽全力一下砍掉蛇头，王子也逃脱了这次劫难。

于是公主赶紧摇醒沉睡中的丈夫，告诉他说："看，万能的拉神保佑了你，将这次的厄运送到你的手上了！拉神一定会继续保佑你的，亲爱的！"

王子连忙起身沐浴之后，虔诚地向拉神祈祷。他献上丰厚的祭品作为谢礼，并祈求拉神继续保护自己。

接下来的日子过得平安顺利，王子和公主渐渐不再那么紧张警惕了。

有一天，王子独自出门散步，跟随他的只有那条大灰狗。王子走到四周无人之地时，大灰狗忽然变成青面獠牙的凶恶模样，口吐人言说："没想到吧？一直跟随你的我，正是你的厄运！"

王子被忽然变脸的恶狗吓得魂不附体，他转身撒腿便跑，恶狗在后面紧追不舍。王子慌不择路地跳进湖水里，却被守候已久的鳄鱼一口咬住了。鳄鱼叼着王子却没吞下肚，它一路游到恶魔的住处把王子放下说："哼，我就是你的厄运，洒家已经跟踪你好几个月啦！"

王子吓得战战兢兢，却听到鳄鱼表达出进行商务谈判的意向：所谓宿命都是毛毛雨，其实我们可以做笔生意的啦……

原来鳄鱼上次和恶魔打了个平手之后，算是结下了梁子。它希望王子与自己携手除掉恶魔，那么所谓吃掉王子的宿命就当作空气好了——王子自然求之不得连忙答应。

说时迟那时快，忽然间天昏地暗湖水翻腾，恶魔腾云驾雾而来。鳄鱼和埃及王子按照约定一齐扑向恶魔，鳄鱼咬住恶魔的身体，王子则猛击恶魔头颅。但恶魔的身躯坚固得好像铜墙铁壁一般，来来回回缠斗几十回合之后，恶魔逐渐占据上风，眼看鳄鱼和王子都要性命不保！

就在这时，忽然一道闪电自空中劈下，恶魔被雷火击中化为灰烬。这是眷顾王子的拉神出手相助了，在王子的人生中，正是拉神一次次暗中帮助了他。当王子在湖中与恶魔战斗时，拉神也停下天空中的太阳船观看。就在恶魔要杀死王子时，拉神命令雷电之神赛特用霹雳消灭了恶魔。

战斗胜利之后，信守诺言的鳄鱼不仅释放了王子，还顺便冲上岸把那条背叛主人的恶狗拖下水吃掉了。从此以后王子与鳄鱼成为好朋友，鳄鱼一直陪伴着王子，成为他形影不离的护卫。

第九节 < 两兄弟的故事

在尼罗河边的一个小村庄里，相亲相爱的两兄弟住在父母留下的房子里。

这两兄弟哥哥叫伊奈普，弟弟叫巴塔。

他俩父母早亡，一对孤儿相依为命地长大。伊奈普像父亲一样对待弟弟，将其抚养成人；巴塔敬爱哥哥，事事都帮他。直到伊奈普娶妻成家以后，也没有与弟弟分家。

每天破晓时分，巴塔就起床为伊奈普做饭，准备好哥哥带去田地里的食物后，巴塔就牵着母牛去吃草。

母牛们对驱赶自己的巴塔说："带我们去一个水草丰美的地方吃草吧！"

巴塔就按照母牛的心愿去做，所以牛群长得更好了。

当天色渐晚的时候，巴塔才赶着牛群回家。他吃些粗茶淡饭，然后在牛栏里和牛群一起入睡。

当泛滥季结束成长季开始以后，伊奈普吩咐弟弟准备一架套牲口的犁铧准备犁地播种。

巴塔选了两头最肥美的公牛，给它们套上犁铧，当哥哥赶着公牛犁地的时候，巴塔跟在后面撒种子。

种子用完以后，伊奈普让巴塔回家再取一些来。巴塔飞奔回家，对着正在梳妆的嫂子说："起来，给我找一些种子，我哥哥在等着播种呢！"

赶着牛群的埃及少年

嫂子却冷冷地说道："你自己去找吧，不要打扰我。"

巴塔自己来到谷仓，装了几袋大麦和小麦做种子。当他扛着亚麻布袋从嫂子眼前走过时，这个淫荡的女人耳红心热心里乱跳。她站起来说："你这强壮的傻小子，来吧，让我们躺下度过愉快的一小时！"

巴塔一怔之后，愤怒地拒绝道："这是多么可怕的话呀！你对我来说就像母亲一样，我哥哥就像是我的父亲！请不要再对我说这种话了！"

说完这些，巴塔扛着种子回到哥哥身边，他生着闷气，沉默地干了一整天的活。

夜晚来临时，伊奈普像往常一样先回到家里，留下巴塔照料牛群。

伊奈普的妻子提心吊胆度过了一天，她生怕巴塔把自己水性杨花的丑事说出去。当伊奈普走到家门口时没见到妻子像往常一样迎接他并给他倒水洗手，家里黑灯瞎火一片寂静，他的妻子躺在床上一边颤抖一边呕吐。

伊奈普连忙问妻子怎么会变成这样，那个恶毒的女人说："还不是因为你的弟弟！他白天回来时看到我在梳妆，就对我说'让我们躺下，度过愉快的一小时吧'！然后我就告诉他：'难道我不像你的母亲吗，你哥哥不像你的父亲么，你怎能说出这种话！'结果你弟弟气急败坏地殴打了我，还威胁我不许把他的丑事说出去——我告诉你，如果你让弟弟活着，我就去死！"

伊奈普被愤怒冲昏了理智，他拿起长矛躲在牛栏门后等待弟弟回家。

当巴塔赶着牛群回到家中时，走在前面的母牛们发现了在暗中躲藏的伊奈普，它们立即警告巴塔。巴塔低头一看，果然看到牛栏门后露出哥哥的脚。他猜到发生了什么，于是撒腿就逃。伊奈普一看偷袭不成，便拎着长矛紧紧追赶。

巴塔一边奔跑一边向伟大的拉神祈祷，拉神听见了这小伙的祷告，于是在两兄弟之间变出一片布满鳄鱼的河面，阻止了手足相残的惨剧发生。

巴塔望着河那头暴跳如雷的哥哥，他伤心地质问："为什么你不听我的解释就要杀了我？我们相依为命长大，你对我来说就像是父亲！听我说，当你让我回家找种子的时候，你的妻子对我说：'来吧，让我们一起躺下！'——现在是她在颠倒黑白！"

巴塔心中愤恨不已，他顺手扯下一根细细的芦苇，用它切断了自己的阴茎并丢进水中，鳄鱼立刻将其吞掉！

伊奈普看到弟弟痛苦的模样心如刀绞，他知道自己错怪了弟弟，满心愧疚地痛哭起来。

巴塔对哥哥说："你只听了一面之词，却从没想过这些年我为你做过的一切。你回家去吧，好好照顾那些牲口和你的田地。我不会再回去了，我要去腓尼基海边的雪松谷。我会在那里取出我的心放到雪松花的顶端，如果雪松树被砍掉我也就会死去。当你手里的啤酒罐开始漫溢出泡沫，你就会知道我已死去。那时候你要立刻跑来找到我的心，当你把它放在盛着净水的花瓶里时，我就会重生了。"

巴塔踏上了前往雪松谷的路，伊奈普则在脸上涂抹灰尘以示哀悼。这位懊悔的哥哥回到家里立刻杀了恶毒的妻子，还把她的尸体丢给狗吃。

巴塔抵达雪松谷后建起一座大房子，每天以打猎为生，每晚坐在庇护自己心脏的雪松树脚下休息。

有一次，九柱神遇见了他，神灵告诉他哥哥已经杀死嫂子为他复仇的消息。拉神很同情巴塔，于是使用陶盘为他创造出一个拥有神之血液，无与伦比的美丽妻子。

巴塔深爱自己的妻子，将自己的一切秘密都告诉给了她。

巴塔对妻子百般迁就，但要求她永远不要踏出房门一步，他警告妻子说："永远不要离开我们的家，因为海神也会想要占有你，你不是他的对手！"

日子长了以后，巴塔的妻子无法忍受足不出户的苦恼。她决定将丈夫的警告抛之脑后，于是走出房门到海边游玩。海神果然发现了她并立刻向她冲来，她惊慌地逃回家，却把一只束发环落在地上被海神捡走了。

海神带着束发环游荡到埃及，把它放在王宫的洗衣间里。这是神灵的束发环，它散发出的香气在王宫中弥漫，让国王为之心猿意马。国王召来负责香料的长官，追问他香气来源，这位官员循着气味来到洗衣间找到了束发环。

国王又召来有学问的书吏和祭司研究束发环，大家商议后回答国王："这一定是拉神女儿的饰品，她就住在雪松谷。陛下可以派你的使者和仆从带着礼物去说服她，她就会来到您的身边。"

于是国王立刻派遣使者带着厚礼来到雪松谷，带着这位倾国倾城的美人回到埃及。国王只看了她一眼就为之倾倒，她成为国王的宠妃，住在为她所建的宫殿里，得到所有她想要的东西。

于是这个女人决定背叛巴塔，她告诉国王说："我的丈夫强壮勇敢，又得到九柱神的保佑，他一定不会允许我留在陛下身边。请尽快派遣士兵去砍掉雪松谷的那棵雪松树，我的丈夫会因此丧命，我们也就不用再恐惧未来，可以长相厮守了。"

于是法老一声令下，士兵们砍倒了大树。盛放着巴塔心脏的雪松花坠落在地上，勇敢的巴塔死了……

在那个遥远的村庄里，伊奈普满怀疲惫地从田里回到家中。他的仆人递上一罐啤酒给他解渴，但伊奈普刚拿到手里，泡沫就飞速往外溢出。仆人连忙换上一罐，结果还是一样。

伊奈普想起弟弟说过的话，立刻出门星夜赶往雪松谷。

经过日夜不停歇的艰苦跋涉后，伊奈普来到雪松谷。他找到弟弟的尸体，也看到被砍伐后枯萎的雪松树，但无论如何，他也找不到巴塔的心脏。

一晃几个月过去了，伊奈普绝望地打算回家。这时他意外地发现在干枯的树枝后有一个奇怪的细小颗粒，伊奈普心念一动，捡起颗粒放入装着净水的花瓶里。颗粒迅速吸干了花瓶里的水，巴塔的尸体开始颤动。伊奈普连忙把颗粒灌进弟弟嘴里，巴塔重新获得了心脏并重生了。

重逢的兄弟俩紧紧拥抱在一起。但巴塔不愿跟着哥哥回家，他告诉哥哥说自己将变成一头长着神奇皮毛的公牛，要哥哥骑着公牛去见法老。第二天，巴塔果然变成了公牛，伊奈普骑着牛将它献给法老。

法老认为这是一头圣牛，他厚赏了伊奈普，并宣布要为圣牛举办一场盛大的祭祀活动。既然是圣牛，自然可以在王宫里自由行动。于是公牛走进法老宠妃的宫殿，对背叛自己的妻子说："别以为我不知道是谁让士兵们砍倒了那棵雪松树——看到没，我是巴塔，我还活着呢！"

宠妃被吓得魂飞天外。等法老来到她身边时，她立刻要求法老发誓会实现她所有的愿望。等法老顺从她的意思发誓之后，宠妃提出要吃圣牛的肝脏。国王骑虎难下，为了不违背誓言，他只好下令杀死公牛。

公牛的血溅在王宫的门柱上，生出了两株巨大的鳄梨树。

侍从赶紧把这个神迹禀告给法老。法老知道鳄梨树是恋人避难用的圣树，它的树枝是图特神书写王名的工具。于是他命令举办向圣树致敬的盛大祭祀仪式，在仪式上，法老和他的宠妃分别坐在一株鳄梨树下接受臣民对他们真挚爱情的欢呼。

就在宠妃满怀喜悦之时，头顶的鳄梨树却开腔道："嘿，背叛我的老婆，我还活着呢！我就是巴塔，虽然你砍倒了庇护我心脏的雪松树，又杀掉了我变成的圣牛，但我现在就在你头顶上呢！"

宠妃吓得魂不附体，她趁着与法老饮酒作乐时提出一个要求——砍了王宫门口那两株鳄梨树，做成家具送给我！

法老在剧烈的心理斗争之后，还是屈从于自己对宠妃的爱，下令砍伐圣树。王宫中的上下人等简直被吓坏了，他们不知道法老和宠妃着了什么魔，竟然大逆不道地又杀圣牛又砍圣树！

法老的命令毕竟不可违背，工人们战战兢兢地砍掉了鳄梨树。得意扬扬的宠妃现场做监斩官，就在她观赏大树被砍倒的痛快景致时，一小片木屑飞进她嘴里，她怀孕了。

时光荏苒，宠妃生下了一个男孩。这个男孩带着神的血液，一出生就表现出神性，简直让他的父王爱不释手。

几年过去，王子成为上下埃及的王储；又过了几年，法老驾鹤西去，王子登上了王座。

就在加冕仪式过后，新任法老召集埃及所有的达官贵人和自己的母亲。他这样说道："我是人间的荷鲁斯，我是打败了赛特的人，我是上下埃及的统治者，我是拉神之子……"

在这些历代法老都会说的场面话之后，法老话锋一转，指着自己的母亲说："这个女人是我的母亲，但也曾是九柱神赐给我的妻子——我是法老，也是巴塔！我的哥哥是伊奈普，他将是我的王位继承人！”

于是法老当着所有人的面将往事一一道来，他的母亲已经吓得魂飞魄散。

当一切罪恶都被揭穿之后，埃及的达官贵人们愤怒地大喊：“神啊，这个女人应该被利剑处死，就像拉神对他的敌人所做的那样！”

巴塔看着受到审判的母亲，嘴角露出胜利的微笑……

第十节 〈 图特之书

埃及国王乌塞赫玛阿特有一个儿子叫萨特尼，这位王子是一位伟大的祭司、魔法师和智者。他可以阅读古墓中写给死者的书信，也通晓神庙石碑上与神灵沟通的碑文。

有一天，萨特尼在普塔神庙中漫步时，有个男人忽然对他说："你为什么要读这些毫无魔力的文字呢？如果你想阅读真正伟大的文字，就跟我来。我会告诉你智慧之神图特亲手写下的书在哪里——这份纸草卷轴中记载着两个咒语，第一个能让你听懂动物的语言，迷住全世界；第二个可以让你即便在死去被埋进坟墓后也能重生返回人间！"

萨特尼被这神秘的许诺震撼了，他不由自主地说："以我的生命发誓，请告诉我你要什么。只要你带我找到图特之书，你会得到自己想要的一切！"神秘的男子没有理会萨特尼许诺的话，他自顾自地说道："这本书，就在迈赫尼普塔王之子奈非普塔的坟墓中。"

萨特尼恨不得立即得到图特之书，他赶回父王身边讲了这件事，恳求允许自己打开奈非普塔的坟墓——你可以说这是官方考古，也可以说是去盗墓。乌塞赫玛阿特答应了爱子的请求，于是萨特尼前往孟斐斯的古代王陵墓地，经过三天三夜的寻找，发现了奈非普塔的坟墓所在。

萨特尼口念咒语破坏了墓地的防护魔法，地面上出现一个空洞，露出通往墓

智慧之神图特

室的石阶。他沿着石阶步入地下墓室，整座墓室被图特之书发出的神奇光芒照亮，他赫然发现墓主奈非普塔和艾乌蕾夫妇以及他们的儿子麦里卜都端坐在椅子上！

艾乌蕾看到萨特尼后站起来质问这个闯入者："你是谁，你为什么闯进我们家的坟墓？"萨特尼粗暴地回答："我是萨特尼王子，我来你们这里是为了那本图特之书——把它给我，否则我就不客气了！"

艾乌蕾急忙说道："请别动粗，先听我把话说完，你应该先了解我们一家为这本书所付出的代价！"于是，艾乌蕾讲述了一个漫长的故事：

迈赫尼普塔王的王子奈非普塔与公主艾乌蕾是一奶同胞的亲兄妹。他俩成年后，王后向丈夫建议说：你瞧咱们的女儿爱着她的哥哥，让这两个孩子结婚吧！迈赫尼普塔王不太赞成，他提醒王后：你只有这两个孩子啊，你还要他俩结婚？王后知道儿女的心思，所以很坚持自己的意见，最后迈赫尼普塔王也只好表示同意。

就这样，奈非普塔与艾乌蕾结婚了，他们生下了自己的儿子麦里卜。

日子一天天过去，有一天奈非普塔漫步在孟斐斯的古代王陵中阅读石碑上的象形文字。一位老祭司忽然靠近他说："你为什么要读这些毫无魔力的文字呢？如果你想阅读真正伟大的文字，就跟我来。我会告诉你智慧之神图特亲手写下的书在哪里——这份纸草卷轴中记载着两个咒语，第一个能让你听懂动物的语言，迷住全世界；第二个可以让你即便在死去被埋进坟墓后也能重生返回人间！"

这段话与萨特尼所听过的毫无二致，而奈非普塔的回应也与萨特尼一模一样："以国王的生命起誓！请告诉我你要什么？只要你带我找到图特之书，你会得到自己想要的一切！"

这位老祭司向奈非普塔索取一百个德本（近一公斤重）的银币做报酬，宣称要用来建造自己的坟墓。在得到这笔钱之后，老祭司对王子说出了秘宝所在之处："在红海的中央，一个被神蛇看守的箱子里藏着图特之书！"

奈非普塔陷入狂热之中，他立即动身去红海寻找这神奇的宝藏。艾乌蕾见无法劝阻，只好带着孩子陪他一起出发。

在红海岸边的伊西丝神庙中，奈非普塔一行受到祭司们的欢迎。奈非普塔向女神献祭了一头上好公牛，祭司们用蜡制作了小船和水手。奈非普塔念出一句咒语后，这些蜡制成的船和人都变成了真的。

于是寻宝队扬帆出海了，经过三天的航行抵达红海中央的位置。这里海天茫茫，绝无寸土，但奈非普塔抓起一把他从海岸上带来的沙子抛进海里，海水剧烈颤动着向两边分开，露出了海底下的一条巨大神蛇，神蛇盘起的身躯中心正是一个发出神光的宝箱！

奈非普塔向神蛇发起了挑战，经过殊死搏斗后他杀死神蛇夺取了箱子。他迫不及待地打开箱子，果然在里面找到了神圣的图特之书。奈非普塔颤抖着捧起这本书并念出了第一个咒语，一瞬间他听懂了动物的语言，也迷住了整个世界。于是他从海底返回船上，再度施展魔法令大海复原。

奈非普塔将图特之书放在妻子手上，将其内容抄写在莎草纸上，接着将莎草纸浸入啤酒中溶解喝掉，这样一切秘密就都在他的脑中了。

他们安全返航，在返回下埃及的时候再度祭拜了伊西丝神庙，并向女神献上敬意。

“可是图特知道他的书被偷走了，他从拉神那里取得了惩罚奈非普塔的权力……”艾乌蕾颤抖着说出了他们遭遇的可怕报应，“首先是我们的儿子麦里卜，这孩子在船上好端端坐着，忽然就俯身扎进水里淹死了！

“奈非普塔在船上念了一个咒语把儿子从水里拉回来，又念了第二个咒语让孩子的鬼魂说出自己落水的原因，因此我们知道了自己面临着图特神的怒火和报复……

“我们在柯布拖斯埋葬了麦里卜，当船只返回他遇害的水域时，一股力量将我从船上拉下水！

“是的，在那个命中注定的地方，我也被淹死了。

“奈非普塔将我埋葬在麦里卜墓旁，他自己把图特之书用华丽的亚麻布紧紧系在胸前。可经过那片水域时，他一样无法抗拒神的力量。当他落入水中之后，也没人能念动咒语拉他上来，于是水手们只好赶回孟斐斯向我们的父王报告凶信。

“我们可怜的父亲换上丧服迎接船只入港，当船靠岸时奈非普塔却紧贴着船桨浮了上来，那本书还紧紧系在他冰冷的胸前。

“父王让奈非普塔和图特之书一起前往永恒的居所——正是在你所站立的地方！”

这悲惨的故事震撼了萨特尼的心，他失去了向艾乌蕾索要神书的信念。可是奈非普塔却忽然站起来说：“萨特尼，你自以为能击败我夺取这本书吗？你要不要与我较量一下？”

萨特尼接受了挑战，经过三回合的较量他战胜了奈非普塔。于是他拿着图特之书走出坟墓，回到了父亲的王宫。

乌塞赫玛阿特王听萨特尼讲完这本书的来历后大为惊恐，急忙吩咐儿子说：“你要是个聪明人，就赶快把书还回去，还给坟墓中的奈非普塔！”可是萨特尼却置若罔闻，他心里只有一个念头：打开这本书，念一念那两段神奇的咒语……

夜幕降临，疲倦已极的萨特尼来不及打开书便沉沉睡去。在梦境中，他来到普塔神庙前的空地上，一个绝世美人向他走来。他立刻疯狂地爱上这个女人，尾随她来到她的家，向她示爱，向她求欢。

这美女要求萨特尼抛妻弃子，萨特尼毫不犹豫地答应了。美女又要求萨特尼当着她的面杀了自己的孩子喂狗，萨特尼立刻叫来自己的孩子，亲手杀了他们并抛给狗吃。

美女终于满意了，她献身于萨特尼。可就在萨特尼即将得到她的时候，这女人却发出一声凄厉的尖叫，将萨特尼从可怕混乱的梦境中惊醒。萨特尼失魂落魄地醒来，又惊魂未定地去向自己的父王求教。

乌塞赫玛阿特王听完儿子的荒唐一梦后，睿智地判断说：“那诱惑你的女人就是艾乌蕾的鬼魂！她是想让你知道你不该把书拿走，那不是智慧之书，而是欲望的陷阱！你的心失去了理智，你拿走书就已经犯下了大错，而你在梦中杀死自己的孩子更是错上加错！现在趁一切还来得及，把书还给奈非普塔吧！”

萨特尼再次来到墓地，像上次一样用咒语打开了墓穴，奉上图特之书并忏悔道：“我错了，我不该拿走这本让你付出巨大代价的书。奈非普塔王子啊，我能为你做些什么作为补偿吗？”

奈非普塔回答说：“萨特尼王子，你知道我的妻子和孩子都埋葬在柯布拖斯，所以你在这里见到的都是他们的鬼魂。你去柯布掩斯把他们迁葬到我身边吧，这里才是他们应该长眠的永恒居所。”

于是萨特尼返回王宫向父王禀告奈非普塔的要求，国王派给他一艘华丽的大船前往柯布掩斯。经过三天的寻找后，萨特尼找到了奈非普塔的妻子和儿子的埋葬之地。他举行了一系列祭祀仪式后，将艾乌蕾和麦里卜的尸骨带回到孟斐斯，埋葬在奈非普塔身边。

这就是图特之书的故事，奈非普塔和萨特尼都是拥有伟大智慧的王子，但当他们试图占有神灵才有权知晓的知识时，他们就不得不为触犯天条而付出代价。直到他们用不同的方式赎罪之后，对他们的惩罚才会结束。

第十一节 ＜ 女法老的故事

在图特摩斯一世统治时期，伟大的太阳神阿蒙—拉忽然召集众神开会，他开门见山地说："今天召集大家来，是为了解决埃及的王位继承问题！"

众神都不由得面露惊讶之色，因为埃及已经有一位法老在位了啊？大家通过神通向尘世投去匆匆一瞥，看到那图特摩斯一世还活蹦乱跳着呐！

太阳神清清嗓子继续说："你们也知道，现在地面上有个不靠谱的法老在统治埃及……他的后裔怎么能承担人间荷鲁斯的重任？所以，我决定让一个出身高贵的女子，也就是真正的阿蒙—拉之女来统治埃及，许诺让她做上下埃及的王。她的称号我已经想好了，就叫作哈特舍普苏特。我的孩子们，你们觉得这样安排合适吗？"

众神一听就明白是怎么回事了，他们都无比精明，哪能不懂得紧跟大神的最新指示最高指示？于是大家纷纷竖起大拇指说：啊呦，这个主意蛮好蛮好！不愧是伟大的造物主——埃及太久没有女王了，这下就给他们安排得明明白白！

阿蒙—拉希望未来的女王聪明睿智、美丽端庄，所以他需要为女王找到一个美丽动人、身材姣好、温柔贤淑的母亲。这件事必须依靠智慧之神图特来决断。图特筛选了尘世万千女子后，为太阳神献上了一个无可挑剔的人选——图特摩斯一世的王后、倾国倾城的美人阿赫蜜丝。这位年轻的王后是埃及最美的女人，身体健康，头脑聪明，是太阳神后代的最合适孕母。

阿蒙—拉神对图特的建议大为赞赏，于是在图特的引领下，阿蒙—拉神降临人间，趁图特摩斯一世参加宴会的时机来到他的王宫。

这时正值深夜，阿赫蜜丝只裹着一张透明的亚麻布在床上熟睡。阿蒙—拉变作图特摩斯一世的模样，摸上了王后的床。睡梦中的阿赫蜜丝闻到一股从未闻到过的沁人心脾的馨香，很快意识到与自己交欢的并不是图特摩斯一世。她惊慌地坐起来质问对方的身份。

事已至此，得手的阿蒙—拉也不再顾忌暴露身份。于是他显露出神圣的真身，在王后面前展露出宇宙中最英俊完美的男子形象。他低头轻吻阿赫蜜丝的脸颊，让她顿时感觉飘飘然若仙。

王后彻底被太阳神征服，那无可描述的英武和俊美让她无从抵挡。于是阿赫蜜丝抱紧了这神圣的情郎低语道："我亲爱的主人，您的名字是如此神圣伟大，我能见到您是多么的自豪！"

一夜尽欢之后，阿蒙—拉告诉阿赫蜜丝她已经怀上神圣之女。他将分娩的日期告诉阿赫蜜丝，并许诺说："你将会生下太阳之女，这孩子现在正在你的肚子里发芽生长，我为她取名为哈特舍普苏特。这个孩子将来会是人间的荷鲁斯，作为法老统治上下埃及。我会将我的名誉、权威和王冠授予她，她将在我的保护下带领埃及人民过上幸福的生活。"

阿蒙—拉说完之后便消失不见，只留下阿赫蜜丝怅然坐在闺房中……

随后，太阳神出现在生命创造之神胡奴姆面前，他吩咐道："你要立即创造出埃及的女法老来，让她自我的灵魂和四肢中诞生，让她的容貌比任何神灵都俊美，让她拥有所有的健康、财富、力量和幸福，让她活得如拉神一样长久！"

长着公羊头的胡奴姆忙不迭地点头答应，他保证说："伟大的阿蒙—拉，您的所有心愿都将实现。我会遵从您的命令，当这个女王统治埃及时，她会比任何神灵都辉煌壮观，她将比埃及所有的统治者更为荣耀伟大！"

阿蒙—拉心情愉悦地离开了，而胡奴姆也立即开始他的工作。

生命创造之神来到自己那个圆圆的低矮陶轮前，将一大团陶土泥巴捏成团放在陶轮上。陶轮开始飞速旋转，等到它停下来后，泥巴已经变成了乍看是两个男子的形状，但其实是两个女人的躯体，这正是将来的哈特舍普苏特女王和她的灵魂巴。

长着青蛙头的海克特女神跪在陶轮前，她负责将生命转移到陶轮上的两个人形上去。

胡奴姆口中念念有词：“我取自阿蒙—拉——卡纳克最伟大最荣耀之神的四肢将你做成，我让你的容貌比任何神灵都俊美，我让你拥有所有的健康、财富、力量和幸福。我给予你所有的土地、所有的人民、所有的食物、所有的贡品，我让你做万物生灵中的统治者，统治上下埃及的土地，一切都如你的父亲阿蒙—拉神所期望的那样！”

于是为哈特舍普苏特诞生所做的准备已经就绪。

阿蒙—拉又派出自己的信使来到阿赫蜜丝身边，将太阳神的名声作为赐予胎儿的特殊头衔输入王后体内，这样，未来的哈特舍普苏特女王便会知道自己的出生受到阿蒙—拉神的欢迎，阿蒙—拉将赐予她人类所有的荣耀和吉祥。

阿赫蜜丝分娩的日子即将来到，众神再度聚集在太阳神的宫殿里。他们准备了一个特殊的神圣产房作为迎接阿蒙—拉之女出生的礼物，两位专职照顾产妇的女神已经抵达阿赫蜜丝身边。当大腹便便的阿赫蜜丝走向产房时，胡奴姆握着她的右手搀扶她，海克特女神握着她的左手搀扶她。

胡奴姆向这位母亲保证说：“你现在已经在我的保护之下。你很伟大，但你的孩子会更伟大，她将比埃及以往所有的统治者都伟大！”

胡奴姆搀扶着阿赫蜜丝走向产房，很快其他的神灵也纷纷赶到——大家不能放过这个取悦造物主的机会……于是阿赫蜜丝就像一个拥有超级粉丝团疯狂打call助威的偶像妈妈，缓步走进为自己准备的神圣产房，身后是无数神灵的咒语保护和神圣祝福。

产房中，专业的助产士——生育女神玛斯克海特已经等候多时了。生育女神从生命创造之神手中接过产妇，指挥她蹲坐在一个专门的神圣分娩椅上，椅子的四条腿都是狮头形状，以驱散一切试图接近产妇和婴儿的黑暗力量。

伊西丝和奈芙蒂斯姐妹也出现在产房里，侏儒神贝斯则奋力驱散一切会伤害婴儿的毒蛇毒虫。还有长着河马头的谢里斯女神和美丽哈托尔女神都来分担分娩时的疼痛……

阿赫蜜丝看见如此之多的神灵都来帮助自己，也就放下心来。不一会儿，随着一声嘹亮的啼哭，哈特舍普苏特诞生了！

产房内外传来众神的欢呼，他们纷纷将各种代表生命的安克架和其他魔法礼物赠予这个新生的婴儿，其中玛斯克海特尤其专业地将健康、财富、力量和幸福这四项祝福加注到未来的埃及女王身上。

接下来，哈特舍普苏特被带去见她的父亲阿蒙—拉神。众神推举最美丽的哈托尔女神带领阿赫蜜丝和哈特舍普苏特去拜见伟大的太阳神。于是哈托尔变成一位美丽温柔的女神，引着母女俩来到太阳神庙中。

阿蒙—拉热情地欢迎母女俩的到来，他慈爱地抱着新生的女儿反复打量，然后开心地说："我的小宝贝，你就是我的形象。"

太阳神轻轻拍着襁褓中的女儿哄她入睡，并温柔地告诉她："是我亲自创造了你，祝福你，我的宝贝儿。你是我的孩子，你将做埃及的国王，你会坐在伟大的荷鲁斯神的宝座上统治上下埃及。欢迎你呀，埃及未来的女王！我祝福你，我保佑你！"

于是，阿赫蜜丝和哈特舍普苏特在众神的照料下生活，哈托尔女神甚至亲自变成一头奶牛，好让哈特舍普苏特吸吮着自己的乳汁茁壮成长。

等孩子断奶后，尼罗河神哈比赐予哈特舍普苏特伟大的勇气和力量，牛奶神伊阿特赐予哈特舍普苏特用不完的营养。时间飞逝，哈特舍普苏特长成一个亭亭玉立、婀娜多姿、聪慧过人、体格健美的少女。

于是众神又把哈特舍普苏特带到她父亲的宫殿中。太阳神亲自检查了哈特舍普苏特全身的每一处地方，确信这个孩子是世间最完美的女子。于是他再度赐予她健康、财富、力量和幸福，许诺她未来永久地统治埃及。

在神意的指引之下，哈特舍普苏特自我加冕为上下埃及的女法老。

为了纪念自己伟大的父亲阿蒙—拉，女王建立起巨大的方尖碑。雄壮巍峨的方尖碑上铭刻着女王对太阳神父亲的无比敬爱和感激：

我怀着一颗爱心建立了它们，
献给我敬爱的父亲——阿蒙神！
这一切发端于童年的梦想，
全赖他的伟大仁慈才得以实现。
我对他的嘱托铭记不忘，
我知道他的神性，
我服从他的指引。
正是伟大的阿蒙神引导着我，
若没有他的努力，
我便不会有如此计划。
正是他启发了我，
若没有他的神庙，
我夜里就无法安眠。
我从来不会迷失于他的命令，
因为只有我才如此理解父亲的心灵。
我加入他的所思所想，
我不会背离神灵圣城。
因为我知道埃及是光明的国度，
巍峨群山便是众神明亮的眼睛。
这里是他喜爱的地方，
这里孕育了他的美德，
他的后继者将这种美德发扬光大。

是法老亲自宣布，
将来所有的百姓，
都要悉心呵护我父亲的纪念碑！

他们将聚在一起敬仰它，
如同他们照顾自己的子孙后代。
与此同时我将坐在荷鲁斯的宝座上，
思考理解我的缔造者，
我的心驱使我建造两座方尖碑，
它们的尖端直刺云霄！
现在我的心摇曳不定，
思考人们会如何评价。
将来的人们看着纪念碑，
将来的人们评价我的作为。
或许他们将不知道为何会有纪念碑，
或许他们会不解为何模仿金光闪烁的高山。
我发誓我是拉神的宠儿，
我的父亲阿蒙深爱着我。
我的鼻孔里呼吸着神灵的气息。
我发誓要戴上上下埃及的王冠，
两块土地都属于我！
我像伊西丝的儿子那样，
稳固地统治着埃及的土地！
我像努特的儿子一样，
如此强壮有力！
当拉神在夜晚的太阳船里休息，
当拉神在早上的太阳船里出发，
他在永恒之船里拥抱自己的两个母亲，
天空不老，正是他创造的永恒。
我像永不陨落的星星，
像阿图姆神一样休息。

至于这两座方尖碑，

是为我父亲阿蒙所建造的，

它将使我的名字永恒不朽直到永远！

它们以坚硬的花岗岩制造，

不存在任何瑕疵和裂缝。

第十二节 拉美西斯的胜利

在拉美西斯大帝统治的第五年，他得知赫梯国王穆瓦塔里什的卑劣阴谋之后，决意出兵消灭这个埃及的敌人。

法老在他位于孟斐斯的宫殿里发出命令后，埃及的军队在培—拉美西斯周围集结。法老在几个王子和大贵族的支持下，制定了整个远征的军事计划——目标就是夺取赫梯人控制的叙利亚重镇卡迭石。

埃及的工坊全速运转起来，铁匠们打出成千上万的箭头、矛尖、斧头和短剑，工匠们重新加固了藤条编织的快速战车，士兵们的沉重木盾牌上又额外铺上兽皮，所有的弓都换上新弓弦。

当收获季第二个月第九天到来时，伟大的法老登上了他的黄金战车，这辆战车由全埃及最好的骏马“底比斯的胜利”和“自豪的姆特”牵引。拉美西斯大帝身穿镀金的铜甲，头戴青金石王冠，站在战车上检阅了他的勇士们。

法老的护卫队簇拥着他，护卫队由埃及人和外国战俘组成。战俘们宁愿效忠伟大的拉神之子以换取自由，这些人手持圆形盾牌，戴着装有两只角的头盔，你一眼就能认出这些与众不同的战士。

埃及的大军迈步开拔接受检阅了！阿蒙军团率先出发，其他三个军团紧随其后。

埃及最敏捷的战士们驾驶战车行驶在步兵前方，每辆战车都由两匹战马牵引，上面站着手持长枪和弓箭的战士，他们是埃及军队的精英。配属战车的还有一些脚步敏捷的轻装步兵，他们负责在战车冲破敌人阵型之后的掩杀。跟在后面的是普通的步兵兵团，每个军团四千人，以两百人为一组，每个组有长官监督着士兵。每个组又分成四个五十人的小部队，这些人由旗手带领前进。你能看见他们背着强弓，扛着尖锐的长枪和锋利的斧子，腰间挂着细长的短剑。

步兵通过之后，一头头强壮的公牛拉着牛车出现了。牛车上坐着法老的奴仆、医生、手艺人等，他们是远征大军的后勤部门。

所有人在经过法老面前时都对自己的君王报以欢呼。随即法老的战车开始奔驰，他来到队伍的最前端，带领他的大军马不停蹄地向北前进。在通往叙利亚的进军路线上，那些侍奉埃及的附属国首领都被法老的威严所折服，纷纷带着犒劳品前来表达敬意。

一个月后，法老的军队抵达奥龙特斯河附近的高地。

斥候部队穿越拉布依森林捉到两个贝都因人，他俩跪在法老面前声称自己是贝都因首领的兄弟，打算为伟大的埃及法老效力。法老感到好奇，便询问他们的首领为何不来。两个贝都因人回答说，因为畏惧埃及大军的威力，卑鄙的赫梯王已经逃往更靠南部的阿勒颇一带，他们的首领被迫跟随在赫梯王身边侍奉。

听说赫梯王像狗一样逃走了以后，拉美西斯大帝颇为愉悦。他一边下令向卡迭石快速前进，一边涉水渡过奥龙特斯河。法老身边除了护卫队和作为前锋的阿蒙军团之外再也没有其他兵力，因为拉神军团、普塔军团和赛特军团都被远远抛在后面了。

当法老抵达卡迭石平原之后，他在这座叛乱之城的西北部扎营。奴仆支起帐篷放好宝座让法老休息，士兵们环绕营地挖掘壕沟，将木盾牌深深插入地里做成防御墙。于是，法老可以安心休息了。

拉美西斯大帝在他的帐篷里召见王子和将军们，大家沉浸在一派祥和欢乐的气氛中。这时斥候们又送来两名刚捕获的赫梯奸细，这两个贼人被毒打之后终于坦白：“是赫梯王派我们来刺探法老营地的！”

法老傲然问道：“那么这个卑鄙的赫梯王现在在哪里？我听说他已经逃到了

阿勒颇。”赫梯奸细回答说：“我们的王就在卡迭石！他带着自己的士兵和盟友的士兵已经来到这附近了，他们的人数和海滩上的沙粒一样多！”

什，什么？！

伟大的法老被这个突如其来的情报震惊了，就算那些身经百战的将领们也对敌人的接近毫无准备，因为大家都上了那两个贝都因骗子的当，他们必定是赫梯王派来的奸细！

拉美西斯大帝暴跳如雷，他把身边的每个人都痛骂了一顿，然后厉声命令自己的维西尔：“快，立刻去通知仍在拉布依森林中磨蹭的后续部队，让他们尽快赶来，哪怕跑死所有的马、跑丢所有的鞋，快，快！”

埃及的军营内一片混乱，侍从们匆忙分发武器，将军们像狗一样在营地里飞奔，去召集那些解散休息的士兵们。

但是卑鄙凶恶的赫梯王已经率军扑来，没有给措手不及的埃及人留下准备的时间。两千五百辆赫梯战车的铁流自卡迭石平原上洪涌而来，目瞪口呆的阿蒙军团步兵被瞬间击溃，那些没被碾压和射中的幸存者转身就逃，甚至没有朝他们的法老看一眼……

敌人的目标很明确，他们的战车直奔法老的大本营而来，最前面的战车已经冲进了营地的大门！

然而，伟大的拉美西斯大帝并没有惊慌失措，他召来自己的驯马师麦纳说：“保持冷静，不要逃，我的驯马师！你看着吧，我会像鹰隼扑向猎物一样扑向他们，我会杀死他们，屠戮他们，战胜他们！”

说完，法老跳上由他那两匹忠诚战马所牵引的战车，向着两千多辆战车、向着无数的敌人冲去！

他的心中满怀着赛特的怒吼和赛克迈特的杀气，他对着阿蒙神说：“我没有一人一骑跟从，没有一个将领、一个骑兵、一个步兵，我孤身一人！

“阿蒙神，我的父亲，您怎么了？难道一个父亲会忘记自己的儿子吗？难道我违背过你的命令吗？难道我没有为您营建宏伟的神庙并为您献上许多的俘虏吗？

“这些亚洲人算什么，只是一些不认识神灵的恶徒啊！我呼唤您，阿蒙神，我的父亲！当我深陷敌阵之中，当我的步兵抛弃了我，当我的骑兵只顾自己逃亡，当我朝他们呼喊却没人回应——但我知道阿蒙神比百万大军、千万战车更勇猛！”

在一阵震耳欲聋的雷声中，阿蒙神向法老伸出手说：“阿蒙挚爱的拉美西斯，我与你同在！你的父亲就在这里，握着我的手，我是胜利的主人，我爱勇敢无畏的英雄！”

英勇无畏的法老在赫梯人中往来冲锋，他的勇猛令敌人战栗不已。在君王的表率之下，丧失勇气的埃及人恢复了镇定，他们集结在法老身后随他一起作战！但敌众我寡，埃及的战士仍无法避免被屠杀的厄运。

就在这时援军拉神军团赶到了！

埃及步兵整齐有序地疾步赶来，战车们排成阵型攻向敌阵，赫梯人支撑不住，开始向奥龙特斯河方向撤退了。埃及人士气大振，乘胜追击，而那些逃避法老复仇的敌人纷纷跳入河流中，并因为身上沉重的铠甲武器而淹死了。

就连赫梯人的盟友阿勒颇王也落入水中，他被仆从们头下脚上拎起来，好让他吐出满肚子的河水。

终于，这场惊心动魄的战役结束了。

营地里和平原上尸横遍野，垂死的伤员挣扎呻吟着祈求帮助。军官们将士兵集合起来看着自己的法老，伟大的拉美西斯大帝站在他的战车上，他的铠甲在阳光下反射出金光。

获胜的埃及士兵发出一阵欢呼，但暴怒的法老不肯原谅他们，这位君王站在战车上说：“你们是怎么了，我的军官，我的士兵，我的骑兵，我的勇士们？

“是什么让你们拒绝作战，我对你们不够好吗，为何还要将我孤身一人抛弃给敌军？如果埃及人民听说你们抛弃了自己的法老，他们又会怎么说呢？

“在我孤身奋战抵抗数不清的敌人时，是我的两匹骏马‘底比斯的胜利’和‘自豪的姆特’救了我。以后的每一天，只要我在我的宫殿中，我都会亲自用草料喂养它们！”

说完之后，法老解散了军队，让他们整顿营地打扫战场。医生们支起帐篷开始抢救伤员；被捆绑起来的俘虏排成长队被带往法老面前；士兵们将死者集中起来按照宗教仪式安葬；死去的敌人右手被砍下后交给书吏统计……

当夜幕降临时，普塔军团和赛特军团才赶到战场，于是法老所有的军队都到齐了。虽然受到邪恶的赫梯王猛攻，但埃及人的损失仍然不算严重——拉美西斯大帝决定第二天就与敌军进行决战。

清晨，法老亲自布置好军队的阵型准备迎战。他被护卫团和战车簇拥在中央，后面紧跟着长矛手和弓箭手。敌人出现后，法老率军发动猛攻。阳光照在他的金色铠甲上，金色的眼镜蛇在他的青金石王冠上闪耀着，他如同拉神一样，发出的光芒都可以毁灭敌人。

激战之后，很多赫梯步兵依旧活了下来。但他们的战车昨天损失惨重，所以虽然人多却难以发动反攻。眼看胜利无望又难以脱身，赫梯王派遣使者向法老传信说："你是拉，你是赛特，你是巴力，你是让赫梯人畏惧的人。

"你有无上的荣光，请不要残暴地对待我们！昨天你已经杀死我不计其数的士兵，今天你又夺走了赫梯王国继承者的生命。

"哦，胜利的王者，请不要过于残酷。和平远胜于战争，为我们留下一线生机吧……"

仁慈的法老接受了邪恶赫梯王的求和，两国君主带着各自的军队撤离战场，卡迭石城最终并未易主。

在返回埃及的路上，法老召集他的军队向南行进，身后是数不清的战俘和装满战利品的车辆，所有附属国的君主都来进献贡品表达忠诚。

在拉美西斯大帝统治的第六年，泛滥季的第一个月，法老率领凯旋大军返回培—拉美西斯城。法老在阿蒙神庙中向支持他获得胜利的神灵父亲表达敬意，并献上大笔金银、成千名战俘和牲畜。

当法老返回他的王宫，出现在窗口接见前来祝贺的子民时，所有的人都在为他欢呼，表达着上下埃及对他的感激……